读客外国小说文库

熊猫君激发个人成长

GLI INDIFFERENTI

冷漠的人

[意] 阿尔贝托·莫拉维亚　著

袁华清　译

MORAVIA

莫拉维亚作品

江苏凤凰文艺出版社
JIANGSU PHOENIX LITERATURE AND
ART PUBLISHING

图书在版编目（CIP）数据

冷漠的人 /（意）阿尔贝托·莫拉维亚著；袁华清译 . — 南京 : 江苏凤凰文艺出版社 , 2021.9（2023.1 重印）
ISBN 978-7-5594-5800-1

Ⅰ . ①冷… Ⅱ . ①阿… ②袁… Ⅲ . ①长篇小说 – 意大利 – 现代 Ⅳ . ① I546.45

中国版本图书馆 CIP 数据核字 (2021) 第 069507 号

GLI INDIFFERENTI by Alberto Moravia
Copyright © 2017 Bompiani / Giunti Editore S.p.A., Firenze–Milano
1949 First edition published under Bompiani imprint
2017 First edition published as Bompiani / Giunti Editore S.p.A.
www.giunti.it
www.bompiani.it
through Bardon–Chinese Media Agency
Simplified Chinese translation copyright © 2021 by Dook Media Group Ltd.
All rights reserved.

中文版权 © 2021 读客文化股份有限公司
经授权，读客文化股份有限公司拥有本书的中文（简体）版权
图字：10–2021–174 号

冷漠的人

［意］阿尔贝托·莫拉维亚　著　　袁华清　译

责任编辑	丁小卉
特约编辑	孙宁霞　　夏文彦　　　徐陈健
封面设计	陈艳丽　　Juliana Kolesova
责任印制	刘　巍
出版发行	江苏凤凰文艺出版社
	南京市中央路 165 号，邮编：210009
网　　址	http://www.jswenyi.com
印　　刷	河北中科印刷科技发展有限公司
开　　本	880 毫米 ×1230 毫米 1/32
印　　张	12.5
字　　数	234 千字
版　　次	2021 年 9 月第 1 版
印　　次	2023 年 1 月第 3 次印刷
标准书号	ISBN 978-7-5594-5800-1
定　　价	78.00 元

江苏凤凰文艺版图书凡印刷、装订错误，可向出版社调换，联系电话：010-87681002。

MORAVIA

GLI INDIFFERENTI

一

卡尔拉进来了。她身穿一件褐色的粗呢子短上衣，下套一条裙子，裙子很短，关门时裙裾被带起，高出腿上那双长筒袜宽松的袜口足有一掌。但她没发现这点，只顾向前踽踽而行，同时带着迟疑的神情，用神秘的目光看着前方。只有一盏灯亮着，灯光照着坐在长沙发上的莱奥的膝头。一片灰暗笼罩着客厅的其余部分。

"妈妈在换衣服，"她一面说，一面渐渐走近，"过一会儿就下来。"

"我们一起等她吧，"莱奥朝前俯过身来说，"到这儿来，卡尔拉，坐在这儿。"但卡尔拉没有接受他的提议。她伫立在放着那盏灯的茶几旁边，目光投向灯罩下那圈光圈。位于光圈中的那些小玩意儿及其他物品，跟分散在黑暗的客厅里的那些没有生气、不成形的东西不同，充分显露出自己的绚丽色彩和结实外形。她伸出一个手指，碰了碰一件中国瓷器会动的脑袋：这是一头驮满货物的驴子，背上的两只筐子中间端坐着一个身穿花长袍、大腹便便的农民，活像乡间供养的佛。驴子的脑袋上下晃动，卡尔拉两眼低垂，双唇紧闭，脸颊被灯光照亮；她似乎正全神贯注于拨弄驴子的脑袋。

"你留下和我们一起吃晚饭吗？"她终于提了个问题，但没抬头。

"当然喽，"莱奥一边回答，一边点起一支烟，"你大概不愿意我留下吧？"他坐在沙发上，身子往前倾，专注、贪婪地打量着这位妙龄少女：肌腱发达的双腿、扁平的腹部、高耸的乳峰、细狭而深邃的乳沟、纤弱的胳臂和双肩，圆圆的脑袋在纤细的脖子上，甚至显得过于沉重。

"唔，多标致的姑娘，"他反复想道，"多标致的姑娘。"当天下午被抑制住的欲火重新燃起来了。热血涌上他的面颊。他欲火中烧，真想大叫一声。

她又碰了一下驴子的脑袋："今天喝茶的时候，妈妈的脾气多暴躁，你看出来了吗？所有的人都看着我们。"

"这是她的事。"莱奥说，他凑上前来，漫不经心地掀起她的裙子的下摆。

"你知道自己有一双漂亮的大腿吗，卡尔拉？"他说，同时向她转过一张激动得傻里傻气的脸；他想装出一个欢快的微笑，但没有成功。卡尔拉既没脸红，也不答话，只是猛地一甩手，把裙裾放下。

"妈妈为你吃醋，"她看着他说，"因为这个缘故，她让大家的日子都不好过。"莱奥摆摆手，意思是："我又有什么办法呢？"接着他往后一仰身，重新靠在沙发上，跷起了二郎腿。

"你可以像我这样，"他冷冰冰地说，"一见暴风雨即将来临，就赶紧闭上嘴巴……事情过去后，一切就结束了。"

"对你来讲是结束了。"她低声说。莱奥的话仿佛重新燃起了她心头的那股由来已久的无名怒火。"对你来讲是这样……可是，对我们来说……对我来说……"她嚷了起来。由于愤怒，她的嘴唇不住抖动，眼睛瞪得滚圆。她用手指顶着自己的胸口。"我和她住在一起，对我来说，事情根本没有结束……"沉默片刻。"你要是知道，"她接下去说，嗓门儿倒是压低了，但愤懑却使她把每个词都咬得很清楚，而且还赋予它们一种特别的腔调，像是外国口音。"这一切可悲透顶，卑俗至极。日复一日，日复一日，看着这种场面，这是一种什么生活啊……"一股死气沉沉的怨恨浪潮从笼罩着另一半客厅的黑影中涌来，直冲卡尔拉的胸膛，然后消遁，重新归于黑暗，连一丝浪花也没留下。她睁大眼睛，屏住呼吸：这种传递怨愤情绪的方式让她说不出话来。

他们相视无言。"见鬼。"莱奥寻思道；卡尔拉的口气这么激烈，他颇觉惊诧。"事情挺严重。"他俯过身，递给她一包烟："抽支烟吧。"他和颜悦色地提了个建议。卡尔拉接受了。她点起烟，喷出一团烟雾，又朝他走近一步。

"这么说，"他从下向上看着她问，"你真的再也无法忍受了？"他看见她微微点了点头。因为他的亲昵语调，她感到很尴尬。"既然这样，"他补充道，"你知道当一个人再也无法忍受的时候，应该怎么办吗？换个方式。"

"我总有一天会那样做的。"她斩钉截铁地说，似乎在演戏；然而，她觉得自己扮演的是一个虚伪可笑的角色。她难道不是正沿着激愤的斜坡，不知不觉地滑进这个男人的怀抱吗？她瞟了他一眼：他既不比别人好，也不比别人坏；嗯，不，他比别人要好些，这是毫无疑问的。此外，有一件事是命中注定的：他等了十年，盼着她发育成熟、长大成人，盼着她在此时此刻，就在这天晚上，就在这个昏暗的客厅中，掉进他的罗网。

"换个方式，"他又说了一遍，"你和我一起生活吧。"

她摇摇头："你疯了……"

"不，应该这样！"莱奥凑过去，一把拽住她的裙子，"我们把你母亲撵走，把她赶到魔鬼那儿去……你将得到你想要的一切，卡尔拉……"他拽着裙子，激动的目光从她那张惊恐和犹豫的脸上移到长筒袜上方那一小截赤裸的大腿上。"把她带回我家，"他盘算着，"占有她……"他喘不过气来了："你想要的一切……衣服，许许多多衣服，旅行……我们一块儿去旅行……像你这么一个漂亮姑娘竟做出了这种牺牲，多可惜……和我一起生活吧，卡尔拉……"

"可是，这一切是办不到的！"她一边说，一边徒劳无益地试图使裙子摆脱他的那双手，"有妈妈在……办不到。"

"我们把她撵走……"莱奥又说了一遍。他这回搂住了她的腰。"让她滚开，该结束了……你会和我住在一起，对不对？你会和我住在一起，因为我是你唯一真正的朋友，只有我能理解你，知道你想要什么。"他不顾她因为惊恐而做出的各种动作，把她抱得更紧了。"到了我家后，"他寻思道，他的欲念如同一场暴风雨，这些匆匆出现的念头便是暴风雨中的耀眼闪电，"我就会让她知道，她想要的到底是什么。"他抬眼望着她那张惶惑的脸，产生了一个愿望：对她随便说句甜言蜜语，让她定心："卡尔拉，我的爱……"

她又徒然做出一个推开他的动作，但比刚才还要软弱无力，因为她现在已被某种听天由命的意愿制服了。为什么要拒绝莱奥呢？类似的美德只会使她重新陷入苦闷，使生活又走上平庸乏味、令人生厌的常轨。此外，她对道德对称论[1]有一种致命的嗜好，她觉得，这种几乎可以说老套的艳遇是她迄今为止的生活的应有结局；时过境迁后，一切都将焕然一新：生活将焕然一新，她自己也将焕然一新。她凝视着莱奥那张朝她凑过来的脸。"让一切都结束吧，"她心想，"毁掉一切……"她

1　当时意大利部分青年奉行的一种"理论"：父母行为不检点，子女也不必在道德上约束自己，以保持两代人的"道德对称"。——译注（本书中注释如无特别说明，均为译注）

像准备从高空跳下的人那样，感到头昏脑涨。

　　然而，她却央求道："放开我。"她再次试图挣脱。她模糊地想道："先拒绝莱奥，以后再顺从他。"她不知道为什么要这样，或许是为了有时间考虑面临的全部危险，或许是为了最后卖弄一下风情。她毫无用处地挣扎着。她那压得低低的、焦虑忧愁的和缺乏自信的声音匆匆重复着这个徒劳无益的请求："我们还是做好朋友吧，莱奥，你愿意吗？和以前一样，是好朋友。"可是，裙子被撩了上去，大腿统统露了出来。在她的全部推拒姿势中，在她为遮住身体和保护自己而做的那些动作中，以及在她由于莱奥的放肆拥抱而脱口发出的叫声中，有一种羞耻感，一种让人脸红的东西，一种即使挣脱他的搂抱也无法消除的受辱感。

　　"最好的朋友，"莱奥带着一种几乎是欢快的声调反复说道；同时，他攥紧拳头，使劲揉着她的粗呢子短上衣，"最好的朋友，卡尔拉……"他咬紧牙齿，他的全部激情由于这具渴望中的躯体贴在身边而沸腾起来。"我终于得到了你。"他一面这么想着，一面在沙发上扭了扭身子，给姑娘腾出个地方。他正要把那个仰得比灯还高的脑袋往下按的时候，从黑漆漆的客厅那端传来了玻璃门开启的"叮咚"声，表明有人进来了。

　　是卡尔拉的母亲；她的出现使莱奥的姿态发生了令人惊异的变化：他立即向后一仰，靠在沙发背上，一条腿往另一条腿上一搁，用冷漠的目光扫了姑娘一眼。这还不够，他甚至装出正在把一句开了头的话讲完的样子，用一本正经的腔调说："相信我吧，卡尔拉，没别的事可干。"

母亲渐渐走近；她没换衣服，但梳理了头发，扑了许多香粉，还抹了胭脂口红。她步态蹒跚地离开门口走上前来。在黑影中，她那张表情呆滞、线条不清、浓妆艳抹的脸盘，恍若一个表情凄苦痴呆的面具。

"我让你们久等了吧？"她问，"你们在谈些什么？"

莱奥一挥胳臂，指着站在客厅中部的卡尔拉："我正在对您女儿说，今晚没别的事可干，只好留在家里。"

"确实没别的事可干，"母亲用庄重、权威的口吻表示赞同，随即坐在情人对面的一把软椅中，"我们今天已经去过电影院了，而剧场里上演的全是已经看过的东西……我倒很乐意去看看皮兰德娄剧团演出的《六个剧中人》[1]……可是，坦率地说，怎么搞到票呢？……今天是面向大众的演出。"

"我可以向您担保，您不去不会有任何损失的。"莱奥指出。

"唔，这话不对，"母亲稍加反驳，"皮兰德娄的有些东西很精彩……不久前我们看过的那出喜剧叫什么来着？……等一等……噢，对了，《忘却的面具》。我看得津津有味。"

"嗬，但愿如此……"莱奥一面说，一面在沙发上把身子

1　指意大利剧作家皮兰德娄（Luigi Pirandello）的戏剧作品*Sei Personaggi in Cerca d'Autore*，又译《六个寻找作者的剧中人》或《六个寻找剧作家的角色》。——编注

往后一仰，"不过，我却从头到尾厌烦得要死。"他把两手的大拇指插进马甲口袋，先看看母亲，后来又看了卡尔拉一眼。

卡尔拉站在母亲的软椅后面，接受了这毫无感情的一瞥沉重目光。她诧异的心情如同一块玻璃，在他目光的冲击下成了碎块。她第一次发现，眼前的这个场面由来已久，已经成了习惯，令人焦虑：面对面坐在那儿交谈的母亲和情人、黑影、那盏灯、那两张静止和痴呆的面孔，以及温顺地倚靠在椅背上讲话和听着他们讲话的她自己。"生活没有改变，"她思索着，"也不会改变。"她真想喊出声来。她垂下双手，贴着腹部互相揉搓；她使的劲很大，腕部开始隐隐作痛。

"我们可以留在家里，"母亲接着说，"何况这星期我们天天有事……明天有个茶会，将有舞蹈表演，为弃婴们募捐……后天在格兰德大酒店有化装舞会……后面几天我们也四处被邀……唔，卡尔拉……今天我看见了里奇太太……老到那种程度……我留心观察了她……两道深深的皱纹从眼角一直连到嘴边……还有头发，简直不晓得成了什么颜色……可怕！……"她努努嘴，双手在空中挥了一下。

"这有什么可怕的。"卡尔拉边说边走上前来，挨着莱奥坐下。一种轻微而痛苦的不耐烦情绪刺激着她。她预见到，母亲旁敲侧击、指桑骂槐一阵之后，最终会像往常那样，在情人面前醋意大发，闹上一场。什么时候，以何种方式发作，她心中没数；但她确信母亲肯定会发作，如同确信第二天明亮的太阳将升起，然后又让位给黑夜一样。这种清醒的预见给她带来了一种恐惧感。没有补救办法，一切都是不可避免的，都被一种卑俗的天数主宰着。

"她对我闲扯了一大堆事，"母亲继续说，"她告诉我，他们把旧汽车卖了，买回一辆新的……一辆菲亚特……"您知道吗？"她对我说，"'我丈夫在国民银行里成了帕里奥尼的左右手……帕里奥尼缺了我丈夫不行，帕里奥尼认为我丈夫最有可能成为他的合伙人。'左一个帕里奥尼，右一个帕里奥尼……卑鄙！……"

"为什么说她卑鄙？"莱奥一面说，一面从眯缝着的眼皮中间打量着这个女人，"这里面有什么可以称为卑鄙的？"

"您知道吗？"母亲紧盯着他说，似乎请他仔细斟酌一下词句，"帕里奥尼是里奇太太的朋友。"

"人人都知道。"莱奥说。他那混浊的目光沉重地落在心不在焉、无可奈何的卡尔拉身上。

"您是不是也知道，"玛丽阿格拉齐娅一字一顿地追问，"里奇夫妇在认识帕里奥尼之前身无分文……现在却有了汽车！"

莱奥转过头来："噢，原来是为了这事。"他大声说道："这有什么不好的？……穷人嘛，各自找门路。"

他好像点燃了一根仔细准备好的导火线。

"啊，是这样，"母亲说，她睁大两眼，露出嘲讽的神情，

"您为一个不知羞耻，长相也不好看的女人辩解。这个干瘪娘们儿厚颜无耻地敲诈她的朋友，让他掏腰包买汽车、买衣服，还能想出办法把丈夫蒙在鼓里。谁知道她那个丈夫是笨蛋还是滑头……您还有原则吗？哼，太妙了，实在妙……那就没什么可说的了……一切都能解释……显然，您喜欢那种女人……"

"瞧，来劲了。"卡尔拉心想。由于忍无可忍，她的四肢微微哆嗦了一下。她半合上眼睛，扭过头，使脑袋离开灯光进入黑影中；她不想听见这些话。

莱奥笑了起来："不，老实说，我喜欢的不是那种女人。"他向身旁的少女匆匆投射出一瞥贪婪的目光……丰满的酥胸，鲜花般的面颊，散发着青春气息的身段。"喏，这样的女人才讨我喜欢。"他想大声对情人这么说。

"您现在是这样讲，"母亲坚持己见，"您现在是这样讲……买主总把自己有意买下的东西贬得一钱不值……您和她待在一起的时候，比方说前天在西多利家里，您对她赞不绝口。当时您向她说了一大堆傻话……嘿，算了吧，我了解您这个人……您是个什么货色，您知道吗？骗人精……"

"瞧，来劲了。"卡尔拉再次想道，这场口角会继续下去；她早就晓得，这种生活已成习惯，无法纠正，无法改变。卡尔拉实在忍受不下去了。她站了起来："我去穿件毛衣，马上就回来。"她头也不回地走了出去，因为她感觉到莱奥的目光像两条水蛭似的吸附在她的后背上。

在走廊里，她碰见了米凯莱。"莱奥在里面吗？"他问她。卡尔拉看了弟弟一眼："在。"

"我刚从莱奥的财产管理人那儿来，"小伙子接着心平气和地说，"知道了一大堆有趣的事情……首先是，我们完了。"

"这是什么意思？"姑娘疑惑不解地问。

"意思是，"米凯莱解释道，"我们得把别墅交给莱奥，用来偿还典当的欠款。我们得离开这里，两手空空地离开这里，到别的地方去。"

他们相互看了一眼。小伙子的脸上掠过一个勉强挤出来的惨淡微笑。"你为什么笑？"她问，"你觉得这事可笑吗？"

"我为什么笑？"他反问道，"因为我对这一切感到冷漠……噢，不，我感到高兴。"

"不对。"

"没错，正是这样。"他反驳道。他没有再说一句话，径自走进客厅。卡尔拉站在原地发愣，心中有一种隐隐约约的焦虑感。

母亲和莱奥还在争辩。米凯莱刚进门，他们就从以"你"相称变为以"您"相称；但米凯莱及时听见了。他怀着厌恶和怜悯的心情淡然一笑。"我看是吃晚饭的时候了。"他对母亲说。他没跟莱奥打招呼，甚至没看那人一眼。不过，他的这种冷淡态度并未使莱奥感到不自在。"嗨，看，谁来了，"莱奥用往常那种欢快的语调说，"我们的米凯莱……到这儿来，米凯莱……我们好久没见了。"

"只有两天。"小伙子直勾勾地盯着莱奥说。他试图装出冷酷和愤怒的样子,然而他只感到冷漠。他想补充说:"我们越少见面越好。"或者讲一句类似的话,可是他既没有敏捷的反应能力,又缺乏这样做的真诚愿望。

"你觉得两天算不了什么吗?"莱奥大声说,"两天内可以做出许多事情来。"他低下头,灯光照在他那张得意扬扬的大脸膛上,"嘿,嘿,你这件衣服真好看……谁给你做的?……"

这是一件用深蓝色料子做成的上衣,裁剪得很合身,但已穿得很旧了,莱奥起码见他穿过一百次。然而,这句直截了当的话击中了米凯莱的虚荣心;原先他还试图装出愤怒和冷酷的样子,现在,一刹那间,这种意愿全都抛到了九霄云外。

"你真的认为是这样吗?……"他问道,同时毫不掩饰地露出一个似是而非的得意微笑,"是一件旧衣服……我已穿了很长时间,是尼诺给我做的,你知道吗?……"他本能地转过身,让莱奥看看衣服的后襟,同时双手向下拽了拽前襟,使上衣更贴身。他从挂在对面墙上的威尼斯镜子中看见了自己的形象。毫无疑问,裁剪得无懈可击。不过,他觉得自己的行为既十分可笑,又极为愚蠢,像是陈列在商店橱窗里的木头人:身上披着华丽的衣衫,胸前别着价格标签。想到这儿,他感到有些不自在。

"好……真好。"莱奥这时弓着腰,摸了摸衣料,然后又直起身子来。"我们的米凯莱是好样的,"他一面说,一面伸出手拍拍米凯莱的胳臂,"从来都没有什么可指责的地方。老是乐呵呵的,没有任何烦人的念头。"米凯莱从这番话的语气和伴随着这种语气的笑容判断,知道自己被狡猾地吹捧了几句后受到了嘲弄;但他明白得太晚了。原先打算在自己的敌人面前发泄的怒火和怨气眼下在哪儿?在别处,停留在他的意愿中。他为自己这种出自虚荣心的举动感到颇为难堪,恨透了自己。他看了母亲一眼。

"真遗憾,今天你没跟我们在一起,"她说,"我们看了一部精彩的电影。"

"唔,是吗?"小伙子说;他随即朝莱奥转过身,竭力用最生硬、最愤慨的声音说:

"我到你的财产管理人那儿去过了,莱奥……"

然而对方却猛地一挥手,打断了他的话:"现在别谈这事……我明白了……以后再说……吃完晚饭后……每样事情都有它合适的时机。"

"随你的便。"小伙子用一种本能的顺从口吻说。他立刻觉察到,自己又一次被莱奥驾驭了。"我应该说,马上就谈,"他心里琢磨道,"任何人都会这么做的……马上就谈,争论一番,或者破口大骂。"他恼火得想大嚷一声。虚荣和冷漠:莱奥在几分钟内就让他掉进了这两个可恶的深渊。

那两个人——母亲和她的情人——站起身来。

"我饿了，"莱奥边说边扣好上衣扣子，"饿得……"母亲笑吟吟地往前走，米凯莱机械地跟着他们。"晚饭后，"他想道，同时徒劳无益地企图使自己这些几乎是漫不经心的念头带上一些愤懑的色彩，"不会让你这么便宜。"

他们在门口站住。"请。"莱奥说。母亲走了出去。他们两人——莱奥和米凯莱——面对面待在那儿，互相看着对方。"你先走，你先走，"莱奥彬彬有礼地坚持道，他伸出手搭在米凯莱肩上，"主人先请……"他露出一个友好得像是嘲弄的微笑，做出一个慈父般的动作，轻轻推着小伙子往外走。"主人，"米凯莱暗自思量，但他心头连一丝愤怒的影子也没有，"瞧，说得多妙……这个家的主人是你。"然而他什么也没说，跟着母亲进了走廊。

二

三臂枝形吊灯下，白色的餐桌上，盆碟、水壶和杯盏闪烁着微光，使桌面看上去仿佛一块刚被石匠打磨完毕的大理石。桌上有几块色斑：红色的葡萄酒、栗色的面包、从深盘中冒出热气的绿色浓汤。然而，白色的桌面使这几块色斑渐渐消失了。而四堵墙壁上的一切——饰物和画幅——则成了黑乎乎的一片，对比之下，桌面显得更加洁白耀眼。卡尔拉已在自己的位子上坐定，她用呆滞的目光凝视着浓汤冒出的腾腾热气，耐心地等待着。

三人当中，母亲先进来。她朝跟随在身后的莱奥扭过头去，用揶揄和欢快的语调宣称："活着不是为了吃饭，可吃饭是为了活着……您却相反，干什么事都倒着来……您真幸福。"

"唔，不……唔，不……"莱奥一边说，一边走进餐厅。他为好奇心所驱使，伸手摸了一下只有一点温热的暖气片，仿佛不相信这儿有暖气似的，"您没有听懂我的话……我说的是，干一件事情的时候不应该考虑另一件事……例如，我工作时只想着工作……吃饭时只想着吃饭……以此类推……这样的话，一切都会很顺利……"

"你偷东西的时候呢？"跟在后面的米凯莱很想这么问一句，但他却违心地钦佩莱奥，对这个人恨不起来。"他毕竟说得有道理，"他一边这么想，一边朝自己的位子走去，"我考虑得太多了。"

"您真幸福，"母亲冷嘲热讽地重复了一句，"我的情况却相反，一切都很糟。"她坐下，露出一副忧戚、端庄的神情，低头用匙子把汤搅凉。

"为什么一切都很糟？"莱奥问，他也坐了下来，"我要是处在您的位置，倒会觉得很幸福：一个可爱的女儿……一个前途无量的聪明儿子……一幢漂亮的房子……还想要什么呢？"

"唉，其实您心里早就明白。"母亲轻轻叹了口气说。

"不，我向您坦白，我什么也不明白，尽管这样有被人当作无知的危险……"浓汤喝完了，莱奥放下羹匙，"不过，我知道，你们三人都感到不满意……您别以为只有您才这样，夫人……想试试吗？……好吧，你，卡尔拉，请你说实话，你对现状满意吗？……"

姑娘抬起眼睛：这种欢快和假装关切的口气使她愈发感到

不耐烦。瞧,她此时坐在这张熟悉的餐桌边,和其他许许多多个傍晚一样,大家讲的还是这么几句话,周围还是这么一些超越时间概念的东西,尤其是灯光也跟往常一模一样,这是一种激发不出幻想、产生不出希望、亘古不变、陈陈相因的灯光;它的光芒尽管暗淡得像穿旧了的衣服,却仍然固执地照着他们的面孔。有几回,当灯光在空桌面上遽然一闪时,她会产生这么一种确切的印象,似乎在灯光的暗淡晕圈中看见了他们四个人——母亲、弟弟、莱奥和她自己——的面孔。总而言之,所有东西都使她觉得讨厌,而莱奥却偏偏要用这个问题来刺激她,使她的整个灵魂都感到痛苦。不过,她克制住了自己的恼怒。"嗯,现状应该更好一点。"她承认,随即又垂下脑袋。

"瞧,"莱奥得意扬扬地大声说,"我说对了吧……卡尔拉也……除了她以外……米凯莱肯定也……米凯莱,你的事情也不妙,对不对?"

米凯莱在做出回答前也瞥了他一眼。"哼,"小伙子思忖道,"现在应该以牙还牙了,应该骂他一顿,大吵一场,最后跟他决裂。"但他并不真想这么做,平静得如同一潭死水;一丝冷笑,一片冷漠。

"你别说了,行不行?"他镇定自若地说,"事情如何,你比我更清楚。"

"嘿,滑头……"莱奥大声说,"米凯莱真是个滑头……你想避免回答,滑过去……但你显然也感到不满意,否则你就不会整天老耷拉着脸，像过大斋节¹似的了。"女佣端上一道菜，他吃了一口接着说："可是我，在座的各位，可以断言，我的事一切顺利，不，十分顺利。我非常满意，非常高兴。要是我能再次出生的话，我希望还像今生一样，而且还叫这个名字：莱奥·梅卢迈奇。"

"幸福的人！"米凯莱用挖苦的口气大声说，"但至少要告诉我们你是怎么做到这点的。"

"我是怎么做到这点的？"莱奥重复一遍，他的嘴巴塞得满满的，"嗯，没什么诀窍……我倒想知道，"他给自己斟了一杯酒，接着说，"你们三个人为什么不像我这样乐观。"

"你是怎么得出这种结论的呢？"

"因为，"他说，"你们老为一些微不足道的事情而烦恼……"他缩住话头，啜了一口酒。接着大家沉默了一分钟。米凯莱、卡尔拉和母亲三个人都觉得自尊心受了挫伤。米凯莱发现自己和往常一样可悲、冷漠、缺乏自信；他心想："哼，我真想看见你跟我一样悲观。"卡尔拉考虑的是一成不变的生活和这个男人对她的诱惑；她想大声说："我嘛，是因为有几个站得住脚的理由。"但三人当中，最后讲出自己的心里话的是脾气急躁、有话憋不住的母亲。

她一向对自己评价很高，现在莱奥竟把她跟她的子女同等

---

1 亦称"封斋节""四旬斋"，基督教的斋戒节期，节期内教堂内不供花，教徒不举行婚配，停止一切娱乐。

看待，一起纳入对生活不满者之列，这使她很伤心。她觉得自己被背叛了：情人不仅移爱他人，而且还奚落她。

"就算是这样吧。"她终于开口说了话，打破了这阵沉默。她想挑起口角，用的是一种讽刺挖苦、充满恶意的语调："可是我，亲爱的，感到不满意是有充分理由的。"

"我不怀疑。"莱奥平静地说。

"我们也不怀疑。"米凯莱重复道。

"我不像卡尔拉那样，是个小女孩，"母亲用愠怒和伤感的口吻说，"我是一个历尽沧桑的女人，尝过痛苦的味道；噢，是的，吃过许多苦头。"她重复着自己这几句话，亢奋起来。她接着说："我遇到过许多麻烦和许多困难。尽管这样，我始终保持自身的尊严，始终使自己压倒所有的人，是的，亲爱的梅卢迈奇，"她的这番话是用辛酸和挖苦的声调说出的，"压倒所有的人，包括您在内……"

"我从来没想到……"莱奥说。此时大家明白，母亲找到了发泄妒火的方式，她会沿着这条路一直走到尽头。大家厌倦和反感地发现，一场俗不可耐的风暴正在晚餐的宁静气氛中酝酿着。

"您，亲爱的梅卢迈奇，"玛丽阿格拉齐娅继续说，一双闪闪发亮的眼睛逼视着情人，"刚才讲得太轻巧了……我不是您的那些衣着华丽、头脑简单的女朋友之一，她们只晓得纵情恣欲，勾引男人。今天这一个，明天另外一个，随便乱搞……不，您错了……我觉得自己跟那帮太太不一样，很不一样……"

"我不是这个意思……"

"我这个女人，"母亲越来越激动地继续说下去，"在生活方面，完全可以当您以及许多跟您一样的人的老师。不过，我不愿出风头，不愿多谈论自己。这种谦和的性格是很罕见的，也许只有傻瓜才这样。所以别人往往误解我，无法理解我……但不应该因为这些，"她把嗓门儿抬高了八度，"不能因为我心地过于善良，性格过于随和，待人过于宽宏大量……不应该因为这些——我再说一遍——我就没有权利和其他女人一样，禁止任何人在任何时候侮辱自己……"她向情人射出最后一瞥愤怒的目光，然后低下头，开始机械地挪动面前的物品。

大家的脸上都出现了极度惶惑的表情。"可我从来没想到要侮辱您啊，"莱奥泰然自若地说，"我只是说，我们这些人当中，唯一没有感到不满意的人是我。"

"嗯，谁都明白，"母亲话里有话地回敬一句，"谁都清楚，您感到很满意。"

"你听我说，妈妈，"卡尔拉插了话，"他没讲任何侮辱性的话。"姑娘经历了最后这个场面，感到心灰意懒。"让这一切结束吧，"她看着低垂着脑袋、仍然受着妒火折磨的、既像小孩又像大人的母亲，暗自思索道，"让这一切统统结束吧。不管付出什么代价，我也要改变一下自己的生活。"几个荒谬的念头涌进她的脑海：离家出走，从这个世界上消失，在空气中化为乌有。她记起莱奥以前讲过这么一句意味深长的话："你需要一个像我这样的男人。"最后的时刻到了。"要么是他，要么是另一个男人……"她想，她无法再忍耐下去了。她痛苦的目光从母亲脸上移到莱奥脸上：挤进她生活中的这些面孔都是一个样的——僵硬、呆板、缺乏对旁人的理解。最后，她垂下眼睛，望着面前的盘子。菜已经凉了，冷凝的卤汁看上去跟白蜡一样。

"你别多嘴，"母亲吩咐她，"你不了解情况。"

"唔，我亲爱的太太，"情人回敬一句，"我也一点都不了解。"

"您，"母亲紧紧皱起眉头，一字一顿地说，"您对我了解得太透彻了。"

"或许是吧。"莱奥耸耸肩接腔说。

"哼，别说了……请您别说了，"母亲愤愤地打断他，"您最好别开口……我要是处在您的位置上，我会让别人把我忘掉，悄悄溜走。"沉默。女佣进来把盘子取走。"瞧，"米凯莱看见母亲脸上的怒意渐渐消失，心里想道，"暴风雨已经过去了，晴朗的天气即将重现。"他抬起头，"喂，"他问，语调中没有一点高兴的影子，"这件不愉快的事情结束了吧？"

"彻底结束了，"莱奥自信地答道，"我和你母亲和解了。"他转向玛丽阿格拉齐娅："太太，我们和解了，对不对？"一丝伤感的微笑在她那浓妆艳抹的脸蛋上若隐若现。她很熟悉他这种声音、这种语调：当她青春尚在，情人对她还是忠心耿耿的时候，她听惯了这种充满诱惑力的声音和语调。

"您难道相信，梅卢迈奇，"她娇嗔地打量着自己的双手问道，"人能这么随随便便地原谅别人吗？"

他们的交谈显得越来越温情脉脉。卡尔拉打了个寒战，垂下了眼睛。米凯莱轻蔑地微笑起来。"瞧，"他想，"行啦，你们拥抱吧，过去的事情就别提了。"

"原谅别人，"莱奥说，他的口气严肃得可笑，"是每个善良的基督徒的责任。"（"让她见鬼去吧，"他这时心里却想道，"反正她女儿大了，可以取代她。"）他打量着姑娘，偷偷地，并不扭过头去正面对着她。他发现她富有肉感，比母亲妖艳，长着两片殷红肥厚的嘴唇。她肯定愿意向他委身。晚饭后应该试试。要趁热打铁，不能拖到第二天。

"嗯，"母亲说，她的气全消了，"我们都是基督徒，那就原谅别人吧。"直到此时还受到压抑的笑容完全释放了，她露出两排似白非白的牙齿，伤感、自如地笑着。她的全身肌肉彻底放松了，正在微微抖动。"噢，顺便提一下，"她接着说，对女儿的爱突然涌上她的心头，"别忘了，明天是我们卡尔拉的生日。"

"不兴这样了，妈妈。"姑娘抬起头来说。

"不，我们还要庆祝一番，"母亲一本正经地回答，"您，梅卢迈奇，可以认为已经接到明天上午到这儿来的邀请了。"

莱奥在桌旁微微欠了欠身："一定来。"然后他转向卡尔拉，"你多大了？"他问。

大家相对而视。坐在姑娘对面的母亲伸出两个指头，嗫起嘴唇，似乎要让她说"二十岁"。卡尔拉见后马上理解了母亲的意思。她有点犹豫了，但片刻后她的心肠便变得像铁一样硬。"她想让我少说几岁，"姑娘心想，"免得显出她自己太老。"她决定不听母亲的。"二十四。"她面不改色地回答道。

一丝失望的神情从母亲脸上掠过。

"这么大了。"莱奥叹道，他的话中包含着惊讶和戏谑的成分。卡尔拉点点头："是这么大了。"她重复道。

"你不应该照实说，"母亲责备道。她正在吃酸橙，因而脸上的表情更显得酸溜溜的。"看上去多大就说多大……你看样子还不到十九。"她吞进最后一瓣橙子。大家的橙子都吃完了。莱奥掏出烟盒，请他们三人吸烟。淡蓝色的烟雾从桌上冉冉升起。他们用呆滞的目光彼此打量着，一动不动地待了一阵子。最后，母亲站起来说："我们到客厅里去吧。"他们四人相继走出餐厅。

三

穿过走廊没用多少时间。人人心烦意乱。卡尔拉低头看着铺在地板上的那块旧地毯，朦朦胧胧地想道：多年来，他们每天都要从这里走几次，地毯上的花纹大概已磨平了；多年来，他们每天都要对着墙上这些椭圆形的镜子照几次，他们的面容和身影大概已经凝留在镜中了。他们每次只照一会儿工夫：母亲和她看看脸上的胭脂是否已经抹匀，米凯莱检查领带是否打正。这条走廊里蛰伏着习惯和厌倦这两个幽灵。两边的墙壁仿佛不断向外散发着毒气，戕害着从这里经过的所有人的灵魂。所有东西都和往常一样，没有任何改变：地毯、电灯、镜子；左边是带有一扇玻璃门的更衣廊，右边是通往门厅的漆黑楼道。一切都是旧事的重复——米凯莱照例在这里停一会儿，点燃一支烟，吹灭火柴；母亲照例在这里矫揉造作地问情人："今晚我的脸色憔悴，对不对？"莱奥照例在这里冷漠地答道：

"不，相反，我从来没见过你这么容光焕发。"连叼在嘴边的香烟也不取下；而她自己则照例颇感心酸：生活一成不变。

他们走进那个冷冰冰、黑洞洞的长方形客厅。一个类似拱门的构件把客厅分成大小不等的两部分。他们在正对着门的那个屋角坐下。几幅深色的丝绒帷幔遮掩着关得紧紧的窗户。这里没有枝形吊灯，只是墙上按相等距离嵌着一些烛台状的壁灯。三盏壁灯亮着，它们发出暗淡的灯光，照着客厅面积较小的这半边。拱门后的那半边笼罩在黑影中，只能勉强分辨出几面镜子的反光和一架钢琴的长长的轮廓。

他们默默无言地待了一会儿。莱奥闷头抽烟；母亲故作矜持地打量着自己那双涂了指甲油的手；卡尔拉向前倾过身子，打算打开屋角那盏灯的开关；米凯莱看着莱奥。不一会儿，屋角那盏灯亮了，卡尔拉坐下，米凯莱开了口："我到莱奥的财产管理人那儿去过了，他对我讲了许多事……简而言之就是：再过一个星期，抵押就要到期，我们就得离开这儿，卖掉别墅，把钱还给梅卢迈奇……"

母亲睁大眼睛："那家伙瞎说一通……他自作主张……我认为，他老是跟我们作对……"

沉默。"财产管理人讲的是实话。"最后，莱奥头也不抬地说。

大家的视线射向他。"喂，梅卢迈奇，这是怎么回事？"母亲双手握在一起。她要求他回答，"您不至于打算马上把我们攥走吧？……再延一次期吧……"

"已经延过两次了，"莱奥说，"算了吧……反正再延期也没用，免不了要拍卖……"

"怎么会免不了？"母亲问。

莱奥抬头瞟了她一眼："我来解释吧，除非你们能搞到八十万里拉，不然的话，除了拍卖别墅以外，我看不出你们有什么别的法子还债……"

母亲明白了。她吓得浑身发抖，眼前似乎出现了一个万丈深渊。她直勾勾地看着莱奥，脸上连一点儿血色也没有。莱奥只顾专心致志地玩赏自己的雪茄，不想说任何话来安慰她。

"这意味着，"卡尔拉说，"我们要离开别墅，搬进一套只有几间屋子的单元房里去吗？"

"对，"米凯莱答道，"正是这样。"

沉默。母亲更加担心了。她一向讨厌别人谈起穷人的事，从来不想跟穷人打交道，从来不正视世界上存在着的这么一些辛苦操劳而不得温饱的可怜虫。"这些人的日子其实过得比我们愉快，"她常常这么说，"我们过于敏感，过于聪明，所以比他们更痛苦……"而现在，瞧，骤然间她不得不与他们为伍，成为穷人中的一员了。一天，当她乘坐一辆车身低矮的汽车从一群气势汹汹、污秽不堪的罢工者中间经过时，厌恶、屈辱和恐惧像三块巨石压在她的心头。现在的情况也差不多。不过，说实在的，她害怕的倒不是即将面临的困境和贫寒的生活；只是当她想到她的熟人——那些遐迩闻名、家境优渥、衣冠楚楚的人——将怎么对待她，将怎么议论她时，她的心才像火烧似的灼痛。她仿佛已看见自己到那时将处于什么境地：衣衫褴褛，无依无靠，独自带着两个孩子；朋友们都离开了她，大家都唾弃她，谁也不愿意跟她交谈；欢乐、舞会、彩灯、节日跟她没有关系了，她的面前只是一片黑暗，十足的黑暗。

她的脸色更加苍白了。"应该跟他单独谈谈。"她想。她应该使出全身解数来诱惑他。"米凯莱和卡尔拉不在场的话……他会通融的。"

她看了情人一眼。"您，梅卢迈奇，"她柔声细气地央求，"再延一次期吧，我们会有办法搞到钱的。"

"什么办法？"那人问，脸上露出一种似笑非笑的嘲讽神色。

"银行……"母亲冒失地说。

莱奥笑道："嗬，银行。"他俯身凝视着情妇的脸，"银行贷款有条件，"他一字一顿地说，"必须有可靠的担保。何况如今银根紧缩，根本不发放贷款。不过，我们就假设银行可以贷款吧……您，亲爱的夫人，能拿出什么作担保呢？"

"这话讲得对极了！"米凯莱指出。他很想对这个跟他们休戚相关的问题产生兴趣，发表几个不同的看法。"看来，"他想道，"这关系到我们的生存……我们随时有可能失去生活的物质基础。"但不管他怎么努力，他也无法使自己相信家庭的破产跟他有什么关系。这就好比他看见一个人落水后，只是在一旁观望，连一个指头也不想动一动。

母亲却全然不同。"您再缓我们几天，"她挺直上身，用令人信服的口气一板一眼地说，"您可以放心，到时候您一定能把钱拿到手。别怀疑，一分钱也不少。"

莱奥微微点了点头，笑了笑："我相信这点……不过，既然这样，为什么还要延期呢？……既然一年后您有法子搞到钱，为什么不现在就用这些法子把钱搞来，马上就把欠我的债还清呢？"

他那低俯的脸孔上浮现出平静和诡谲的神情，母亲看了大吃一惊。她犹疑的目光从莱奥移向米凯莱，最后落在卡尔拉的身上。瞧，这就是她的两个懦弱的孩子，他们将受到贫困的煎熬。强烈的母爱袭上她的心头。"您听我说，梅卢迈奇，"她用婉转动听的声调说，"您是我们家的朋友，我跟您可以无话不谈……这件事其实与我无关，我要求延期并非为了自己。若是我一个人的话，我可以搬到任何一间阁楼里去住……"她抬眼望了望空中，接下去说，"上帝知道，我是不是只为自己盘算……我需要把卡尔拉嫁出去……您熟知世事人情……如果我离开别墅，搬进某个单元房，那么当天所有人就会嫌弃我们……人心就是这样的……到那时，我女儿的婚事难道可以请您替我代劳吗？"

"您女儿很漂亮，"莱奥装作一本正经地说，"任何时候都会有人追求她的。"他瞟着卡尔拉，朝她挤挤眼睛。姑娘内心充满了愤怒，她好不容易才忍住不发火。"你倒想想，"
她想这么对母亲嚷嚷，"有这个家伙老在我们家待着，而你又
是这么个德性，我还能嫁给谁呢？"母亲通常一点儿也不关心
她，现在却轻松自如地把她扯了进来，仿佛找到了一个有利于
达到自己目的的话题。母亲的态度使她觉得受了委屈和侮辱。
这一切该结束了，她决定把自己的身子献给莱奥；这么一来，
谁也不会再要她了。她直视着母亲的双眼。"别把我扯进去，
妈妈，"她斩钉截铁地说，"这一切与我无关，我不想介入。"

这时，一声酸得令人倒牙的假笑从米凯莱坐着的那个角
落里传来；母亲朝他转过身去。"你知道吗，"他对她说，竭
力试图使他冷漠的声音带上一点讥讽的语调，"我们搬出别墅
时，谁将第一个不理我们？你猜猜。"

"呃，我不知道。"

"莱奥，"他指着那人脱口而出，"我们的莱奥。"

莱奥做出一个抗议的手势。"哦，梅卢迈奇会不理我
们？"母亲问。她充满疑惑和深有感触地看着情人，似乎想
从他脸上看出他是否真会这样背信弃义。末了，她蓦地眯起
眼睛，伤感和讥讽地冷笑了一声说："嗯，可不是嘛……肯定
的……我这个傻瓜居然没想到。"她朝女儿转过头，加上几
句："这是肯定的，卡尔拉，米凯莱讲得对……第一个装作从
来不认识我们的人会是梅卢迈奇。当然，他先要把钱装进腰
包，然后才会这样。您别反驳，"她接着对莱奥说，脸上带着

挑衅性的笑容，"这不是您的过错，所有男人都这样……我可以发誓，当您带着您的那些可爱、俏丽的女朋友中的一位从我面前经过时，您只要一看见我……便会把头扭到另一边去……肯定的……亲爱的……我可以指天发誓。"她停顿了一会儿，"唔，是这样，"她痛苦、无奈地说出最后这句话，"是这样……就连基督也被他最好的朋友出卖了。"

莱奥听见这一连串冲他劈头盖脸而来的指责后，放下了雪茄。"你是个毛孩子，"他朝米凯莱转过身去说，"所以我不把你的话放在心上。……可是您，太太，"他冲着母亲接着说，"竟认为我会为了报复而抛弃我最好的朋友，这……这真出乎我的意料……唉，我真没料到。"他摇摇头，又拿起雪茄。

"装腔作势。"米凯莱开心地想道。但他突然想起自己是个被戏弄、被侮辱、被欺凌的人，家产被侵吞，自尊心被嘲弄，母亲的人格被凌辱，因此转而想道："应该骂他一顿，找个借口吵一架。"他知道这天晚上自己错过了上千个便于寻衅的机会。譬如说，当莱奥拒绝延期的时候，他就可以这样做。不过现在已经太晚了。"你没料到吗？"他一边问，一边仰身往沙发上一躺，跷起了双腿。稍微犹豫了一会儿后，他一动不动地说了声："浑蛋。"

大家都转过脸来。母亲大吃一惊，莱奥慢吞吞地取下嘴边的雪茄："你说什么？"

"我的意思是，"米凯莱双手抓着沙发扶手，打算解释几句，但内心的冷漠使他无法知道是哪些理由促使他刚才恶狠狠地骂了人，"意思是说，莱奥……使我们破产了……而现在他却装作是我们的朋友……其实不是这么回事。"

沉默。后悔。"你听着，米凯莱，"莱奥用一双毫无表情的眼睛凝视着米凯莱，最后说道，"几分钟前我就已经发现，今天晚上你想吵架。谁知道是怎么回事……我很遗憾，但不得不及时告诉你，别没事找事。假如你是个大人，我知道该怎么对付你……可你只是个毛孩子，不能对自己的行为负责……所以我看，你现在最好还是上床睡觉吧。"他住了口，重新叼起雪茄。"刚才，"不久，他又骤然加上一句，"我正要提出几个对你们很有利的条件，你却说出了这种话。"

沉默。"梅卢迈奇讲得对，"母亲说起话来，"他并没有使我们破产，他一直是我们的朋友……米凯莱，你为什么要对他出言不逊呢？……"

"哟，你开始为他辩护了。"小伙子心想。他恨自己，也恨别人。"但愿你们知道，我对这一切是多么冷漠。"他真想这么对他们大声说。情绪激动、另有所求的母亲，虚情假意的莱奥，以及用诧异的目光望着他的卡尔拉——这时在他看来都很可笑，但也值得羡慕，原因在于他们认为这一切都是实实在在的，他们真的认为"浑蛋"这个词是骂人话；而对他来说，他的一切——动作、言语、感情——都是虚假的，毫无用处，只是开玩笑而已。

但他决定沿着这条已经开始走的路一直走到底。"我说的话完全属实。"他嘴上虽然这么说，心里却缺乏自信。

莱奥厌恶和不满地耸了耸肩膀。"不过，劳驾，"他使劲弹掉雪茄灰，打断米凯莱的话，"劳您的大驾……"母亲正想给情人帮腔，对儿子说一句"你全错了，米凯莱"的时候，客厅门被推开了一半，一个长着淡黄头发的女人探头进来；从他们这个角落发出的暗淡灯光勉强能照到门边。

"可以进来吗？"那个脑袋问。大家都转过身去。"嗬，丽莎！"母亲大声说，"请进，进来吧。"门被完全推开了，丽莎走了进来。肥胖的身体被裹在深蓝色的大衣里，大衣下摆几乎触及她那双纤纤小脚。她头上戴一顶天蓝和银灰相间的小圆筒帽，由于穿上冬令服装而显得滚圆的丰肩使她的脑袋显得格外娇小。大衣是松松宽宽的，但丰满的胸脯和宽肥的腰部照样使它出现了许多曲线和凸峰。她的手脚却瘦小得令人不敢相信，在宽大的喇叭形大衣下摆下方，人们惊异地看见了两个小得出奇的脚踝。

"不打扰你们吧？"丽莎走上前来问，"晚了……我知道……不过我在附近吃了晚饭……路过你们这儿，我克制不住来看看你们的愿望，所以来了……"

"看你说的。"母亲说。她起身朝朋友走去。"怎么不把大衣脱下呀？"她问道。

"不必了，"朋友说，"待一会儿就走……我把扣子解开吧，这样就行了……免得太热。"

丽莎松开腰带，露出大衣里面的一件华丽的、印有天蓝色大花的闪光黑缎连衣裙。她先向卡尔拉打了个招呼："晚上好，卡尔拉。"然后向莱奥："啊，梅卢迈奇也在……在这儿不可能不碰上他。"接着问米凯莱："怎么样，米凯莱？"她挨着母亲坐在沙发上。

"你这件连衣裙真漂亮，"母亲掀开她的大衣说，"哦，有什么新鲜事能和我说说吗？"

"没有，"丽莎朝四周张望着回答道，"不过……"她接着说，"你们的表情怎么这样怪……不会是正在商量正经事，被我的到来打断了吧？"

"唔，不。"莱奥提出了异议。他透过雪茄的烟雾，向丽莎射出一瞥诡秘的目光。"唔，不……到刚才为止，这儿一片欢快。"

"我们在东聊西扯……没别的，"母亲说，她拿起一盒烟，递给朋友，"抽烟吗？"

这时米凯莱又像往常那样不合时宜地插起嘴来。

"千真万确，"他俯身凝视着丽莎说，"我们正吵得不可开交，你打断了我们的交锋。"

"噢，那我还是走吧，"她说，脸上挤出一个恶意的微笑，但她并没有站起来，"即使把全世界的金子都给我，我也不愿意来打扰一次家庭会议……"

"你一点也没打扰我们，"母亲连忙否认，并朝米凯莱射出责备的目光，"笨蛋！"

"我是笨蛋？"小伙子重复着。"这个称呼对我挺合适，"他心想，"笨蛋……不错……我是个笨蛋，居然会笨得强迫自己对你的这些问题产生兴趣。"一种可怕的烦闷感和无可奈何感压在他的心头。他抬眼看着这个充满敌意的、黑魆魆的客厅，然后把视线集中在眼前的这几张面孔上。莱奥仿佛用冷嘲热讽的目光望着他，肥厚的嘴唇上凝着一个勉强可以察觉的微笑；这个微笑是侮辱性的，会使一个男人，一个正常人，觉得自己受了侮辱，并因此而提出抗议。但他却没有觉得受辱……他只有一种交织着高傲、轻蔑和怜悯的超然感……他保持着冷漠……不过，他倒也做了第二次尝试，打算产生一种真挚的激情。"我应该提出抗议，"他暗自思量，"或者再骂他一次。"

于是，他斜睨着莱奥，用冷冰冰的声音说："喂……我说，你干吗冷笑？"

"我……用名誉担保……"莱奥装作大吃一惊地说。

"我告诉你……"米凯莱接着说。他竭力抬高嗓门儿。是的，应该吵一架。他记得在电车里见过两个身体一样肥胖、外表一样威严的先生吵架，每人都让车内的人做证，并用愠怒的语调介绍自己的人品、职业、在战争中受过的伤，总之，把一切能打动旁听者的事情统统讲了出来；最后，为了压倒对方，还扯直嗓门儿大嚷大叫一阵，直到真正动怒。他也应该这么办。"你别以为丽莎来了，我就不敢把刚才骂你的话重复一遍了……哼，你听着，我再说一次……你是个浑蛋！"

大家都注视着他。"可是，你……"本就愤愤的母亲爆发了。

丽莎好奇地打量着米凯莱。"怎么了？……发生了什么事？"她问。莱奥一动也不动，甚至也没表示出生气的样子，只是露出一个高傲、轻蔑的冷笑。"唉……这可太妙了，"他说，"太妙了……连笑一下也不许……"接着，他突然换了口气，"如果是开玩笑，那就算了。"他挺直深深陷进沙发的身子，忽地站起来，往桌上擂了一拳，然后说："但我这次再也不能忍受了……要么米凯莱向我道歉，要么我就走。"

大家明白事情已变得严重起来：莱奥脸上刚才露出的笑容，只是雷霆大作之前的一道苍白的闪电而已。

"梅卢迈奇说得绝对正确。"母亲说，她面容严峻，声音威严，对儿子狠狠发了一顿脾气——她担心情人会乘机跟她断绝来往。"你的行为叫人讨厌……我命令你向他道歉……"

"可是……我不明白……为什么梅卢迈奇是个浑蛋？"丽莎问，显然想使事情复杂化。只有卡尔拉既没有挪动身子，也没有开口说话：她受着一种丢脸的、令人心灰意懒的厌恶感的压抑，仿佛当天发生的许多小事正汇合成一股可怕的海浪，即将冲破由她的忍耐力构筑成的大堤，使她遭到灭顶之灾。她眯起眼睛，透过睫毛痛苦地窥视着另外四个人或傻气或愠怒的面孔。

"哟，哟，"米凯莱冷言冷语地说，身子一动不动，"你向我下了命令？……如果我不服从呢？"

"那你将伤透母亲的心。"玛丽阿格拉齐娅答道，她像演戏似的摆出一副自尊心受挫的样子。

他默默注视了母亲片刻。"你将伤透母亲的心。"他暗自重复一遍，觉得这个句子听起来虽然可笑，它的含义却很深刻。"暗，"他心里不无厌恶地想道，"事情一旦牵涉到莱奥……她的情夫……她就毫不犹豫地摆出母亲的架子。""你将伤透母亲的心"——这句话叫人恶心，但又无法驳斥。他的目光从她那张表情凄苦的脸上移开。一刹那间，他想真正发一通火的所有决心都消失了。"既然我对这一切都很冷漠，"他想，"那我为什么不能说几句道歉的话，免得她伤心呢？……"他抬起头，决定说出内心的真实感受，把自己这种无礼的冷漠表现出来。

"你们难道以为，"他说，"我不会向莱奥道歉吗？……你们要知道，我对这一切是多么冷漠。"

"说得好听。"母亲打断他。

"你们无法想象，我对这一切是多么不在乎。"米凯莱继续说，他越来越慷慨激昂了，"你别担心，妈妈……要是你愿意的话，我不但可以向莱奥道歉，还可以去吻他的脚。"

"不，你不必道歉。"这时丽莎指出，她一直注视着眼前的场面。大家都看着她。"多谢你了，丽莎，"受了委屈的母亲演戏般夸张地说，"谢谢你唆使我的儿子跟我作对。"

"谁唆使你儿子了？"丽莎心平气和地回敬了一句，"我只是觉得没必要……"

莱奥斜着眼睛望着她。"我不喜欢一个孩子用这种方式称呼我，"他用生硬的口吻说，"我要求他道歉，我的要求必须得到满足。"

"大家忘掉一切，和和气气不更好吗？"卡尔拉扬扬下巴说，脸上露出惊讶与憨直参半的神情。

"不，"母亲回答道，"梅卢迈奇说得对，米凯莱必须向他道歉。"米凯莱站了起来。"我会向他道歉的，你别怀疑……好吧，莱奥，"他转身对莱奥说，"我骂了你，现在向你赔不是，一万个不是。"他停顿了片刻。这些丢人的话竟然这么轻而易举地从他口中说了出来！"我向你保证，以后再也不这样做了。"他用平静和冷漠的声音最后说了一句，那模样真像是个六岁的小孩。

"很好，很好。"莱奥说，他连看也不看米凯莱一眼。"白痴。"米凯莱见他这么自信和煞有介事，真想这么冲他嚷嚷。信以为真的母亲比所有人都感到满意。"米凯莱是个好孩子，"她看着儿子说，目光骤然间变得温柔起来，"米凯莱听了母亲的话。"

向莱奥赔礼时，米凯莱的面颊并未被羞耻和受辱的火焰所烧红，但母亲的这番曲解他的话却猛地使他脸红耳赤了。"我做了你们要我做的事，"他突然说，"现在请允许我去睡觉吧，因为我很累。"他像木偶似的在原地转了一圈，没跟任何人告别，就走出客厅，进入走廊。

踏进门厅时，他觉得有人快步跟在身后。他转过身去，原来是丽莎。"我是特意来的，"她上气不接下气地说，同时用一种好奇和热情的目光注视着他，"为的是告诉你，在你愿意的时候，我可以把你推荐给我的那个亲戚……他可以给你找点事干干……就在他的公司里，或者在别处。"

"十分感谢。"米凯莱说，他也定睛看着她。

"不过，这样的话，你得上我家去……你们两人应该见一次面。"

"好吧。"

丽莎讲话吞吞吐吐，相比之下，米凯莱似乎显得比她镇静和严肃。"什么时候？"他问。

"明天，"丽莎答道，"明天上午来吧，早一点来……他中午左右到……但没关系……我们可以聊一会儿，对不对？"两人默默地你看看我，我看看你。"你为什么要向莱奥道歉呢？"丽莎忽然鼓起勇气问，"你不该在他面前赔不是。"

"为什么？"他问。"噢，原来你跟着我来，"他想道，"是为了这事。"

"说来话长，现在不便告诉你这是为什么……别人会乱想的……"丽莎解释道，她遽然间变得非常神秘，"不过，要是你明天上我家去，我会告诉你的。"

"好吧，那么……明天见。"他握握她的手，朝楼梯走去。

丽莎回到客厅。那三个人围着灯坐在屋角。灯光正面照着母亲的涂满脂粉的脸庞。她在谈论米凯莱。"很明显，"她向情人解释道，"他费了很大劲儿，才讲出那几句表示道歉的话……他不是那种容易屈服的人……他很高傲……"莱奥舒舒服服地坐在软椅中听她讲话，他的表情很严肃，眼睛一眨不眨。她带着挑衅的神情加上一句："他和我一样，性格刚强，脾气很倔。"

"我不怀疑这点。"莱奥说，他抬起眼睛，久久地看着卡尔拉，"但这回他屈服了。他应该这样。"他们三个人都不作声了。事情已经过去，无须再提了。丽莎带着这个世界上最若无其事的表情，轻轻走到他们跟前。

"您是开车来的吗，梅卢迈奇？"她问。

那三个人同时朝她转过脸来。"开车？"莱奥耸耸肩说，"当然……我是开车来的。"

"那就劳您的驾，送我一程吧，"丽莎说，"当然，如果不碍您的事的话。"

"哪里的话，我很高兴送您。"莱奥站起来，扣好上衣扣子。"该走了。"他嘴上虽这么说，心里却怏怏不乐，因为他不仅在卡尔拉身上一无所获，此刻还得送丽莎回家。

但玛丽阿格拉齐娅听了后立即产生误解，醋意大发。

莱奥和丽莎有过暧昧关系，多年以前彼此相爱，甚至准备结婚。后来，当时刚刚丧偶的玛丽阿格拉齐娅插了进来，夺走了莱奥——她最好的女朋友的未婚夫。这是多年前的事了，可是……如果这两人有意破镜重圆呢？她朝丽莎转过脸。"不，你先别走……"她说，"我还有话要跟你说呢……"

"好的，我不走，"丽莎佯装不解地看着她说，"但过一会儿后，我就找不着梅卢迈奇送我回家了。"

"噢，您别担心……"莱奥说，"我在走廊里或者在这儿等您……您尽管跟太太聊天好了……我等着……卡尔拉会陪我的。"他瞟了姑娘一眼补充道，心里由衷地感到高兴。

卡尔拉懒洋洋地站起身，一边摇晃着她的大脑袋，一边走到他的跟前。"嗯，"她想，"要是我留下跟他待在一起，一切就完了……"她觉得莱奥用一种不怀好意的目光端详着她。这种不征求她同意就代她做主的做法使她很生气。可是，为什么要拒绝他呢？一种令人痛苦的焦灼慑住了她。"完就完吧，"她打量着这间光线昏暗的客厅反复想道，火一般的激情早已熄灭，现在只有死灰一撮。她看着一本正经地坐在电灯四周的这群可笑的人。"让这一切都结束吧。"她已做好自我堕落的准备，但还有些游移不定，像是一根在楼梯洞中往下飘落的羽毛。

所以，她没有拒绝，也没有表示同意。

"不，您先走吧，莱奥，"母亲表示反对，"您不知道我要留丽莎多久……您走吧……我们给丽莎叫辆出租汽车。"
谄媚的声音，妒忌的声音。莱奥用彬彬有礼但毫不让步的口气
说："我等着……迟一分钟早一分钟又有什么关系呢？……我
很乐意等着……"

　　玛丽阿格拉齐娅明白，这步棋她走输了，她不可能把莱奥
和丽莎分开了。"显然……他想等着她，"她仔细观察着这
两个人的面孔，暗自想道，"然后他们一起上她家。"想到这
儿，她顿时觉得五内俱摧，脸色变得更加苍白了。她的目光中
射出妒忌的火焰。"嗯，好吧，"她最后说，"您去吧……到
外面等着……我马上就把丽莎还给您。别担心，马上……"她
伸出手，做了一个威胁的手势，嘴唇颤动了一下，露出一个恶
意的苦笑。莱奥瞪了她一眼，耸耸肩，一声不响地走出客厅。
卡尔拉跟在他后面。

　　在走廊里，他若无其事地伸手挽住姑娘的腰。她察觉
到了，但并不挣开。"结束了，"她想，"过去的生活结束
了。"几面镜子在黑暗中闪闪发亮，他们从镜子前面经过时，
镜中映出了两个贴在一起的身躯。

　　"你看见了吧，"她大声说，"妈妈吃丽莎的醋……"他
没有回答，只是把她挽得更紧了些。他们腰贴腰地走进了更衣
廊；雪白的高墙，由一个个等边多边形木块镶拼成的地板。

　　"也许妈妈讲得有理，谁知道呢？"她指出。屈辱和无可
奈何的感觉在她心中油然而生。莱奥停住脚步，正面对着她，

但没有松开那条挽住她的腰的胳臂。

"其实，"他说，眼角露出一丝粗鲁、愚蠢和激动的笑意，"你知道她应该吃谁的醋吗？吃你的醋……是的，就是吃你的醋……"

"说到正题了，"她心里这么想，嘴上却用清晰的声音问："吃我的醋？……为什么？"他们互相看了一眼。"上我家去吗？"莱奥用几乎是父亲对女儿讲话的语调问。他见她垂下头不置可否，心想："时机到了。"莱奥一下把她拉到身边……正要低头吻她时，走廊里传来的人声提醒他：她的母亲来了。他恼怒得几乎喘不过气来：她总是在最微妙的时刻坏他的事，这已经是一天当中第二次了。"但愿魔鬼把她带走。"他暗暗诅咒。更衣廊内可以听见玛丽阿格拉齐娅说话的声音，她正在走廊里跟丽莎议论什么。尽管妈妈不会立刻出现，但卡尔拉已经感到非常不安了。她开始挣扎："放开我，妈妈来了。"莱奥气冲冲地看了看门，又朝四周扫了一眼。他真舍不得放开她那柔软的细腰。他的视线落在更衣廊右侧的帷幔上，帷幔后面是扇暗门。他伸手关掉电灯。"走，"他在黑暗中轻声说，试图把卡尔拉带进那扇暗门，"到帷幔后面去……我们跟你母亲开个玩笑吧。"她不明白是怎么回事，仍旧挣扎着；她的眼睛在黑暗中闪闪发亮。"为什么？……你要干什么？"她反复问道，但最后还是屈服了。他们走到帷幔后面，靠在门上。莱奥又伸手搂住了姑娘的纤腰。"现在你看着。"他低声说。但卡尔拉什么也看不见。她直挺挺地站在那儿一动不动。帷幔散发出一阵阵灰尘味，面前一片漆黑。她闭上眼睛，听凭莱奥的手抚摸她的脸颊和颈项。"现在你看着。"他嗫嚅着又说了一遍。帷幔开始上下抖动。她感觉到他的嘴唇先亲了一下她的胸脯，然后笨拙地往上移，在她的下巴上盖了个吻印，最后停在她的嘴唇上。他的吻短促、有力。玛丽阿格拉齐娅的说话声越来越近，莱奥重新挺直身子。"唔，她来了。"他在黑暗中轻声说。他紧紧搂着卡尔拉，感到亲切、惬意、信心十足。这些感觉是他以前从未体验过的。

玻璃门被打开了。卡尔拉稍稍掀开帷幔，偷看了一眼。一道光亮穿过打开的门射进室内，照着母亲布满阴影和凸峰的身躯，她的脸上露出惊讶和不解的表情。

"哎，不在这儿。"卡尔拉所熟悉的这个声音高声说。丽莎没有进来，只听她在走廊里问："他们会上哪儿去呢？"

这个问题没有得到回答。母亲向前探了探脑袋，仿佛想在更衣廊中仔细搜索一番。黑影使她的轮廓显得格外鲜明，她那肌肉松弛、涂满脂粉的脸变成了一张表情凝滞的假面具，一张伤感、惶惑的假面具。她脸上的每条皱纹、她那张似乎涂着黑唇膏的半张半合的嘴、她那双睁得滚圆的眼睛以及她的整张脸仿佛都在叫嚷："莱奥不见了……莱奥把我抛弃了……莱奥走了。"卡尔拉怀着好奇和怜悯参半的心情望着母亲，感受到了隐藏在这张面具后边的令人不寒而栗的惧意。她似乎已经预见到，母亲一旦得知她被情人和自己的女儿背叛，脸上会出现一种什么样的表情。这个场面只持续了一瞬间；那颗脑袋随即缩了回去。"奇怪，"她听见母亲的声音说，"梅卢迈奇的大衣还挂在这儿，他们却不见了。"

"也许在门厅里。"丽莎提醒道。于是她们一面表示惊讶，一面做出各种猜测，离开了这里。

"看见了吧？"莱奥轻轻问道。他重新俯下身，把姑娘搂进怀里。"结束了，"她又一次想道，同时朝他凑上嘴去。她喜欢这儿的黑暗，在这里，她看不见莱奥，任凭幻想驰骋。她喜欢这种鼠窃狗偷的行为。他们的身体分开了。"我们现在出去吧，"她低声说，同时伸手撩开帷幔，"出去吧，莱奥，否则她们会发现的。"

他快快不乐地服从了。他们如同两个窃贼似的，相继从藏身处走出。灯光明晃晃的，他们相对而视。"我的头发乱了吗？"卡尔拉问。他摇头否定。"我们怎么跟妈妈说呢？"她又问道。

他那张因激动而红通通的脸上闪烁着傲慢和诡秘的神色。他拍了一下大腿，笑了起来。"嘿，真妙，"他大声说，"妙极了……怎么跟她说？就说我们在这儿……当然……一直在这儿……"

"不行，莱奥，"卡尔拉说，她双手交叉按在腹部，用怀疑的目光望着他，"真该这么说吗？"

"是的。"他说，"啊，她来了。"

门被推开，母亲再次出现。"嘿，他们在这儿，"她转身对丽莎嚷道，"可我们找遍了整个家……你们刚才在哪儿？"

莱奥做出一个表示诧异的手势："我们一直在这儿。"

母亲打量着他，像是在看一个可怜的疯子。"别胡说……刚才我到过这儿，一个人也没有，黑乎乎的一片。"

"如果是这样，"莱奥取下衣架上的大衣，镇定自若地说，"说明您看花了眼。我们一直在这儿……对不对，卡尔拉？"他掉过头问姑娘。

"一点儿也不错。"她犹豫片刻后答道。

接下来是一阵可怕的沉默。母亲觉得大伙儿都在捉弄她，却不明白原因何在。她怀疑有人心怀叵测，暗中捣鬼。她无所适从，变得怒气冲冲。她那专注的目光，在莱奥、卡尔拉和丽莎之间来回扫射着。

"您疯了，"她最后说，"五分钟前这儿一个人也没有……丽莎可以做证，她当时跟我在一起。"她指着朋友加上一句。

"是这样，一个人也没有。"丽莎平静地说。

又是沉默。"但卡尔拉可以证明我们是在这儿，"莱奥说，同时向姑娘投去一瞥会意的目光，"千真万确……对不对，卡尔拉？"

"对。"卡尔拉承认。她的脑子乱了：母亲进来时，他们确实在这儿，在更衣廊里待着，这是不容反驳的事实，她第一次认识到了这件事的严重性。

"好吧，"母亲无可奈何地说，"太好了……你们没有错，是我疯了，丽莎也一样。"她沉默了片刻。

"莱奥允许自己开这种玩笑，"稍后，她正面对着卡尔拉厉声说，"这是他的事……可是你居然也捉弄我，你应该感到可耻……你可真尊敬你的母亲哪……"

"可是，妈妈，这千真万确。"卡尔拉分辩道。这个玩笑使她痛苦，像是一根刺扎进了她那焦虑的心脏。"我们是在更衣廊里，"她想加上一句，"不过我和莱奥是藏在帷幔后边，搂在一起。"她想象这句话将会引爆怎样一种场面。不过，这将是最后一次爆发，过后一切都会结束的。

丽莎带着厌倦的表情说："我们走吧，梅卢迈奇，好吗？……"莱奥早就准备走了，他朝母亲伸出手。"您想想其中的奥妙吧，"他不由自主地微笑着说，"想它一整夜吧。"母亲耸耸肩答道："我夜里要睡觉。"接着她拥抱了一下丽莎，低声说："我对你讲的话，你可得记住。"姑娘打开门，一股冷空气涌进更衣廊。莱奥和丽莎走了出去，随即消失了。

四

母女二人一起上了楼。在前厅中，母亲仍旧对更衣廊里开的玩笑耿耿于怀，但她没说别的，只问女儿第二天要干什么。"打网球。"卡尔拉答道。接着，她们各自走进自己的卧室，甚至也没拥抱一下。

卡尔拉屋里的灯亮着，她刚才忘记关了。雪白的灯光照着家具和其他东西，它们似乎在等待她的到来。她一进门，便机械地走到衣柜前，对着大镜子照了起来：脸上没有任何不正常的地方；尽管眼神倦怠，眼圈发黑，眸子里却闪烁着神秘的光泽。她的眼眶周围有一个介于蓝黑之间的晕圈，她那深邃的目光中充满希望和幻想。可是，这种目光仿佛是属于另一个人的，这使她感到非常不安。她双手按着镜面待了一阵子，然后离开镜子坐到床上。她朝四周扫了一眼：这间屋子在很多地方都像是一个三四岁小女孩的居室。家具洁白、低矮、干净；墙壁刷得雪白，嵌有淡蓝色的画镜线；窗前有张小沙发，上面摆着一排扭着脑袋、倒翻着眼皮、衣服破烂、没人理睬的玩具娃娃。陈设都是她童年时期的。母亲由于经济拮据，没有能力更换一套与她逐渐增长的年龄相适应的家具。况且——母亲对她说过——有什么必要添置新家什呢？她一结婚就要离开家的。因此，卡尔拉就在这个她小时候便已存在的窄小天地里长大了。不过，这间屋子如今不像当年那样空荡荡、充满稚气了：每长大一岁，她就在屋里留下一点痕迹：几样摆设，或几块破布。现在，这间屋子里塞得满满的，住着仍然很舒适、亲切，但那是一种朦胧模糊的亲切，有时显得有些脂粉气（例如，屋里有一个背带已经磨损的小挎包，里面装着香水、粉饼、面霜、腮红；椭圆形的镜子旁边还挂着两根粉红色的宽边吊袜带），有时却显得稚气十足。另外还有一些乱七八糟的女性用品——扔在椅子上的裙衫、打开盖的香水瓶、底朝天的高跟鞋——使这种朦胧感变得更加难以描绘。

卡尔拉冷淡、平静地看着这些东西。她观赏着它们，但脑中并未产生任何念头。她坐在自己的床上，待在自己的屋子里；灯亮着，每件东西都在原来的位置上，跟每天夜晚一样，没什么特别的……她开始脱衣服，依次脱下鞋子、衣衫、长筒袜……卡尔拉一面做着这些习惯性动作，一面偷偷地观察着四周。她看见了一个娃娃头发蓬乱的脑袋，看见了挂满衣服的衣架，看见了梳妆台，台灯……台灯发出一种特殊的、安谧的、令人感到亲切的光线。它照着屋里的家具什物，似乎已成为它们的一部分。它和那扇关得严严的、挂着半幅白得耀眼的纱帘的窗子一起，给人一种愉快和安全的感觉，但又使人稍稍感到忧虑……对，这是毫无疑问的……她是在自己的屋里，在自己的家中。墙外或许是黑夜，但这种灯光、这些东西使她与黑夜分开，使她可以无视黑夜的存在……她想到自己是孤独的，不错，完全孤独，与世隔绝。

她脱光衣服，赤身裸体地站了起来，一边摇着她那个头发蓬乱的大脑袋，一边朝衣柜走去：要拿一件新睡衣。她踮着脚尖，轻盈地走完这几步。她拉开衣柜抽屉的时候，低头朝自己的身上看了看：一对丰满的乳房在她的眼皮底下来回晃动。她重新挺直身子，对着镜子端详着自己：身上一丝不挂，姿势十分可笑——如果不是可耻的话；她的脑袋过大，肩膀却瘦得可怜，两者很不成比例。这使她十分难过。脑袋显得过大，或许是头发太长的缘故吧？她从衣柜抽屉里拿出一面小镜，对着后脑勺照了照：的确太长了。"我应该去理发。"她心想。

她又开始观察自己的身体……唔……腿不大直，噢，看不大出来，因为只是膝盖以下部位不直。她看了看胸部……乳房太松弛。她用手托高了一点，两手一起托。"应该长成这样。"她想。她转过身，打算看看自己的后背。正当她的目光越过肩部，打算把整个后背一股脑儿收进视野时，突然感到这些徒劳无益的举动与当天发生的那些重要的事情是多么不协调。她想起几分钟前自己曾被莱奥吻过。她放下镜子，回到床边。

　　她坐下，一动也不动地待了片刻，两眼盯着地面。"新的生活真正开始了。"她最后想道。她抬起头，猛然觉得这间安静、纯洁、不会让人起疑的屋子，与她的那些平庸和笨拙的习惯动作，融汇成了一个活生生的东西——一个具有特定形态的人，而她特地迎着这个人走去，不发一言，准备用一种前所未闻的方式杀死他。"再过一会儿……我就要和你永别……"她一边凄楚、神经质但又乐滋滋地想道，一边在床边朝周围的物什做了一个告别的手势，仿佛自己是在一艘即将启航的轮船上。她的脑中接二连三地闪过许多疯狂、硕大、哀伤的形象，她觉得一条命运的锁链正把这些形象拴在一起。"这不是挺奇怪吗？"她喃喃自语，"明天我将向莱奥献身，明天新的生活将开始……而明天恰好是我的生日。"她想起了母亲。"嘿，我要跟的是你的男人，"她想，"你的男人，妈妈。"这种可鄙的巧合，这种和母亲争夺情人的做法使她很高兴。这一切大概是肮脏、龌龊、卑劣的，她的心中既无爱情，也无好感，只有一种令人痛心的自我毁灭感。"我将制造一个前所未有、轰动一时、丢尽脸面的丑闻，"她想，"完全毁掉我自己……"她垂着头待了一会儿，然后抬起眼睛，对着衣柜镜子看看自己。她的全身开始无缘无故地颤抖。她想哭，想祈祷。她觉得这些可悲的想法已经把她毁掉了。"生活将引我走向何处？"她低头看着地板反复思索，"走向何处？"

最后，这些痛苦的词语失去了任何含义。她脑中空空如也，身上一丝不挂地呆坐在床沿上。灯光是明晃晃的，周围的东西摆在跟每天夜晚相同的地方，刚才的冲动已经消失，她心中只留下一种痛苦的空虚感。她觉得自己煞费苦心好不容易接触到问题的核心后，又莫名其妙地把它丢失了。

"爱发生什么就发生什么吧，"她想。她拿出睡衣，懒洋洋地往身上一裹，然后就钻进被窝，熄了灯，闭上眼睛。

五

丽莎家没有长住的用人，她不愿意要。烧饭、扫地之类非做不可的家务活，她都让手脚麻利的女看门人来干。这种方式，当然了，并非没有不便之处；但生活自由、作风轻佻的丽莎情愿这样。

那天早晨她醒得很晚。一段时期来，她总是半夜以后回家。睡得不舒畅，起床后反而比头一天更累，心情更加烦躁。那天她勉强醒来后，身子不动弹，头也不抬，只是睁眼看了看：千百条光线，像从筛孔中透出来似的，穿破弥漫在屋里的那片由稀疏的尘粒织成的黑暗；陈旧的家具、默默无言的镜子、挂着的衣衫、以及那块大黑斑——门，在死一般寂静的黑暗中依稀可辨。空气沉滞，令人昏昏欲睡。到处散发着家具杂物的味道。窗户紧闭着。丽莎下了床，理了理披散在汗津津的脸上的头发，走到窗前，拉起百叶窗。白天顿时闯进屋里。她掀开窗帘。玻璃上凝满水珠，外面一定很冷。透过这层水珠，可以看到窗外绰约多姿的色彩：有的白，有的绿，既柔和，又纯洁，如同溶化在一泓清水中。她用手指把这层液态的薄纱弄破，立即看见了一个红瓦屋顶的一角。屋顶光线暗淡，颜色混浊，无法引起任何人的关注。不必抬起眼睛便能知道上方是一片灰色的天空。她离开窗前，在这个塞满东西的屋子里机械地走了几步。一张俗气的深色胡桃木双人床占了很大一块地方，床上零乱地堆着两条白色被褥。床离长方形的窗户只有一米，所以在大雨如注的冬夜，她可以躺在温暖的被窝里安逸舒适地欣赏窗玻璃上淌下的一道道水柱。床边有两口大衣柜，木料与其他家具相同，也有一股难闻的气味。大衣柜上嵌着一面发黄的大镜子。这间屋子面积适中，但摆上这几件家具后，剩下来的活动空间便十分有限了。

丽莎朝衣架走去。她这时只穿着一件半透明的衬衫，凹凸分明的躯体使这件衬衫显得过短。她的两条大腿全部裸露在外，一道深深的横沟把它们和浑圆的臀部分开；腿部皮肤白皙，几乎看不见汗毛。她的胸部很发达，两个丰满、光滑、布满静脉的乳房露出一半，只比二十岁时略有下垂。她就这样半裸着站在镜子前左顾右盼，时时向前弯腰，仿佛要让那件过短过薄的衬衫遮住下腹部的那个褐斑。她认为自己瘦了，披上晨衣，走进浴室。

浴室很小，里面很冷，灰色的墙壁上没有饰物，墙角全是潮斑。水管被漆成暗色，浴缸是搪瓷的，仅有的一面镜子上锈迹斑斑。丽莎开灯，忽地想起自己最后一次洗全身澡还是三天前，现在必须好好洗一次了。但她马上又犹豫起来：真的非洗不可吗？她看看自己的脚，洁白的指甲看上去挺干净。不，没有必要洗全身。再说，如果当晚要和米凯莱过夜的话——这是可能的——第二天她反正要把全身上下洗遍的；就这么决定了。她走到安在墙上的洗脸池跟前，拧开龙头，等着池子里注满水；然后脱掉晨衣，把衬衫褪到腰间，开始洗起来。她先洗脸，又是打喷嚏，又是呵气。接着她弯下身子洗脖颈和腋窝，避免水顺着肩膀和胸部往下流。她的下身暖烘烘的，充满夜间的热气。每往下弯一次腰，她都觉得衬衫的后襟往上爬一次，瓷砖地面的凉气朝她袭来。洗完上身后，她怎么也找不到毛巾，光着身子，湿漉漉地跑进卧室拿了一条。

　　她把身上的水擦干，坐在梳妆台前，略微打扮一下。用不着抹面霜，也不必搽腮红，只需扑点粉，洒点香水，梳理一下头发。最后，她转身背对镜子，俯身穿长袜。这时，两件她所关心的事在她脑海里交替出现：吃早饭，以及接待米凯莱。往常，她早晨喜欢喝杯咖啡，吃点可口的东西：蜜饯、糕点、黄油、脆点心。她很贪吃，每顿不把肚皮撑得鼓鼓的，决不离开餐桌。可今天她担心自己不得不挨一次饿了。"如果米凯莱一会儿就来，"她想，"最好别让他看见我正在吃东西……没办法……以后补一顿吧。"她直起身子，穿上一件粉红色的内衣和一条胸部紧得像是紧身内衣的衬裙。她开始纵情遐想,以此来安慰自己。她想象着米凯莱热切地爱上了她,但又怯于表白,因为他是一个情窦未开的小伙子。她将欢欣雀跃地向他委身,终将得到一种纯洁的爱情。"我经历过那种生活,"她自以为是地想道,"现在没必要假正经,守规矩。"不眠之夜、无聊的快感、没有喜悦的激动组成的污浊雾障终于被驱散了。米凯莱会给她带来阳光、蓝天、诚挚、热情,会把她当作女神来崇敬,会把脑袋枕在她的膝头憩息。她产生了一股不能满足的欲望,迫不及待地盼着啜饮这泓青春之泉,盼望得到这种新的爱情。她将语不成句,羞羞答答——二十年来,她几乎已经忘记害羞是怎么回事了。米凯莱是纯洁的化身。她将摒除邪念和淫欲,自然而然地投入小伙子的怀抱。她将手舞足蹈地迎上前去对他说:"搂着我吧。"这将是一种如今已不再时兴的非凡的爱情。

她穿好衣服,离开卧室,穿过昏暗的走廊,进入光线充足的小客厅。这里的东西不是白色便是粉红色:家具和天花板是白的,地毯、壁毯、沙发是粉红的。三扇大窗都拉上了薄帷帘,室内的光线非常柔和。乍一看,一切似乎都是纯洁无瑕的;人们可以发现上千种赏心悦目的东西:这儿有一个绣花用的小筐,那儿有一个摆着五颜六色的书籍的书架;油漆托架上养着几盆娇艳的花,墙上挂着几幅镶在玻璃镜框中的水彩画。总之,这些东西初看上去会令人想道:"嗬,这儿真漂亮,真安静。这儿的光线真充足，这儿的主人准是一位妙龄少女。"然而，观察得稍微仔细点，人们便会改变想法。他们会发现，小客厅并不比这间公寓的其他部分新。家具已经掉漆发黄；壁毯已经褪色，有的地方已经露出针脚；屋角的沙发上蒙着一块破布，放着几个肮脏不堪的坐垫。再看一眼，人们便会深信这儿的一切不足称道：窗帘上有好几个口子，画框玻璃已经碎裂，书上不是布满灰尘，便是书脊已经脱线，天花板上有许多宽大的裂缝。另外，如果女主人在家的话，人们甚至不必看看周围就能确知，这儿准是一片衰颓，因为女主人本身便是一个活生生的衰颓形象。

丽莎坐在书桌前等着。吃早饭的念头又向她袭来。食欲来了，她不知如何是好。"要是知道他几点钟来就好了。"她望着手表抑郁地想。但她还是控制住自己，再次放弃了吃早饭的念头，重新听凭幻想的骏马驰骋，设想着即将出现的那些温柔、粗犷和热情冲动的场面。"我要让他坐在沙发上，"她想，"我仰面平躺在他身后……我们闲聊一会儿……然后我要讲几句调情的话，刺激刺激他……接着就目不转睛地看着他……他不是傻瓜，会明白的。"她打量着沙发，仿佛那是一件将协助她达到目的的工具，她要估计它的优点和效能。即使一切顺利，她也不能让小伙子马上得手。她要听他怎么唉声叹气，从中得到无穷乐趣。几天后，她将请他吃晚饭，到那时她才会让他留下过夜。那将是一顿什么样的晚餐呀：山珍海味，特别是美酒。她将穿上那件十分合身的天蓝色连衣裙，如数戴上从贪婪的前夫手中夺回的那寥寥几件首饰。餐桌将摆在这儿，摆在小客厅里；餐厅中的气氛不如这儿亲密。一张供两个人用餐的餐桌上将摆满美味佳肴：烤鱼、肉饼、蔬菜、甜点。一张小巧的餐桌，丰盛的食物，熠熠发光的刀叉。她将摆上两份餐具。只摆两份，第三者不得进入小客厅，无论如何也不能进来……她将坐在可爱的米凯莱对面，一面吃东西，一面向他频频投射喜悦和温柔的目光。她将给他斟酒，斟很多很多酒。她将用戏谑、好奇、柔和、充满暗示的语调和他侃侃而谈。她将诱他讲出以前的风流韵事，羞得他满脸通红。她将时时向他含情脉脉地眨眨眼睛。他们的脚将在桌子底下碰在一起。用毕晚餐后，他们将一齐收拾桌子，由于欲火上升而一边窃窃嬉笑，一边互相抚摸和推搡。然后她将脱掉裙衫，换上晨衣，让米凯莱穿上她丈夫的一件睡衣；一定会合身的，因为他们身高相仿，虽然小伙子较瘦。她将和米凯莱坐在长沙发上，体会那种新婚之夜即将来临时令人焦躁不安的欢乐心情……最后他们将双双走进卧室。

她坐在书桌旁，被这些想象中的场面弄得神魂颠倒。她低着头，不时掠掠头发，似乎要把这些念头驱出脑海。她一面继续异想天开，一面扭动双脚，看着自己的皮鞋。门铃声响了，她的心跳速度骤然加快。她莞尔一笑，照了照镜子，然后走进走廊。

开门之前，她先打开电灯。米凯莱走了进来。

"我大概来得太早了吧？"他边说边把外套和帽子挂在衣帽架上。

"看你说的。"他们走进小客厅，坐在沙发上。"怎么样？"丽莎问。她拿出一包烟，请小伙子抽一支。他不想抽，双手往膝头一搁，心事重重地待着。

"挺好。"他终于回答道。沉默。

"你要是不反对的话，"她说，"我就躺在沙发上……但你……别动……别动……坐着好了。"她抬起双腿，躺在几个坐垫上。米凯莱看见了两条臃肿白皙的大腿，暗暗笑了一下。原先的想法回到了他的脑际："她显然想刺激我。"然而，丽莎不讨他喜欢，的确不讨他喜欢；他对这一切都很冷漠。

丽莎看着小伙子，盘算着对他说些什么。她刚才想好了几句话，深信可以使他们的关系立即变得亲热起来；但这些几分钟前她还觉得十分自然的词句，此刻由于激动，她却连一个也记不起来了。她的脑子里一片空白，心脏在猛烈跳动。不知怎么回事，她想起了头天晚上莱奥和米凯莱吵架的场面。她当时对那个场面当然很感兴趣。要不要再提提那个场面呢？她在犹豫着。唔，她也可以向米凯莱揭露他母亲的奸情，如果他还一无所知的话。这样她就能对旧日的情人略加报复了。这个念头鼓起了她的勇气。再说，这样也可以间接地引发谈起某些更有刺激性的话题。

"我敢打赌，"她看着他说，"你很想知道昨晚我为什么不让你向莱奥道歉。"

他转过脑袋。"是你很想谈谈这件事，"他想这么回敬一句，但忍住了。"并不很想知道……不过，你讲下去吧。"他说。

"我认为，我比任何人都更有权利使你睁开眼睛。"她开了个头。

"我不怀疑这一点。"

"我沉默了很久，假装没看见……但终于忍不住了……我对昨晚看见的场面感到很恶心。"

"对不起，"米凯莱说，"到底是什么事情使你感到恶心？"

"你向莱奥道歉时讲的那些话。"她用严肃的目光注视着他，"尤其是因为要求你这么低三下四的不是别人，而是你母亲。"

"噢，我现在明白了，"米凯莱的脸上浮现出讽刺的神情，"她是想告诉我一个特大新闻：我母亲有情夫。"想到这儿，他突然觉得自己以及面前的这个女人都非常令人作呕。"不过，那也许不能算是低三下四。"他又说。

"不管从哪方面讲，那也是低三下四的表现……我还要告诉你一件事，你听后会觉得我讲得有道理……"他瞟了她一眼。"如果我现在一把搂住你的腰，或者胳肢一下你的脊背，"他想道，"你准会马上失去这种煞有其事的庄重神态，全身乱扭起来！"

"我把话说在前面，"他说，他觉得自己讲的话确实是出自内心的，"我不想知道任何事情。"

"好极了，"丽莎答道，她一点儿也不觉得尴尬，"你说得对……可我认为应该讲……你会感激我的……好吧，你应该明白，你母亲干了一件错事……"

"只有一件吗？"

丽莎面前摆着两种选择方案：或是勃然大怒，或是一笑了之。她选择了后者。"她大概干过一千件错事，"她笑吟吟地说，同时把身子挨向小伙子，"但这件事肯定最严重。"

"等一等，"米凯莱打断她，"我不知道你要对我讲什么……不过，看样子这是一件很严重的事，我想知道你为什么要告诉我。"

他们相对而视。"为什么？"丽莎反问一句，然后徐徐垂下眼睛，"因为你使我很感兴趣，还因为我喜欢你。另外，我刚才已经讲过了，因为这些偷鸡摸狗的事情叫我恶心。"

米凯莱知道莱奥和丽莎从前的关系。"哼，"他心想，"你更不能容忍的是别人把他从你身边抢走了！"但他只是沉着地点点头："你说得有道理，偷鸡摸狗的事情最叫人无法忍受！……好吧，请说下去，她到底干了什么错事。"

"喏……十年前，你母亲认识了莱奥·梅卢迈奇……"

"你不至于想对我说，"米凯莱故作惊惶，假惺惺地打断她的话，"莱奥是我母亲的情夫吧？"

他们相对而视。"很遗憾，"丽莎用痛苦、直率的语调说，"情况正是如此。"

沉默。米凯莱看着地面，很想大笑一场。他的厌恶变成了可笑的痛苦。

"你现在该明白了，"丽莎接着说，"为什么你母亲让你在那人面前低三下四时，我觉得恶心。"

他一动不动，也不说话，仿佛看见母亲、莱奥和他自己正同时向某人求饶。三个可笑、渺小的形象，无望地消失在更为广阔的生活中……但这些幻觉并未使他觉得羞辱，也没引起他的任何感情。他很想变成另一种样子——怒气冲冲，咬牙切齿，怀着铭心刻骨的仇恨。但他只觉得十分冷漠。为此他深感痛苦。

他看见丽莎站起身，坐到他旁边。"算了，"她边说边伸出一只胖乎乎的手，摸着他的头安慰他，"算了……振作起来……我知道你很难过……我们本来深信某人值得我们的爱、我们的敬重，可是后来……我们周围的一切突然崩溃了……但不要紧……你可以从中吸取教训……"

他摇摇头，咬着嘴唇忍住不笑。丽莎却以为他正受着难以忍受的痛苦的煎熬。"并非所有坏事都对人不利，"她用伤感和甜蜜的声音说，她的手不停地抚摸着小伙子的头发，"我们可以从此亲近起来……你希望我在你心目中弥补你母亲以前的位置吗？你希望我成为你的朋友和你的知己吗？……"她讲的倒是心里话，但她的语调矫揉造作，声音甜得发腻，听了叫人作呕。米凯莱很想伸手堵住她的嘴，但他只是纹丝不动地待着，脑袋固执地扭向一边。他坐在沙发边，挨在这个女人身旁，仿佛能看见自己脸上露出了一副介于痛苦和痴呆之间的表情……他觉得这个场面十分可笑。要想忍住不笑，只有一个办法：待着不动。

丽莎的热情愈来愈高："今后请你常来看我……我们聊聊……努力去重建，去重组一种新的生活。"

他斜睨了她一眼……她的脸色通红，一缕金发垂挂在她那张激动得通红的脸上。"噢，原来你用这种方式重组生活。"他心想。他记起她那个上午应该到这儿来的亲戚……"为什么不利用这个机会得到一些好处呢？……为什么不继续逢场作戏呢？……"

他仰起头。"真叫人无法忍受，"他说，仿佛已把一种强烈的痛苦抑制住了，"你说得有理……我应该建立一种新的生活……"

"当然。"丽莎热情地表示赞同。接下来是一阵深深的沉默。两人都装作陷入沉思，但各自的目的是不同的。他们挨在一起，眼睛望着地板，一动不动地待着。

一阵窸窣声。米凯莱的一条胳膊伸到那个女人的背后，搂住了她的腰。"别这样。"她说。她的声音很清晰，似乎是在回答一个发自内心的问题。但她没有动，也没回头。米凯莱狡黠地笑笑，其实他一点儿也不激动。他把她搂得更紧了。

"别，别。"她重复了几遍，但声音越来越微弱。她屈服了，那颗晕乎乎的头颅顺势枕在小伙子的肩上。他们这么温情缱绻地待了片刻后，他托起她的下巴，不理睬她目光中默然无声、并非真心的反对，在她嘴上吻了一下。

他们的身体分开了。"你真坏，"丽莎深情地说，露出一丝感激的笑意，"真坏，真粗鲁。"米凯莱抬起眼睛，朝她投去一瞥冷冰冰的目光。他那瘦削严肃的脸上掠过一个微笑。他伸手使劲胳肢丽莎的腋窝。"喔唷，喔唷。"她嚷了起来，又是咯咯直笑，又是胡乱扭着身子。"喔唷，喔唷！"她手脚乱动，最后从沙发上滚了下来，跌落在地。全身的扭动使她的连衣裙撩到腹部上方，两条雪白、肥胖的大腿露了出来。米凯莱这才放开她。丽莎重新坐好，放下连衣裙遮住膝盖。

"哼，你真坏！"丽莎伸手按住不断起伏的胸部，尖着嗓子反复说，"哼，你真坏！"米凯莱一声不吭，严肃、正经、好奇地观察着她。"你呀，"她伸出双手搭在他肩上，接着说，"应该这样吻我，看着……"她的嘴唇撮成心状，凑到小伙子唇边轻轻吻了一下，随即就离开；由于满意，她的眼睛奕奕有神。"应该这样吻我。"她竭力掩饰自己的激动心情，痴痴地又说了一遍。

米凯莱噘噘嘴，站了起来，双手往兜里一插，在客厅里转了一圈。他看着挂在墙上的那些庸俗不堪的水彩画，心情烦乱、恼火。"你喜欢吗？"他突然听见她在背后说。他回过头，看着丽莎。"蹩脚货。"他说。

"可是，说实在的，"她深受委屈地回答道，"我一直以为这些画还不错呢。"

他们回到沙发边。小伙子的太阳穴怦怦乱跳，他的面颊发烫。"这一切无聊透顶。"他厌恶地想道。但他们刚坐下，他就把丽莎按倒在坐垫上，就像想和她亲热一番。他见她闭上水汪汪的眼睛，脸上露出狂喜的神色，顿时感到既厌恶，又可笑。他的这种感受十分强烈，致使他的欲念消失得一干二净。他只是在她的嘴唇上冷冰冰地吻了一下，然后长叹一声把脑袋扎进她怀中。一片黑暗。"我就这么待着，直到离开为止，"他想，"不再看她，不再吻她。"

他感觉到了她的手温柔地按在他的头上，反复抚摸着他的头发。

"你怎么啦？"那个熟悉的、虚情假意的声音问他。

"我在想，"他闭着眼睛，用深沉的声调答道，"人与人之间要做到竭诚相待并不困难，但事实上他们却总是尽量往相反方向走。"他叹了口气，觉得意思已经表达清楚了。"我为什么待在这儿呢？"他扪心自问，"为什么说谎呢？把心里话讲出来，然后拔腿就走，这是很容易办到的。"

"的确如此，"丽莎一边表示附和，一边不停地摸着他的头发，"确实是这样……不过，你现在用不着再考虑这些了……你不需要别人……有我呢，我们待在一块……管他世界上会发生什么事。"她讲这些话时，声音中饱含着热情；小伙子却听得浑身打冷战。"我们将远离这些使你不愉快的事物而生活，你愿意吗？……离开所有这些可悲的事物……你可以向我诉说你的生活、你的烦恼、你的忧伤；而我将把我的全部爱情奉献给你。我一直为你珍藏着这种感情……我将成为你的伴侣，你愿意吗？你的忠实的、谦恭的伴侣，十分谦恭。你知道吗，我将默默地倾听你讲话，用爱抚来安慰你，就像这样……就像这样……"她那只抚摸小伙子脑袋的手抽搐了一下。突然，她低下头，狂吻着他的头发和后颈；在这同时，她伸开不住颤抖的十指，神经质地抓住米凯莱瘦削的肩膀。她的心怦怦乱跳。"我终于爱着他，并被他所爱了，"她想道，"终于如愿以偿了。"

米凯莱一动不动。他从未见过可笑的装腔作势和感情的真实发泄能这么巧妙地结合在一起。一种可憎的困惑感攫住了他。"她起码应该闭上嘴巴呀，"他想，"但她做不到，非得把这些话讲出来不可。"他忽而产生了一种歇斯底里的欲望：实话实说，讲出他的心里话，讲出这个唯一的事实，然后扭头就走。然而，怜悯心制止他这么做；何况不正是他首先去拥抱丽莎，引起了她的痴念吗？

"亲爱的……亲爱的，"丽莎低下头对他说，"你想象不出我是多么喜欢你。""夸大其词。"小伙子真想这么回答她。他的眼前是一片黑暗，他仿佛从未见过亮光。这些话、这些爱抚、这个声音给他留下的印象是：这是一个没有希望的黑夜。

他抬起头，挺直身子，揉揉迷迷糊糊的眼睛。"我大概该走了，"他说，"你的那个亲戚什么时候来呀？"

"我去给他打个电话。"丽莎说。显然，她没料到他会提出这个问题。她走了出去。

只剩下他一人了。他站起身，走到墙边，漫不经心地看着一幅水彩画。接着，他像是想起了一件事似的走到门口，把门打开一条缝。电话安在光线昏暗的走廊那端的墙壁上，但电话旁没有丽莎。她装着出去打电话，其实那个亲戚或许根本不存在。为了让米凯莱到她家里来，她撒了个谎。

"我应该假装不知道，"他一边这么琢磨，一边轻轻重新把门关上，"应该假装不知道。"他回到墙边，重新欣赏起那幅水彩画来。画的是一间农舍，几堆干草。一股轻微的烦恼感和厌恶感压在他心头，这种感觉就像竭力忍住不呕吐似的使他难受。不久，他转而一想："归根结底，她跟我一样不幸。"于是，他总算对这个并无必要撒谎的女人产生了一点儿怜悯。"我们大家都一样，"他思索着，"做同一件事可以有一千种方式，我们却总是本能地挑选其中最糟的一种。"

片刻之后，门开了，丽莎走了进来。"很抱歉，"她说，"我亲戚有事……不能来了……但他说改在明天吧……要是你方便的话。明天下午。"他们互相看着。米凯莱对她感到更加厌恶和蔑视了。"太过分了，"他想，"等于把我当傻瓜，明天准是老一套：你第二天再来吧。"他觉得，若是他佯装不明白，那就意味着他鼓励她继续玩这种鬼把戏，意味着他愿意继续在她面前装糊涂，意味着他愿意继续等待这个并不存在的亲戚，同时爽爽快快地跟她在另一些事情上达成默契。

"不，"他说，"我明天不来了。"

"可是，他明天准能来，"丽莎毫不知耻地坚持道，"如果你不在场……"

米凯莱将一只手搭在她肩上，看了她一眼："这一切真可笑……他不会来的……你为什么不说真话呢？"他见她惴惴不安。但这没什么，更糟的事情在于，她避开他的目光，挤出一个下贱、无耻的微笑，像是干坏事当场被人逮住时还满不在乎。

"什么真话？"她反问一句，没有正眼看他，也没有停止微笑，"我不明白你的意思……除非发生意外情况，他肯定能来……"

"我刚才朝走廊看了一眼，"米凯莱不慌不忙地解释道，"你没打电话……这个亲戚或许根本不存在。"

沉默片刻后，丽莎选择了一种最轻快的态度，一边继续微笑，一边稍稍耸耸肩："既然你朝走廊里看过，为什么还要提这么多问题呢？"

米凯莱打量着她。"难道她不觉得自己的手腕应该巧妙点吗？"他心想。"怎么能这样呢？"他想再作一次努力。

"别这样，"他指出，"别用这种口气讲话……这是一件很严肃的事……你为什么要演戏呢？完全可以明说嘛："你明天再来……我们一道喝杯茶。""

"我应该这么说，我知道……"她的话中没有讨饶的语气，却有急躁的心情，"那么，你仍旧会来的，对不对？……另外，你别瞎怀疑，我确实有这么个亲戚，只不过我现在还没跟他谈起你的事，但以后肯定会谈的，我会尽快跟他谈的。"

"瞧，"小伙子心想，"她以为我之所以不高兴并且责怪她，是由于没见到她那个该死的亲戚。"他的表情变得严峻起来。"不，我不来，"他说，"你不必找任何人谈。"他离开丽莎，走进走廊。

这个狭小、昏暗的空间中弥漫着厨房里的气味。"这么说，你当真不来了？"她把帽子递给他，用恳求和疑虑的口气问。他看她一眼，犹豫了片刻。看来什么方法也不能奏效；这个女人我行我素，坚持错误，根本不在乎别人厌恶她，轻视她。他觉得自己的努力白费了，因而感到很难受。他被绝望、焦虑和烦恼压抑着，很想大喊一声。"我明天到你这儿来有什么用？"最后他问道。

"怎么会没用呢？"

"什么用也没有，"他摇摇头，"白费工夫……你就是这么个人……本性难移……你们全这样。"

"什么样？"她固执地问，不由自主地红了脸。

"庸俗，狭隘……只喜欢跟男人上床睡觉……胡诌出一个亲戚来哄我。"米凯莱想这么回答她。但他说的却是:"好吧……我来。"沉默片刻。"不过,我离开之前,"他接着说,"有件事想请你解释一下……反正你现在心里已经踏实了,因为我……爱着你,所以我明天会来的。可是,你为什么还要用你的那个亲戚作幌子,而不对我说实话呢?"

"很抱歉,"她迟疑了一会儿,然后做出解释,"跟你明说吧;我编出这件事,是想让你到我这儿来。我这是第一次这么干。"

"你一次都不必这么干。"米凯莱定睛注视着她说。

"是的,"她卑微地承认,"你说得有理……但谁能做到没有过失呢?……再说我确实有一个这样的亲戚,家里很有钱……只不过我好久没见他了。"

"这就行了呗。"米凯莱说,他握住她的手。"那么,明天见。"他说。但他蓦地发现丽莎用一种异样的目光看着他,羞羞答答和温情脉脉地微笑着。他明白了。"好吧。"他心想,随即俯下身,把她搂进怀里,在她嘴上吻了一下,然后放开她,走出门去。他到了门口,转身向丽莎告别时,看见她像一位初恋中的少女似的,羞赧地藏在一件挂在衣帽架上的大衣后边,伸出两个指头按在嘴唇上,从光线暗淡的更衣廊中给了他最后一个飞吻。

"拙劣的闹剧。"他一面想,一面头也不回地下了楼。

六

那天，母亲很晚才梳妆打扮完毕。已经中午了，她还坐在梳妆台前左顾右盼，认真细致地用炭笔在浮肿的眼睑上描画着。她刚醒来时心里酸溜溜的，情绪坏到了极点；但后来想起当天是卡尔拉的生日，二十四岁生日，她的心又突然沉浸在歇斯底里的母爱中。"我的卡尔洛塔，我可怜的卡尔洛蒂娜[1]，"她想道，心一酸，差点落下眼泪，"唉，世界上只有她还对我有点感情。"起床时，穿衣时，她都想着卡尔拉已满二十四岁这件事，觉得这是一件值得怜悯的事，一件令人伤感和催人泪下的事。她反复思考着应该送女儿一些什么礼物，怎样让女儿称心如意。"她衣服很少……我给她添置几件吧……添置四五件……再给她买件裘皮大衣……她早就盼着穿裘皮大衣

1　卡尔洛塔、卡尔洛蒂娜均为卡尔拉的昵称。

了……"从哪儿搞钱买礼品呢？对这个问题，母亲连想也没想。"希望她能找到一个如意郎君，"她又想道，"这样我的心愿就能了却了。"她想到已经二十四岁的女儿仍旧待嫁，对男人的怒气立刻袭上心头：

"这帮小伙子全是白痴……只知道打打闹闹，浪费时光。其实他们应该多考虑一些成家的事。"不过，卡尔拉肯定能嫁出去。"她长相漂亮，"她一面想，一面扳着指头列举女儿的优点，"哦，应该说她非常漂亮……心眼好，像天使一样善良……另外，为人聪明，有教养……受过良好教育……对她还能要求些什么呢？"钱，嗯，她没钱；卡尔拉走进丈夫家门时，将和她出世时一样身无分文，只有许多美德，这是无疑的。然而，如今难道只有富人家的女孩才能结婚吗？唔，最近不是有几个姑娘不带一分钱嫁妆却找了个好丈夫吗？……母亲的心情稍微好了点，她从卧室走进前厅。

前厅中间的桌子上放着一束美丽的玫瑰花和一个纸盒。花中夹着一封信。母亲拿出那封信，撕开信封念道："给卡尔拉，我把你当作自己的女儿，向你表示最亲切的祝贺。莱奥。"她把信放回花中。"他考虑得真周全，"她满意地想道，"别人处在他的位置，准不知道该怎么对待情妇的子女……可他却消除了周围人的一切怀疑……他就像是一位父亲。"她高兴得想使劲拍手，要是莱奥在面前的话，她准会去拥抱他。接着她打开盒子，里面装着一个绣花丝质手提包，搭袢上镶有海蓝石。

母亲的喜悦达到了顶点。

她拿起礼品盒和那束玫瑰，奔进卡尔拉的卧室。"你这几天运气真好，"她冲着女儿喊道，"看看，给你送来了什么礼物。"手拿一本书坐在桌旁的卡尔拉站起身来，二话没说，接过莱奥的信看了起来。莱奥居然厚颜无耻、自鸣得意地把她当作"自己的女儿"！她不禁打了个寒战，再次为自己干过的那件难以启齿的事感到不安和悔疚。她抬起头。母亲的眼睛中闪烁着欢乐的光芒，脸上露出激动的微笑，怀中紧紧捧着那束鲜花，不免显得有些可笑。"他真好，"卡尔拉冷冰冰地说，"盒子里是什么？"

"手提包，"母亲兴冲冲地答道，"一个出席晚会时用的十分雅致的手提包，起码花了他五百里拉……你看……"她打开盒子，让女儿看了一眼里面的礼物。"很漂亮，对吗？"她又问了一句。

"漂亮极了。"卡尔拉回答说。她把手提包搁在桌上，母女二人的视线碰在一起。

"嗯，"母亲突然用激动的声调说，"我女儿今天满二十四岁了……可我觉得她昨天还是个小丫头。"

"是的，妈妈，我也一样。"卡尔拉答道，她的话里连一点讥讽的影子也没有；但她真想加上一句："可是从今天起我将不再是小丫头了。"

"你一直跟布娃娃玩耍，"母亲接着说，"给它们摇摇篮的时候，你就向我直摆手，不让我讲话，因为你说它们在睡觉。"但是，这些令人感动的往事说到一半时，她停住了，定睛看着卡尔拉，"希望有朝一日你能给有血有肉的娃娃摇摇篮。"

"是的，妈妈，但愿这样。"姑娘答道，她感到困惑和自怜。

"说真的，卡尔拉，"母亲接着说，似乎想让她相信一个含义深邃的伟大真理，"说真的，我只有一个愿望……希望你结婚……到那时我就心满意足了……"

卡尔拉微微一笑。"你……但我能心满意足吗？"她心想。"嗯，好吧，"她垂着头回答，"可是要结婚就得有两个人……我和他。"

"这个"他"肯定会有的，"母亲信心十足地大声说，"唔……你看……你也许会觉得好笑……但我仿佛预感到今年你将结婚……或者至少将订婚……我有这个预感……不知是为什么，这种事无法解释……你会看到的，这事准能发生。"

"将发生的是另外一件事。"卡尔拉想这么回答。她想起自己已决定当天向莱奥献身。母亲不理解她，这使她很痛苦。她们都像瞎子一样陷入了黑暗，谁也没有希望从中解脱。她凄然一笑，坚定地回答道："当然，肯定会发生什么事。"

"我有这种预感。"母亲满怀信心地重复一遍，"这些花放在哪儿好？"

她们把花插进了花瓶，然后走进前厅。这儿的光线暗淡，一块红窗帘蒙在楼梯旁那扇狭长的玻璃窗上，刷得雪白的四个屋角都笼罩在黑影中。她们在长沙发上坐下后，母亲马上提了个问题："告诉我，你觉得昨晚丽莎怎么样？"

"我觉得她怎么样？跟往常一样。"

"你真这么觉得吗？"母亲怀疑地说，"我发现她发胖了……还有，我也不知道……她老了。"

"可是……我没这种感觉。"卡尔拉答道。她已经明白母亲是什么意思了。"你应该吃我的醋，妈妈，"她心想，"而不是妒忌丽莎。"

"还有那件衣服，"母亲接着说，"我从来没见过比那更俗气的衣服……她还以为穿得挺时髦呢……"

"说实话，"卡尔拉说，"我觉得不难看。"

"非常难看，"母亲做出定论。她的眼睛瞪得圆圆的，直勾勾地望着前方，仿佛面前出现了妒忌女神的形象。过了一会儿，她猛地朝女儿转过身，"你说句心里话吧……你看见丽莎怎么缠着梅卢迈奇了吗？"

"嘿，"卡尔拉心想，她厌烦得真想冲着母亲大声说："别妒忌丽莎，应该吃我的醋……我和他在帷幔后面拥抱……搂在一起。"但她只是答道："怎么缠着？"

"就是缠着，"母亲重复说，"她缠着他送她回家……你知道我是怎么想的吗？"她俯过身子补充道："她希望破镜重圆……正是为了这个目的，她才向他抛媚眼……可是梅卢迈奇有别的事要干，没有心思在她身上动脑筋。可怜的女人……再说，他只要愿意，完全可以找到一千个比她好的女人……她那个身段……那副模样……充满了嫉妒与口是心非，当面甜言蜜语：你真漂亮，你真娇艳，你真让人喜欢，背后却暗箭伤人……嗯，说实话，我对所有人都很好，在所有人身上都能发现几个优点，连一只苍蝇也不想伤害；但这个女人实在叫我无法容忍……"

"可你自称是她的朋友。"

"这有什么办法呢？"母亲说，"在别人面前不能老是讲心里话……社会习惯往往迫使人们干出违心的事情来……不然的话，谁知道会闹出什么结果……"她用手比画了几下，意思仿佛是："谅解我吧，就得这样。"她皱起眉头，噘起嘴。卡尔拉的面容也变得严肃起来，她尽量不去看母亲的那副模样。

"多讲点真心话，"她想对母亲大声说，"事情就好办了。"

"不过，谎话一句接一句，"母亲继续说，"老是口是心非，像丽莎那样……嗒，这是我所不能接受的……别的什么都行，但这除外……举例说吧，我敢肯定，昨晚她到这儿来根本不是为了看我们！……她准是通过某种方式知道梅卢迈奇在这儿，因此才上我们家来了……何况她什么有意思的话也没讲，刚待一会儿就急着要走。"

卡尔拉几乎用怜悯的目光注视着她。母亲做出错误推断时所用的痛苦的、牵强附会的方式，常常引起卡尔拉的厌恶的怜悯。"真是这样吗？"她问，她只是想随便说点什么而已。

"毫无疑问。"母亲自信地答道。她沉思了片刻。在这个光亮和阴影交杂的前厅里，在这几幅丝绒帷幔之间，她那张浓妆艳抹的脸扭曲了，露出一副恶狠狠的表情："你听着……那个女人的身体也叫我恶心……我不知道是什么原因……她的全身仿佛又黏又滑，但又充满激情，充满热量……像一条母狗……是的，她用闪闪发光的眼睛瞟着男人们，像是向他们发出邀请……像是对他们说："上我家去吧……"你要知道，我倘若是个男的，决不去碰她，连手指头也不去碰她一下……我会觉得恶心的。"

"我向你担保，妈妈，"卡尔拉说，"我没这种感觉。"

"你不懂，"母亲说，"有些事情你不明白……我是过来人，知道生活是怎么回事。一看见这种女人，长着这双眼睛，这副模样……马上就能下结论……咔嚓！……就像拍照似的。"

"也许是吧。"卡尔拉认输。两人一声不响地待了一阵子。沉默。静止。须臾间，从一楼走廊尽头传来了使劲摔门的声音。"大概是梅卢迈奇，"母亲站起来说，"你去陪陪他……我马上就来。"

卡尔拉的心跳得飞快。她慢吞吞地踏着楼梯，一级级往下走，仿佛身上一点儿力气也没有，走快了会摔倒似的。她走进客厅。正像母亲猜想的那样，是莱奥。他背对着她站在窗前。

"噢，你来了。"他拽过她的一条胳膊，让她坐在长沙发上。

"谢谢你的礼物，"她开门见山地说，"可你为什么写那句话呢？"

"哪句话？"

"我把你当作自己的女儿。"她盯着他说。

"噢，"莱奥大声说，他仿佛已经把这事忘掉了，"是的……我是这么写的……当作我的女儿……一点不错。"

"为什么这么写？"

他的脸上浮现出一个半是得意、半是轻佻的笑容："首先是为了照顾你母亲的面子……其次是因为我很高兴把你想象成我的女儿。"

她看着他。"真不害臊，"她心想，"无耻透顶。"但在她心中，毁掉自己的愿望却比对他的厌恶更强烈。"我……你的女儿……"她似笑非笑地说，"说实在的，我可没想到这一点……你怎么会冒出这个念头的呢？"

"昨晚，"莱奥平心静气地答道，"我们待在帷幔后面的时候……当时不知怎么搞的，我忽然想起了我见过你小时候的模样，就这么点高，两条腿露在外面，辫子甩在肩上，我想："瞧，我完全可以做她的父亲，尽管这样……""

"尽管这样，我们却互相爱着，对不对？"卡尔拉盯着他的眼睛把话讲完。"你难道不觉得——怎么说好呢？——这两件事情是不能相容的吗？"

"为什么？"莱奥反问一句，他继续眯眯笑着，同时伸出一只手在额头上摸了摸，"普遍情况下大概是这样……可是在特定情况下，每人都按自己的感情行事。"

"可这不就乱伦了吗？！"

姑娘的表情严肃、不安。莱奥朝她笑笑："但你不是我的女儿，所以就不必担这份心。"他们相对而视。

"顺便说一句，"他补充道，"免得过一会儿忘了……吃完饭后，你随便找个借口，下楼到花园里去……在小树林那边……我会马上去找你的……明白了吗？"她颔首同意。踌躇满志的莱奥双臂交叉，朝天花板瞥了一眼。此刻他不想做出亲昵的举动，不想拥抱她，因为她的母亲随时都可能闯进来。他等着她母亲的到来。"我不能老是这么激动和欲火中烧，"他这么告诫自己，"过一会儿，等到没人时再说，到那时我有的是时间。"但他的目光只要一接触到卡尔拉，他的脸上就会容光焕发，像是一盏点燃的灯笼。他真想马上搂住她，把她抱得紧紧的，就在此刻，在这张沙发上占有她。

这些自发的欲望增长了他对玛丽阿格拉齐娅的反感。他一想起头天晚上卡尔拉的母亲在他面前表演的那场争风吃醋的闹剧，心中立即充满了怒意。他顿时变得冷酷起来。"你母亲是一只不折不扣的呆头鹅。"他愤愤地对卡尔拉说。

姑娘转过头正想回答时，突然响起了开门声。她住了嘴。母亲几乎是拽着米凯莱的手走了进来。"您好，梅卢迈奇。"

她喊了情人一声，然后指着儿子高声说，"喏，米凯莱在这儿哪，他提出把别墅卖掉，而不是拱手送给您。这样的话，我们除了能还清欠您的债外，还能多出一笔钱来……是这么回事吧？"

莱奥的脸色阴沉了下来。"傻话，"他一动不动地说，"我出的价够高了，谁也不会为你们的别墅付出更多的钱。"

"但归根结底，"米凯莱走上前来说，"你什么也不会给我们……还叫我们滚蛋……这就是一切。"

"我已经给过你们钱了！"莱奥看着窗外那方明净的天空，气愤而厌倦地答道。"不过，"他用愤愤的声调补充了几句，"你们愿意怎么办就怎么办吧……把别墅卖掉也好，白白送人也好，爱怎么办就怎么办……但我要预先警告你们，我不会向你们提供任何方便……契约一到期，那笔钱就应该准备好，交到我手中。"

莱奥明白，他讲这番话担着什么风险。倘若他们真的要拍卖别墅呢？那样的话，别墅的真正价值就会被他们知道，他的如意算盘就要落空。不过，他转而想道，玛丽阿格拉齐娅对拍卖和出售之类的事一窍不通，觉得做买卖是尔虞我诈的同义词；此外，她尤其怕被情人抛弃，因此她会想方设法讨好他的。想到这儿，他放了心。

"不，"她插了话，"拍卖嘛，或许不该那么做……不过，梅卢迈奇，您可以向我们提供一些较好的条件……我们可以达成妥协嘛。"

"什么妥协？"莱奥问，连看也不看她。

"譬如说，"母亲傻乎乎地说，"让我们继续使用别墅，直到米凯莱开始工作挣钱，直到卡尔拉出嫁。"

回答这个建议的是一阵高亢、做作、轻蔑的大笑。"那我就有得等啦，"这阵假笑止息后，莱奥终于说道，"得等很久……"他瞟了卡尔拉一眼，在她忧郁、无奈的眼神中看出了她此时内心的忧虑："谁会娶我呢？"他的虚荣心得到了满足，他感到无比骄傲——为自己是她生命的主宰而感到骄傲。他的内心感受跟她完全不同：既不忧郁，也不悲切。

"你说什么？"母亲抑郁地问，"这是什么意思？"

"别误会，"莱奥做出解释，"我不怀疑卡尔拉将很快出嫁，我向她表示衷心祝愿……但说到米凯莱，我既不相信他最近几年内能挣到钱，也不相信他能找到挣钱的正确路子……在这一点上，亲爱的太太，我的怀疑是站得住脚的。"

米凯莱是被母亲硬拉来参加这场辩论的，在这之前一直保持着缄默。但此刻他听见莱奥公然指责他好吃懒做、一事无成后，他知道自己不应该继续保持冷漠了，必须做出某种反应。"该发火了。"他想道。他向前跨了一步，用言不由衷的口吻说："我，我不像你认为的那样……我会用事实证明，我跟所有人一样有能力工作，有本事挣钱……你会看到……"母亲脸上露出了赞同和自豪的表情，米凯莱偷偷瞥了她一眼，加上一句："没有你的帮助，我照样能养活全家和我自己。"

"讲得太对了。"玛丽阿格拉齐娅高声说，自豪地伸出一只手放在儿子头上。儿子谦和地笑了笑。"米凯莱将找到一份工作，将挣很多钱，"她兴冲冲地说，"我们不需要任何人的帮助。"

然而，莱奥并没有愚蠢到这种地步。他愤怒地耸耸肩，大声说："傻话连篇。跟米凯莱待在一起，谁也不知道他是在开玩笑还是说真话。"接着他对米凯莱说，"你是一个小丑。一点不错，只是个小丑。"他的愤怒达到了顶点。在涉及钱的事情上，他不允许别人开玩笑。他想离开他们，扭头就走。

米凯莱又向前跨了一步："小丑？""小丑"这个词是不是损害了他的名誉和面子，是不是构成了对他的严重侮辱？他根据自己的冷漠和平静来判断，还没达到这个程度；但若是考虑到这个词的含义和驱使莱奥讲出这个词的不友好感情，那就肯定是这样了。"做出反击，"他想道，他的头脑有点昏昏然了，"例如打他一个耳光。"一分钟也不能耽误。莱奥就在眼前，离他只有一步远，靠着窗台，身后是丝绒窗帘。他要去打的那张粉红的、保养得很好的、胡子刮得一干二净的、沐浴在光线中的大脸，跟他的手掌一样宽，不必担心打不中目标……因此……

"唔，你骂我是小丑，"他冷冰冰地说，继续朝莱奥逼近，"你觉得我不会动怒吗？"

"我无所谓，你尽管动怒好了。"莱奥答道，他的唇边露出一个漫不经心的微笑，但眼睛却全神贯注地盯着米凯莱。

　　"那好，吃我一记耳光吧。"米凯莱挥起手……但对方立即捏住他的手腕，使他动弹不得。没等他明白发生了什么事，莱奥就把他推到窗前的角落里，使劲揪住他的两只手腕。母女二人惊慌失措地赶上前来。

　　"哼，你想打我耳光，"莱奥用平静和讥刺的声调说，"你可打错了主意……能打我耳光的人还没出世呢……"他讲话时声调很平静，但牙齿咬得咯咯响。"怎么回事？为什么？"母亲在他身后嚷道。米凯莱虽然待着的姿势不好受，却被莱奥的一身漂亮打扮和充满自信的魅力吸引住了：褐色的、裁剪得非常合身的双排扣上衣，洗得干干净净的白衬衫，汗毛刮得精光的脖子，浆过的高级亚麻白衣领，草草打了个结、下端塞进马甲领口的带有黄色条纹的深褐色领带。他怔怔地看着这一切有几秒钟，然后抬起眼睛，简单说了句："放开我。"

　　"不，我亲爱的，"对方这么回答他，"不……我不放开你，我还得跟你谈半小时话……"母亲和卡尔拉走到他们中间。"放开他吧，梅卢迈奇，"姑娘将一只手搭在弟弟肩上，看着母亲的情人说，"您不这么揪着他，也可以跟他谈话的，对不对？"

　　莱奥终于放开了他。"我没别的话可跟他谈，"莱奥干巴巴地说，"只想讲一句，这一切现在该结束了……真叫人无法忍受，我不认为这是达成妥协的最佳方式。"

"您讲得完全有理，"母亲赶紧献媚，用甜蜜的声音说，"不过，您别理会米凯莱……他不明白自己的所作所为……"

"你明白！"小伙子看着她心想。"那你为什么要把我牵扯到这件事情中来呢？"他向前迈了一步问道。

"别墅的事，"母亲不理会儿子的插嘴，接着说，"您如果想谈谈的话，那就跟我谈吧。"

"唔，是这样？"莱奥说，他的目光在面前这几张充满疑虑的脸上来回移动。

"好吧，我把我的所有条件统统讲出来：你们另找一个住所，但在没找到之前可以继续住在别墅里……然后……另外……我将给你们一笔钱……喏……例如三万里拉。"

"三万里拉？"母亲瞪大眼睛重复了一遍这个数目。"怎么回事？"

"我解释一下，"莱奥说，"您断言别墅的价值超过抵押的款数……我认为不对。但为了向您表明我确实是您的朋友，我可以给您另加三万里拉……用来补偿……谁知道呢……最近一段时间修缮别墅花去的费用……或者是抵押后用去的装饰费……"

"可是别墅的价值比这要高得多，梅卢迈奇，"母亲还在坚持，她几乎感到了痛苦，"高得多……"

"既然这样，您知道我要对您说什么吗？"莱奥冷静地回答，"您把它卖给别人吧……您会发现，不仅这三万里拉拿不到手，连欠我的债也还不清……首先，现在的行情很糟，是危机时期，谁也不添置房产，大家都想脱手。随便拿张报纸，看看第四版[1]就能明白了……还有，这幢别墅位于城外，很难找到什么人愿意上这儿来住……不过，您爱怎么办就怎么办吧……我不希望由于给您出了个坏主意而后悔一辈子。"

"我愿意接受梅卢迈奇的条件，妈妈，"卡尔拉说，"我迫不及待地盼着离开这幢别墅，搬到别的地方去住，哪怕去过穷日子也行。"

母亲气愤地挥挥手："住嘴。"接下来是一阵令人难堪的沉默。玛丽阿格拉齐娅预见到今后将陷入贫困，卡尔拉预见到旧的生活将被摧毁，米凯莱虽然什么也没预见到，但在三人中间他的情绪最懊丧。

"话虽这么说，"莱奥补充道，"我们还可以再商量……喏……后天您到我的书房里去一趟，太太……我们到时候再详谈。"

母亲怀着迫不及待的热情，用凄苦的声调说："后天……后天下午可以吗？"

"下午完全可以。"

大家默默无言地待了片刻。接着，在玛丽阿格拉齐娅的提

---

1 意大利报纸的经济版。

醒下，他们一起离开客厅，走进餐厅。

餐桌上已经铺摆就绪，显得庄重高雅。餐厅中光线明亮，银质刀叉、玻璃器皿、家里最好的餐具在雪白的桌布上锃锃发亮。母亲在首席安排座位，每人的位子都和昨晚相同："梅卢迈奇，坐这儿；卡尔拉，你坐那边……米凯莱，你在那儿。"人们每逢女儿生日便要请客吃饭，不知是为了突出这个日子的重要性，还是遵循一个古老的习惯。

"我本来打算设宴庆祝卡尔拉的生日，"她边吃边说，"照我的意思烧几道菜，几道特色菜。总之要搞成一个名副其实的午宴……但怎么能办到呢？眼下要烧这么几道菜难上加难……我的厨娘手艺不错，但算不上太好……样样事情都要嘱咐……这么干，那么干……她缺乏热情……缺乏热情的话，什么也干不成。"

"你说得有理，"米凯莱用低沉的嗓音，冷言冷语地表示同意，"确实如此……没有热情人就会一事无成……譬如说我吧，虽然我下定决心打莱奥一个耳光，却没打成……因为我缺乏热情。"

"提这事干什么？"母亲气恼得面红耳赤，立即打断他，"跟莱奥有什么关系？……讲的是厨娘……唉，米凯莱，你老是这个样子……甚至在今天这个日子，在你姐姐的生日，你还喋喋不休地唠叨什么打耳光呀、吵架呀这类事。应该忘掉一切，痛痛快快地乐一乐……你的脾气永远也改不了吗？"

"您就让他说吧，亲爱的太太，"莱奥眼睛盯着菜盘说，"反正我无所谓……就当没听见。"

"我不说了，母亲，不说了，"米凯莱说，他已及时发现自己走错了一步棋，"你别怀疑……我会像鱼一样一声不吭的，决不破坏生日气氛……"

又是一阵沉默。女佣进来收盘子。母亲用她那双刨根究底的眼睛注视了情人一会儿后，凑过身子问："您昨晚玩得愉快吧，梅卢迈奇？"

莱奥先向姑娘投去一瞥目光，似乎对她说："瞧，又来了。"但卡尔拉装作没看见。她听见他反问道："在哪儿？什么时候？"同时觉得他在桌下踩了她一脚。她咬着嘴唇：他的虚伪、他的两面手法使她无法容忍。她想唰地站起来，大声说出事实真相。

"在哪儿？"母亲答道，"在丽莎那儿呗……老天爷！"

"噢……您难道认为送人回家是一件开心事吗？"

"我不觉得开心，"母亲诡秘地笑了笑，回答道，"老实说，跟有的人在一起，我感到很无聊……可您觉得很开心，您想方设法跟那种人待在一起，这说明您喜欢跟那些人鬼混。"

莱奥正要回敬一句，米凯莱又不合时宜地插了嘴。"喂，母亲，"他大声模仿玛丽阿格拉齐娅刚才讲过的话，"你老是这个样子……甚至在今天这个日子，在你姐姐——噢，不对——在你女儿的生日，你还喋喋不休地唠叨什么丽莎呀、送人回家呀这类事。应该忘掉一切，痛痛快快地乐一乐……你的脾气永远也改不了吗？"

这几句话讲得很滑稽，卡尔拉不禁抿嘴一笑，而莱奥则捧腹大笑起来。"讲得好，米凯莱。"他大声说。但母亲却生了气。"跟你有什么关系？"她对儿子说，"我自己的事愿跟梅卢迈奇讲多少就讲多少，你别多嘴。"

"可是非得在今天这个日子吗？"

"这有什么关系？"母亲愤愤地抬了抬肩膀，"我只不过暗示了一下。"她接着补充道："当然了，我们也可以谈别的……但是，梅卢迈奇，您要记住，今后您选其他地方去跟情人们会面吧……我这儿没给您预备幽会场所……明白了吗？"

玛丽阿格拉齐娅第一次用这么激烈的口气讲话。一件意料之外的事情发生了，在这种场合一向默不作声的卡尔拉，这回也发作起来了："请你告诉我，妈妈，你明白你在说些什么吗？……我只想知道这一点。"她说话时竭力使自己的语调保持冷静，但她那张不断抽搐的稚气的脸，双颊上那两团红晕，以及眼中射出的那种不同寻常的严厉目光，表明她的内心是多么怒不可遏。

母亲看着她，仿佛正在看着一个有血有肉的怪物："哟，这可真新鲜！……我现在连讲话的自由都没有了。"

"我想知道，"卡尔拉固执地说，她的声音提高了，并已开始发颤，她的嘴唇在抖动，"这一切难道是正常的吗？……"她微微垂下那颗大脑袋，用一种异样的目光从下向上注视着母亲的眼睛。

片刻间寂然无声。母亲、儿子、女儿三人诧异不解地打量着彼此的脸孔。此时或许只有莱奥能够隐约揣度出卡尔拉的心情。她在桌边稍微侧了侧身子，以便把母亲看得清楚些。椅背很高，她看起来像是蜷缩在椅子中，显得她的肩膀更瘦、脑袋更大了……她好像想蹦起来。"小丫头发火了，"他注视着她想道，"她会扑到玛丽阿格拉齐娅身上去，用指甲抓破她的脸。"但这种灾难性的预测并未变成现实。卡尔拉只是抬起了头。"我想知道的就是这一点，"她重复道，"我还想知道，我们能不能这样继续生活下去，一天又一天，百无聊赖，一成不变，永远摆脱不开这种悲惨的处境。我们的头脑里充满各种傻念头，而我们竟因此而沾沾自喜。我们不断地争论，吵架，其实原因就那么几个。为什么从来不想超脱一点呢！哪怕就超脱一点点。"她伸开手掌按在桌面上，愤怒的眼里噙满了泪水。她的全身都在发抖。"现在，"她挺直身子接着说，"请你告诉我，这一切像样吗？……你没意识到这一点……你讲话的时候，争论的时候，应该照照镜子。你只要一照镜子，就会感到害臊……你应该明白一种迥然不同的新生活是多么令人向往……"她住了嘴，脸孔微红，眼睛里泪花闪闪。随后，她接过女佣端上的一道菜胡乱吃了起来，甚至不知道入肚的是什么。

母亲终于摆脱了震惊状态。"哼，你居然这样，成何体统！"她嚷道，"这么说，从今天起，没得到女儿的同意，我连讲几句话的权利也没有了？……我刚才听你讲话，还以为在做梦……太过分了。"

"我觉得，"米凯莱心平气和地说，"卡尔拉只不过提到了一点点事实真相……这儿的一切不但使人厌烦，而且也叫人恶心……不过，反抗是毫无用处的，应该慢慢养成习惯。"

"别夸大，"莱奥用息事宁人的口吻说，"卡尔拉讲的不是这个意思。"

"算了，"母亲对他说，"我了解我的儿女……您知道卡尔拉和米凯莱是什么货色吗？自私自利……这就是事实……自私自利。如果有可能，他们会一走了之，撇下我一人。"

她的声音在发抖，她的嘴唇也在发抖。大家——包括莱奥、卡尔拉和米凯莱——都会一走了之，撇下她一人。卡尔拉看了她一眼，后悔刚才讲了那些话。何况，讲了又有什么用呢？一只杯子是舀不干大海的。母亲的秉性是不会改变的，她将跟往常一样专断可笑，愚昧无知，即使出现奇迹也不会改变。跟她顶嘴不会有任何好处，最好自己采取行动。"还是跟他走吧，"她看着莱奥那张肤色红润、表情安详的脸膛想道，"今天就走，现在就走，永远不再回来。"但她克制住自己的厌恶心理，准备跟母亲和解了。"听我说，妈妈，我并不想顶撞你，"她温顺地说，"只是问了你一句，因为今天是我的生日。你自己说过，不应该吵架，应该……应该……"

"痛痛快快地乐一乐。"米凯莱接过她的话头，做了个鬼脸。

　　"正是这样，"卡尔拉严肃地附和道，"乐一乐。"她看着母亲那张愚蠢、不满和犹豫不决的脸，很想大声说："有什么可乐的？像我们现在这个样子，能乐得起来吗？"沉默片刻。她接着说："这么说来，妈妈，你没生气吧，是吗？"

　　"我从来不生气，"母亲一本正经地答道，"我刚才只是觉得一个懂礼貌的女儿不该用那种方式对自己的母亲讲话。"

　　"你说得完全正确，妈妈，"卡尔拉越来越温顺了，"完全正确……不过现在应该忘掉一切，至少今天应该多想点让人高兴的事。"

　　"你这个机灵鬼，"母亲似笑非笑地说，"好吧，我们忘掉一切吧。不错，今天是你的生日……如果不是因为这个，就不一样了。"

　　"太好啦，"卡尔拉说，她的语调严肃得近乎做作，"谢谢你，妈妈……现在嘛，莱奥、米凯莱，你们给我们讲点有趣的事情吧，让我们笑笑。"

　　"这么突然，"莱奥放下食叉说，"我真不晓得讲点什么好。"

　　"我倒是有一个确实很妙的故事，"米凯莱开了口，"你们想让我讲吗？"

　　"我们听着。"母亲鼓励他。

"好。"米凯莱仰起头，开始讲故事。"这是耶稣受难节的晚上，卡拉布里亚的强盗们围坐在篝火旁，其中的一个说道："贝佩，你知道很多故事，给我们讲一个有趣的吧。"于是贝佩用他那浑厚的嗓音讲了起来："这是耶稣受难节的晚上，卡拉布里亚的强盗们围坐在篝火旁，其中的一个说道："贝佩，你知道很多故事，给我们讲一个有趣的吧。"于是贝佩用他那浑厚的嗓音讲了起来："这是耶稣受难节的晚上……""

"够了，够了，"母亲笑着止住他，"行行好吧……这个故事永远也讲不完……我们知道。"

"得了得了，无限循环，没完没了。"莱奥下了结论。

女佣端着一个漂亮的大蛋糕走了进来，蛋糕上用奶油写着"祝贺"两个字。母亲先为自己切了一片，接着是莱奥，然后是卡尔拉，最后是米凯莱。

"这么说，你们不喜欢这个故事？"后者问。

"一点儿也不喜欢，"埋头吃蛋糕的母亲回答道，"没有比这更乏味的故事了……"

"你们在大学里就学这玩意儿吗？"莱奥不紧不慢地问，他的眼睛没从盘子上抬起来。

米凯莱斜瞥了莱奥一眼，没有搭理。"我倒还有一个故事，"不久，米凯莱又开了口，"但恐怕这个故事也不合你们的胃口……讲的是一个上了年纪的太太，她有一个情夫。"

"这种故事叫人听了不开心，"卡尔拉盯着弟弟的眼睛，不让他往下讲，"我希望你讲一个有趣的故事。"

"这种故事可能叫人不开心，也可能叫人开心。要看情况而论。"莱奥指出。

"不过，米凯莱，"母亲威严地说，"我不喜欢你在卡尔拉面前毫无顾忌地讲这种故事……"

母亲的话几乎使莱奥忍俊不禁……"嘿，得了吧，"他乐滋滋地想道，"卡尔拉在这方面比你更内行。"他的脚在桌子下面探寻姑娘的脚，踩了她一下，仿佛是让她跟他一块笑笑。但她却像刚才那样，对他的这种表示亲昵的小动作不做反应。她不再有心思笑，只是望着母亲，望着那张面具似的脸庞。餐厅中光线明亮，母亲的脸上仿佛露出一种木讷的、犹豫不决的表情。"马上结束这一切，"她琢磨道，"明天她就不会再讲这样的话了。"她迫不及待地想做一个出格的动作，发出一阵冷笑，向母亲表明她不再是一个情窦未开的少女了。

"真遗憾，"米凯莱说，"这是一个很有教育意义的故事……或许听后不能使人发笑……但有教育意义。"

接下来又是一阵沉默。女佣撤下蛋糕盘，端上水果。"噢，卡尔拉，"莱奥一边专心削苹果，一边对她说，"从今天开始，你将开始过一种新的生活了，是不是？"

"但愿如此，"卡尔拉微微叹了口气答道，一个念头折磨着她：什么时候向莱奥献身呢？当晚还是再过几天？

"在哪种意义上是新的生活？"母亲问。

"在各种意义上，妈妈。"

"我听不懂你的话，亲爱的，"玛丽阿格拉齐娅说，"讲得明白点，给我举个例子。"

"新的生活……也就是说，跟我现在的生活不同，不像现在这样浑浑噩噩，轻浮浅薄，虚度年华……要使生活具有深邃的意义……"姑娘瞥了母亲一眼，接着说，"新，意味着彻底变个样。"

"卡尔拉说得对，"莱奥指出，"隔一段时间变个样，是有好处的。"

"请您别插嘴，"母亲不安地说，"我不明白……怎么改变生活？一个晴朗的早晨，你起床后说：'今天我想改变生活。'这一切怎么可能呢？"

"可以做出某些行动，"卡尔拉眼也不抬地说，她恼火得咬紧了牙关，"来使生活方式彻底变个样。"

"可是，亲爱的，"母亲严峻地回答道，"我不晓得一个大家闺秀怎么能改变她的生活，除非嫁人……结婚后生活将会真正改变……她将担负起料理家务的责任，需要照顾丈夫……往后，如果生下一男半女，就要教育孩子……一大堆事情，将彻底改变我们的习惯……我眼下衷心祝愿你能这样……但我觉得你不大可能马上结婚……因此，我不明白生活怎么能只凭一时的愿望而突然改变……"

"可是，妈妈，"卡尔拉神经质地紧紧捏着手中的餐刀柄，不计后果地说出这么一句话，"除了结婚以外，用其他方式也能改变一个人的生活。"

"什么方式？"玛丽阿格拉齐娅切下一块苹果，冷冰冰地问道。

卡尔拉用几乎充满仇恨的目光瞟了她一眼。"例如成为莱奥的情妇，"她想这么回答。她怀着一种哀伤和渴望参半的欢快心情，设想着这句话将会引起什么样的惊愕、愤怒和恐惧。但她控制住了自己，只是讲了几句嘲讽的话。"例如，"她用毫无信心的声调解释道，"要是我今天遇上一家美国电影公司的经理，他被我的姿色所打动，提议让我当演员……那我的生活便马上就能改变了……"

母亲噘了噘嘴："你考虑问题的方式像个小孩……跟你没法谈正经的……"

"一切都是可能的。"莱奥说，他竭力想讨好姑娘。

"什么？"母亲说，"我女儿今天就成为演员？梅卢迈奇，您不明白您讲的是什么话。"

"好了，把玩笑放在一边吧，"卡尔拉提起了原先那个话题，"看来我们不久就得离开别墅，到别处去住了……即使省吃俭用……也不得不改变过去的生活方式，对不对？"

"谁说我们要离开这儿？"玛丽阿格拉齐娅盯着情人的眼睛，用恼羞成怒和蛮横专断的口气说，"在你找到丈夫之前，我们仍旧住在这儿。"

莱奥瞪她一眼，气得满脸通红。他勉强按捺住内心的暴怒，只是微微耸了耸肩。"仍旧住在这儿，活见鬼，"他想这么冲她嚷叫，"你们给我滚，越快越好。"

"我们仍旧住在这儿，"母亲露出一个犹豫的微笑，重复了一遍，"我们仍旧住在这儿，对吧，梅卢迈奇？"

大家都注视着莱奥。"让她见鬼去吧，"他心里这么想，嘴上却回答道："对，对，你们仍旧住在这儿。"他不希望闹得不欢而散，坏了当天晚上他跟卡尔拉的好事。

"你们看，"母亲十分得意，大声说，"梅卢迈奇向我做了保证……一段时间内什么也不会改变的。"

"嗯……这段时间很短。"莱奥嗫嚅道，声音轻得谁也没听见。这时，卡尔拉再次感到一种不可抑制的冲动。另外三人发现她面孔通红，她突然往桌上擂了一拳。"我……我不信你们讲的这一套，"她说，嗓音高得像是在尖叫，"妈妈，你想继续看见我整天郁郁寡欢……我情愿毁掉自己……对，毁掉自己，你听懂了吗？……我不要这一切，我情愿把事情做绝，决不回头，头天我还跟莱奥讲过这些。白天也好，黑夜也好，我只考虑这些。今天早晨起床后，我照着镜子心想："对我来说，新的一年开始了，这一年应该跟去年截然不同"，因为不能再这么下去了……不能。"她的脸色蓦地由红而白，接着低头哭了起来。大家面面相觑，着实吃了一惊。显然，她认为女儿的哭确实发自内心，于是她便不再在乎此前受到的指控。母亲站起身来，走到女儿身边："为什么哭呀？没什么可哭的……别哭啦……今天是你的生日……不应该掉眼泪。"

卡尔拉没有抬头，只是一味抽泣，她浑身在抖动。母亲说这些话，当然是为了安慰她；但她却似乎在母亲的话语中听到一个清晰的回声：她的孩提时代的回声。幼年时她所蒙受的委屈和现在母亲对她的安慰交融在一起，汇成一泓甘冽的细流，缓缓注入她那痛苦和干涸的心田。她仿佛窥见了自己的儿时模样，突然为自己失去了纯洁无瑕、无忧无虑的童年时代而感到惋惜。那些年月中的形象和往事透过泪珠织成的帷帘显现在她眼前。但这一切只持续了一刹那。随后，她听见了莱奥安慰她的声音："别哭啦……开心点……为什么哭？"她仰起了头。

"你们说得对，"她拭干泪水，用坚定的语气说，"今天是我的生日……"她本想再说几句，却住了口。"真有意思，"莱奥这时大声说，"饭没吃完却哭了起来。"母亲憨笑着。这一切是甜蜜的，又是痛苦的。

只有米凯莱既没挪动身子，也没开口讲话。"歇斯底里，"他见姐姐泪如泉涌时想道，"倘若一个同龄小伙子爱上了她，而她也对他中意，她就会高高兴兴、笑逐颜开了。"他认为姐姐跟另外两人毫无区别，这三个人都虚伪得叫人不能忍受，而他跟他们是格格不入的。他仔细观察着他们。"我难道必须永远生活在这个环境中，跟这些人待在一起吗？"他焦虑地想道，"这样下去行吗？"他听着他们的交谈，越来越觉得他们表面上看来似乎很真诚，其实却虚伪得可笑，简直让人无法理解。"应该大笑，"他想，"我应该大笑一阵。"但他这时发现，这三个坐在桌旁一动不动的人——莱奥、母亲、卡尔拉——看上去十分卑微可怜；他的脸色阴沉了下来，眼睛也疲乏地闭拢了。他不知道原因何在，不知道是因为厌恶呢，还是由于怜悯。"有些不对头，"他不住寻思，"准有些什么不对头。"他垂下脑袋，免得别人发现他的眼睛已被泪水濡湿。

谁也没发现，谁也没看出他的心理变化。水果吃完了，每人的盘子前面放上了一个高脚酒杯。莱奥凝神看着女佣刚拿上来的那两瓶法国酒上的标签，最后用内行的口气说："这瓶不错，这瓶好极了。"

"先开这一瓶，后开另一瓶，"母亲自以为是地说，"梅卢迈奇，您来拔瓶塞。"

莱奥拿过那瓶酒，揪掉瓶塞上的铁丝。"一，二，三！"他煞有介事地数道。数到"三"时，瓶塞嘭的一声飞上半空。为了避免酒沫溢出瓶口，莱奥连忙往大家的杯子里斟酒。他们四个人在那盏布满灰尘的吊灯下站了起来。

"为你的健康干杯，卡尔拉。"母亲用低沉的语调轻声柔气地说，仿佛是在谈一件机密的事。酒杯频频相碰，和蔼亲切但略带伤感的劝酒声在杯盘狼藉的餐桌上方，在四颗微微垂下的头颅中间此起彼伏："妈妈，请。""米凯莱，请。""卡尔拉，请。""夫人，请。""梅卢迈奇，请。"酒杯每碰一次就发出一声痛苦的叮当声。大家喝了一口后，用充满疑惑的目光，透过酒杯上缘互相打量着。

"好酒，"母亲最后说，"味道真像陈年老酒。"

"非常好，"莱奥表示赞同。"现在，"他补充道，"我要讲几句话……赠给每人几句献词。但首先请米凯莱别耷拉着脸，像个被判处死刑的囚犯似的。这不是毒芹汁，而是香槟酒。"

"你说得对。"米凯莱心想，"应该笑。"他做了一个傻气十足的怪脸，连自己也觉得好笑。

"这多好啊。"莱奥说，他很满意自己提到了苏格拉底的死因[1]。他举起酒杯。"为你的新生活干杯，卡尔拉。"他满面春风，走到姑娘跟前，和她碰杯。接着，他用诡秘的眼色看着她说："我很清楚，你怀着什么宏伟的心愿，你昼思夜想的是什么……因此，我要祝你婚姻美满，嫁一个富有、漂亮、聪明的如意郎君。我认为我猜得很准……我说对了，是不是？"兴高采烈的母亲在他背后连声称是。被祝贺者却不回答，也不报以微笑。在他的虚伪和带有嘲讽意味的暗示中，她仿佛瞥见了她面临的那种毁灭。嗯，在生活中应该堕落到底。她用冷冰冰的目光向他示意，表明赞同他的说法。这时，她突然感到一阵恶心，因为她刚才把那杯从来不爱喝的法国香槟统统倒进了肚里。

1　古希腊哲学家苏格拉底是被迫服毒芹汁自尽的。

"现在，我们为太太的健康干杯，"莱奥接着说，"如果我没理解错的话，您的心愿跟卡尔拉相反。好，那我们就祝愿一切照旧，丝毫不变吧。为原先的习惯永远不变而干杯。"他随即机敏地加上一句："为老朋友们的关系永远不变而干杯。"他见她嫣然一笑，仿佛有人挠了一下她的胳肢窝。"老朋友万岁！"她用尽力气喊了一句，然后走到情人身边和他碰杯，兴冲冲地把杯中物喝得一滴不剩。

　　"为我们的友谊干杯，米凯莱。"莱奥最后说。他举起酒杯一饮而尽，然后走到小伙子跟前伸出右手。米凯莱看了一眼莱奥那张笑容可掬、充满自信、和颜悦色的脸膛，看了一眼那只一直伸到他鼻子底下的大手。莱奥站着，他坐着。他看着莱奥宽阔的胸膛，仰视着挂在他胖乎乎的脸颊上的那个愚蠢、和蔼、热辣辣的微笑。"拒绝他的劝酒，"他想，"拒绝他，而且还要当众嘲笑他一顿。"他把餐巾往桌上一放，打算站起来。他向四周扫了一眼，发现笑声、话声和干杯声已经沉寂，席间悄然无声，卡尔拉和母亲一动不动，比吊灯和桌上乱七八糟的餐具还要安静。母亲额头上刻着两条皱纹，双手托着脑袋，忧虑、焦躁地望着他，不知道是在向他苦苦哀求还是发布命令。

　　他又犯了怜悯的毛病。"别担心，"他想这么告诉她，"谁也不会去碰你的情人的，妈妈。谁也不会……"他直视着莱奥和母亲之间的空间，洁白炫目的光芒使他的视线扑朔迷离……这是一个梦，一个冷漠的梦魇。

"喂……喂，"他听见了莱奥的话声，"我们握握手，往事一笔勾销。"他伸出右手，莱奥紧紧握住。最后他竟不知不觉地投入了莱奥的怀抱，连自己也感到离奇。他们拥抱了一下，还接了个响吻。

随即出现了最欢快的场面。"这多好啊，"母亲连连拍手，"好样的，米凯莱。""在米凯莱和我这样两个正派人之间，"喜形于色的莱奥大声说，"不该产生分歧。"他心里却想道："既然现在我们已经拥抱过了，你就不应该再给我惹麻烦了吧？"但坐在餐桌末端的米凯莱这时却低垂着脑袋，看着盘子发愣，仿佛感到很难为情，仿佛后悔和莱奥拥抱，仿佛干了一件糟透了的事。末了，他抬起眼睛。可这时另外三人却以为他的愤恨已经消失，障碍已经克服，所以不再注意他了。他们三人聚在餐桌的另一端，显得又陌生又遥远，在他看起来，仿佛是隔着玻璃。他们径自嬉笑，径自畅饮……不再理睬他了。

莱奥又拿起酒瓶，给两位女人斟酒。他给卡尔拉倒得尤其多。"这两瓶酒当中，起码得让卡尔拉喝掉一瓶。"他盘算道，"不然的话，我算什么情场老手。"他心里明白，姑娘喝醉后更容易征服；他已经开始设想花园中幽会的乐趣。不知是因为吃了一顿丰盛的正餐，还是由于别的原因，他心中燃起了一股炽热的欲火。

"你们得记住，"他举起酒杯，一本正经地说，"这两瓶酒不喝光，就不能离开餐桌。"

"您喝吧，"母亲一面说，一面咯咯地笑着，并在阵阵笑声之间向情人频频射出热情妩媚的目光，"您喝吧，或者让卡尔拉喝……我实在无能为力了。"

"很好，"莱奥表示同意，"我和卡尔拉喝……行吗，卡尔拉？"他举起杯子。

姑娘瞥了他一眼。她不爱喝这种酒，说得准确点，她厌恶喝这种酒。但在母亲情人的举止和伴随着举止的目光中，包含着一种无法抗拒的、咄咄逼人的命令；她不得不违心接受他的劝酒。

"喝它个一干二净，"莱奥要求道，"一滴不剩。"母亲笑个不停；姑娘瞟了一眼莱奥，然后看了看玛丽阿格拉齐娅。"一醉了事。"她猛地下了决心。这时她忽然觉得身上一阵阵发热，心里不免惊恐起来。这些面孔，这些被午后的耀眼光线映照着的面孔，使她产生了惧意。这是挤进她生活中的几个俗不可耐、不能理解旁人的人的面孔。"我再也不想看见这一切了。"她厌恶地拿起酒杯，把酒倒进嘴里，直到最后一滴。带着刺激性的、略甜的香槟充满她的口腔，她没有立即吞下，而是产生了一种把酒吐掉，朝她母亲的情人脸上吐去的愿望。但她把这种愿望克制住了，微微合拢眼睛，听着酒液流经喉管时发出的咕噜声。她觉得恶心，但听到这种咕噜声后又甚为满意。末了，她睁开眼睛：酒瓶重新出现在她的杯子上方，莱奥的手一动，瓶嘴随之倾斜，空杯里重新注满了黄色的起泡酒。

莱奥对她母亲讲话。"您也喝吧，"他怂恿道，"您准知道这首诗：'请把空酒杯斟满，请把杯中物喝干，别让杯中空无物，杯中有酒及时干。'"

"好，好。"母亲微笑道，这几句不该说出来的打油诗使她心花怒放。

"酒后吐真言，"莱奥接着说，"跟我干了这杯吧……我相信您喝了第二杯后准保醉……"

母亲有委屈情绪。"您可错了，"她骄傲地说，"没几个女人的酒量比得上我。"为了证明自己的海量，她把杯里的酒喝得一干二净。

"我们看看，"心绪极佳的莱奥一边诙谐地说话，一边伸出两个指头，"这是几？"

"二十。"他的情妇答道，同时扑哧一声笑了起来。

"很好。"他沉默片刻，打量着这两个女人：一个母亲，一个女儿。"现在，"他突然转身对卡尔拉说，"我们喝吧……为你未来的丈夫干杯。"

"好，"母亲十分满意地大声说，"我也干一杯。"

卡尔拉犹豫了一阵。她已经有点醉意了，目光已经模糊，仿佛戴上了一副度数过高的眼镜，或者是透过鱼缸看东西：眼前的东西不住抖动，它们的轮廓连成一片，混在一起，根本无法分辨。"喝完这杯，"她心想，"我就将不省人事。"她露出一个迷惘的微笑，举着那个使她恶心的杯子，一饮而尽。她立即觉得自己已向醉者的天堂跨了一大步。兴奋感充斥她的全身。她认为有必要讲几句话，向别人证明她的头脑完全清醒。

"我并不反对为我未来的丈夫干杯，"她一字一顿地说，"可是，我的丈夫是谁呢？"

"上帝才晓得。"母亲说。

"要是我没把你当女儿看待，"莱奥答道，"我将自告奋勇当你的丈夫……你愿意嫁给我吗？"

"你，"她伸出一个指头，指着他高声说，"你，我的丈夫……可是……"她急匆匆瞟了他一眼：他不是她母亲的情夫吗？"可是，你太胖了，莱奥。"

"哦，说到这个，"深感不平的母亲反驳道，"他可一点儿也不胖……我真希望你能找到一个像他这样的丈夫。"

"那么，你同意吗，卡尔拉？"莱奥扮着鬼脸，执拗地问，"我们可以到巴黎去结婚旅行……"

"不……我更喜欢印度。"姑娘用沮丧的声调打断他的话。

"巴黎要有意思得多。"母亲说。她从来没去过巴黎。

"那就到印度去好了，"莱奥附和卡尔拉的看法，"我要送你一辆汽车、一幢房子、许多衣服……那么，你愿意嫁给我吗？"

卡尔拉斜睨着他。醉意使她的头脑糊涂了。莱奥为什么这么讲话？或许是拿母亲寻开心吧？倘若真是这样，那她就应该狂笑一阵。"我，就我本人而言，"她终于吞吞吐吐地做出回答，"我一点不反对……但需要征得妈妈的同意。"

"好吧，太太，您，"莱奥问，他的脸上仍旧挂着那个平静的、沾沾自喜的笑容，"您同意我做您的女婿吗？"

"我们可以看看，"母亲不假思索地说，一来因为多喝了点酒，二来由于激动，她觉得这一切很逗趣，"我们看看……您的工作好吗？"

"我是司法部职员，"莱奥谦虚地回答，"月薪八百里拉……上司很器重我……答应给我晋升……"

"您的家庭状况呢？"母亲说，她好不容易才忍住不笑。

"我没有家庭了，现在是单身汉。"

"信教吗？"

"是虔诚的教徒。"

"那么，您觉得，"母亲最后问，"您能使我女儿幸福吗？"

"我对此深信不疑。"莱奥紧盯着卡尔拉说。

"那好，你们结婚吧，愿上帝祝福你们。"玛丽阿格拉齐娅大声说，随即发出一阵大笑。

"我们结婚吧，莱奥。"卡尔拉拍拍手，但她一点儿也不高兴。

莱奥也笑了起来。"我觉得排练得挺不错，"他说，"现在么，只需等这位真丈夫驾到了。"

他拿过第二瓶酒，把卡尔拉的杯子倒满。"应该灌醉她，"他不住地想，"把她灌得像海绵一样。"他瞟了她一眼，"为太太的健康干一小杯吧。"他提议。卡尔拉用不住颤抖的手拿起酒杯，咕噜噜喝下。她忽然惊恐地发现自己已经喝醉了：脑袋在打转，喉咙火辣辣的，眼睛尽管张得老大，却什么也看不清。很明显，从这时起她已无法控制自己的所作所为，失去了正常的视听能力。桌上的玻璃器皿和银质餐具明灿灿、光闪闪，刺得她的眼睛发痛。坐在餐桌边的这几个人板着脸，表情呆滞；他们的面孔看上去像是几张面具。更有甚者，时时会有某样东西忽高忽低地上下抖动，扰乱眼前的现实；周围的物体变得轮廓不清了，那几张面孔上的眼睛和嘴巴像油斑似的逐渐拉长。与此同时，空中仿佛出现了一道道白色的闪光。听觉也一样混乱：她能听见一个个完整的单词，但即使绞尽脑汁，也揣度不出它们的含义。"现在我醉了，"她反复考虑道，"进了花园后怎么跟莱奥讲话呢？"这个念头困扰着她，使她忧心忡忡。她后悔自己的贪杯，并因此而感到痛苦。她想哭。

　　然而莱奥却继续给她劝酒。有那么一阵子，他和玛丽阿格拉齐娅款款交谈，佯装不理会卡尔拉，甚至不看她一眼。但就在一则逸事刚讲到一半时，他却戛然停住，带着扬扬得意的神情，手拿酒瓶又给卡尔拉倒了一杯。"来，再喝一杯……卡尔拉。"说着，他举起自己的酒杯。卡尔拉直视着他。"为什么？"她想这么问。她看着他那张被手遮住一半的表情呆滞的脸膛，看着他那只拿着酒瓶的手。卡尔拉看着他的这些动作，听着他的这些话，觉得这一切都很残酷，但又是命中注定的。她不能理解，但又无可奈何。莱奥像个机器人似的，拿着那瓶酒在一旁专门伺候她，每隔五分钟就把她的杯子斟满一次。说实在的，她并不反对喝酒；相反，她抑制住厌恶心理，把酒倒进肚里，然后放下空杯。她一面用迷乱、惊愕的目光看着酒杯，一面心想：那个短颈酒瓶很快会在眼前再次出现，他会无情地给她再倒一杯。

第二瓶酒也终于喝完了。"我们喝光了，"莱奥兴冲冲地说，"好样的，卡尔拉。"姑娘低头不语，头发披散在眼前。"哎，"那人接着说，"你怎么啦？……大概觉得头昏脑涨吧？……抽一支吧。"他递过烟盒加了一句："抽支烟吧。"他见她点燃烟，费劲地吸着，马上想道："她的胸前就差一朵玫瑰花，不然的话，人们准会相信她是夜总会里的女郎。"此话不假：卡尔拉的模样活像一个在舞厅里通宵达旦地胡闹了一夜的女郎，她的肘部支在桌面上，手掌托住头发蓬乱的脑袋。嘴角斜叼着香烟，两眼怔怔地望着前方。那件母亲穿过的过于宽大的连衣裙从一个肩膀上滑下，露出了丰满白皙的胸脯的上半部。她觉得很难受，往桌子上一伏，以为自己就要送命了。

玛丽阿格拉齐娅发现后，并不责怪她。"你到花园里去透口新鲜空气吧，"她出了个主意，"这会对你有好处的。"卡尔拉虽然已经醉了，但听了这些话后，很想反唇相讥几句。"会对我有什么好处呢？"她想这么问，"让我跟莱奥单独待在一起吗？……当然，会对我有好处的，当然。"但她说的却是："你肯定吗？"她站了起来。

她立刻发现自己很难站稳。整个屋子在颠簸，在抖动；地板在她脚下不停起伏，有如轮船的甲板；墙壁在晃荡；那幅画原先是竖挂的，可现在，看哪，它横过来了；那件家具朝她砸了下来。那三个人坐在桌旁，而她觉得餐桌说不准什么时候就会飞到天花板上去。桌子那端有个人两手支着脑袋，把眼睛睁得大大的，正用模糊的目光看着她。是米凯莱吗？她不想弄清这个问题，径自踏着踉跄的步子走出餐厅，消失在黑暗的走廊里。

"她不习惯喝酒。"母亲目送着她说。

"唔，可不是嘛，"莱奥答道，"只有像我这样打过仗、喝过北方酿造的格拉帕[1]酒的人，才知道喝醉是什么滋味。"他拿过酒瓶，把剩下的几滴倒进卡尔拉的杯子。"为我们的友谊干杯，米凯莱。"他朝小伙子转过身，高声说。

但米凯莱没答话，也不喝酒，对莱奥的话听而不闻。他低着头，受着歉疚、屈辱、厌恶、仇恨这几种混杂在一起的心情的折磨。他回想起自己被莱奥搂住时的情景：他的鼻子贴在莱奥肩上，他的双臂垂下，他的那颗极为敏感的心被感动了，几乎被感动了。他记得莱奥吻了他一下，唔，对，他也回吻了莱奥……噢，多美妙的时刻！那些哈哈大笑声仿佛又在他的耳际

1　格拉帕（Grappa）是产自意大利的一种果渣白兰地，芳香四溢，酒精度一般高达60%。——编注

鸣响了。他感到满意，其实是受了嘲弄。千真万确。莱奥胜利了，拿到了钱，占有了他的母亲；而他却两手空空，只换得一杯酒，一个拥抱：全是虚的东西。

两瓶酒已喝光，点燃的香烟渐渐变成了缕缕轻烟。

白昼的宁静光线透过窗帷照进室内。母亲又妒忌起来了，用执拗的声音重新提起了那个争吵不休的话题。"您为什么不为那个不在场的女朋友干杯呀？"她问，并用恶意的语调加上一句，"人一走，茶就凉。"[1]

莱奥舒舒服服地靠在椅背上。他没有回答，只是用毫无表情的眼睛看着她。他在消化吃进去的东西，变得十分痴呆。人人酒醉饭饱，谁也不讲话了。莱奥开始打哈欠。响亮的声音从暖气管里传来："扑隆……扑隆……"有人正在地下室里给锅炉添煤。

1　此句原文系法语Loin de toi, loin de ton cœur。

七

卡尔拉穿过走廊走进更衣廊。这就是那幅帷幔，头天晚上她和莱奥就藏在它后面。周围的一切在晃动，她抓住帷幔，以免跌倒。稍后，她走出大门，踏着门前的大理石阶逐级而下。花园里笼罩着死一般的沉寂。在树干和光秃秃的树枝后方，可以看见那堵布满大块潮斑、看上去令人唏嘘喟叹的土黄色围墙。没有阴影，没有阳光，没有风。空气凛冽，沉滞，天是灰蒙蒙的。一群乌鸦在高空飞翔，时而散开，时而聚拢；鸦群渐渐远去，在寥廓苍天中显得孱弱，渺小。一只不知藏在何处的鸟儿在婉转啾鸣，整个大自然似乎在震颤。

她扶着墙走，一步又一步，绕着别墅转了一圈，然后抬头望着餐厅那扇紧闭着的窗户。那三个人在干什么？还围坐在桌边饮酒吗？或许是在商量事情吧？她捡起一块小石子，朝前方扔去，击中了一朵花。她做了许多细小的动作，以证明自己没有醉。几步开外的地方模糊一片；树木弯弯曲曲的，像是一条条蟒蛇；一切都显得朦朦胧胧。毋庸讳言的是，她的双腿很难支撑住她的身体，她觉得每跨一步，地面就起伏一次，并匆匆从她脚下遁去。

别墅后面的那个花园不如前面的大，但树木更加茂密，既有挺拔的大树，也有齐胸高的郁郁葱葱的灌木。一条狭窄的林荫路蜿蜒在这片未加修葺的树林四周，沿着围墙伸向前方。路上杂草丛生，枯枝横陈，呈现一片萧瑟的景象，原先的石砌路面在不少地方已经很难辨认。花园那端应该有一所长方形的小屋，似乎是当车库用的；从卡尔拉这时所待的位置却看不见：树木把它遮住了。

别墅墙根放着一条漆成绿色的长凳。卡尔拉坐到长凳上，双手捧住脑袋。她觉得浑身难受，这种状况以前从未有过。醉意不但未减，反而越来越浓。开始时的轻松飘逸感现在已被头晕和恶心所取代。此时她简直无法忍受这种世间万物都在飘浮的不稳定感。“难道没有任何方法可以使我不再受这种折磨吗？”她俯视着密匝匝的白色细砾石，忧心忡忡地想道。但她找不到任何答案。她的胡思乱想与万籁俱寂的自然界、与放纵自己并听凭自己消失在纹丝不动的事物中的模糊愿望发生了冲突。她被这种冲突制服了，只好闭上眼睛。卡尔拉并未进入梦乡，也没继续纵情遐想。她就这么简单地闭着眼睛待了十来分钟。后来她觉得有一只手碰了碰她的肩膀；她睁开眼睛，看见了莱奥。

他胳膊上搭着大衣和帽子，嘴里叼了根香烟。"怎么啦？为什么这么待着？"他问她。姑娘仰起头。"我不舒服。"她简单答了一句。

"不舒服，不舒服，"莱奥含笑重复道，他已经迫不及待了，"你还是站起来走走吧……再说，你没病……只是多喝了点。"

她软绵绵地站起来，但马上便伸出双手抱住他。"扶我一把，"她恳求道，"我周围的一切都在旋转。"她注视着母亲的情人的脸，然后重新垂下脑袋，长长地叹了口气。

他们走了几步，走到那条沿着围墙修砌的潮湿和不通风的林荫路上。头顶是交织成一片的树枝，莱奥时时问姑娘："好些了吗？"她总是回答道："没有。"

"好些了吗？""没有。"在他们头顶连成一片的树木与植物，与从树枝间隐约可见的灰色天空一样静止不动。地上厚厚一层发黑的腐叶使他们的脚步悄然无声。一片寂静，什么声音也没有。"好些了吗，亲爱的？"莱奥又问了一次。他神魂颠倒，欲火上升，琢磨着挑个合适时刻去拥抱这位女伴。她的身躯软绵绵地偎依着他的胳膊，她浑圆的腰肢压着他的腰部，这些接触激起了他的欲念。"别忙，"他盘算着，"把她带进小屋后，我就能随心所欲了……忍着点……"

林荫路上洒满树荫，长满草木；卡尔拉的目光在狭窄的林荫路上游弋。"你为什么让我喝酒？"最后她用埋怨的声调问。"你自己为什么要喝呢？"莱奥反问一句。这些问题，老是这些问题。他们驻足不前。"我把自己灌醉，"她轻巧地说，"是为了不再看见妈妈和你……还有米凯莱……不再看见任何人。"她垂下眼睛，摇摇头，"不过，要是我知道会这么难受，我是不会喝的。"

"别说傻话，"他嚷道，声音高得连自己也很惊讶，"你把自己灌醉，是因为你喜欢这样。"他见她诡秘地笑笑。"你大概以为我爱你吧？"她用推心置腹的语调问。

他们相对而视。卡尔拉眼神严峻，但在她那奕奕有神的目光中有一种由醉意引起的轻佻和欢快神色。莱奥露出一种介于激动和嘲讽之间的表情，眼中射出一道道烦躁不安的目光。他蓦然垂下双臂，粗鲁地搂住姑娘的腰。她发出一阵尖笑，又是踢腿，又是扭肩，不住挣扎着，动作像醉汉一样紊乱。"莱奥……啊，莱奥！"她一面笑，一面高喊，"莱奥……别这么看我……不行……放开我。"上方低垂的树枝淹没了她的尖细嗓音。在挣扎中，她不时看见莱奥那张涨得通红的脸膛朝她的面孔凑近。那人的脸上充斥着狡诈诡谲、老于世故和狂狷不羁的神情。但她却不知道自己为什么要挣扎。末了，情人战胜了她的挣扎，把她抱在怀里，端详了她片刻：惊愕的目光，苍白的脸蛋，半启的樱唇。他俯下身，给了她一个亲吻。

两个身体分开了。他们跨着蹒跚的步子，在死气沉沉、枝条交错的树木下方的一片阴影中走着。卡尔拉忽然犹疑不决地停下脚步，神经质地抓住她的男伴的胳膊。"莱奥，"她幼稚地举起一个指头表示警告，轻轻说道，"莱奥，不应该这样……不应该这样。"她随即住了口，一动不动地待着；抽噎和讲话使她走了神。她直勾勾地看着浓荫铺地的林荫路上的某样东西，噙满泪水的眼睛露出一种甚为奇特的神色。

"你说什么？"莱奥问。但卡尔拉似乎被路上的一块石头迷住了：这块被地上的黑叶子遮住一半的石头又圆又白，很像一只鸡蛋。她不知道应该讲些什么才好。"不应该这样"这几个词刚才几乎是未经思索脱口而出的，驱使她说出这几个词的动机此时消失了。她的脑子里又是一片混沌。

"说啊……快说，"莱奥鼓励她，"不应该怎样？不应该喝酒吗？……唉，我知道……可是现在，"他一面推着她往前走，一面接着说，"走吧，再走几步。"

他们来到花园深处。林荫路在这儿绕着小屋拐了个弯。小屋是倚着围墙建造的，爬满藤萝的正墙上只能看见一扇简陋的小门，户枢上布着许多锈斑。

"哦……这是什么？"莱奥问，眼前所见似乎使他吃了一惊。

"园丁的住所。"

"园丁的住所？……唔，真妙……园丁在吗？"

"不在。"

"园丁的住所……"莱奥重复一遍；这几个单词仿佛具有

隐秘的含义，使他特别高兴，"走，我们去看看。"

卡尔拉笑了笑，她觉得这一切都很荒谬；但她服从了。门未关死，推门一看，出现在面前的是一个房间，天花板很低，拼木地板上积了一层尘土，墙上空空如也。一张小铁床占据了整整一个屋角，床上铺着一张千疮百孔、毛鬃外露的灰色床垫。对面角落里放着一个废弃不用的三脚架，上面可以看见一个长锈的脸盆。这就是一切。神思恍惚的卡尔拉观看着这些寒酸的物品，心中的厌恶感使她变得更加无法忍受。她想返回别墅，走进她的卧室，往长沙发上一躺。然而，她这时无法战胜醉意，只觉双膝一软，她已坐到床上。

"为什么？"她沮丧地问，"你为什么让我喝酒？"她看着拼木地板。几绺头发垂在她的眼睛前面。她感到不大舒服，嘴里满是唾液。莱奥挨着她坐下。"这是个合适时机。"他激动地想道，立即伸出胳膊搂住姑娘的腰。"喏，"他甜言蜜语地说，"你好好想想，是你自己喝的，完全出于自愿。"卡尔拉摇摇头，但没回答，"再说，"他补充道，"这又有什么关系呢？"他把她的裙衫褪到胳膊上，恭恭敬敬地吻了吻她裸露的肩膀，"一切都会过去的。"

她的连衣裙松松垮垮，胸部的上半部袒露在外；他目不转睛地看着。不一会儿，他猛地拽住她，把她掀倒在床上，抓住她；卡尔拉反抗着；床发出嘎吱嘎吱的响声；在她做了些徒劳的挣扎后，终于低声说道："放开我。"她停止了一切动作，由于尽了努力和一种莫名的虚弱而感到精疲力竭。她睁大痛苦的双眼盯着顶棚，就看到莱奥的那张通红的脸像颗流星一样迅速地落了下来。莱奥的吻落在她的颈脖上，擦过她的脸颊，最后停在她的唇上；卡尔拉将头歪向肩膀；对她来说，这个男人柔软濡湿的嘴唇与她身体的接触是无所谓的，她只觉睡意蒙眬。可是，几颗纽扣绷落在地，它们在地板上滚动的声音，以及她的后背频频被撞击的感觉，使她惊醒；她睁开双眼，看见一张激动火热的脸俯在她的脸上方，她发觉自己双肩赤裸，于是便挣扎了一下，徒劳地抓住连衣裙的下摆，仿佛是攀住一道悬崖的边缘；两下猛烈的撕扯几乎折断她的指甲；莱奥以一种与他脸部的激动表情形成奇异对照的细腻动作，将姑娘从床上扶起片刻，费劲地把她的裙衫褪到腰间。然后他扑向她的胸部，双手敏捷地把她的内衣肩带从赤裸的双臂上解下来。卡尔拉惊骇地看着他，每当她想要挣扎时，就看见他做出如同外科医生做手术时的姿态，蹩起眉毛，摇摇头，噘起嘴，好像在对她说："不，亲爱的……别惊慌……没什么事……让我来做好了……"这种专横的表情和她身上那种此刻已变为恶心反胃的虚弱，比起莱奥做出的努力作用还大；卡尔拉让步了，需要她怎么举臂就怎么举臂，需要她怎么弓背就怎么弓背，莱奥细心地将她的内衣褪到腹部，她也不阻拦，于是，她赤着身子、闭着眼睛躺倒在床垫上。反胃感越来越强烈，她什么也不想，觉得自己就像死了一样。

"啊，多漂亮的丫头！"莱奥此时心想；这具赤裸的身躯使他燃烧起来，他不知从何处着手，是从娇嫩、瘦削、白皙的肩膀开始，还是从他那双贪婪、惊奇的眼睛怎么也看不够的、鲜嫩、年轻的乳白色胸脯开始。

"啊，多漂亮的丫头！"他俯下身子，正要去拥抱她时，忽地见她仰起脑袋，惨白的脸上显出了惊悸的神色。她喉咙里咕噜了几声，扬了扬下巴，但并未张嘴讲话。她挣脱了，蜷缩在一边。过了一会儿，卡尔拉从床上欠起身，用迷惘的目光望着屋角的那个脸盆架。莱奥明白了，连忙拿过脸盆递给她。他的动作很及时：姑娘随即张开嘴，朝这个锈迹斑斑的脸盆里吐出几口浓稠的、五颜六色的、冒着热气的东西。过了片刻后，卡尔拉的肚里一阵乱叫，她又呕吐了起来。莱奥托着她的额头，怏怏不乐地看着这种情景。"应该承认，这是我的过错，"他想道，"不该让她喝这么多。"现在他不能痴心妄想了，这天下午的一切盘算落了空，没任何法子可想了。他怒气冲冲地看着她：看看，这就是她，这就是他梦寐以求的姑娘，赤裸着身子，准备把身子献给他；可是，此刻他的膝盖上并非枕着意中人的头颅，而是放着这个脸盆。他再次用迷惘的目光端详着她。"唉，"他反复想道，"要是不让她喝酒，这时她就是我的了。"

与此同时，卡尔拉已经吐完，她把那个盛满呕吐物的脸盆从身边推开。莱奥厌恶地把它重新放到脸盆架上后，转身看了姑娘一眼：她低着脑袋，垂着双臂，坐在床沿上；她那瘦屑的身躯——肋骨根根可见，肩膀瘦削凸起——跟大得出奇的乳房和脑袋形成了鲜明对比，使他感到惊讶。"她长得不成比例，"他这么想着聊以自慰。"你现在觉得怎样？"他高声问。

"不舒服。"她答道。她嘴里含着一口酸水，眼睛看着下方，并时时把目光投向腹部和在腹部卷成一团的衣衫。她渐渐感到冷了。她的心头受到一种无望的厌恶感的重压。"一切都完了。"她想道。的确如此，她意识到某种东西已随着她的呕吐物抛进那个脸盆。到底是什么东西，她可说不上来。她慢慢抬起头，泪眼汪汪地看着情人。"现在怎么办？"她几乎是情不自禁地让这句话从口中冒了出来。"现在你先穿上衣服，然后我们就走。"莱奥答道。他克制住心中的怒气，站起身来，踏着嘎吱嘎吱响的拼木地板来回踱步。他不时朝正在穿衣服的卡尔拉看上一眼，渐渐地，欲念又萌生了。他多次问自己，是否再等一会儿，等她的不舒服感消失后再对这个漂亮的躯体重新发动进攻。可是，这时已经来不及了，卡尔拉已经穿好衣服。"没法子了，"他愤愤然想道，"良机已失……今天不行了。"

他走到床边。"你现在感觉怎样？"他问。

"好些了，"姑娘答道，"好些了。"她已穿戴完毕，下了床。于是，两人相隔一段距离，一前一后走出小屋。

门外树叶沙沙直响。"哟，下雨了。"莱奥诧异地大声说。卡尔拉一声不吭。他很尴尬，但竭力装出镇静自若的样子。他们走了几步。树木遮挡下的空气滞止不动，令人窒息。茂密的树枝裹在一团黑影中。地上很滑，每走一步，脚下的树叶就被踩出一个水洼。"奇怪，"他接着说，"每天都是同样的天气：早晨晴空万里，上午阴云密布，然后就下雨，从下午一直下到深夜。"没有回答，"那么，我们晚上再见。"他用强调的语气说。卡尔拉停下看他一眼。"永远不再见面，"她想这么回答，但下面这个念头堵住了她的嘴，"这条路应该走到底……直到毁掉自己。"她又迈步向前。"也许吧……我不知道。"她低头答道，连看也不看他一眼。

他们走到林荫路尽头后，又打住脚步。"你知道吗，"莱奥说，他拽着她的一条胳膊，脸上露出一个傻笑，"你知道吗，即使你不舒服的时候，也还是一个漂亮的丫头。"他们互相望望。"我可以爱他。"卡尔拉打量着他那张红通通的、毫无表情的脸，心里琢磨道。她身上还留有一丝醉意，她感到头疼，渴望彻底放松一下，渴望得到温情。这时，莱奥轻轻拍了一下她的脸颊。"小傻瓜，"他重复道，"小傻瓜，你想喝酒，偏偏身体不争气……小傻瓜……最傻的傻瓜。"他把她拉到跟前："吻我一下，就算了事啦。"他们接吻告别。卡尔拉随即离开淋不到雨的林荫路，冒雨朝前跑去，消失在别墅的一个屋角后面。

"这一天真倒霉，"莱奥心想，他也开始往回走，"这一天我过得像个傻瓜。"雨从空中不紧不慢地往下落，花园里湿漉漉的。雨声沙沙，淅淅沥沥，别的声音都被掩盖住了。莱奥从这儿离开时满肚子不高兴：卡尔拉过生日，他光是送礼买花就破费了五百来个里拉；不仅如此，由于让卡尔拉喝了几杯倒霉的酒，他的如意算盘落了空，得到了一个不知是可笑还是可悲的结果。"卡尔拉其实也巴不得这样，"他悻悻地想道，"根本没必要灌醉她……现在只好一切从头开始了。"他来到街上左右顾盼，琢磨着上哪儿去。只是在这时，他才记起头天晚上丽莎曾向他发出邀请，让他这一天上她家做客。

起先，他觉得回到旧日情妇身边的念头十分荒谬。他不喜欢走回头路。他认为上她家做客等于喝一盆"重新热过的剩汤"。不过，卡尔拉在他身上引起的欲望应该得到满足。

"要是我今天不发泄一下，"他一边冒雨在这个豪华住宅区空旷无人的大街上踯躅，一边心想，"我会炸开的。"卡尔拉赤着身子呜咽的模样浮现在他眼前，久久不能消逝；他挥挥手，似乎要把这个画面驱走。"嗯，就这样吧，上她家去。"他最后想道，"不管怎么说，丽莎也是个女人。"

这个决定使他的双腿像添了翅膀似的。他叫过一辆出租汽车。"波埃齐奥路。"他上车后吩咐司机。汽车疾驶而去，莱奥点燃一支烟。"今天将是她一生中最美妙的日子。"他心想。他想象着丽莎一见他就搂住他脖子的样子。"昨晚她闹了点别扭，想在我这儿搬弄是非，这是可以理解的。作为女人，她也有自己的自尊心嘛……可是今天……今天我不会让她央求第二遍的。"疾驶的出租车颠得他东倒西歪。他认为拜访丽莎能达到一箭双雕的目的,既对自己有利,又为她做了件好事。"今天将是她一生中最美妙的日子,"他又想道,"我将使她得到她从来不敢希求的东西,同时我也可以马马虎虎地度过这愚蠢的一天。"他把烟蒂扔出窗外,汽车轻轻滑过一段被雨淋湿的柏油路面,驶进一条法国梧桐夹道的空旷无人的马路。他拿出钱来。出租车停下。莱奥下了车,在雨中佝偻着身子付了款,随即匆匆消失在门洞里。

他慢悠悠地登上台阶,沾沾自喜地、毫不伤感地回忆起十年前他在这道楼梯上不知走过多少次。

"十年嘛,就是十年,"他反复想道,甚至不想搞清楚他的这个想法到底包含着什么意思,"这没什么可说的。"他按响电铃,门开了。一切都跟当初相同,以至于他顿时觉得他不是现在的自己,而是当时的自己。每件东西都放在原处,衣柜搁在昏暗的走廊里,走廊尽头是通往小客厅的那扇一开就会发出乐声的玻璃门;哦,到了,布置典雅的小客厅,还是那股不通风的房间特有的灰尘味,还是那几幅放下的窗帘,同样的家具,同样的地毯……他往一张咯吱咯吱响的软椅上一坐,点燃了香烟。

没过多久,丽莎进来了。"啊!你来了。"她心不在焉地说。她坐下看着这个男人,仿佛向他询问这次来访的原因。

"你没在等着我吗？"莱奥说，他很惊讶，因为他一直相信她在焦急地盼着他的到来，"昨晚你可不是这么说的，我还信以为真了。"

"话嘛，可以随便说，"她一面说，一面放下裙裾，遮住膝盖，"尤其是夜里，彼此看不见的时候。"

"真狡猾，"莱奥琢磨道，"她想让我求她。"他把自己坐的那把软椅拉到丽莎身边，接着俯下身去："但我深信，你当时说的话是认真的。"

"不过，要是我改变了主意呢？"她兴致勃勃地问。此刻，她觉得自己确实知道头晚一时软弱的原因何在了：她并非重新萌发了对莱奥的爱，而是不知不觉间对米凯莱产生了感情，从而陷入了暂时的迷惘状态。"从昨天到今天，"她严肃地补充道，"可以发生许多事。"

莱奥凝神注视着她，目光忽而投向她的脸孔，忽而投向她的躯体，忽而投向她似露非露的雪白的胸脯上半部，忽而投向那侧半裸的肩膀。客厅中光线昏暗，她的肩膀显得更加白皙，更加丰腴，更加充满清新气息，比实际更美。"她想诱惑我，"他想道，"嘿！……嘿！……像狐狸一样狡猾。"他探过身子。"知道吗，你变得更漂亮了。"他说。

"哦！……因为我以前很丑吗？"她本能地大声撒起了娇，但立即为自己的软弱而感到后悔。"应该把他撵走，"她想，"应该让他明白，他打错了算盘。"她看着莱奥，见他脸色绯红，神情激荡，一副自信能达到目的的样子。喏，只需看看他怎么从那张低矮的软椅上探出身子，只需看看他的胸部怎么激烈起伏，只需看看他的眼睛怎么被欲火撩得闪闪发亮，怎样射出既多情又热烈的目光，一切就能明白了。她觉得厌恶，但又感到一种胜利的自豪（"现在我有人可爱，也被人所爱了。"她想这么对他大声说）。蓦地，她仿佛明白了，应该先让他相信他被人渴望着和爱着，然后忽地打消他的幻想；一句话，应该耍弄他一番。这样更为有趣，更富有刺激性。

"你向来很美丽，"在这同时，莱奥说道，"不过，你现在比以前更漂亮了。"

"但你现在有玛丽阿格拉齐娅啦，"丽莎反唇相讥，开始实施她的计划，"还顾得上我吗？"

"我和那个女人已经一刀两断了……一刀两断……而你则相反，又引起了我的兴趣，跟当初一样。"

"多谢你了。"

"一个误会，"他继续说，"把我们分开，直到今天……只是一个误会……又有什么法子呢？人们常常干错事……我对你干了错事，我承认……但我今天到这儿来了，我要对你说：让我们忘记过去，重归于好吧。"

他不再讲话，朝丽莎伸出手去。

她先看着他的脸，继而望望他的手："可是，为什么说重归于好呢？……我们可从来没吵翻过……"

"不……不能这样……"莱奥反驳道，"我马上就告诉你……不能这样……求求你，别假装不明白，别在我面前——请原谅，我说句粗话——装傻……你心里很明白这是什么意思……我讲得很清楚……应该忘记一切，重归于好，还要……为什么不呢？从我这方面说，我愿意……从头开始……正如你看到的，我没把事情搞混……我想到什么就说什么，从不吞吞吐吐……现在该你回答了。"

"可是……我不知道。"她开始佯装十分怀疑他的用意。

"什么不知道？……快说，胆子大点……"

"好吧，"丽莎最后说，"既然你愿意，那我们就和解吧……至于说是否从头开始，那还得看看……"

"已经成功了一大半，"莱奥乐陶陶地想道，"她可不傻……全明白了……"他低下头，在那女人的手上印了一个热吻，然后抬起脑袋：

"我特别喜欢你的爽直……跟你用不着多费唇舌……不会被曲解……"

"我之所以能做到这点……"她一字一顿地回答道，用的是一种话里有话的语调，"是因为我总能及时猜出别人的意图。"

"唔！太好了，"莱奥大声说，他把自己的软椅又朝丽莎挪近了些，"那就举个例子吧……你说说，现在我有什么意图？"

"你现在……"她瞟他一眼。这些圈套，这种由问题和回答构成的例行仪式，都是为了达到一个目的。她已经厌足了，现在它们在她心中引起的只是一种高傲的厌恶感。"跟他的事已经结束了……这一切已统统结束了，"她心想，"现在我有人可爱，并被人所爱。"但她打算把这出戏演到底："你现在有什么意图？……当然不难猜出……"

"既然你知道，"莱奥执拗地说，他已经不耐烦了，"那就说吧……"

"好，"她说，并装出一种羞涩和犹豫的样子，遮遮掩掩、吞吞吐吐的，取得了极好的效果，"既然你非要知道不可……我觉得你有一些——怎么说呢？——好战的意图……"

"这是什么意思？"莱奥问，同时把身子凑上前去，他的下巴几乎触到丽莎的裸露的肩膀。

她瞟了他一眼。"意思是……"那张涨得通红的脸凑近了她的脸，她很气愤，真想这么回答他："你别枉费心机了……我爱米凯莱……米凯莱是我的心上人。"但她忍住了。"留神点，"她用又甜蜜又尖刻的腔调警告道，"你再往前凑，会摔倒的。"

莱奥过于激动，竟没听清她的话。"什么？……"他傻乎乎地问。

"会摔倒的，"丽莎重复一遍，"或者会磕破头皮……"

"不管怎么说，"莱奥头也不抬，用固执的语气慢吞吞地回答，"我的意图很简单：你现在换件衣服，我们出去一块儿喝杯茶……可以上我那儿去……然后吃晚饭，去看节目……最后我再把你送回家……"

一时谁也不吭声。丽莎似乎拿不定主意。"我倒是可以上你家去，"她最后说，"可是，谁能向我担保，你当真爱我呢？这不过是一时心血来潮，过后你又会回到玛丽阿格拉齐娅身边去的，对不对？"

"噢，不会的……"莱奥纠正她的说法。他那颗低垂的脑袋一动不动，压抑的欲念和迫不及待的心情使他变得十分固执。"你错了……我已经对你讲过，现在再讲一遍……我不会回到玛丽阿格拉齐娅身边去的，因为我和她的关系早就结束了……当然了，我还是会尽量跟她在一起……这种关系藕断丝连，不能绝对断绝，一方面是由于习惯，另一方面是由于其他原因……"

"实用主义的原因吗？"丽莎提示道。

"什么实用主义……只不过想尽早一刀两断，"莱奥终于抬头望了她一眼，"你别把玛丽阿格拉齐娅扯进来，她跟这事没关系……你还是给我一个答复吧……"

"什么答复？"

"唉，真妙，"莱奥轻松地说，将一只手搁在丽莎肩上，仿佛想给她抚平连衣裙的缝边似的，"我已经问过你了……今天愿不愿意上我家？"

她犹豫再三：是否把实话告诉他？此时，他的那只手仿佛无意似的开始抚弄她的后颈。这促使她下了决心。

"别这样，"她提出了抗议，"别摸我……我最讨厌别人摸我的脖子……"

"以前你可是挺喜欢的。"莱奥慢条斯理地说，同时一边凝视着丽莎，一边把自己的脸凑过去。

"不错……但我现在跟以前不同了，"她匆匆说，竭力抵制那只手的诱惑，"放开我……"

"那么，这样呢？"莱奥猛地站起，朝她俯下身，抓住她的头发，把她的头往后按，想要吻她。丽莎匆忙伸出一只手遮住嘴巴。"让我亲亲，别这么不听话。"莱奥命令道。他的目光，以及他试图拿开她的手所做的动作，表明他相信自己最后是能取胜的，表明他不相信丽莎是真心不愿意。丽莎顿时怒火中烧，猛地放下那只遮住嘴巴的手。"放开我，听见没有？"她厉声呵斥道，朝他射出愤怒的目光。但他却乘机强吻着她的嘴唇；她被迫忍受他的亲吻，不断扭动身子，徒劳无益地挣扎了一阵。最后，她猛一使劲站起身来，力气大得使莱奥失去平衡，倒在软椅上。

他从椅子上站起，神经质地拽平揉皱的上衣："丽莎，别开玩笑……我们不是决定重归于好了吗？……干吗这样？"

她用戏剧性的手势指着大门。

"出去。"她命令道。

"可是，这是怎么回事？"莱奥也动了怒。

"我不爱你，从来没爱过你……"丽莎凑上前来，冲着他的脸一字一顿地嚷道，"今天我让你空喜欢一场，是想尝尝捉弄人的乐趣。从前你可没少捉弄我……好了，现在你给我出去。"

莱奥一时惊呆了，愣愣地站着；不久，他的诧异突然变成了报复性的狂怒。

"噢，是这样，"他嚷道，"是这样……你要我出去，哼！……你把我当作玩偶……哼，我不走……"丽莎的伎俩使他怒不可遏，他犹豫了一阵，苦于找不到一种合适的报复方式：捣毁一件家具，摔破一个瓷器，还是打她一记耳光？

"不好好跟你亲个嘴我不走。"他推开软椅，打算把丽莎搂进怀里。怒火使他的亲吻欲望变成了占有她的要求。他手忙脚乱，试图把她掀翻在地，就在地毯上占有她。但丽莎逃开了，躲到一张软椅后面。他们面对面，弓着背，手扶软椅峙立了一阵子，互相窥视着对方，竭力猜度对方会采取什么行动。

"滚出去！"她最后说。她气喘吁吁，头发蓬乱；面前的这个男人杀气腾腾，使她胆战心惊……突然间，莱奥略施小计，成功地抓住她的头发，推开软椅，把她紧紧抱住。

他们搏斗了几秒钟：莱奥试图挫败丽莎的反抗，丽莎则竭力挣脱他的拥抱。最后她成功了，赶紧跑到门后。

"滚出去，"她上气不接下气地又下了命令，"滚出去，否则我就喊人了。"她满面通红，披头散发，不停地喘气。一侧肩膀上的连衣裙扣子已经绷落。她两手抓住门框，高耸的胸部上下起伏。"滚出去！"她又说一遍。这时有人从走廊里推门，打算进来。

"这儿没事，玛丽亚，"她头也不回地大声说，"我不需要你……"

"开门。"推门的人用下命令的口气说——是一个男人的声音，"我不是玛丽亚……开门。"

丽莎机械地闪到一边；门开了，进来的是米凯莱。

他手里拿着帽子，身穿一件湿淋淋的绿雨衣，看了一眼气喘吁吁、衣衫不整的丽莎，打量了一下面孔涨得通红的莱奥，马上就明白眼前的场面意味着什么。"莱奥到这里来，"他心想，"是为了恢复以前的关系……而丽莎拒绝了他……"但他不想根据这些想法采取行动，而是隐隐约约地觉得，应该利用这个机会跟丽莎彻底决裂。何况，在类似的场合下，这是必须采取的态度，对不对？

"请你们原谅，"他镇定自如地说，努力使自己的语调带上嘲弄的色彩，"都怪我不好……我已经决定从此不登这个门，但还是来了……打扰了你们……对不起。"他滑稽地鞠了一躬，扭身走了出去。门关上了。

这个从黑洞洞的走廊里冒了出来，又马上回到走廊里去的不速之客使莱奥平静了。他淡淡一笑。"他就是你的心上人吧，丽莎？"他问。

她还没从惊诧中恢复过来，板着脸，点头表示承认。后来，她仿佛想到米凯莱的这次不辞而别也许意味着永远分手，她认为这是不能忍受的，于是急忙奔到窗前，把窗子推开。

这套住宅位于二层，窗子开得很低。她探出脑袋看了一眼。空气带着寒意，湿漉漉的街上空无一人。外面下着雨，窗前一棵叶子掉光的大法国梧桐挡住了她看向天空的视线；但左边几米开外的地方有个穿着掐腰绿雨衣的人，正贴着墙根不慌不忙地走着。"米凯莱，"她探出身子高喊，"米凯莱！"她见他略微掉转头，用好奇的目光打量了她片刻，然后又继续走他的路。"米凯莱！"她用更大的力气喊道。这回小伙子既没回头，也没驻步，只是挥挥手做了个告别手势。他已经离这儿很远了。现在正大步走在亮晶晶的人行道上，马上就要拐弯了。丽莎知道已经没有坚持把他喊回来的必要，便转身向客厅踱去。

"他会回来的，别担心，"莱奥直挺挺地站在屋子中央，阴阳怪气地说，"我了解他……他不是那种办事认真的人……会回来的，你尽管放心。"

这种腔调残酷地刺伤着她，侮辱着她，欺凌着她。丽莎昂首挺胸，走到对面墙根，揿响了电铃。须臾间，女佣出现在门口。

"玛丽亚，送这位先生出门。"结束了。这是一个庸俗不堪、委实可笑的结局。从小客厅室到住宅门只有两步路。"这位先生"垂头丧气地抬起腿，口中喃喃说道："我走，丽莎……我走……代我向米凯莱问好。"女佣不知其中奥妙，呆呆站在一旁，时而看看这个男子，时而看看丽莎。莱奥拿起帽子和大衣，不等别人给他领路，独自走了出去。

雨点马上使他的头脑清醒了。他撑开雨伞，几乎一无所思地向前走着。"这种事有成功的可能，也有不成功的可能，"过了不多久，他这样安慰自己，"这次没成功。"后来他又心平气和地想道："今天我总算明白了，这步棋最好别走。"在这以后，他什么也没想。他点燃一支烟，迈着往常那种不徐不疾的步子向前走去，眼睛注视着地上的水坑，避免踩进去弄湿鞋子。

到达这条街的尽头后，他拐进一个积满雨水的大广场。没有纪念碑，没有花坛：一角竖着一块电车站牌，一小群人在站牌下等车。他走上前去，认出了靠在站牌柱上的米凯莱。"哟，你还在这儿哪。"他说，心里连一点恼火的影子也没有。

"嗯，"小伙子抬起一双厌倦的眼睛，朝他看了看，回答道，"在等车。"沉默片刻。

"既然这样，"莱奥说，"我正好回家，叫辆出租车带你一段吧……出租车！"

米凯莱接受了。"可是，这一切到底是为了什么？"他钻进车内，坐在莱奥身旁，心里想道。

他们默然无言地待了一分钟。"你为什么扭头就走？"莱奥终于问道，"能把原因告诉我吗？……你难道不明白，她没别的愿望，只盼着你留下吗？"

米凯莱没有立刻回答，而是透过车窗，望着被雨浇湿的房墙。"我明白。"他最后答道。

"呃，那么……你为什么不留下呢？"

"因为……因为我不爱她。"

这个答复使莱奥露出了笑容。"哦，这么说，"他又问道，"你大概认为，我们只能跟自己所爱的女人待在一起了？"

"我是这样认为的。"米凯莱没有回头，用严肃的口气答道。

"哦，这么说……"莱奥咕哝道，他感到有些不自在了。

"不过，拿我举例吧，"他平静地补充了几句，"我跟许多从来没爱过的女子在一块儿混过……丽莎也是其中的一个，我跟她待在一起，但不爱她……尽管如此，我从不后悔……我和任何男人一样，感到很开心。"

"我对此毫不怀疑。"米凯莱咬牙切齿地说。"愿上帝诅咒你，"他想这么回答莱奥，"你以为世界上的男人都和你一样吗？"

"另外，嗯，算了吧，"莱奥接着说，"当我看到一个像你这样学问不多、家境不宽裕的小伙子，却跟一个像丽莎这样的女人大动肝火……不管她为人怎样，反正肯定是有价值的……看到你这种样子，我就觉得世道变了。"

"变就变吧。"米凯莱嘟囔了一声，但对方没听见。

"嗨！我无所谓，你们爱怎么办就怎么办吧。"莱奥最后说。他点燃一支烟，用大衣把身子一裹。

米凯莱看着他，"这么说，按照你的意思，"他问道，"我不应该抛弃丽莎？……"

"这还用问……当然不应该，"莱奥取下叼在嘴里的香烟，赞同地说，"首先，丽莎不是那种不足取的女人。今天我仔细打量过她……长得确实比较胖，但肌肉结实……还有那个胸部……"他朝感到厌恶的米凯莱眨眨眼睛，接着说："还有那个腰身……嘿，我亲爱的，她是那种能让男人心满意足的女子，比那些长得花容月貌的小妞可要强得多了……很有个性……是一位真正的女性……其次，如今你在哪儿能找到一个愿意在自己家里接待你的情妇呢？这对像你这样没钱租个房间或者公寓的人来说，可算是方便极了。你来来去去，进进出出，谁也不会多一句嘴，你就像待在自己家里似的。你大概不以为然吧。可你要知道，像你这种年纪的小伙子，末了只能把心上人带到一些不像样的地方去，饭店啦，旅社啦，什么的；那种地方只要一想就会叫人大倒胃口……除了这一切以外，还要加上一条：丽莎用不着你破费一分钱，明白了吗？一分钱也不要……喏，我可真不知道你还在贪求什么……"

"噢，是这样，"小伙子郁郁寡欢地想道，"贪求什么呢？"他保持着沉默，微微佝偻着身子，一会儿看看莱奥，一会儿看看街道。暮色已经降临，但路灯尚未开亮……一片潮湿的黑影弥漫在车水马龙的街道上，使人看不见马路对面的东西。行人、雨伞、车辆与稍远处的所有东西都消融在一片水汽中，透过水汽只能看见一道道有轨电车和汽车的黄色灯光时高时低地从眼前匆匆掠过。"现在我要做什么？"小伙子自问。每当他观察着蓬蓬勃勃、生机盎然的生活时，总会为自己的无所事事而感到心寒。

"喂，亲爱的，"他听见莱奥说，"别想得太多……事情要比你想象得简单得多……丽莎等待的只是你……今晚回到她身边去吧，她会张开双臂欢迎你的……"

他转过身，"那么，我应该装作爱她？"他开了口。

"什么装不装的，"莱奥打断他，"谁强迫你了？……别想得太多……她愿意跟你上床睡觉，这就是问题的关键……你就答应她吧，乐得寻寻开心。"

一直在想个不停的米凯莱又把目光投向街道。"让司机在广场上停一停，"他提醒道，"我要下车。"沉默片刻，"举个例子吧，"他接着说，"假如某人以某种方式侮辱了你……而这个人却并不使你反感，相反，尽管你受到侮辱，却对他恨不起来……那么，你是否会装作勃然大怒，打他几个耳光呢？"

"这要看受了什么侮辱。"莱奥回答说。

"最严重的侮辱。"

"如果是这样，"莱奥字斟句酌地说，"我就不可能对他继续有好感，不会对他的侮辱无动于衷……"

"那会怎样呢？……"

"唔，我会打他几个耳光。"莱奥毫不犹豫地答道。车子在广场上停下，米凯莱下车前，莱奥拽拽他的袖管。"我希望……"莱奥说，他眨眨眼，做了一个意味深长的手势，"丽莎……你抓紧点。"说完后，他身子往后一仰，靠在软垫上，高声把他的地址告诉司机。车子又开动了。

五分钟后，他到了家，走进书房——一间几乎毫无饰物的屋子，里边摆着一把褐木高背转椅、几个书架和一张美国式书桌。他坐下。雨声淅沥，暮色使这些普通家具、这些有用的物件显得摇晃不定，惹人烦闷，叫人不能忍受。这是最坏的时刻：明亮的下午已经过去，黑暗的夜晚尚未到来；自然光太暗，无法看清东西，而灯光在这个半明半暗的地方又嫌太亮。不过莱奥倒轻而易举地战胜了这种不适感，他拧亮一盏灯，看了一封谈买卖的信函，正要着手写回信时，电话铃响了。

他握着笔，顺手抓起听筒凑到耳边。"哪里？"一个女人的声音问。"玛丽阿格拉齐娅的声音。"莱奥想道。"三一四九六。"他回答道。"是梅卢迈奇先生吗？"那个声音固执地问。"是的。""噢，我是玛丽阿格拉齐娅……卡尔拉提议到里茨酒店去跳舞……你跟我们一块去吗？""好的……我一小时以后来。"他说，"顺便问问，"母亲接着说，"我们什么时候再谈谈？"莱奥知道，这是没完没了的唠叨的开头。"以后再说吧。"他答道，随即粗鲁地挂上电话。

打完电话后，他把那封回信写好，然后又慢吞吞地写起另一封信来。他并未从事名副其实的买卖，不参与交易；他的全部活动局限于理财；他的财产是几处房产和一些股票：他谨小慎微地炒股。不过，他生财有道，财富逐年增加，没有一年例外。他的开销只占全部进项的四分之三，余款用来购置新房产。他封好信，点燃烟，悠闲地走进卧室。必须在一小时内刮完脸，换好衣服，赶到阿尔登哥家[1]。他进入盥洗室，洗了把脸，仔细刮净胡子和汗毛，然后回到卧室换衣服。他很喜欢优质衣料和漂亮服装，打扮得雅致入时是他的嗜好之一。他穿上一件白绸衬衫，系上一条乌黑和银白相间的领带，套上一双灰红两色的毛袜，最后不断扭动身子，披上一件裁剪得十分合身的深蓝色雪花呢外衣。接下来，他对着大衣柜镜子左看右看。也许是屋里半明半暗的光线使他变了样，他显得年轻了点。也许是他完全陶醉在漂亮的服饰中，他认为自己风度翩翩，气宇轩昂，并且有一个略显忧郁但又不失尊严的外表。末了，他看了看表，已经过去了三刻钟。他疾步走出屋子，匆匆来到车库，把汽车开了出来。十分钟后，他已经在按阿尔登哥家的门铃了。

客厅里只亮着一盏灯。莱奥看见卡尔拉静静地坐在灯旁。她身上穿着一件桃色薄连衣裙，抹了脂粉，卷了头发，涂了口红，已经准备好出门。"妈妈立刻就来。"她说。

"很好，"莱奥说着也坐了下来，使劲地搓着双手，

---

1 即玛丽阿格拉齐娅的家，阿尔登哥是玛丽阿格拉齐娅的姓。

"唔……你怎么样？"

"不错。"沉默。莱奥抓起姑娘的手吻着。"今天干什么？"

"去跳舞，"她漫不经心地答道，"今晚你跟我们一起吃晚饭，对不对？"

"吃晚饭嘛，也许不啦，"莱奥回答说，"但晚饭后我一定来。"

他们听见了门打开又关上的声音。姑娘连忙抽回自己的手。米凯莱走了进来。"嗬，真漂亮，"他大声说，装出一副快乐的神情，"晚上好，莱奥……嗯，你们这些神情欢快、衣着华丽的阔佬待在这儿准备去干什么呀？"

"去跳舞。"卡尔拉用跟刚才相同的语调和声音回答道。

"去跳舞？"米凯莱坐下，"那我也去……我可以去吗，卡尔拉？"

"是莱奥邀请的。"她看着情人说。

莱奥仰起头。"见鬼，其实不是我邀请的。"他想这么回答。

"别拿莱奥做遁词，"米凯莱反驳道，"茶水钱我还付得起。"卡尔拉又看了莱奥一眼。

"没必要，"后者连忙搭上一句，"是我发出的邀请，一切费用当然由我来付。"

三人沉默了片刻。"嗯，米凯莱，"姐姐后来说，"你可以去，但有个条件：去换换衣服吧。"

"可不是嘛……可不是嘛……"小伙子弯了弯腰。他脏得令人无法相信，鞋上沾满污泥，裤子被雨淋得走了样，膝盖以下全是泥浆。"可不是嘛，看来你讲得有道理……"他直起腰来。"十分感谢你，最高贵的朋友……我去换套干净衣服。"他鞠了个躬，走出客厅。

"我心里很难受。"不等门关上，卡尔拉就说。

"为什么？"

"谁知道呢？"她朝黑乎乎的窗玻璃扫了一眼，勉强能察觉的亮晶晶的水滴表明外面在下雨。"大概是因为天气的缘故。"她那颗大脑袋软绵绵地朝他挨近，他抚着她的头发，亲了她一下。"你一会儿跟我跳舞吧，"接受了他的亲吻后，她用平静的语调不带羞涩地说，"一直跟我跳……让妈妈在边上坐着……让她去跟别人跳舞……甚至跟米凯莱跳……"她干笑了一声，觉得自己确实老了一岁。"完了。"她心想。

他们又相互吻了一次，然后莱奥专断地说："那么，今晚你会到我那儿去的，对吗，卡尔拉？"

她的脸色刷白："什么？到你那儿去？"

"上我家。"莱奥盯着她的眼睛进一步说明。他发现她犹豫不决地低下脑袋，仿佛在找一件掉在地毯上的东西。

"不……不能这样。"她最后说。

"为什么不能？"莱奥执拗地问，"你答应过我的……你必须去。"

"不……不，"她摇摇头，"不能这样。"他们默默无言地待了片刻。莱奥打量着这个姑娘。看着她那紧裹在裙衫中的胸部，他很激动，脸颊不寻常地开始发热。"她将是一位多么可爱的情妇！"他想道，"一具多么诱人的躯体！一位多么可爱的情妇！"他被欲望所折磨，紧紧咬着牙齿，一把搂住她的腰。"卡尔拉，你必须去，非去不可，你要是不去，那……"他语塞了，想找一个站得住脚的借口。他突然想起她对自己目前的生活感到厌恶，渴望一种新的生活。"……那……"他心平气和地把话讲完，"那你怎能过上新的生活呢？"

她瞟他一眼。"他只不过想跟我玩玩而已，"她抱着强烈的现实感想道，"但他讲得有理：怎么才能过上新的生活呢？"她明白，为了改变，首先必须无情地摧毁；然而，夜里到远离自家的一个住所去献身，对此她很反感，也很害怕。"我白天去吧，"她装作不懂事，提了个建议，"这两天就去……愿意吗？……我们在一起喝喝茶……聊聊天……这样好吗？"

"我不要喝茶……要的是你……"莱奥说。但他马上又变得更加一本正经起来。"不，我的心肝……要么今天夜里去，要么永远别去。"

"唔，我们再等等吧，莱奥……"她恳求道。

"我开车来，在街上等你，"情人接着往下说，"黎明前再把你送回家。"他凝视了她片刻。"你等着看好了，你会很高兴的，以后你每夜都会去的。"

"不，"她带着某种惊恐神情说，"不，说到底，我们先得把一切都搞清楚……把话全讲明白……"她打量着他，突然感到很烦恼，真想马上嚷出来。"每夜都会去，"她暗自心想，"这是怎么回事？我怎么会到这种地步？"

"我相信你会去的。"莱奥说。他突然把她搂进怀里："你说说……你会去的，对吗？"

她拿出最后一个借口："我们相爱……只有两天时间……为什么不再等等呢？你难道不认为，每个女人都有她的自尊心吗？"

"我亲爱的，"他赶紧说，"我懂了……这样吧，我今晚等你，我们就这么讲定了，好吗？"

她又犹豫起来，小帽下的那对眼睛不停地眨巴。"舞会上告诉你吧。"她最后答道。"是的，"她又添上一句，仿佛要使自己相信，"舞会上一定告诉你。"

"感谢上帝。"莱奥心想。他拥抱了她一下。"现在嘛，我们赴舞会去吧。"他欢快地说，同时搂着姑娘的腰，把自己那张激动的脸朝她那张充满惧意、施了许多脂粉的脸凑了上去。"你知道你是个什么东西吗？……一个可爱的小妞……对，一个可爱的小妞。"

门响了。"那么，我们可以动身了吗，梅卢迈奇？"母亲进来问。

莱奥站起身。"好的……很好，"他匆匆回答，"我们走吧。"卡尔拉也站了起来，迎着母亲走去。"怎么没带上梅卢迈奇送给你的那个手提包呀？"玛丽阿格拉齐娅从头到脚打量着女儿问，"会和你这身衣服很配的。"

"我去拿，马上就回来。"卡尔拉说完就出了门。

她疾步上楼，跑进自己的卧室。手提包搁在小衣柜上，很漂亮，实在雅致得很。她拿上手提包，忽地想道：这可能是一系列礼物中的第一件。这种设想使她很激动。她呆立在镜子前，端详着自己。她似乎看见自己坐在莱奥膝头，轻轻拍一下他的脸颊，或是温柔地把脑袋依偎在他的胸口，低声向他讨钱买衣服。她或许会跟情人一起去那位遐迩闻名的女时装师的店，订购三四顶她十分喜欢的时新的巴黎小帽。说实话，这一切都很吸引人；此外，她也可以拥有一辆汽车和一座房子，身上可以佩满金银饰物，可以外出旅行，看看不同的国家和不同的人。总之，她的行动不会受到限制，她的欲望将不会有所克制。太吸引人啦。她情不自禁地露出了笑容，又朝镜子凑近了些。突然，她发现脖子上有块红斑。一开始，她并没有发现那是什么，用手指擦了一下，仔细看了看……最后她终于想起来了：刚才在客厅里，莱奥在她的颈项上盖了个吻印。她一时乱了手脚，生怕母亲会发现，连忙抓过粉盒，在有红斑的地方扑了许多粉。接着，她对着镜子来回扭动身子，想看看那块罪孽的红斑是否已经消失。忽地，她意识到莱奥让她当夜上他家去时用的那种命令口气，和那些想象中的礼品、衣服，是不可避免地联系在一起的。"我的上帝，这就是新的生活吗？"她像往常一样战战兢兢地向自己发问，但还没有充分意识到自己的疑虑，还没有真正感到恐惧。"这就是新的生活吗？"她没时间再往深处想了，因为汽车喇叭的尖叫声正从夜幕笼罩下的花园中传来，提醒她出发时间已到。

她关了灯，匆匆忙忙地下楼。她在做这些实际的动作时，虽然脑子里没有任何确切的想法，但内心却受尽了折磨，既有剧烈的痛苦，又有催人泪下的哀伤。她的面部轮廓扭曲了，露出一副滑稽可笑的神情，走廊里一片黑暗，她摸索着走过更衣廊，开了门，受到在汽车里等着她的母亲、莱奥和米凯莱的热烈欢迎。门前的这片空地笼罩在一团漆黑中。雨，静悄悄地下着。除了反光的汽车轮廓和被灯照亮的黄色车窗外，什么也看不见。窗玻璃后面，椭圆形的车厢内，三个欢欣愉快、心满意足、脸色红润的人好奇地看着她的到来。这只持续了一刹那工夫。卡尔拉立即钻进车内，猛地坐到情人身边。汽车开动了。

一路上，四个人谁也没开口。莱奥得心应手地驾驶着这辆宽敞的汽车，在人来车往、乱成一团的马路上穿行。卡尔拉一动不动，呆呆地看着车水马龙的街道。闪闪发光的车身外面是两排看不到尽头的黑伞；川流不息的车辆亮着红灯，冒雨在这两排雨伞中间发疯似的横冲直撞。母亲也透过车窗向外眺望，但与其说是为了看什么，倒不如说是为了让别人看见她。这部宽敞的豪华小轿车使她感到幸福。她俨然以阔佬自居；每当眼前闪过一个穷人或普通市民的脑袋——它从夜色已浓、熙熙攘攘的街道上出现，随即又被人流卷走——的时候，她就想朝那个素昧平生的人投去一瞥轻蔑的目光，似乎在对他说："你这个丑八怪，你这个白痴，你只能步行。这对你有好处。你只配步行……我恰恰相反，我应该舒舒服服地坐在铺有软垫的汽车里，劈开人群向前进。"

只有米凯莱没朝街上看，他乐滋滋地坐在这辆豪华的轿车中，仿佛只有车子才能引起他的兴趣，其他东西他视而不见。黑影遮住了他的三个同伴的脸，但每当汽车从一盏路灯下驶过时，一束强光便会在顷刻间把那三个坐着不动的人照亮，他的眼前便会出现母亲那张肌肉松弛、皱纹密布、目光自负的面庞，卡尔拉那张流露着去参加舞会的姑娘所特有的欢欣和幼稚表情的脸蛋，以及莱奥面孔的侧影——那张脸红通通的，五官端正，表情严峻，像是被闪电在一瞬间照亮的某种叫人不可思议或令人毛骨悚然的东西。米凯莱每次看见这些面孔时，都觉得很蹊跷：他怎么会和他们待在一起的呢？"为什么是他们？"他思索道，"而不是旁人？"他觉得这几个人的形象从来也不像现在这样陌生，他几乎辨认不出来了。但他认为，即使用一位金发碧眼的姑娘取代卡尔拉，用一位苗条的女士取代母亲，用一位神经质的小个子男人代替莱奥，他的生活也不会有所改变。他们就在那儿，待在黑暗中一动也不动；汽车每颠一次，他们就像无生命的木偶似的互相碰撞一次。他觉得他们十分遥远；与世隔绝，不可救药地孤独；他认为没有任何事情比看见他们处于这种状态更使他懊恼了。

到了。四排黑色的汽车把酒店前面那个黑魆魆的小广场挤得水泄不通。各种型号和各种规格的汽车都有。司机们从头到脚裹着亮晶晶的雨衣，他们三五成群，一面闲聊，一面抽烟。里茨酒店门口张灯结彩，富丽堂皇，气氛热烈，与冬夜的黑暗形成鲜明的对比。镶玻璃的木制转门发出悦耳的响声，把他们一个个送进站满服务员和侍从的门厅。他们经过挂满拴上号码牌的大衣的存衣处，穿过一间又一间金碧辉煌、空无一人的大厅，走进了舞厅。门旁一张小桌边坐着一个出售入场券的男子。莱奥掏出钱，他们鱼贯入内。

已经晚了。低矮、狭长的舞厅中挤满了人。桌子靠墙排成一排，人们在舞厅中部跳舞。大厅那端有一个临时搭成的舞台，两棵棕榈树朝舞台上投下阴影，几个美国黑人在上面为舞会伴奏。

"人真多，"钦羡和忧戚的母亲一面说，一面落落大方地朝四周扫了一眼，"你看着吧，卡尔拉，我们连坐的地方也找不到。"

但跟她的预言相反，他们在一个角落里找到了一张没人的小桌。他们坐下，母亲脱掉披风。"你们知道吗，"她环视舞厅，朝她的三个同伴稍稍侧过身子说，"这儿有许多我们的熟人……看，卡尔拉……瓦伦蒂尼一家子……"

"还有桑坦德雷阿夫妻，妈妈。"

"还有孔特里全家，"母亲补充道。她略微俯下身子压低嗓门儿："说起桑坦德雷阿两口子，两个月前他们到巴黎去结婚旅行的事你知道吗？火车上丈夫、妻子和妻子的男朋友睡在同一个卧铺包间里……那人……叫什么来着？……"

"焦尔杰蒂……"卡尔拉说。

"焦尔杰蒂……对……一点儿不错……你倒想想，这像什么样子！……简直荒唐透顶。"

乐声停止，人们照例鼓了一阵子掌，跳舞的人回到自己的位子；交谈声立刻响了起来。母亲朝情人转过脸。"今晚我们上剧院，去看那个法国剧团的演出，"她提议，"您看怎样？……我有二轮演出的包厢票，今天或后天晚上去看都可以。"

"今晚不行，"他注视着姑娘说，"我十一点有约会，非去不可。"

"晚上十一点有约会，"母亲用讽刺的声调重复一遍，然后故弄玄虚地问，"您倒说说，梅卢迈奇，是跟男人还是女人约会？"

莱奥犹豫了：应不应该煽起母亲的炉火呢？"当然是女人了，"他最后答道，"唔，我没讲清楚……不是约会，而是一次拜访……一个冷餐会……在一位太太家里，她请了许多朋友……"

"这位太太是谁，我可以问吗？"母亲怒火中烧，厉声问道。莱奥一时不知所措，没料到她竟会提出这么无礼的问题……他搜索枯肠……想找一个她不认识的人的名字。"史密斯森女士……"他终于想出来了，"您知道吗……是位画家。"

"噢，太妙啦！"母亲用扬扬得意的语气酸溜溜地说，"史密斯森女士……遗憾，真遗憾，前天我刚到我的时装师那儿去过，我的这位时装师给我看了一顶帽子，说是史密斯森女士订购的，得给她寄到米兰去……可不是嘛……因为您的这位画家五天前到米兰去了。"

"她怎么会在米兰呢？"莱奥惊奇地问。

"嘿，没错，"米凯莱插了嘴，"你不知道吗？……她的个人展提前开幕了。"

"因此，您快到史密斯森女士那儿去吧，"母亲脸上露出了冷笑，"快点去。可我担心即使马上乘火车，甚至乘飞机，您也不能按时到达了……"她沉默了片刻。莱奥不搭腔。卡尔拉几乎吓了一跳，定睛看着母亲。"亲爱的先生，纸包不住火哪，"母亲继续往下说，"还是我来告诉您，谁是这位您要去拜访的女士吧，您愿意吗？她肯定不是一个正派女人。您呀，不可能结交正派女人……准是某个荡妇。没错，某个最下流的骚货。"

卡尔拉的脸色霎时间变得惊人的苍白，莱奥担心她会晕倒或者号啕大哭。但没发生这种情况。"妈妈,别这么大喊大叫,"姑娘用平静的声调说,"会被人听见的。"

指挥棒敲了三下,乐曲重新奏起。"喂,莱奥,"她接着说,"我们跳个舞吧,您愿意吗?"

他们相继穿过坐着的人群,朝舞场走去。莱奥刚才看见的那种苍白的脸色仍然滞留在卡尔拉的双颊上。她在话声四起的一张张小桌间走过,脸上露出高贵和呆板的神情。没等把手搭在莱奥肩上,她就在人群中仰起了头,用坚定的声音对他说:"我们讲定了,莱奥,今晚我上你那儿去……请你无论如何等着我。"他仿佛觉得她是咬紧牙关讲出这几句话的。

"当真吗?"

"当真。"她的声音已经改变,语气已不再那么坚定,声带开始颤抖。这说明她丧失了自信,紧张得连气也喘不过来了。"不过,现在你别跟我讲话……"她接着说,"我只想跳舞。"

他们跳起了舞。莱奥的胳膊使劲搂着姑娘的腰。轻松愉快的情绪,不同寻常的热情,使他的双腿像添了翅膀一样轻盈。虽然舞场窄小,场上的人很多,但他还是尽量选择最难跳的舞步。"这回我总算把你搞到手了,"他想道,"把你搞到手了。"姑娘的脑子很乱,心情很忧郁。她没精打采地跳着舞,很想离开这些人,独自坐在一个角落里,闭上眼睛。跳舞的人在她眼前不停地转着圈子:男人的脸,女人的脸,呆滞的,死板的，堆着微笑的。音乐是欢快的，凯旋式的；但并非连一个哀伤、颤抖的和弦也没有；恰恰相反，常常能听到这种和弦，每隔一阵子它就顽强地出现一次。面孔和音乐。看着这些面孔，听着这种音乐，她头晕了。

舞曲奏完，一对对舞伴返回原处。母亲和米凯莱也回来了，他们在激烈争吵。"我再也不和你跳舞了。"怒气冲冲的玛丽阿格拉齐娅一遍又一遍地说。

"怎么回事？"莱奥权威地问。

"再也不跳了，"母亲接着说，"您倒想想，大伙儿都看着我们……谁知道他们在想些什么……真可怕……他跳得像是……像是……"她想找一个比喻，但她气糊涂了，一时没想出来，"像是一个小偷！"

"嗬！真的吗？"困惑不解的莱奥大声说。

"像是一个没教养的人。"母亲一本正经地做了更正。

"不过，劳驾，"小伙子强装笑脸问，"劳驾，小偷跳舞是什么样子？……在今天的舞会上，谁是小偷？……我，还是别人？……"

"你别说了。"母亲朝四周张望了一下，恳求道。

"不，"米凯莱坚持道，"其实，我跳起舞来，更像一个被盗的人……被人偷走了身上的一切东西，一切热情，一切愿望……你如果要知道小偷是怎么跳舞的，那应该跟另外一个人跳……没错，"他注视着莱奥，又说了一遍，"应该跟另外一个人跳。"

莱奥一动不动地坐在惶悚不安的母女二人中间，一时没说话；过了一会儿，他淡然一笑。"我觉得，"他站起来说，"米凯莱，你真的有些不太对劲……你最好离开这儿……要是你不想离开，那我就走。"

"对，米凯莱，你还是走吧。"母亲央求他。他瞥了她一眼。"这么说，"他脱口而出，"你宁可把自己的儿子撵走，也不愿让莱奥这样的外人离开？"

"可是，是莱奥请我们来的呀！"

没有什么可说的。"她有理，"米凯莱心想，"是莱奥买的入场券。"他看了一眼前方：低矮的舞厅中谈话声震耳欲聋，人们三五成群地待在那儿：女的涂脂抹粉，交叠着裸露的大腿；男的嘴里叼着香烟，潇洒自如地坐着。他们在啖食呷酒，无拘无束地交谈。黑人在大厅那端的棕榈树下调弦。没有什么可说的。"你有理，"他最后说，"我走……祝你们玩得愉快……小偷走了。"他起身离开舞厅。

外面的雨下个不停。"小偷，小偷，"米凯莱一遍遍地喃喃自语，心中几乎没有怒意，只有一种似是而非的激动。"他甚至企图把丽莎从我手中偷走……到底谁是小偷？"几分钟后他自己也惊异地发现，他一点也不恼火；相反，情绪非常平静。莱奥不管干了多大的坏事，也不能触动他的冷漠。每次装模作样地发过一通火之后，他最后总会像现在这样脑子里空空如也，醉醺醺的，有一种非常轻松的感觉。

人行道上熙熙攘攘，马路上汽车一辆接一辆；正是交通最繁忙的时候。米凯莱没带雨伞，他在雨中慢悠悠地走着，仿佛是在阳光灿烂的晴空下漫步。他无精打采地观看着商店的橱窗、路上的女郎、悬在黑暗中的霓虹灯广告；但不管他如何努力，也无法对这些司空见惯的街头景象产生兴趣。刚才他在里茨酒店的那些空荡荡的大厅中穿行时，感到了一种莫名其妙的烦恼；这种感觉一直形影不离地跟随着他。自身的形象，真实的、无法忘却的自身形象，每时每刻都在折磨着他；哦，他似乎看见了自身的形象：一个形单影只的可怜虫，一个冷漠的人。

他产生了走进一家电影院的念头。这条街上就有一家。这家电影院十分豪华，大理石拱门上方，神气活现地装着一个不断转动的轮形霓虹灯广告。米凯莱走到跟前，看了看剧照：在美国摄制的中国影片，无聊透顶。他燃起一支烟，垂头丧气地在人群中继续冒雨前行；稍后，他扔掉香烟。他什么也不想干。

与此同时，他的烦恼增加了，这是不用怀疑的。他早就熟悉这种烦恼的形成过程：起先是一丝淡淡的疑惑，一种缺乏自信的感觉，一种空虚感，一种想干点事、使自己激奋起来的需要；然后，嗓子慢慢干燥，口腔渐渐发苦，眼睛睁得大大的，空虚的脑袋中一而再、再而三地回响着某些荒诞不经的语句。总而言之，这是一种怒气冲冲、没有幻想的绝望。这种烦恼使米凯莱恐惧和痛苦：他很想不予理会，跟任何其他人一样混一天算一天，心里无牵无挂，对自己、对别人全都客客气气。"当个傻瓜。"他有时叹息道。然而，一个词句、一个场景、一个念头往往会出其不意地使他重新想起那个永远无法解决的问题。于是，他的注意力溃散了，他的一切努力都变得徒劳无功，他不得不认真考虑这个问题。

这一天，他在熙熙攘攘的人行道上一步步向前走，看着在泥水中踩踏的那成百上千双脚时，突然感到自己的所作所为是毫无意义的。"所有这些人，"他思索着，"都知道自己要上哪儿去，希望得到什么。他们都有各自的目的，因此行路匆匆，不是心焦如焚，便是哀伤抑郁，或是欢欣雀跃。总之，他们在生活：而我……而我却相反，浑浑噩噩……没有任何目的……不是漫步，就是静坐：反正都一样。"他的眼睛始终盯着地面：所有这些在他面前举足踩踏污泥的人，都充满了他所缺乏的安定感和信心。看着看着，他越来越对自己反感。嗯，他在任何地方都是这样，无所事事，感情冷漠。雨中的这条大街不啻是他的生活道路，他在这条路上毫无悬念、毫无激情地走着。霓虹灯广告惑人的光焰使他的眼睛着迷。"要到何时为止？"他举目仰望。楼房的上方一片漆黑，几个庸俗的轮状灯光广告在闪烁，一则广告为某种牙膏招徕顾客，另一则广告推销某种鞋油。他又低下头：那些脚还在不停地走动，污泥被鞋跟踩得四处飞溅。人们在行走。"我往何处去？"他再次自问。他伸出一个指头，摸摸衣领："我是什么人？为什么不奔跑？为什么不像这些人这样匆匆赶路？为什么不能成为一个按本能行事的人，一个真诚的人？为什么毫无信念？"他深受烦恼之苦，真想拦住一个行人，揪住那人的衣领，问那人上哪儿去，为什么这么匆匆忙忙。他想找到一个目的，任何目的都可以，哪怕是一个自欺欺人的目的。他不愿意再这么拖曳着脚步，从一条街道走向另一条街道了。周围的人都有自己的目的。"我该前往何方？"曾经，所有人都了解自己的全部旅程，从第一步到最后一步，但现在不是这样了。人们被蒙住眼睛，行走在黑暗之中，盲目之中，可是总得朝一个地方走。去哪儿呢？米凯莱打算回家。

他马上加快步伐。但街道上车辆堵塞，不计其数的汽车贴着人行道慢吞吞地移动；他无法横穿马路。斜风雨浇淋着街道两侧被灯光照亮的黑色房墙，两长串汽车面对面行驶，一串朝南，一串朝北。每辆车子都想尽快脱离车流，向前疾驶。他也在等待穿过马路的机会。突然，米凯莱在这些汽车中间发现了一辆宽敞、豪华的轿车，里面坐着一个男人。那人的身子僵直地靠在后座上，脑袋笼罩在黑影中，胸前横着一条胳膊，是一条女人的手臂。她准是坐在他身旁，躯体伏在他的膝头上，胳膊勾住他的肩膀，像是在对他发出哀求，但又不敢正眼看他。雪亮的路灯把这个一动不动的男子和搂着他的女人照亮了片刻，在米凯莱的脑子里留下了印象。不久，这辆轿车加快速度，如同一条巨鲸似的挤在其他汽车中间轻盈地行驶着。他只看到固定在车牌上方的一个小红灯，这是一种召唤。但就连这个标志也很快消失了。

车内所见留给他的是一种不可忍受的烦躁和哀愁。他并不认识那对男女，他们大概属于和他毫无关系的另一个阶层，没准是外国人。然而，他觉得车内所见是他的焦虑和想象的产物，出自他的内心——一种超人的意愿，先把那种情景融进他的内心，然后又把它呈现在他的眼前。那才是他的生活范围，在那儿，人们真的感到痛苦，拼命抓住别人的肩膀，徒劳无益地发出哀求。他不应该待在眼前这个地方，待在这个充满荒谬的喧闹和虚伪的感情的地狱边界，待在这个游荡着他母亲、丽莎、卡尔拉、莱奥，以及所有其他人的扭曲的、不真实的身影的地方。他应该恨车内的那个男子，爱那个女人；可他明白，他不能抱有这种奢望，因为那片福地不许他涉足，他永远也不能到达那个地方。

这时，一名警察拦住穿梭不停的车辆，米凯莱立即跨步横穿马路；但他走到马路中央时，忽然觉得一阵头晕，感到一种无法忍受的不适。他摘下帽子，任凭雨水淋着他的脑袋。

他很难说出自己的感受：心中翻腾着许多尚未成形的愿望，一个个恼人的想法给他带来了许多肉体痛苦。一辆没有载客的出租车驶到他身旁；他上了车，把自己家的地址告诉了司机。他的脑际仍然萦留着那两个人的形象：那辆豪华轿车中搂在一起的一男一女。"把他们的去向打听清楚，"他的这个念头几乎是认真的，"把他们的地址告诉司机，到他们那儿去，请他们带上我……"这些荒唐的想法和伴随着它们而来的各种想象使他稍微平静了一点。可是，出租车每颠簸一回，他就觉得自己从某个无法实现的梦境中醒来一次，他痛苦地明白，这些异想天开的念头丝毫不能改变他所处的现实。

五分钟后，他到了家。雨下得更紧了，他冒雨疾步穿过花园，走进黑漆漆的更衣廊。走廊也沉浸在黑暗中。他把大衣和帽子往椅子上一撂，没有开灯便摸索着朝楼梯走去。从客厅门前经过时，他发现一丝光线从锁孔中透了出来。他还听到了音乐声，说得准确些，是一支节奏分明的舞曲，仿佛跟方才他在酒店舞厅中听到的那首相同。"简直活受罪。"他心想。他推门走了进去。客厅中通常那个供人交谈的地方一片黑暗，但拱门和两根圆柱那边却亮着灯光。有人在那儿弹琴。他趋步上前。正俯在键盘上方弹琴的人扭头看了他一眼：是丽莎。

"她是到这儿来向我解释的，"米凯莱不耐烦地想道，"好像我还没全明白似的。"他坐到被阴影笼罩的一把软椅上。

"我们到里茨酒店去了，"他不紧不慢地说，"但实在无聊透顶，我就走了……还有，你知道吗，我跟莱奥吵了一架。"

她好奇地瞟了他一眼。"噢！真的？"她站起身，走到他跟前问道，然后在他对面坐下，尽量挨近他。"原因是什么？"她用犹豫和亲昵的语气加上一句。"没准是为了我吧？"

米凯莱看着这张疑惑的脸，很想大笑一场。"我可怜的丽莎，"他真想这么回答，"怎么才能让你相信我不爱你呢？"但出于怜悯，他忍住了。

"不是，"他回答得很干脆，"不是为了你……是为了我们的事，我母亲的那笔交易。"

"噢！明白了。"丽莎略带失望地说。她热情洋溢地紧盯着小伙子。她想为自己辩解一番，说明事情的真实过程；这个愿望折磨着她。"在这之后，一切都会清楚的，"她盘算道，"他会像今天上午那样，把脑袋枕到我的膝盖上。"时间在这些念头中匆匆流逝了，她却还没找到借口谈及这件她最关心的事情。他们互相望了一眼。

"我之所以这么说，"丽莎开了口，"是因为我觉得你完全有理由对我和莱奥生气。"

"为什么？……我既不生你的气，也不生他的气。"米凯莱凝视着她答道。他想加上一句："这可真遗憾。"

"我理解你，"丽莎接下来说，"啊，我真的很理解你！……因此我觉得应该向你做个解释。"

米凯莱没搭腔，也没挪动身子。"应该使她感到我心不在焉，根本没在听她讲的这些道理……什么也没听见。"他想。

"首先，"丽莎凑过身子，盯着小伙子的眼睛，"要是你以为我现在跟那人有什么关系，那我可以向你保证，你错了……以前有过关系，这我应该直说，隐瞒这一点没有用。有过一种……一种关系……他爱我。"丽莎略微抬抬手，似乎表明她在记忆中挖掘往事。"我当时年轻，需要帮助。一方面是因为他的纠缠，另一方面是出于我当时的境地，最后我答应了他……"

"人家告诉我，你现在仍然是有夫之妇。"米凯莱仿佛并非心甘情愿地打断她。

"我丈夫跑了，"丽莎异常直率地答道，"在结婚一年后……他拿走了我的所有首饰……"她沉思了一阵子，但既不哀伤，也不感到难堪，像是一个人话讲到一半被打断了片刻，现在又接着讲下去。

"我答应了他，"停顿了一会儿后，她又开了口，"这事持续了几年，一共是三年，直到有一天我发现我并不爱他，从来没爱过他，于是便分了手……"

"难道不是因为他勾搭上我母亲而把你甩了吗？"米凯莱想这么问一句，但他忍住了。这又有什么用呢？

"除了在你们家遇到过几次外，我们没再见过面……直到……直到今天，他来了，谁知道安着什么心……大概以为可以从头开始吧。"她笑了起来，似乎以此表明莱奥的愿望是十分荒唐可笑的。"好像我能忘掉他对我的所作所为似的。再说，抛开这点不谈，好像除了他，我就找不到别的男人似的……正当我在撵他走的时候，你来了……这就是事实。相信我吧，我可以用我最神圣的东西向你保证，向你发誓……"

丽莎住了口，带着央求和疑虑的神色瞟了小伙子一眼；后者低下头，看着自己的双手。

"哦，真是这样。"他最后回答了一句，眼中射出不可捉摸的目光，脸上露出略带忧虑的表情。

真是这样，这是什么意思？真是这样，这有什么含义？没准意味着"真是这样，你没背叛我"吧？或者意味着"真是这样，你背叛了我"吧？这个回答使丽莎的思绪更乱了。她，因为刚才自己讲的那番话而激动起来的她，向前探出身子看着米凯莱，仿佛想在他脸上探寻他的回答的含义。

但是，小伙子却故意露出一副极其呆板而冷漠的神情，眼睛里含着怒意，仿佛他刚才没讲过那句话似的。

丽莎很失望，坐直了身子。几种不同的可怕想法在她脑子里交织。"他不相信我，"她心想，痛苦得很想搓揉自己的双手，"其实都是真的。"他们就这样在令人难堪的沉默中挨过了几秒钟。末了，这个女人笑了笑。

"可怜的莱奥，"她高声说，"今天不是他的好日子……跟我、跟你都吵了架……还没把你母亲计算在内，他们拌嘴是家常便饭……嗬！多少不顺心的事！"

她神经质地假笑着，并在一阵笑声止歇、另一阵笑声未起的时间内观察着米凯莱，发现他变得更加不易理解了。她还在笑。客厅中充满黑影。钢琴上的两盏小灯用螺丝固定在两个烛台形的灯座上，烛台上还挂着几滴足以乱真的仿真烛泪；小灯照着亮晶晶的椭圆形琴盖，犹如插在灵柩上的两根祭烛。她还在笑。

不过，面对着米凯莱那张表情呆滞、略带怜悯——对，确实这样——的脸孔，她的最后一阵笑声在喉咙里梗塞住了。她在他脸上看见的表情具有明白无误的含义："我不得不跟一个疯婆娘待在一起，听她唠叨，和她敷衍，尽量不惹她生气。"对急盼跟他达成默契、渴望得到他的热情的丽莎来说，这种刻意表现出的冷淡比什么都残酷。最后，米凯莱终于开了口。

"不过，"他说，"他也可能很顺利。"

这个回答打消了丽莎的最后几个幻想。失望、懊丧和痛苦侵蚀着她的心田。"他在报复，"她想，"他以为我背叛了他，甚至不想再听我解释。他用这种话回答我，真像个白痴。"

不过，米凯莱就在这儿，就在她跟前，这是不用怀疑的；她梦寐以求的那种纯洁和那种真诚，并未从他的眼睛中和前额上消失；他的热忱是真实的，是确实存在的。她觉得，她如果能找到合适的语句，就肯定能使他相信她讲的话。

"你听我说，米凯莱，"她又朝前俯过身，央求道，"你发现我跟莱奥待在一块，这不是我的过错……他是来了……但你怎么能相信，上午你我有了那事以后，下午我还能接受他的热情呢？……另外，请你注意，我绝对不可能爱上莱奥，他粗鲁，庸俗……你错怪了我，你应该改变看法。你以为我轻浮——怎么说呢？——而且行为不检点，但我可以向你保证，这不符合事实……我绝不是那种人……我需要某种更重要的东西……你要知道，这个问题我考虑了多久……某种不仅局限于外貌和肉体的东西，而且还要……"她蓦地缩住话头，打量着米凯莱。"而在你身上，"她压低声音，慢吞吞地补充道，同时把自己的脸朝小伙子的脸凑去，"这种东西是有的……因此，我尊敬你，爱你……"

"她总算把话说明白了。"米凯莱心想。他没回答，把头往后缩了缩，大部分出于尴尬，小部分出于厌恶。他观察着丽莎：她的整个上半身从低矮的软椅中倾出，扭曲的姿势让那件窄小的衬衫绷得紧紧的，短裙的后襟翘了起来，露出一条箍着粉红色袜带的白嫩大腿。最后这个细节给他留下了深刻的印象。"莱奥说得对，"他心想，"确实不该拒绝她。"但他的反感却一下子变得更加强烈，他的嘴唇不住颤抖：一则因为他感到这一切都是虚伪的——他刚才的那些话便是言不由衷的；二则因为他明白自己的这个念头十分卑鄙。"不能这样，"他想道，"不能这样。"他垂下眼睛，又往后缩了点。

"别，别这么看我。"不等他开口，她就诚惶诚恐地大叫道。她发现他看见她的裸露部位后激动了，但这种对她有利的激动历时甚短，没过多久他脸上的表情又复归呆滞。"别这么……这么沉默不语，求求你，回答我吧……严肃地告诉我，你在想些什么。"

接下来是沉默。米凯莱进门后第一次又听到了雨声：雨点敲击关着的百叶窗板的声音。他想起了留在酒店里的莱奥、母亲和姐姐。

158

"我在想些什么？"他终于说道，语气中连一丝讥讽的影子也没有，"我在想，他们还没回家；我在想，天气不好。我就想着这些……"

　　沉默。她仍像刚才那样扭曲着身子。没有什么可说的了，所有尝试都失败了，没有补救办法……她看着米凯莱的鞋子，觉得自己的头脑糊涂起来了。"还是刚才别拒绝莱奥的好……"想到这儿，她吃了一惊，"起码此时此刻有他陪我。"

　　客厅里更暗了，深沉的夜色吞噬了墙壁和家具，向这两人步步逼近。周围越来越黑。面前似乎形成了一个闪烁着微光的墓穴，一个在黑暗中胡乱掘出的墓穴；拱形洞顶低矮，布满了烟垢。在这个渐趋寂灭的光环中，两个黑色的身影弯着腰，守在灵柩旁边；烛光摇曳，变红，变暗……最后熄灭了。

　　"怎么回事？"丽莎用胆怯的声音在黑暗中问道。

　　"没什么，"她得到了答复，"天气不好，断电了……我们等着吧。"

　　沉寂。黑暗。沙沙的雨声。未几，米凯莱觉得一只手按在他手上，他冷冰冰地笑了笑。"嘿，这是一个大好时机，"他心想，"是一个用来饶恕、忘却并在黑暗的掩饰下恣情纵欲的大好时机。"

　　他被压抑的臆想终于苏醒了，他不再冷嘲热讽。她的手指爱抚着他，在他心中激起一系列热情想象：摸黑寻找丽莎的躯体，把她搂进怀里，给她一个真情的、热烈的亲吻……他跟自己的这种软弱意志搏斗了片刻。几个人的形象从漆黑一团的眼前掠过：一个是丽莎，说得准确些，他想起了她那条裸露的大腿，他的所有欲念都集中在她的大腿上；此外，还有他瞥见的那辆汽车中的一男一女的形象。"为什么丽莎不是那个女人呢？"他寻思道，"为什么我不是那个男子呢？"雨点扑打在别墅墙壁上的声音清晰可闻，周围漆黑一团，那只笨拙和热情的手不停地抚摸着他，而他也没有勇气拒绝她和失去她。他一秒一秒地数着时间，盼着数到一分钟时电灯便会重新亮起，灯光就能把他们分开。"哦，手啊，"他强迫自己笑了笑，暗自恳求道，"等一会儿再摸我……这么摸下去，我难免会做出丑事的。"电灯还没亮，一分钟却过去了。小伙子低下头，吻了一下那只手；他知道这个举动很可笑，是意志软弱的表现。

"现在一切都完了，"他马上想道，感到恶心，但也很满意，"现在我把她抱上我的膝头，跟她亲个嘴。"他正要把这个计划付诸实施时，走廊里传来一阵言谈笑语声。客厅门打开了，一道飘忽的烛光刺破黑暗，整个屋子仿佛在晃动。硕大的黑影和跳动的烛光交替跃上天花板。母亲进了门，后面跟着莱奥和卡尔拉。

他们徐步走上前来，显然竭力想认出坐在这儿的两个人是谁。莱奥手持蜡烛，他那张被烛光照得通红发亮的脸膛清晰可见。母亲和女儿一左一右在他身边走着，烛光只照亮了她们的半边脸。这三个人踏着犹豫的步伐，渐渐走近了，投射在墙上和天花板上的硕大身影紧紧跟随着他们。

"嗬！是你？"母亲终于认出了丽莎，高喊了一声。

"你又来了？"卡尔拉也问道，"电灯早就灭了吗？我们去跳舞了，玩得很痛快……嘿，你知道吗，莱奥请妈妈跳了查尔斯顿舞[1]！"

"她跳得很好。"莱奥上前一步说。

"呃，梅卢迈奇，别跟我提这种查尔斯顿舞啦，"母亲叹了口气，随即坐下；她看样子很累。"你设想一下吧，"她转身对丽莎补充道，"跳了不多久，他离开我独自扭了起来，并对我说：'学我的样子吧。'我起先不愿意，后来开始模仿他，不出五分钟就跳得比舞厅里的所有其他女士都好……你们那种查尔斯顿舞并不难。"

"算了吧……还不能说你真的会跳查尔斯顿舞……"卡尔拉指出。

"怎么不会？"母亲委屈地反驳，"看，我现在就可以再给你跳一次……很容易。"

"可是，妈妈，"卡尔拉坚持己见，"这么短时间内是不可能学会的。"

"唔，是吗？"已被完全激怒的母亲站起来答道，"好吧……我马上就让你看看……我要向你表明，我可不像你那样

1　一种起源于美国黑人的舞蹈，1926年至1930年在意大利十分流行。

说谎成性。"

她脱下披风，摺在一张椅子上。

"丽莎，劳驾，愿意弹一首查尔斯顿舞曲吗？"她转身对朋友说，"你在钢琴上的那堆舞曲集里能找到这种舞曲……"

丽莎站了起来，莱奥手擎蜡烛跟在她后面。"想要什么曲子？"朋友借着蜡烛头飘忽不定的光线，一边翻着谱集一边问，"《在远洋海轮上》？《纽约的一夜》？"

"嗯……《纽约的一夜》。"母亲表示同意。

丽莎坐到钢琴前面开始弹奏，莱奥举着蜡烛待在她旁边，米凯莱和卡尔拉一动不动地站在对面墙根的黑影中默默看着。

轻松的、不和谐的音乐在寂静中回荡。"您跳吧！"莱奥催促道。母亲开始跳舞，全神贯注地看着自己的双脚。烛光只能勉强映亮她那张臃肿虚胖、布满皱纹、施了不少脂粉的面孔。她身上穿的连衣裙很瘦，这种动作激烈的舞蹈每跳一步，裹着她胸脯和腰部的亮晶晶的衣料就被拽紧一次。她时而往这边踢腿，时而往那边伸脚，尽量想掌握住拍子，并使双膝紧紧靠拢。但她显然忘了莱奥教她的舞步，没跳多久便停了下来，带着沮丧的表情望着情人。

"我不会了……酒店里奏的不是这种舞曲，"她说，"用这种曲子伴奏，我不会跳。"

"你看，妈妈，"卡尔拉从黑影中走出来说，"我说对了吧。"

"完全不对，"母亲那张被烛光映亮的脸上出现了强烈的不满表情，"这是因为舞曲不对头……"

"是你自己选的嘛……"丽莎转过身，背对钢琴指出。

莱奥擎着蜡烛，走进由这三个心情烦躁、不知所措的人组成的圈子里。

"不要紧……不要紧，"他息事宁人地重复着，"下次再跳吧。"

五个人片刻间都没说话，只是互相望望。雨大概下得更大了，沙沙的雨声听起来很响，中间还夹杂着大风吹打活动百叶窗板的声音。不久，卡尔拉开了口。

"该去换衣服了，"她说，"马上就该吃晚饭了。"

"您留在这儿跟我们一起吃饭，对吗，梅卢迈奇？"母亲问。她认为无论如何要让情人答应第二天跟她见面。

"不……唔，好的……"莱奥答道。

他们踏着踌躇的步子，相继朝门口走去。现在是母亲举着蜡烛。她说："谁爱我，谁就跟我走……"卡尔拉扑哧一声笑了出来。米凯莱仍旧坐着。莱奥出门前走到他身边，"喂，"莱奥说，"照我说的去做，好吗？记住，丽莎不应该受到轻视……她虽然很胖，但经验丰富。"说完，他朝一声不吭、保持冷漠的小伙子眨巴了一下眼睛，转身跟上其他人。烛光在门口最后照亮了一次门楣，便淹没在黑暗的走廊里了。他们几个人的声音依然能听到，其中有母亲的吩咐声："卡尔拉，你去开门。"米凯莱仍旧没有离开他的软椅，继续在黑暗中坐着。

他们几个一边推推搡搡地上楼，一边说着话。到了楼上后，卡尔拉在前厅中的一个抽屉里又找到两支蜡烛。母亲拿过一支蜡烛，拉着丽莎去看她的一件新连衣裙。"金色大翻领，"她边走边说，"一会儿你就能看见了……是最时兴的。"莱奥和卡尔拉留在前厅里。

他们互相看了一眼。他那双表情不丰富的眼睛里闪烁着难以抑制的激动的目光。他把蜡烛放在桌上，伸出几个长满硬汗毛的指头捏着卡尔拉白嫩、瘦削和冰凉的手。他很爱摸她的手。他用狡黠锐利的目光自下而上打量着卡尔拉。他开始启迪自己不丰富的想象力，设想她这只冰凉的手将会用自然得令人惊讶的动作，大胆地爱抚他。"有一种手非常娇嫩，"他想，"看上去跟鲜花一样；但它们却什么事也干得出来，使你得到无穷享受。她的手便属于这一种。"他越想越激动。最后，他眉头一皱，放开卡尔拉的手，搂住她的腰。这时姑娘显然在想别的事。"别，莱奥……别这样，留神别人看见。"她一面挣扎，一面低声嘟囔，一双惊慌的眼睛扫视着四周。最后她屈服了。恰在这时，丽莎闯了进来。

她看见这两人在前厅中部紧紧搂着，周围是五扇挂着丝绒帷幔的门。她退后一步，藏了起来；然后稍稍掀开帷幔，又窥视了一眼。插在桌上的那支蜡烛照亮了黑暗，她看见那两颗脑袋还凑在一起，一边接吻一边东扭西闪。什么声音也没有，他们的影子投射在天花板上。她的思绪凝滞了，心扑通扑通地乱跳。她不再窥视了，继续藏在门扉和帷幔之间，犹豫不决、惴惴不安地在黑暗中待了片刻，然后又小心翼翼地偷看了一眼：那两人已经分开了，此刻正在交谈。

"我觉得，"莱奥说，"那幅帷幔动了一下……"

"妖精，"他笑着补充道，"你如果在这儿，就拍一下手……你如果不在这儿，就拍两下。"他是在模仿招魂巫师的话。他的半边脸浸在烛光中。卡尔拉觑着他脸上的皱纹，不觉笑了起来。躲在帷幔后面的丽莎真想拍一下手，吓他们一跳，把他们吓得面红耳赤，目光惊恐。

"坐到这儿来，"这时莱奥说，"这儿，坐到我膝盖上来。"

"可是，莱奥，"姑娘央求道，"莱奥……要是闯进一个人！"

"别害怕……"一阵窸窣声。丽莎瞪大眼睛：不……不是做梦，卡尔拉坐在那儿了，坐在他的膝盖上，头靠着他的头，身子挺得笔直，然后……瞧……他吻着她的脖子。

"现在嘛，卡尔拉，"莱奥欢快地说，"你如果在这儿，就吻我一下……你如果不在这儿，就吻我两下。"听不见声音了。卡尔拉的大脑袋软绵绵地低垂着。突然，她把头抬了起来。"不，莱奥，"她反复说，"不……不能这样。"她使劲挣扎。两个硕大的黑影在乱晃。不一会儿，她不动了。蜡烛的光焰忽长忽短。那两人垂下头静静地待着，既不动弹，也不讲话。只是不时听见沙发在吱吱咯咯响。丽莎蹑手蹑脚地回到玛丽阿格拉齐娅的房间。

开始时的惊讶现在已被一种报复的欢乐代替。"现在我要挽着玛丽阿格拉齐娅的胳膊，"她琢磨着，"领她去看看她可爱的莱奥在干什么好事。"但进屋后，她刚一看见朋友就再也鼓不起勇气来，不知道是什么缘故。

丽莎发现她手执蜡烛一面在屋里来回走动，一面用眼角扬扬得意地瞟着镜子里的自己，想看看那件新连衣裙穿在身上效果如何。

"你觉得怎样？"玛丽阿格拉齐娅问，她发现腰带上方有个小毛病，一道褶子位置不对，心里有点不安。"我可以在上面缀条飘带，"她说，"或者……或者，丽莎，你帮帮忙……"她扭一下身子，又扭了一下，还是觉得很不称心。丽莎坐在暗处。此刻，不知怎么搞的，她想起了刚才见到的场面，心里一阵紧缩，连忙闭上眼睛。

"唔，我不知道。"她含糊其词地说。

"什么叫你不知道？"母亲照着镜子重复一遍，感到莫名其妙，"我在这里愁得要死，你却回答我说：我不知道……你到底知道什么呀？"

"我知道的事可多了。"丽莎想这么回答。但她此时毫无兴趣揭破那个谁也未曾料到的秘密。一种异样情绪堵住了她的嘴，怎么说呢？是自尊心。的确如此，丽莎不愿意让别人以为，她之所以要揭露莱奥的这个新隐私，是因为她——一个被抛弃的情妇——要进行一次庸俗的报复，而不是出于她对这种行径的厌恶和对卡尔拉的爱。因此，她一声不吭。

"在这儿缝上一朵金色的玫瑰，你觉得好吗？"母亲这时问道，手中的蜡烛在她那张肌肉松弛的脸上投下焦虑的闪烁光芒。

"噢，当然好。"丽莎含糊地表示赞同。她还想着那两颗凑在一起的脑袋。她感到痛苦；对她而言，这是第一次感到痛苦。她感到痛苦，仿佛发生了一件无法避免的伤心事。

"要是缀上一条束带，"母亲固执地说，"一条金色的束带，你觉得怎样？"她继续左顾右盼，这回似乎比较满意了。"这条连衣裙很漂亮，"她加上一句，"可这道褶子……这道该死的褶子……"她那张被烛光照亮的脸上掠过一丝怀疑的神情。"大概是里面的衣服没穿好吧？"她问道。她把蜡烛往地板上一搁，双手掀起前襟，抚平贴身内衣。烛焰一晃一晃地在跳跃，一缕缕黑烟像小蛇一般在空中扭动。丽莎坐在暗处的一把椅子上，没有挪动身子，也没开口讲话；她的视线从母亲裸露在外的粗壮大腿上移到门上，门的那边，在前厅里，莱奥和卡尔拉正在搂搂抱抱。一种厌恶感——一种明智的厌恶感——把她压得喘不过气来；对她来说，这又是一种前所未有的情感。她想到卡尔拉年纪很轻，想到这种丑恶的关系将毁掉姑娘的一生。但她并不愤怒，也不惊讶。噢，不！她是过来人。她只感到——嗯——只是隐隐约约地感到怜悯。她的怜悯对象包括玛丽阿格拉齐娅、莱奥、卡尔拉和所有其他人；她自己也在内。这种新的情感几乎使她大吃一惊。她觉得十分疲乏，最后产生了一种歇斯底里的愿望，只盼能马上离开这里。她要独自待着，好好回想一下当天发生的所有事情。

她站了起来。"我要走了。"她说。

玛丽阿格拉齐娅已经脱去连衣裙，只穿着内衣和内裤朝丽莎走来。

"现在就走？"她大声问，但没有出言挽留；她们拥抱了一下后，她举着蜡烛把丽莎送到门口。

"你今晚干什么？"她问。

"上床睡觉。"丽莎回答得十分干脆。她发现朋友定睛注视着她，像是很怀疑她讲的话。"好，再见。"丽莎说，随即砰的一声把门关上，为的是让前厅里的那对情人听见。她走出房间。

卡尔拉立刻从沙发上蹦起，迎着她而来。"我来送你，"她说，"而你，莱奥，在黑暗中待五分钟吧。"烛光正面照着她那个圆滚滚的脸蛋。丽莎发现卡尔拉眼神倦怠，目光混浊，双颊比平常更为苍白。她蓦地产生了讲几句话的愿望，想说她刚才什么都看见了。但是，姑娘已经扭过身，背对着她先下楼了。

丽莎在整个下楼过程中，每踩一个梯级，"说还是不说？"的念头就折磨她一次。她看着卡尔拉那张充满稚气的脸蛋和那颗大脑袋，怜悯心越来越强烈。"这个可怜的丫头如今落到这种地步，"她想，"都得怪玛丽阿格拉齐娅。"她们已经走进门厅。说还是不说？丽莎从未体验过这种令人困惑的犹豫不决心情，也没料到她的这种新情感——怜悯心——会这么强烈。"不是她的过错。"她再次想道。她真想做个手势，使个眼色，而不必通过语言，直接点破姑娘这桩令人害臊的隐私。但她未能做到。

卡尔拉手端蜡烛，丽莎借着烛光在走廊里的那面镜子前戴上帽子，同时不停地瞟着姑娘。

"你怎么啦？"她突然问道，"我觉得你跟往日不一样。"

"我？"卡尔拉似乎很吃惊，"没什么。"

"你知道吗？你脸上一点儿血色也没有。"丽莎接着说，"我看你太疲劳了。"

没有回答。说还是不说？她披上披风，临出门时拽过卡尔拉的手。她们互相望着。姑娘经不住丽莎询问的目光，垂下了眼睛。

"卡尔拉，"丽莎突然用激动的声音说，"你变了……发生了什么事？"

"唔……没什么。"

丽莎感到为难，怎么也下不了离开这儿的决心。

"那么，你拥抱我一下吧。"她忽然说。她们搂在一起。然而，当丽莎吻着姑娘冰凉的、仿佛是没有感觉的脸颊时，却很不满意。"我不应该，"她颇为后悔地重复想道，"我不应该用这种方式跟她讲话。"她们走进了更衣廊。

"记住，"她吞吞吐吐地加上几句，"你要是有什么事情不顺利，你要是……心情不愉快，就来我家……什么也别瞒着我。"

"一定……一定。"卡尔拉说，几乎感到了难为情。丽莎出去了。大门随即关上。

姑娘心事重重地回到楼上。丽莎的话使她产生了一种模模糊糊的惧意。"难道她猜到了一些什么？"她扪心自问。但她越想越觉得这种假设不可能成立。她和莱奥的关系一天前才开始，丽莎只在这儿匆匆露过几次面。不可能……除非……除非头天晚上她和莱奥在更衣廊里神秘地消失时，丽莎起了疑。"可是，事到如今，不管她是不是已经猜到，反正已经太晚了。"她最后想道。她不知道应该高兴还是懊恼，结论已经做出："今晚我要到莱奥那儿去。"

她慢腾腾地登着梯级，手里举着蜡烛，抖动的烛光跟她寸步不离，把她那个可笑的、脑袋奇大的身影投射到墙壁上。"我就这样去迎接新生活。"她心想。她想保持心境恬静，却做不到。她的心在颤抖。想要掩盖这一点是没有用的。焦虑和不安憋得她喘不过气来。"但愿这几个钟头快些过去。"她稚气十足地深深叹了一口气，心想："但愿今夜快点过去，我只有这个心愿。"

走进黑暗的前厅后，烛光使她看见了坐在软椅中的莱奥。

她把蜡烛插在桌上，坐到他身边。

"真烦人，对不对？老不来电。"她随便说了句。他没回答，抓过她的两只手。

"唔，今晚去吗？"他问。但卡尔拉没来得及讲话：五扇门中的一扇打开了，玛丽阿格拉齐娅掀开帷幔走了进来。

她举着蜡烛，浑身裹在一条黑色的大披巾中，被烛光照亮的脸上有一种诡谲的表情。

"丽莎走了，"她对情人说，并没有坐下，"您，梅卢迈奇，大概希望我邀请她共进晚餐，对吗？……可有什么办法呢？……总不能永远如愿以偿……再说，这样您就可以使您那位可爱的女朋友有时间做准备，迎接您的拜访……夜间拜访。"

她冷笑一声，强调"夜间"这个词，然后不等回答便朝楼梯走去。

"上哪儿去，妈妈？"卡尔拉站起身冲着她喊道。

"我觉得是吃晚饭的时间了。"母亲头也不回地答道。她一手举起蜡烛，另一手扶着木栏杆，一步一个梯级地慢慢下楼。"不过，梅卢迈奇，要是您愿意去追丽莎，那就不必客气……反正对我来讲都一样。"

烛光不见了，楼梯上又是一片黑暗；她的最后几个单词消失在楼道那边，消失在这道窄楼梯的拐角处后面。

卡尔拉的视线一直追随着下楼的母亲。这时，她掉过头来。

"没办法，"莱奥坐在软椅里说，"你母亲总是这个样……头脑里一旦有了成见，谁也别想让她改变看法。"他住了口，做了个无可奈何的手势。片刻间谁也不讲话。忧心忡忡、似乎有点忐忑不安的卡尔拉望着情人。

"你知道我在想什么吗？"她终于开口说，"丽莎好像猜到了什么。"

"怎么回事？"

"我也不知道……但从她对我讲话的口气上可以看出。"

莱奥做了个轻蔑的手势。"对我来讲……她爱怎么猜就怎么猜吧。"他动作敏捷地拉过姑娘，但她却莫名其妙地反抗着。"不……现在别这样了。"她一边拒绝，一边用双手顶着他的肩膀。

"放手，"他恳求道，他那张激动的脸从黑暗中探出。他竭力搂住姑娘的腰。"我怎么啦？……就亲一下，跟刚才那样。"

"不……"她不同寻常地使劲挣扎着。眼里充满怒意。突然，她撞上了桌子，插在桌子边缘的蜡烛掉落在地，熄灭了。伸手不见五指。一阵匆忙慌乱的下楼声。然后是一片寂静。

只剩下莱奥一人待在黑暗中。"多古怪的姑娘，"他暗自叽咕，"起先即使让她脱光衣服也行……五分钟后却连亲亲她的额头也不许……"他并不恼火，只是有点惊讶。此时欲火已经熄灭。他用询问的目光扫视一圈：周围一片黑暗。然后他把手伸进口袋，寻找他的那盒火柴。他划燃一根火柴，俯身拾起蜡烛，把它点燃。"现在嘛，"他想，"去吃饭吧。"他站起身，走了几步，但突然想起忘了告诉卡尔拉他们什么时候、以什么方式在当天夜里碰头，然后一起上他家。

他回到桌边，把蜡烛插在桌上，从皮包中抽出一张名片，借着摇曳的烛光，仔细地、慢悠悠地用他那支粗大的金笔写上一句话："一个钟头后，我开车来，在花园栅门外等你。""走的时候交给她。"他盘算着。随后，他踌躇满志地拿起蜡烛下楼。

摆好餐具的桌子上只点着一支蜡烛。餐厅几乎完全笼罩在黑暗中。米凯莱、卡尔拉和母亲已经入座，他们被烛光照着的脸依稀可辨。新来者坐到他的位子上，默默吃了起来。第一道菜就这么吃完了，谁也没说话。四个人都看着飘忽不定的烛光。听不见一点儿声响。每人都有一个执着的想法在扰乱自己的心绪。四人当中神情最专注、心事最重的无疑是母亲。她嘴角刻着两道痛苦的皱纹，十指交叉托着下巴，用迷离恍惚的目光看着那两道静静的、老在晃动的烛焰。

后来，她终于决定把自己的视线投向情人；她的面孔随即被哀怨、痛苦、愤懑和嘲讽的表情扭曲了。

"我很想知道，"她用倔强的口吻对在场的所有人说道，"世界上怎么会有这么爱说谎的人……嗯……我想知道的就是这个……干什么事都可以，我没意见。可是，干完后就遮遮掩掩，就信口胡编，就混淆是非，颠倒黑白……这个我不能容忍。"

沉默。谁都不愿草率做出回答，致使母亲在这条路上继续走下去。谁都不想承担这个责任。她逐一打量着他们，像要怂恿他们说话似的。但莱奥和卡尔拉垂下眼睛，而米凯莱则把视线移向别处。母亲见旁敲侧击无效，于是决定正面进攻。"譬如说，您，"她转身对情人说，"晚饭后有约会，您完全可以自己做主。谁也不会不让您去的，虽然应邀在别人家里吃完饭后拍拍屁股就走是十分没有教养的举动……可是，为什么不讲实话呢？为什么要编一大堆谎言呢？什么有个约会，不去不行啦；什么要到史密斯森女士那儿去啦，等等，等等。实际上她眼下在米兰……您倒跟我讲讲，是谁让您这么瞎扯的？是谁让您讲这个十分笨拙的谎言的？……这不仅是撒谎，而且也是对我的侮辱，仿佛我是个傻瓜，不明白这种事情似的……其实，讲真话要简单得多：您知道吗，亲爱的太太，到了某个时候我不得不告辞，因为我要上……上某某人那儿去……我将回答您说……去吧，爱上哪儿上哪儿……您高兴的话，去见魔鬼也行……这样的话，就什么事也没有了……"

待在暗处的女佣把一盘菜端到她面前。她住了口，做了个手势，不想吃。她激动得双手发抖，机械地来回挪动着刀叉和杯子。

"您倒是讲几句呀，"她见莱奥没有讲话的意思，便大声说道，"讲呀……行个好，把真话讲出来呀。"

他斜睨了情人一眼。她这么喋喋不休使他很恼火。"真该打她两个钟头耳光，"他怒气冲冲地看着那张老气横秋的傻里傻气的脸，心里想道，"起码打她两个钟头。"他吃着东西，透过牙缝回答说："我没什么可说的。"

没有任何别的话能比这几个冷漠的词更使她勃然大怒了。

"您说什么？"她嚷了起来，"我有根有据地指责您撒谎，您不但不为自己的行为辩解，反而用这种方式反驳我，好像……好像是我干了错事……您想知道您是什么东西吗？……一个讨厌鬼。"

莱奥通常不搭理情人的指责，但这回他却发了火，也许是因为姑娘在他内心引起的激动使他变得格外烦躁，也许是这种谩骂确实刺伤了他。

"听着，"他猛地扭过身，背朝着给他递上菜盘的女佣，对玛丽阿格拉齐娅粗声粗气地说，"行个好，别啰唆了……不然的话，我只好回敬您几句了……您唠叨几句还可以，但别过分。"

说完后，他皱着眉头，严厉和轻蔑地瞪了情人片刻。这个倒霉的女人紧张得连气也喘不过来。两支蜡烛的光焰每闪动一下，就把四周的明暗关系打乱一次。莱奥紧抿着嘴唇，一副杀气腾腾的样子。他那肤色红润、胡子刮得干干净净的颌部皮下筋络由于恼怒和烦躁而根根绷起。他睁大眼睛，恶狠狠地盯着母亲，眉梢出现了两条由于情感过分强烈而形成的难看的皱纹，这使他显得非常疲倦。他露出一丝轻蔑和愠怒的嘲笑，似乎好不容易才忍住破口大骂。一个锥形阴影遮住他的半个下巴，使他这种嘲笑的神态格外分明。玛丽阿格拉齐娅吓得不知如何是好，怒气冲冲的发泄刚进行到一半便停住了，她怔怔地望着这张冷酷的脸，这把对准她的面孔射出石弹的弩弓。她浑身瑟瑟发抖，一种强烈的不幸感，一种失去了所有人的关怀和爱恋的感觉，使她的心脏紧缩，使她觉得窒息。"卢卢[1]，别这么看着我。"她想这么大喊，然后马上用双手捂住脸。但她吓得只是一动不动地待着。"我爱他……可他却这么回答我。"她反复喃喃自语，她的声音消失在她那颗空无一物的头颅中。

稍后，她见莱奥扭过身子，镇定自若地从大盘上叉了两块肉和一些生菜。没什么可说的了。局面已经无法挽回。泪水充满她的眼眶。她把餐巾放在桌上，双手轻轻一撑，站了起来。

"我不想吃了，"她说，"你们慢慢吃吧……"她几乎跑着出了餐厅，还被地毯绊了一下。

她的离席出乎意料，大家一声不响。莱奥手擎刚才拿起的刀叉发愣，惊讶的面孔呆呆地对着笼罩在黑暗中的餐厅门：母亲是在那儿消失的。卡尔拉也睁大眼睛朝那个方向看着。米凯莱则转身对着莱奥；三人当中，他最不感到惊异。

"你不该这么回答。"米凯莱说。他并不恼怒；从语气判断，他只是感到腻烦。"你知道她多么容易发火……这下子会闹个没完没了。"

1　莱奥的昵称。

"谁也没说什么呀，对不对？"莱奥回答得很干脆，"她犯了神经病，自己去治吧……现在连讲几句话也不让了。"

"你们两人已经讲得够多的了，"米凯莱直视着他的眼睛，"太多了。"

"瞎说，"他抬了抬肩膀，咕哝道，"你母亲，嗯，她是讲得太多了，可我……"他停顿了一会儿，时而看看正在变冷的盘中的菜肴，时而看看母亲出去的那扇门。

"现在怎么办？"他补上几句，"她绝食了。"沉默片刻，末了，卡尔拉把餐巾往桌上一摆。

"米凯莱讲得对，"她说，"您，梅卢迈奇，不应该这么对待妈妈……她尽管有她的缺点，但终究是个女人……您的做法不对……"她站起身，愣愣地待了一会儿：她即将去做的事情使她厌恶，给她带来了焦虑和痛苦。

"我去看看她是否还会回来。"她最后说，随即挪开椅子走了出去。

走廊里漆黑一团。她摸着墙壁探步向前。"应该带根蜡烛。"她想。她突然记起来，有一次发生了类似的事情后，母亲走进了客厅。她又迈了几步，忽然被地毯绊得差点儿摔倒。既老成又稚气的玛丽阿格拉齐娅使她感到很烦恼。"这一切应该结束了，"她手按着客厅的门把手，咬牙切齿地思索着，"今晚我上莱奥家去……这一切就能结束了。"她觉得眼前的黑暗不知怎的已渗入她的灵魂。"我母亲是个蠢货，我去找她吧。"她还在想。她觉得自己非常冷酷；而这种冷酷又使自己深感痛苦。她咬了咬嘴唇，走进客厅。

不出所料，母亲真的蜷缩在客厅中：不远的地方，有一个人在漆黑的夜色中向隅而泣。"呜……呜"的哭声和叹息清晰可闻，其间还时时夹杂着擤鼻涕的声音。卡尔拉的恼怒随即让位于温情。

"妈妈，你在哪儿？"她一边张开双臂，在黑暗中摸索着往前走，一边用清脆的声音问道。

没人回答。她好几次撞到家具，终于摸到了母亲的一侧肩膀。据她推测，母亲是坐在厅角的那张长沙发上。

"你在这儿干什么？"卡尔拉一面问，一面摇晃了她几下。同时抬头仰望着看不见的天花板，仿佛这儿的一切并非笼罩在黑暗中。她好像不愿看见哭哭啼啼的母亲。"回到那儿去吧……我们走吧。"母亲的背部战栗了一下。

"你们吃吧……我不去。"玛丽阿格拉齐娅的声音答道。

卡尔拉焦急、伤心地叹了口气，绕着长沙发走了一圈，坐到母亲身旁。

"我们走吧，快走，"她重复一遍，双手按在那个泪人儿的肩上，"我向你保证，妈妈，莱奥没有任何意图想要……他第一个为刚才发生的事感到抱歉……"

"唉，上帝，我多么不幸呀，"母亲没有回答，只是用幼稚和痛苦的声音这么哀叹着，"我多么不幸呀。"

卡尔拉打了个寒战。"快走吧，妈妈。"她又说了一遍，声音中更加疑虑了。

长沙发嘎吱一声，两条胳膊围住了姑娘的脖子，她感到母亲湿漉漉的面颊贴在自己脸上。

"你真的相信……"那个哭哭啼啼的声音问，"告诉我，你相信他真的又爱上那个女人了吗？"

"你说的是谁呀？"卡尔拉心慌意乱地问。她感到一个软绵绵的、不住喘气的胸脯压在自己的胳臂上。她不知道怎么办才好，一想起要安慰母亲就感到厌恶，仿佛这是一个违反天理人情的行为。"她起码别再哭呀。"她又一次想道。

"当然是丽莎喽……"那个不停抽泣的声音固执地说，"你难道没看到昨晚他们是一块儿走的吗？……我相信，我相信他们又爱上了……唉！我多么不幸呀……"

"他爱的是我。"卡尔拉想这么回答她。可是，这话符合事实吗？她蓦地对周围发生的一切都感到厌恶。"我到底对他做了什么？"此时，她又听到玛丽阿格拉齐娅的声音在埋怨："我应该得到这种结果吗？……我为他牺牲了一生……可是现在，嘿，你看他是怎么对待我的。"卡尔拉真想离开这儿，跑到天涯海角去。"我什么也不明白。"她最后说。她正要甩脱母亲的胳膊时，客厅那端出现了一片恬静的亮光：仿佛有人拧开了开关似的，钢琴上的那两盏小灯亮了。

黑暗瞬即消逝；母亲立刻本能地离开女儿，低头擦了一下鼻子；卡尔拉站起身。

"我头发乱吗？"玛丽阿格拉齐娅问，她也站了起来，"眼圈很红吗？"

姑娘看了她一眼。她的双颊被一条条苍白的泪痕划过，头发乱糟糟的，鼻子通红，眼睛肿成一条缝，像是患了重感冒。

"唔，不……你看上去很好。"

她们走出客厅。走廊里的灯也亮了。玛丽阿格拉齐娅凑到一面圆镜前，草草撩了一下头发。接着，卡尔拉在前，母亲在后，双双回到餐厅。

这儿也是灯火通明。莱奥和米凯莱面对面坐着，正在心平气和地交谈。

"做买卖，"前者说，"很难得心应手……外行往往把钱白白送进内行的手。"他一见母女二人，就不再理会小伙子了。

"这么说，我们还是朋友，对吧，太太？"他起身朝玛丽阿格拉齐娅走去，对她说。

"只到一定程度。"母亲故作矜持地回答。她坐到自己的位子上。

晚餐在一片寂然中用毕，每人都有一个占主导地位的想法，但谁也没开口。"让她见鬼去吧。"困惑不安的莱奥望着玛丽阿格拉齐娅，反复想道。尽管他对这个女人的行为漠不关心，但他觉得她刚才那种不同寻常的发作对他而言却是一个坏兆头。母亲在寻找向莱奥报复的手段，已经消失的痛楚使她的

180

心肠变得铁硬。"他盼着我把别墅拱手交给他，"最后她得意扬扬地想道，"可我偏偏要招标拍卖。"她不晓得她的这种投机的真正好处是什么，也不知道别墅的价值，但她隐隐约约地料想到，这不仅可以气气情人，而且还能从这种出售方式中多捞到几千里拉。卡尔拉想的是逐渐临近的夜晚，整个身心都被一种特殊的激动情绪控制住了。"我果真答应他了吗？"她暗自问道，"今天夜里就得去吗？"至于米凯莱，他正受到一种强烈的厌烦感的折磨，他觉得他在母亲和莱奥争论时所采取的态度，是无与伦比的冷漠的表现。"又失去了一个好机会，"他心想，"一个跟他吵一顿、和他决裂的好机会。"

八

　　最后他们不慌不忙地走出餐厅，点燃香烟，时不时朝挂在走廊里的那几面镜子瞥一眼。他们走进客厅。

　　"今晚，"莱奥马上挨着玛丽阿格拉齐娅坐在长沙发上，对她说，"我想听些优美的古典音乐……喂，卡尔拉，"他转身对姑娘说，"随便给我们弹些什么吧，贝多芬的或肖邦的都行，只要是古典名曲就行。在贝多芬和肖邦的时代，叫人听了头疼的爵士乐还不时兴……"他把左腿架到右腿上，亲昵地笑着。

　　"对，卡尔拉。"母亲催着。想到可以用音乐作为话题跟情人自由自在地交谈，她简直不相信这是真的，"对，给我们弹几首吧，譬如……那首赋格曲……是谁写的？唔！对，是巴赫的……你以前弹得很出色。"

　　欣赏音乐的主意使米凯莱也异常高兴。他这时很疲乏，很烦躁。人们惯常将旋律描绘成一条甜蜜的溪流，可以跳入其中忘却往事——他觉得这样的比喻从来没有像现在这般真实。

"来点音乐……"他眯起眼睛想道，"让一切庸俗不堪的东西都见鬼去吧……来点真正的音乐。"

"我好久不弹了，"卡尔拉预先声明，"也就是说，你们别要求得太高。"她走到钢琴前，掀开琴盖，翻了翻几份乐谱。"巴赫的一首赋格曲。"她最后宣布。

头几个和弦奏响。米凯莱眯缝着眼睛，准备欣赏旋律。他的孤独，和丽莎的交谈，使他产生了一种渴求友谊和爱情的强烈意愿。他有了一个孤注一掷的希望：但愿能在世界上的所有人当中找到一个女子。值得他真心诚意地、不带嘲弄地、不是被迫地去爱。"一个真正的女子，"他想道，"一个纯洁的女子，不虚伪，不愚蠢，也不堕落……要找到她……这样，所有事情就能井井有条了。"眼下他还没找到，甚至不知道上哪儿去找；但头脑里已经有了这个女子的形象，一个介于理想和现实之间的女性形象，这个形象和形象一起，存在于一个人真诚地、按本能行事的世界中，他渴望在这个幻想世界中生活。音乐可以帮助他把这个可爱的形象构建出来……啊，真是这样，卡尔拉刚奏出头几个乐音，优雅的旋律加上他的臆想和渴望就塑造出一个倩影，优雅地站在他和卡尔拉之间……这是一位妙龄少女，他是从她的苗条身躯、眼睛和言行举止中猜度出来的；确实优雅。她几乎是背对他站着，凝神注视着他，不想诱惑他，不带丝毫邪念。噢，的确没有邪念，他可以起誓。她坦率、惊讶、好奇地注视着他，如同孩子们打量同龄人一般。

"我的女伴。"他想道。一些动作、一个拥抱、一瞥笑容、一个手势、几件大事、几回漫步、几场交谈——这些情景已经在他渴求的幻想世界中出现。正在这时，一阵低低的嘀咕声打断了他的遐想，把他带回现实。

是母亲在讲话，她实现了自己的计划，正利用听音乐的机会跟情人讲话。

"如果您愿意的话，梅卢迈奇，"她斜视着心不在焉的情人，固执地说，"您可以马上去参加那个便宴……完全没必要在这儿听音乐打盹儿……谁也没拽住您的腿……去吧……到有人等您的地方去吧。"

莱奥瞪了她一眼，但没有任何吵架的愿望，只是朝卡尔拉的方向摆了摆手，意思仿佛是："现在不走……现在还得在这里听一会儿巴赫的曲子。"

"噢，没错，"母亲步步进逼，"您在这儿待腻了……别反驳……我亲眼看见您在打哈欠……我们使您讨厌了，又不能跳个舞让您开心开心……所以，您就到那儿去吧。那儿有人会张开双臂欢迎您的，那儿没人弹琴，谁也不会来打扰您……去吧……"她一边说，一边不停地傻笑。一想到丽莎，她就妒忌得脑袋发涨。

"再说，"她加上几句，"不去参加史密斯森女士的便宴，将是不折不扣的失礼……谁知道会有多少宾客……她大概包了一列专车，把她的所有客人送到米兰去……"

为了摆脱这种烦人局面，莱奥情愿舍弃一切。他掸掸烟灰，从容地转身对着母亲。

"我确实撒了谎，"他说，"不过，这是为了尊重您，免得让您以为我在您家很烦闷……讲实话吧，今晚我不去参加任何便宴，只想睡觉……好几夜我都是一两点钟才上床，我很累……今晚我想早点睡。"

"唔，是这样，"母亲大声说，露出一副无事不知的表情，"这么说，您想去睡觉了……您很困，每夜都熬到很晚，这是可以看得出来的。没错，您都站不稳了，困得支撑不住了……真可怜！……您要是知道，我多么同情您……"

"我不需要任何人的同情。"莱奥回敬一句，不由自主地发了火。

"可是，您难道没发现，您的谎话一个接一个吗？"玛丽阿格拉齐娅猛地问道，"刚才是史密斯森女士，这会儿是想睡觉……可耻。"

"我没什么可耻的，我为什么要觉得可耻呢？"

"别说了，行个好吧……"

莱奥耸耸肩，闭了嘴。米凯莱坐在软椅中，厌恶地观察着他们。"但愿魔鬼把他们带走，"他想道，"连音乐也听不成……老是吵来吵去，真庸俗。"那个少女的可爱形象从他的脑中消失了。一连串毫无意义的音符：这就是音乐。母亲和莱奥取得了胜利。

"睡觉，嘿！"母亲冲着莱奥的耳朵继续说，"睡觉，对吧？可您知道我要对您说什么吗？我全明白，懂吗？全——明——白！昨晚的事，今晚的事，我全明白。"

"其实您什么也不明白。"莱奥头也不回，脱口而出。他往自己的前方喷了一口烟。卡尔拉在那儿，她那丰满浑圆的肩膀正对着他。"美妙的夜晚，"他思索着，"美妙的夜晚！……再有几个钟头就将入夜，可我觉得这几个钟头就像几百年一样漫长。"他的眼神迷惘，呆滞，对母亲、米凯莱和整个客厅都视而不见……欲念使他产生了一连串幻觉……瞧，卡尔拉一丝不挂，坐在钢琴前那张狭窄的琴凳上；他待在充满黑影的角落里，似乎看见了她那白皙的、当中有一条弯曲的凹缝的脊背和她那浑圆、宽大的腰部；现在她转过身来了，于是他又看见了她的两个乳房。然而，乐曲奏完了，他又回到现实。米凯莱以异乎寻常的热情鼓起掌来。这时姑娘开口讲话了。

"你们爱听吗？"她问。

"很爱听，是的，很爱听，"莱奥说，"再弹一次吧，卡尔拉。"

"不，卡尔拉，"母亲插了嘴，"不，别弹了。梅卢迈奇不但感到厌烦，而且急着要走……他困得不得了，想睡觉……因此，为什么再留他呢？"她转身对着情人："快点儿，"她拽着他的袖管，用执拗的口气催他走，"快走，去睡觉吧。"

莱奥将自己的胳膊挣脱，违心地笑笑。他产生了一个强烈的愿望：照准这个不可救药的情人狠狠打两记耳光。卡尔拉打量了他们两人一阵。"今天夜里我真的就得上他家吗？"她再次自问。她感到奇怪，现在还坐在钢琴前的自己，过两个钟头就将待在情人的卧室里。她猜到情人已经欲火焚心，等得不耐烦了。但她还想弹琴，一方面为了尽可能推迟向他献身的时刻，另一方面是出于残存的撒娇愿望。

"唔，"她肯定地说，"莱奥不会走的，他还可以再忍耐十分钟……对吗，莱奥？"她翻开一本厚厚的谱集，带着专注和焦虑的神色又开始弹了起来。

"啊，这个小妖精，"莱奥心想，"她想看我会怎么迫不及待……想看我会怎么痛苦。"此时此刻，音乐、谈话、沉默——一切都使他厌烦得要命。淫欲吞噬着他。他只有一个愿望：把卡尔拉带回家，把她据为己有。"谁知道她还要弹多久？"他愤愤地听着这首曲子的头几个和弦，寻思着，"十分钟？……一刻钟？……真见鬼，我居然想出了让她弹琴的馊主意……"

母亲并不甘心失败，她拍了一下莱奥的肩膀。

"明天上午，"她露出一个妩媚的微笑，对他说，仿佛是在继续一场业已开始的交谈，"我去找我的律师，授权他招标拍卖别墅。"

即使天花板上掉下一块砖头，砸在莱奥头上，也不会像这些话这样使他吃惊和不知所措。他的脸色先是通红，继而发紫；他的牙齿紧紧咬着；一个个短小的句子相继跃入他的脑海："竟有这事，偏偏又是今天晚上……但愿上帝诅咒她……只有我才会碰到这些事。"但他没把这些话讲出来，而是猛地面对母亲说："你不能这么干。"由于愤怒，他居然转而对她称"你"了。他本能地攥紧拳头，擂着胸膛。

"现在他们该互相揪头发了。"米凯莱厌恶地观察着他们想道。

"我就该这么干，"母亲故作镇静地回答道，"明天就这么干……"

"这是发疯。"莱奥说，他抓过她的一只手，使劲按在长沙发上。

"你想……您想招标拍卖别墅，白白损失百分之五十……今晚跟我提这件事……偏偏在今晚，"他又重复了一遍，同时朝卡尔拉的方向射出一瞥愤怒的目光，"如今契约条文已经拟好，只等签字了……这……这叫作发疯，不折不扣的发疯……"

"爱怎么叫就怎么叫吧，"母亲答道，她像圣徒一样镇定自若，没有丝毫惧意，连自己也不相信会表现得这样冷静，"反正明天上午我要干的第一件事便是去找我的律师。"

莱奥瞪了她一眼。由于淫欲没有得到满足，他本来就憋了一肚子气，现在又加上这件新的麻烦事。他的最自然的本能是扑到这个女人身上去，狠狠刮她几个耳光，甚至勒死她。但他终于克制住了。

"您讲这些话不是当真的，"他自信地说，"您还是再考虑一下吧。"

"我已经考虑过了。"

"我们来看看，玛丽阿格拉齐娅，"莱奥接着说，他又开始用"你"称她，这回是完全有意识的，"你别突然对我发动袭击……做交易任何时候都不能草率从事……而要……我们明天下午见个面……你愿意吗？"

"不必了，"母亲答道，但她的语气并不怎么坚定，"我想还是去找我的律师更好。"

"傻瓜，蠢货。"莱奥想这么冲她嚷嚷，但他只是交握着双手。

"玛丽阿格拉齐娅，招标拍卖是要担风险的，"他恳劝道，"你的律师可能是个骗子。世界上骗子多得很哪！你是个女人，不内行的事很容易上当……"

"你是这么认为的吗？"母亲面带怀疑的微笑问道。

"我深信这一点……好，这样吧，我们一言为定……明天下午四点我等着你……"

她忸怩作态地东张西望了一阵。她那颗历尽沧桑的心在颤抖。"你爱我吗？"她想问他。"明天……"但她只是重复了一遍这个词，然后说："不，不行。"

"那就后天。"

"等一等，"母亲轻声说，她抬眼望着空中，仿佛在搜索枯肠回忆某件事，"对，后天我有个约会，但可以换个时间……我可以上你那儿去，可以……但你别以为，"她补充道，露出一个妩媚的微笑，"你能说服我。"她住了口，犹豫一阵后捏住情人的一只手，正想低声问他"你还喜欢我吗？"的时候，琴声戛然而止，卡尔拉转过身子。

"我是在白弹，"她平静地说，"大家都在讲话……大家都在聊天……真还不如去睡觉……"

那两个坐在长沙发上的人这时正紧挨在一起。母亲猛地离开情人，神情惶惑地看了女儿一眼。

"你们既然要谈话，"姑娘又说道，"那就别叫我弹琴。"沉默。

"我们是在评论你的音乐，"莱奥最后回答说，"你弹得很好，卡尔拉。弹下去，继续弹吧。"

这个新编的谎话不啻是一个发起某种叛乱行动的信号。大家似乎都从长时期的冬眠状态中突然苏醒了过来。首先是米凯莱。到此时为止他一直默默听着母亲和莱奥的交谈；此时，一来由于怒火上升，二来由于本能地感到需要采取行动，他拿起摊在膝头的报纸，使劲扔到地上。

"完全不是这么回事，"他看着莱奥嚷道，"无耻的谎言……你们根本没把音乐放在心上，就像我……就像我不能当教士一样……你们谈论的是那笔交易，是律师。"他挤出一个笑容："还谈了别的一些事。"

片刻间谁也没吱声。"看看，"卡尔拉遽然拍手喊道，"看看，这才是事实真相……总算能畅快地喘口气了……"

仿佛某人推开了窗户，仿佛夜间的凉爽空气涌进了客厅。霎时，大伙惊诧不已，面面相觑。第一个恢复常态的是莱奥。

"你讲错了，"他对米凯莱严厉地说，"这说明你没好好听。"

这种虚伪的腔调引出了小伙子的一阵令人不愉快的大笑。"哈！哈！"他在软椅上笑得前仰后合，"这话讲得真妙！"他随即止住笑声。"骗子！"他猛地板下脸说。

大家互相望着。卡尔拉屏住呼吸，母亲脸色刷白。

"我说，"莱奥突然举拳往桌上一擂，大喝一声，"这太过分了。"但他并没站起来，而是继续坐在那儿，用一双询问的眼睛瞪着小伙子。"我原先不知道你这么爱吵架。"他又说。过了一会儿他继续说："要是你再这样，我就只好来揪你的耳朵了。"最后这句话是用一种最愚蠢和最严肃的方式讲出来的。米凯莱发现，莱奥的威胁程度起先最高，后来慢慢减弱，最后归结为普普通通的、庸俗不堪的揪耳朵。他的情绪也相应地逐渐平静了下去。他无法采取任何行动了。既不能掷下手套和他决斗，也不能抗议自己受到了侮辱。只需把受威胁的部分——耳朵——掩盖起来就行了，这是小事一桩。

"揪耳朵，揪我的耳朵？我的耳朵？我的耳朵？"每说一句"我的耳朵"，他就被迫朝采取行动的目标接近一步。但他觉得自己的内心是冰凉的，冷漠的。他讲出这些词语言不由衷，声调装腔作势。激情在何处？愤慨在哪里？在别的地方，或许根本不存在。

桌子上，在鲜花、杯盏、咖啡壶之间有一个石质烟灰缸，是杂有灰色纹路的白大理石做的。他像梦游症患者似的伸出一只手，拿起烟灰缸有气无力地掷了过去。他看见母亲双手交握，他听见母亲干号了一声。莱奥喊道："你发疯了！！！"卡尔拉坐立不安。米凯莱明白了：大理石烟灰缸砸错了人；挨打的不是莱奥，而是母亲。砸到脑袋了吗？没有，砸在她肩上。

他站起身，笨拙地走到长沙发跟前，他的受害者躺在这儿。母亲脸部表情惶惑，不知为什么她闭上了眼睛，而且还不时哼唧几声。她显然并没感到任何痛楚，她的昏厥完全是装腔作势。

米凯莱和其他两人一起俯下身子。尽管这个场面理应引起痛苦，但他毫无愧疚之意。相反，他很难抑制住这么一种感觉：这个场面滑稽可笑。他徒劳无益地思索着："她是我母亲……我砸着了她……我使她受了伤……她有可能送命。"他徒劳无益地试图在内心找到一丝感情，用来怜悯这个一动不动的女人，这个在错误中迷途的女人。但他毫无触动，只是弯下腰看着她。这时，母亲慢慢欠起身，但既不改变其他部位的姿势，也不睁眼；一条软绵绵的胳臂在手指的帮助下解开裙衫，

192

露出被击中的肩部。一个丰腴的肩膀呈现在眼前，可是上面没有伤痕，没有青肿，没有发红：什么也没有。她的手指仿佛颇感不满，于是便继续往下褪连衣裙，使整条胳膊和腋下部位都裸露在外。奇怪的是，十个不知羞耻的指头在胸部上散开，在那个越来越祖露、越来越白嫩、已经看得见乳房上缘的胸部上散开；它们似乎并不想显示伤痕，而是要达到一个完全不同的目的，例如把衣服脱个精光。

实际上，这种有气无力的样子是做给情人看的。应该使他产生一种浪漫的怜悯心，应该使他的铁石心肠有所软化。"他看见我受了伤，昏迷了过去，祖露着胸部，"玛丽阿格拉齐娅的想法大致如此，"就会知道是我挺身保护他，代替他被烟灰缸砸了一下。他不会不对我深表感激，产生柔情的。"她痴情地幻想着，想象着莱奥把她抱在怀里，摇晃她，呼唤她的名字；最后，他见她仍不苏醒，也许会惊慌失措……接下来，她将慢慢恢复知觉，重新睁开眼睛；头几瞥目光将投向情人，第一个微笑也要献给他。然而，事实并非如此：莱奥没有伸出双臂来抱她，也没有呼唤她的名字。

"或许我还是到门外去的好。"他竟用一种充满讽刺的语调对卡尔拉说。母亲听到这句话后，仿佛一桶凉水浇到了身上，正好就浇在她专门为情人裸露的那侧肩膀上。她睁开眼睛坐了起来，朝四周张望着：米凯莱在这儿，正用漫不经心的目光注视着她，仿佛悔恨中还夹杂其他某种情感；卡尔拉也在，正竭力把她的裙襟往上拉，遮住袒露的胸脯。可是，莱奥呢？莱奥在哪儿？不在她身边，而在稍远处；他这时正捡起地上的烟灰缸掂了掂，然后猛地转过身，对着米凯莱。

"好哇，"莱奥冷嘲热讽地说，"好哇……你这件事干得太好了……"

米凯莱耸耸肩，白了他一眼。"当然好……好极了。"米凯莱一字一顿地说，他的神情很镇静。此时，母亲那个大家熟悉的尖嗓子在莱奥背后响了起来。

"求求您，梅卢迈奇，"她央求道，"求求您，别这样……别碰他……别理他……也别看他……"她的耐性和理智看来已经达到顶点，再这么下去她就该发疯了。

米凯莱避开莱奥，走到窗前。雨还在下，雨点掉在百叶窗板和花园里的树木上发出的沙沙声清晰可闻。雨，不紧不慢地下着，淋湿了一栋栋别墅，淋湿了一条条空荡荡的路。许多人肯定和他一样，站在关得严严实实的玻璃窗后面，背对充满温情的房间听着雨声，他们的心里充满着同样的烦恼。"毫无意义，"他用手指踌躇地摸着窗棂，一遍又一遍想道，"毫无意义……这不是我过的生活……"他重新想起掷烟灰缸的场面，可笑的晕厥，他的冷漠。"这儿的一切都变得可笑和虚伪了。没有真诚可言……我不适合过这种生活。"他应该恨的那个男人——莱奥——不能使他产生仇恨；他应该爱的那个女人——丽莎——无法使他萌发爱情。丽莎矫揉造作，试图用令人无法

194

忍受的虚假情意掩饰她的过于简单的欲念，因此他不可能爱上她。他顿时觉得，他背对的不是客厅，而是一条黑暗的、空荡荡的深渊。"这不是我过的生活，"他又一次想道，他深信自己想得对，"可是，怎么办呢？"

背后响起了关门声，他扭过头：客厅中已经空无一人。莱奥要走，母女两人出去送客。没人坐的软椅静静地排成一圈，明晃晃的灯光照着它们。

"他是个孩子，"母亲在更衣廊中对莱奥说，"不必拿他认真对待……他不知道自己干的是什么。"

她耷拉着脸，从衣帽架上取下情人的礼帽递给他。"他，"莱奥把羊毛围巾往脖子上一围，乐呵呵地说，"他没伤我一根毫毛……我只是为您感到遗憾，您的肩膀被砸中了。"他发出一声虚伪的、殷勤的冷笑，凝视了卡尔拉片刻，似乎要求她确认准时赴约，然后转身穿上大衣。

"他是个孩子。"母亲一面帮他穿大衣，一面机械地重复道。一想到莱奥会因为她儿子的粗暴无礼而中断他们的关系，她不由大惊失色。她用既谦卑又威严的口气加上一句："你尽可以放心，这一切以后永远不会再发生了……我想去跟米凯莱谈谈……"然后又踌躇不决地补充道："如果有必要，我会采取行动的。"

沉默片刻。"算了吧，"卡尔拉靠在门上，凝视着母亲说，"算了……我相信，"她垂眼笑了笑，接着说，"莱奥自己也没放在心上。"

"的确如此，"莱奥说，"许多别的事情更重要。"母亲还不放心，他吻吻她的手。"再见。"他注视着卡尔拉的眼睛，对她说。卡尔拉脸色刷白，慢吞吞地、顺从地拧动了门把手。

门却猛地豁然敞开，撞在墙上，仿佛外面有人急着要进来，使劲推了一下。"唔，多冷啊，多潮湿啊！……"母亲嚷道。阵阵大风刮进屋里，像是对她的回答。雨点猛烈敲打着光滑的瓷砖地面，电灯晃来晃去，衣帽架上挂着米凯莱的一件大衣，它那长长的袖管在莱奥的脸上拍打了好几次。两位女人的裙子被风吹得鼓鼓的，掀动了几下后，贴在她们的腿上。

"关门……关门！"母亲喊道。她双手撑在门上，可笑地向前倾着身子，两腿并得紧紧的，以免被雨淋湿。卡尔拉如同一只水鸟，小心翼翼地在积了水的地板上蹦跳着。"关门！"母亲又说了一遍……但谁也不动手，大家吃惊地看着大自然的突然发怒：它在咆哮，在号叫，在发出吱吱嘎嘎的响声，在空无一人的门槛上抛洒眼泪。最后，更衣廊另一端的那扇门也被吹开了。于是，一股涡流马上形成，它穿过走廊，闯进各间屋子肆虐。只听门板相撞的声音不断传来，时近时远。这种响声很怪，它跟一只生气的或漫不经心的手摔门时发出的声音不同，因为其中混杂着风的呼啸和各种不大猛烈的碰撞声。一次最猛烈的碰撞仿佛酝酿成熟了，只听砰的一声，空荡荡的、天花板很高的各间屋子随即发出回声，整座别墅抖动了一下，好像随时就会拔地而起，像一个发疯的陀螺似的一面绕着自身旋转，一面迅速飞向如同磷火般闪闪发光的云端。

"现在怎么办？"莱奥看着玛丽阿格拉齐娅说，经过多次努力，她终于把门关上了，"我们怎么办？"

"等一会儿吧。"这是他得到的回答。三人都住了嘴。玛丽阿格拉齐娅用失望和痛苦的眼神望着情人：莱奥急着要走，这使她心乱如麻。再过一会儿他将离开这儿，消失在雨夜中，撇下她一人孤守寒室，独卧空床。他将到别处去，譬如说上丽莎家。哦，肯定的，他准会去找丽莎，她早就在盼着他啦。谁知道这两个家伙这一夜将过得多么开心，谁知道他们将怎么笑话她！

她做出最后一次尝试，竖起耳朵，板着脸，仿佛在悉心倾听着某种声音。

"我觉得，"她说，"风在吹打着客厅里的什么东西……喂，卡尔拉，"她用急躁的口气加上一句，"你去看看。"三人都听了片刻，别墅中此刻静悄悄的，但母亲却做了个斩钉截铁的手势，仿佛客厅中确实有几扇门在互相碰撞，发出了巨响。

"我不觉得这样，"听了一阵子后，卡尔拉说，"我什么也没听见……确实没听见。"

"我跟你说的没错，"母亲烦躁、固执地坚持道，"你听，"她在万籁俱寂中又加上一句，"你听，碰得有多响。"

这时莱奥笑了起来。"不对，"他平静地说，情人的蠢话使他乐不可支，"不对……没有任何碰撞声。"他又一次高兴地看见那个女人的眼里饱含着痛苦。"幻觉，"他拿起礼帽，做出结论，"幻觉，亲爱的太太。"

"现在就走吗？"母亲问。

"当然……该走了。"

"可是……不嫌雨太大吗？"她站在大门和情人中间，绝望地坚持着，"再等几分钟不好吗？"

"外面雨停了……"莱奥扣好大衣答道，"正像里面的门不再碰撞一样。"玛丽阿格拉齐娅沮丧到了极点，莱奥亲了一下她的手，在一个口袋里乱摸了一阵，想把手套拿出来；其实手套是在另一个口袋里。他走到门口，打开门，用手牢牢撑着门板，免得重新被风关上。"再见，卡尔拉。"他对姑娘说，握了握她伸出的手，笑了笑，走出大门。

母女俩回到门厅。母亲直打寒战。"多冷哪！……嗬！多冷哪！"她一遍又一遍地说。她好像吃了场败仗，浑身疲乏不堪；面部的肌肉松弛了，迷惘的目光胡乱投向各种物件。她的视线迷离恍惚，飘忽不定。抹了许多胭脂的脸庞此时显得分外憔悴，嘴唇在轻轻抖动。"我要去睡了……"她扶着楼梯的木栏杆，一面慢慢上楼，一面反复说道，"我要去睡了……晚安。"她的影子先是出现在天花板上，然后在楼道口晃了片刻，接着变成斜长条，跃上二楼的墙壁，最后在楼上消失了。

现在门厅中只剩卡尔拉一人了。她走到落地灯前。捏得紧紧的拳头里有什么东西在窸窣作响：是莱奥的名片，是他跟她久久握手告别时塞进犹豫不决的她手中的。

上面没写几个字："一个钟头后，我开车来，在花园栅门外等你。"还有签名："莱奥"。

她惶惑不安地踏上楼梯。"一个钟头后，"她反复想道，"一个钟头后离开这儿。"她一步一个梯级，来到狭窄的楼道口，抬眼望了一下：前厅中空无一人，只能看见一把软椅和那张长沙发的一个角；黑漆漆，静悄悄，又宁静，又安逸。一个钟头后，米凯莱也好，母亲也好，无疑都将进入梦乡。她上了楼，直接朝卧室走去。她的卧室位于右侧那条没有灯光的走廊的另一端。她进了门，马上便感受到房间里的温暖隐秘气氛：每样东西都在原先的位置，装有粉红色灯罩的落地灯一直亮着，天蓝色的薄内衣摊在床上，床单掀了个角：一切都让人产生睡意：不用干别的事了，只需宽衣解带，钻进被窝，蒙头睡觉。

也许是因为她看见了这张床，再加上听见了瓢泼大雨敲打百叶窗发出的声响，她真想舒舒服服地睡一觉。但是，可能是这一天实在疲劳过度，她突然胆怯起来，对即将发生的夜奔十分厌恶，甚至害怕她自己的所作所为。"考虑考虑吧，"她想，"睡觉，休息，很好……可是，往后呢？明天早晨我又会跟以往一样……照这样，我又怎么能开始过新的生活呢？"

她离开门口往里走，来到大衣柜前，对着镜子左照右照，时而上前几步，时而又退回原处。她看见自己双颊绯红，一直红到闪闪发光的瞳仁下面；如果把脸颊贴近镜子，就可发现绯红的脸颊和眼睛之间还有一个颜色很深的黑圈。这个黑圈就像一个罪恶的念头，使她忐忑不安。然而，她倘若稍稍离开镜子，就能看见镜中有一个穿着节日盛装的姑娘：她双手在腹部交叉，大脑袋微微偏向一侧，目光忧郁，嘴角凝着一个腼腆的微笑。别的什么也看不见。她想参透这个形象中蕴含的秘密，却无法做到。

她离开大衣柜，在屋里踱了几步，然后坐到床上。一种轻微的焦虑感使她无法思索。她觉得自己已经做好准备，正在好奇地、焦急地等待着，如同一个普通来客，一面来回踱步，一面四周张望，等着笑容可掬的主妇进来。没什么可想的了。她交叠着双腿，低下脑袋，自以为已经陷入了沉思。其实，她只要走到衣柜前，抬起头，对着镜子照照，就能从自己那双目光呆痴的失神眼睛中得知，她根本无法思索。

她就这么待了几分钟。睡不睡觉已经不成问题了。她隐隐约约地确认，当天夜里应该把身子献给莱奥；但她不晓得到底什么时候需要献身。她以为这个时刻还很遥远，幸亏还很远。"雨真大！"不过，每当雨声时不时变大，她就能断断续续地思索。当夜还要出门，冒雨去跟情人相会？想也别想。她朦朦胧胧地感到惊讶。最后，她排除了愁绪，慢慢伸出双手捧住脑袋，身子往后一仰，躺倒在床上。

在这种姿势下，映进她眼帘的唯一物件是被灯光照亮的天花板，传进她耳郭的唯一声音是淅淅沥沥的夜雨声。尽管她不停提醒自己，到了一定时候就得起来离开这儿，但没过多久她却闭上了眼睛，进入一种充满恐惧和疑虑的半醒半睡状态。这种状态逐渐向梦境靠拢。卡尔拉慢慢地、不知不觉地进入了梦乡。

这一觉睡得很死，连一个梦也没做。这无疑跟她当天夜里神思恍惚，心不在焉有关。由于没做梦，她不知道自己到底睡了多久。突然间，她莫名其妙地醒了。一种令人毛骨悚然的恐怖使她打了个寒战，几乎喘不过气来：她发现自己睡了不少时间。"我睡了一觉，"她从床上欠起身，看着这间气氛安谧、灯光明亮的屋子，战战兢兢地想道，"谁知道现在几点了……两点或者三点吧……莱奥大概已经走了。他等了一会儿，离开了。"一刹那间，由于懊恼，由于失望，她很想大哭一场。"我睡了一觉，"她大声重复一遍，双手抱住脑袋，看着镜中那个头发蓬乱、眼神惊恐的形象，"我睡了一觉！"

她从床上蹦起，跑到小衣柜跟前，看了一眼放在上面的座钟：只过了三刻钟，时针指着十二点差一刻。

她觉得这是不可能的，以为钟停了。她把它凑到耳边：嘀嘀嗒嗒，走着呢。没错。还可以上莱奥那儿去。但她却感到失望，连自己也不知道该作何种解释。她把座钟放回小衣柜上。

这时，她产生了另一个疑问：以何种方式、在什么时候跟情人碰头？她记得名片上有这么几个字："一个钟头后。"她也没忘记他将开车在花园栅门外等她这个细节。可是，喏，她还不能完全放心。"名片？"她忽地想道，"名片在哪儿？"

　　她环视着四周，寻找那张名片，但什么也没看见。小衣柜上摆着各种小玩意儿，她在其中看了看：没有。她走到床前，掀开毯子，把枕头翻过来：没有……一种莫名其妙的担忧和焦虑涌上她的心头。名片究竟在什么地方？……她在屋里来回奔走，把各种杂物、衣服、抽屉抛上半空……过了一会儿，她终于安静了下来。"好好想想，"她苦苦思索，"那张名片我是在楼下，在门厅中看的，进屋时还捏在手里，所以，它应该在这儿。别担心，应该在这儿。"她像是要逮一头灵活的小动物——老鼠啦，蝴蝶啦——似的，慢慢地、仔细地寻找着。她也俯身在家具底下寻找。她尽量弓着腰，以免弄脏衣服，但额头和面颊却碰到了地板，沾上了灰尘。她把眼睛睁得圆圆的，在黑暗的贮藏室里搜寻着。每当她直起腰，总会觉得浑身乏力，头昏眼花；此时，她只好眯起眼睛，绝望地摊开两手，待在那儿不动。她心想：她是通过痛苦的寻觅这种方式，为一件已经忘却的过失赎罪。而每当她弯下腰，总会产生一种折断自己的脊梁骨，使自己像一个摔成碎块的物体那样倒在地上的念头。

　　她像小孩子那样专注地寻找着，甚至在那些完全不可能的地方翻寻：针线篮、粉盒……还是没找到。她呆呆地坐下，低垂着脑袋。真奇怪，那张名片刚看完就消失得无影无踪，这是怎么回事？她想起了几个非现实的幻梦，想起了某些语句和几个瞬息即逝的怪诞动作，它们能营造出一种令人无法揣度的神秘气氛，促使人们思索："是确有其事呢，还是我的想象、我的杜撰、我的梦中所见？"他的握手和他的名片只是在一个不易觉察的瞬间打断了习惯的延续性；须臾，一切便又恢复了常态。卡尔拉的脑子里乱哄哄的，她想再看一遍莱奥写在名片上的那几行词句！尽管此刻她的记忆力已不听使唤，但她并没忘记自己拿了那张名片。她只是无法记清他写在名片上的那几行词句。她曾把那张名片拿在手中。她看见过它，读过上面写着的内容；但还没来得及使自己相信这一切都是在现实中发生的，现在她对这一点产生了怀疑。

上面写的是什么？确实是一个钟头以后吗？大概是一个钟头左右吧？今天夜里还是明天夜里？现在是否已经太晚了？雨是不是下得更大了？留在家里睡觉，明天仍旧过以往的生活，这样岂非更好？她弓着身子坐在那儿发愣。时间一分钟、一分钟地过去，她觉得这么怀疑下去不啻是用自己的双手毁掉自己，结束自己的生命。

座钟响亮地敲了十二下。她猛地一惊，终于产生了第一个比较实际的念头："我去看看吧。要是他不在，那就说明我是在做梦。"她看着时钟算了一下：莱奥大概已经等了她一刻钟。于是，她莫名其妙地着急了起来，连忙奔到窗前，把脸贴在黑色的玻璃上，看看外面是否还在下雨。她听了听，看了看。什么也发现不了。黑夜不想暴露自己的面目。而她身后的房间却充溢着冷漠的灯光，闪烁着白色的幻觉，像是在无情地嘲笑她。"管它是不是在下雨，"她猛然想道，"我就穿上雨衣吧。"她奔到大衣柜前，取出雨衣对着镜子穿上，然后弯下腰拉紧已经解开的吊袜带。她还在脸上扑了点粉，在唇上抹了点口红，又随便找了顶帽子，胡乱扣在后脑勺上。"打扮得像美国姑娘似的，"她看着自己宽阔的前额，看着露在狭窄的帽檐外的几缕头发，心里想道。她在东寻西找："那副该死的手套在哪儿？"她不再多想了，应该享受生活。一种机械的焦急感消融了她身上的所有人性。她慌慌张张地跑到座钟前：平日准备出门做客时，她也是这么慌慌张张的，一边梳头穿袜子，一边不断挥动裸露的胳膊，冲女佣嚷嚷："快点儿……晚了……晚了……"她看了一眼时钟，"已经过去了十分钟，"她想，"快……快。"她打开门，竭力控制住自己的激动心情，踮起脚尖，走进走廊。

前厅里没人，但灯亮着。软椅、长沙发，一切都跟往常一样。卡尔拉不声不响地拉开桌子抽屉，拿出家门钥匙，然后贴着墙，扶着栏杆，蹑手蹑脚地走下那道狭窄的楼梯。木梯级被她踩得嘎吱嘎吱直响。到了楼道口往下一看：下面那截楼梯几乎全部笼罩在黑暗中，只能勉强看见铺在梯级上的那条深棕色的地毯。她拧亮电灯，穿过两旁镶着镜子的走廊，走进更衣廊，从伞筒中取出雨伞，出了门。

雨哗哗下着。夜，黑沉沉，湿漉漉。单调的雨声从四面八方传来。卡尔拉踏着石阶步出门外，用熟练得连自己也吃了一惊的动作撑开雨伞。她想，在某些特殊情况下，干任何事情仿佛都跟往常不一样。

她觉得自己并不认为这场夜奔有多重要，也不为此担忧或感到羞愧；其他人处于她的位置也会这样的。瞧，她出了大门，在林荫路上走着，弯着腰，打着伞，尽量不让斜风雨淋着脸，尽量避免踩进水洼。夜深人静，她在花园里踽踽独行；但她不害怕，不惊恐，更没有那种采取某种重大行动时会产生的强烈的历险感和忧郁感。被雨浇湿的砾石在她脚下咯吱咯吱响。听着这种声音，她心里乐滋滋的：这就是她的全部感受。

她抬起眼睛，瞥见前方横着一扇黑色的栅门、两根白色的立柱，以及一棵被雨打得弯了树干的大树。树叶的颜色很深。她打开边门，来到街上，朝莱奥应该开车来接她的对面方向看了一眼。"没人。"她望着湿漉漉的、不见人迹的石砌路面，望着洒在路面上的宁静的圆弧形灯光，失望地想道。正在这时，两道汽车大灯的光线倏地亮了起来，情人的汽车随即驶到她的身后。

再见吧，街道，雨声沙沙、仿佛来了千军万马的空荡荡的街区，沉睡的别墅，湿淋淋的花园，漫长的林荫路，枝叶摇曳的林木。再见吧，豪华的高级住宅区。卡尔拉一动不动地坐在莱奥身旁，呆呆望着在挡风玻璃上洒下眼泪的大雨。城里的所有街灯、霓虹灯和车灯发出的光线，都消融在阵阵而下的密集的雨丝中。街道一条接一条投入眼帘；她看见它们拐弯，交又，消失在车身后。汽车不断颠簸，一堵堵黑色的房墙不时在夜色中显现，从眼前掠过，瞬息间重又消失，犹如一艘艘艰难地劈波斩浪的远洋客轮。几个结伴行人的黑色身影，被灯光照亮的店门，路灯柱，这一切在疾驶的汽车前匆匆露脸后，又马上被夜色彻底吞噬，消失得无迹可觅。

纹丝不动、神魂颠倒的卡尔拉时而看看街道，时而看看莱奥，看看他那双把着方向盘的手，看看他那种稳健沉着的驾驶方式。这些细节使她入迷。她的脑子里一片空白。十分钟后，汽车突然停下，她倏地想道："我们到了。"她激动得连气也喘不过来了。

莱奥下车，嘱咐她："在车里等着。"透过湿淋淋的挡风玻璃，她见他推开一样黑色的东西——她觉得那是一道栅门；接着，他在黑暗的花园中消失了。"他大概要把车开进车库。"她想。可不是吗，卷帘门的响声压过雨声传进她的耳郭，莱奥的身影重新出现。他又上了车，但并不理睬她，径自把车开上一条湿漉漉的砾石路，然后驶进黑暗的车库。这里弥漫着汽油味和钢板上涂着的润滑油味，屋角有一盏小红灯。他们下了车，走出车库，费了不少劲才拉下卷帘门。然后莱奥仔细锁上了门。

一盏圆灯照亮了右边一幢房子的大门，门前有四级大理石阶，两扇门紧闭着。莱奥开了门，把卡尔拉推进门厅。与黑黢黢、湿漉漉的小花园相反，这儿灯火通明，色彩欢快。天花板上吊着一盏锻铁吊灯，墙壁刷得雪白，墙脚砌有一道黄色的踢脚线，四角挺立着碧绿的棕榈树。一切都是崭新的。那边是电梯间，有电梯，但他们宁愿登楼梯上去。

他们默默上了两道楼梯。第一个楼道口的光洁的瓷砖墙面上，回荡着略被压低的唱机声，中间夹有杂乱的脚步声和亲切欢快的说话声。

"有人在跳舞，"卡尔拉靠着栏杆，勉强挤出一丝笑容说，"是谁呀？"

"这是……"莱奥向前探出身子，仔细看着门上的铜牌说，"这是……英纳莫拉蒂博士先生的家。"一则为了提高卡尔拉的兴致，二则为了缓和自己迫不及待的心理，他又加上几句："他跟贤惠的夫人与年轻的子女在家里，用符合自己身份的方式接待上流社会的几位先生和女士。"他笑着挽住卡尔拉的手臂。

"走吧，"他说，"再上一层楼我们就到了。"

他们又往上登。面前是一截洁白、明亮、一个人也没有的楼梯；嘈杂的唱机声在远处回响。唱机停止时是一片寂静。可以猜出，小客厅里跳舞的人停止舞步，在明亮的吊灯下方说笑和走动，而在客厅四角，在窗前，在帷幔后边，则是一片真挚的赞誉声……他们来到第二个楼道口，走进莱奥的住所。

在更衣廊里，莱奥脱去帽子和大衣，并帮卡尔拉解下雨衣。更衣廊很宽，粉刷成白色，有三个出口，正门对面是一扇黑黝黝的长方形大窗——无疑是朝着内院开的。他们走进客厅。"我们坐这儿吧。"莱奥指着一张上面放满坐垫的皮面大沙发，对她说。他们坐下。一盏带有粉红色灯罩的台灯搁在茶几上，照亮了他们的胸脯以下部位。而他们的头部和客厅的其他部分则留在阴影中。他们一动不动地待了一阵子，谁也没说话。卡尔拉环视着四周，一点儿也不好奇。她的视线时而投向茶几上的那瓶烈酒，时而投向四壁；她仿佛不是在观看，而是在焦急地等待着莱奥讲一句话或者做一个动作。但莱奥却只是欣赏着卡尔拉。

"喂，我亲爱的，"他终于开了口，"你怎么不说话，甚至也不看我一眼呀？喏，快告诉我，你在想些什么。你如果想要点什么，那就不必客气，尽管吩咐好了，就像在你家一样。"他伸手用指头抚摸着姑娘那张表情严肃的脸。

"你来到这儿，"他加上一句，连一点儿困惑的影子也没有，"不至于不高兴吧？"

她转过脑袋。"不……"她答道，"不，我……我很高兴……只不过，你明白我的意思吗？我需要……适应一下。"

"适应吧……适应吧。"莱奥信心十足地说，又贴近了卡尔拉一些。他们本来就挨得够近的了。"唉，"他焦躁不安地想着，"还得做这么多准备工作，真烦人。"他伸出一条胳膊，搂住姑娘的腰；她似乎没有察觉到。

"你这件连衣裙真漂亮，"莱奥说，他的声调温和，轻柔，"谁给你做的？……你是个多么美丽的丫头啊……你会发现我们待在一起将很愉快：你将是我的姑娘，我生活中唯一的姑娘，我的可爱的姑娘。"

他住了口，他的嘴唇飞快地吻着卡尔拉的手和裸露的胳膊，然后在她的颈项上停留了一下。最后，他搂过她那颗严肃的大脑袋。他们接了吻，然后才分开。

"坐这儿。"他指着自己的膝盖，向她发出邀请。卡尔拉温顺地服从了。她坐上去的时候，裙裾被向上带起，露出了大腿。她没把裙裾放下；这个疏忽使莱奥彻底相信，他已十拿九稳地把她征服了。

"那间屋子是干什么用的？"姑娘指着客厅的另一扇门问。

"卧室。"情人凝视着她答道。稍后，他又拥抱着她，用娓娓动听的声音说："别管这些……听我说……告诉我……你爱我吗？"

"你呢？……"她用严肃的目光望着他，嚅动着嘴唇反问道。

"我？……说到哪儿去了？……当然爱你喽，否则就不会这么做了……当然我的卡尔洛塔，我的洋娃娃，我的卡尔洛蒂娜。"莱奥的手指把姑娘的头发拨弄得乱七八糟。他接着说："我非常喜欢这位姑娘。谁敢碰她一下，我就要让他吃苦头……当然，我渴望得到她……渴望得到这两片樱唇，这个脸蛋，这两条玉臂，这个丰腴的肩膀；渴望得到这个充满……女性魅力的、婀娜多姿的躯体，它……它……它使我如痴若狂。"他终于抑制不住了，发疯似的扑到卡尔拉身上，使劲抱着她，和她一起倒在长沙发上。冷漠的灯光照亮了他的背部，照亮了他那件由于后背用力而绷得紧紧的上衣，照亮了卡尔拉的大腿和她的粉红色长袜。他们就这样待了一阵子。他口中不断涌出语无伦次的甜言蜜语。卡尔拉则一声不响。在这些狂热举动面前，姑娘的举止温和，但不听天由命。不过，她的思维不像自己预想的那么清晰；羞涩、慌乱和激动点燃了她双颊上的红晕。总之，她对这些热情奔放的举动并非感到冷漠，这是不必隐瞒的。一种强烈的、她觉得很荒谬的欢悦心情把她的头脑弄得晕乎乎的。"我倒是想看看，"她想道，情人的狂热拥抱使她本能地发出了咕噜声，"我会干出什么事情来……"此时此刻，她虽然比以往任何时候都更清楚地意识到，这种越矩行为是不可饶恕的，是摧毁性的，但她觉得并没有什么了不得。"这就是新生活。"她朦朦胧胧地想道，随即闭上眼睛。

然而，莱奥的欲念没有超过某种界限。他看见卡尔拉一动不动，眼睛闭着，脸色苍白得像是涂在深色沙发腿上的白漆，于是心想："不行……不能在这儿占有她……应该到那边去……这儿太不舒适了。"说到做到，他站起身，扶起姑娘。他们一动不动地待了一会儿，不说话，只是咻咻地喘气。莱奥靠着沙发，身子蒙在黑影中。卡尔拉被灯光照着，她的模样已跟几分钟前的那位小姐迥然不同了：头发乱蓬蓬的，其中的一缕披散在眼睛前面；脸是红红的，表情严峻而亢奋；连衣裙的两条背带中，一条已经在他俩搂搂抱抱中被扯断成两截向下耷拉着，一截挂在胸口，另一截搭在肩胛上；一侧雪白的肩膀完全裸露在外。她怔怔地望着前方，而莱奥则发现，她的内衣胸窝里塞着一件模样很怪的东西，像是一张折成四叠的纸片，把红绸子内衣顶出两三个尖角。他淡淡一笑，伸手摸了摸那样东西。

"是什么？"他问道。他只是出于好奇，并无别的用意。卡尔拉转过一张惊恐的脸蛋。

"你指的是什么？"

"那……那张纸片，你珍藏在胸口的那张纸片。"莱奥执着地说，露出一个近乎慈祥的微笑。

她低下头，伸手扪住胸口。毫无疑问，心上人说得对，那儿，内衣里边，贴肉藏着一样很像纸片的东西；但她不记得是自己塞进去的，也不知道是什么。她抬起眼睛，困惑不安地望了望情人。

"所有女孩子都把自己的秘密东西藏在那儿。"莱奥说。他想到这个奇妙的藏物处时，语气变柔和了，心情也更激动了。"让我看看，卡尔拉，让我看看你的这个秘密。"他伸出手，想去摸她藏在裙衫里面的那样东西。

"我不允许你这样做。"她猛然嚷道，立刻用双手捂住胸脯。她连自己也不知道是什么原因。

莱奥的笑容消失了。"好吧，"他直勾勾地注视着姑娘说，"你不允许我这样做，我同意……你自己把这件宝贝拿出来吧……然后大声念念。"

寂然无声。卡尔拉犹豫不决、愣头愣脑地看着情人，她知道这张纸片已经使情人非常恼火了。她是从他那倏地变得严厉起来的目光中看出这点的。她徒劳无益地苦苦思索着，这张纸片上可能写着什么呢？她好奇地用指头摸着它，但没把它抽出来，她很倔强；一方面是由于担心（如果确实是一件谁也不能知道的秘密呢？），另一方面是因为她有一个模模糊糊的意愿，想看看莱奥妒火燎心时会做出什么举动来。

"要是我……"最后，她用挑战的口吻说，同时放下两手，支在膝盖上，"要是我不愿意把这封信拿出来给你看呢？"

"噢！是一封信，"莱奥兴冲冲地嚷道，他已经感到忐忑不安了，"告诉我，是谁写的，出自哪位重要人物的笔下，你为什么要珍藏在那儿，偏要藏在那儿，而不搁在家里呢？"

她眯起眼睛，透过睫毛觑了他一眼，然后低下头发蓬乱的大脑袋，使它耷拉在那侧裸露在外的肩膀上方。"这……"她答道，同时摆出一副娇嗔的姿态，眼望上方，手指不急不忙地敲着膝盖，"这不能告诉你。"

"原来她，"怒气冲冲的莱奥心想，"原来她还有另外一个相好。完全有可能……完全有可能。"他慢慢从沙发上站起来。

"听着，卡尔拉，"他用愤怒和询问的目光逼视着她，字斟句酌地说，"我必须知道这封信是谁写的。"

她笑了几声。他的妒忌使她很开心，但她并不改变自己的倔强做法。"你猜吧。"她说。

"一个男人吧？"莱奥问。

"当然，"她用讥刺的声调指出，"当然，永远也不会是一个女人。"为了防止他采取突然行动，她的一只手一直捂住胸口。她抬起头，眯起眼睛望着被黑影遮满的天花板。她很累，很想低下头，使下巴压着她的这个并不存在的秘密，然后安安稳稳睡一觉。

"我明白了，"莱奥勉强挤出一个笑容说，"明白了……是个情人……是个小伙子……"

"根本不是，"她答道，她还没垂下脑袋，"是个中年男子。"莱奥的影子投射在对面墙壁上，它的模糊的轮廓占了不少墙面；她看见这个影子来回晃动：莱奥似乎要朝她扑过来。

"是个中年男子。"她重复一遍，声音中充满倦意，但她仍像闹着玩似的用指头不停地敲着膝盖。"你要是知道……"她补上一句，一种莫名其妙的忧愁使她神思恍惚，"但愿你知道，我多么爱他！……"她的眼睛眯着，泪水盈眶，心在战栗。"其实，"她冷冰冰地想道，"这个男子并不存在。"

"是个中年男子……我向你表示衷心祝贺。"此时莱奥真的发火了：原来她并不纯洁，原来别人已经征服过她。他顿时怒火中烧。他梦寐以求的幼稚、纯洁的卡尔拉原来是一个情场老手，一个敢于到别的男子家里幽会的小姐。具有刺激性的、散发着芳香的、充满魅力的牧歌式爱情消失了。她其实是一扇向所有男子敞开的大门，他这个自尊心极强的诱惑者实际上等于一无所获。

"是我的过错，"他自以为是地接着说，"我应该想到这一点，你不是第一次。"

"什么第一次？"她骤然转过身问道。

"第一次……你明白我的意思……你不是第一次跟别人幽会，上别人家。"

一朵红晕飞上卡尔拉的脸颊。她瞥了一眼情人，既想表示抗议，向他说出可笑的事实真相，又想把这出已经开场的假戏演下去。斗争片刻后，她决定采取第二种方案。

"如果这是真的呢？"她盯着他的眼睛问。

"噢！这么说，这是真的？"莱奥突然咬紧牙齿，攥起了拳头；但他随即镇静下来，只是尖着嗓子对她讽刺挖苦了一番："嗬，原来是这样，最纯洁的姑娘，你已经有情人了……"

"对。"她承认，再次红了脸。莱奥的挖苦和他的声调刺伤了她的心。其实，她此刻比任何时候都更需要他的温存。

"嗯，真行。嗯，真是好样的。"莱奥慢吞吞地说了一遍又一遍。他盯着卡尔拉的眼睛，仿佛在自言自语："嗯，可以理解……有其母，必有其女。"

愤怒使他的眼睛突然间变得血红，他猛地抓住姑娘的一条胳膊。

"你知道你是什么玩意儿吗？……一个……一个……"他气得找不出合适的字眼儿，只听他结结巴巴地说："一个不要脸的骚货……可你为什么还到我这儿来呢？"

"这是另一码事。"卡尔拉冷静地回答。

"胡说八道……真恶心……还说她只有二十四岁呢。"莱奥看着姑娘，反复想道。"我有一个起码的要求，能知道这位先生是谁吗？"他问。

"是一位身材高大的男子汉，"她说，尽量具体描绘自己心里向往的那个模糊的理想形象，"长着栗色的头发……有一个漂亮的、沉思的前额，一张瓜子脸……脸色不是红的，而是略带苍白……修长的手。"

"是桑托罗！"莱奥大声说。卡尔拉的男性朋友中间，这个人与卡尔拉描绘的形象相似，莱奥首先想起了他。

"不，不是他。"卡尔拉望着前方。"要是真有这么一个人的话，"她心想，"现在我就不会在这儿了。"她沉默了片刻。

"他很爱我，我也很爱他。"她接着说。平静、流畅、温柔的语调连她自己也觉得诧异和惊奇。此时她简直不认为自己是在胡编。"我们是两年前认识的……从那时起我们一直见面……他不像你这样……他……他的心眼特别好。我的意思是说，他不等我开口就能理解我，而我则可以把心里想的一切都告诉他，我什么也不瞒他。谁对我讲话都不像他那么温柔。他常常把我搂在怀中，并且……并且……"她的声音发抖，眼里泪水汪汪。此刻她已对自己说的话深信不疑，仿佛已看见她想象中的这个人正有血有肉地站在她面前。"他确实跟其他男子不同，只有他真正爱着我。"她最后说。她很激动，为自己有本领胡编稍稍感到惊讶。

"名字，"莱奥说，他并未被她的语调和言辞所触动，"我可以知道他的名字吗？"

卡尔拉摇摇头表示不行。

"名字不能说。"

沉默片刻。他们互相望着对方。最后莱奥下了一个斩钉截铁的命令："把那封信给我。"

她惶恐不安地用双手护住胸口。"为什么，莱奥？……"她用哀求的声音问。

"信……把信拿出来。"他猛地抱住姑娘的腰，把她拽了过来，试图强行把手伸进她的藏信处。但卡尔拉使劲挣扎着，最后摆脱了他，披头散发地跑到对面墙根。

"你难道不知道，动用武力一事无成吗？"她冲他嚷了一句，旋即打开卧室门走了进去。

莱奥怒不可遏，朝那扇紧闭的门奔去。但他无法进门：卡尔拉转了一下钥匙，从里面锁上了。"开门，"他愤怒到极点，一面高喊，一面抡起拳头捶着门，"开门，蠢货……"没有任何回答。

他忽地想起，可以经由浴室进入卧室。他跑回更衣廊，拐入浴室。一切正常，镀镍水管和光洁的瓷砖闪闪发亮。他高兴地发现，那扇绿玻璃门只是半掩着。他起先没看见卡尔拉，灯关着，屋里半明半暗。"她大概从窗口跳出去了吧？"他刹那间莫名其妙地想道，同时摸索着向前走去。他开亮电灯，卧室里确实空无一人。"真见鬼，她会藏在哪儿呢？"他暗自纳闷儿。他正要出门到这套住宅的其他房间里去寻找时，突然看见了"逃犯"：她在那儿呢，正缩着身子藏在浴室大绿玻璃门后。

他二话没说，径直朝她走去，揪住她的一条胳膊，使劲把她从藏身处拽出来，像是在对付一个淘气的孩子。

"把信拿出来。"他紧紧揪住她，厉声命令道。

他们相互看着对方。姑娘这时心想，情人这下子会知道她是在胡编了。她感到害怕和羞惭。她明白，这张纸片其实是无关紧要的，大概是一张名片，或者鬼知道是什么可笑的玩意儿。她想到，她不得不向莱奥承认她的那些话只是想象，只是一个并不存在的梦幻。她感到很难受。

她做了最后一次尝试。"你不能这样，莱奥……"她用争辩的口气说，"我……"

"信！"莱奥第二次下令。

她明白反抗是无济于事的。"听天由命吧。"她无可奈何地想道。同时，她自己也对这张纸片上可能会写着什么内容略微感到了兴趣。她把手伸进胸窝，拿出纸片递给他："在这儿呢。"

莱奥接过纸片没看，先瞥了姑娘一眼。不知怎么搞的，卡尔拉这时仿佛突然感到自己受了很大的侮辱，她的脸抽搐了一下，身子猛地一转朝床前走去。她扑在床上，双手捂着脸。她只不过做了一个简单动作，没有伴随着任何想法，也没有产生任何真正的激情。她自己也不认为这个动作有什么意义。过了一会儿，她蓦地听见莱奥咯咯笑了起来。她抬起头。

"嘿，这是我的名片，"他走到她面前大声说，"是我今天给你的名片。"

她不感到吃惊。可不是嘛，关于这封信，她编了一个荒唐的故事。谁也不会给她写信的，谁也不爱她……但尽管如此，她还是觉得这未免太残酷、太不公道了。奇迹未曾发生，这太不公道了（既然她心里怀着这样一个强烈的愿望，为什么这张可笑的名片不会变成一封情书呢？）。现实真平庸，真不公道。她的脸苍白。

"是的，你的名片，"她说，心头不可避免地感到失望和痛苦，"你希望它是什么呢？"

"这么说，"他挨着她坐到床上，接着说，"这么说，我就是那个男子……栗色的头发，沉思的前额……你爱的是我。"

她久久打量着他，仿佛想在这张红通通的、踌躇满志的脸膛上认出她梦寐以求的意中人的形象。

"你……你，"她吞吞吐吐地说，同时垂下了眼睑，她知道自己又要言不由衷了，"你还没明白吗？"

自从认识莱奥以来，卡尔拉第一次在他脸上看见一个几乎是年轻人特有的自发和清新的笑容。"我还没有明白。"他大声说，随即搂住她的腰。

"刚才那番话就当我没讲吧，"他反复说，"就当我没讲吧。"他俯下身，吻着她的双肩、颈项、脸颊、胸脯。这个身躯再次使他激动了起来，他的想象和欲念重又出现。

"我的小骗人精，"他说了一遍又一遍，"我的小骗人精……"

这些情意绵绵的话只说了不到一分钟。他随即笨手笨脚地离床站了起来。

"现在呢？"他半认真、半开玩笑地问，并没顾得上去掠平自己的乱蓬蓬的头发。他看上去像是失去自制能力的醉汉。"你不觉得该睡了吗？……我困了……很困。"

卡尔拉勉强笑了笑，怯生生地点了点头，表示同意。

"那么，你就乖点，"他说，"这是睡衣……"他指了指搭在床头的一件粗格条衣裳，"如果你需要的话，衣柜上有所有必要的梳洗用具……脱衣上床吧，我一会儿就来……"他又对她笑笑，信心十足地伸手拍拍她的肩，然后穿过通往浴室的门走了出去。

九

宽大、低矮的床占了整整一个屋角。她躺在床上，打量着这间屋子。唯一的灯在床头亮着，但无法驱尽室内的黑暗。两个装着光洁的镜子的大衣柜隐约可见，一个放在通往客厅的那扇门的右边，另一个放在对面。没有别的家具了。一扇窗户占据了对面的整个墙面，窗台很低，长方形的窗框上嵌着一块块小片玻璃，窗上挂着不长不短的洁白帷帘。窗子下方是藏有暖气片的铁栅格。百叶窗板关着，通向客厅的门关着，她斜眼瞥见的浴室门也关着。浴室门上的绿玻璃被灯光照得亮晶晶的，仿佛是太阳直射下的养鱼缸。她垂下眼睛：脚边躺着一只毛茸茸的玩具大白熊，眼珠是赛璐珞做的，嘴巴大张着，露出一嘴尖牙；熊掌短小，尾巴扁平，皮肤平滑，像是被一个巨型碾辊压平了似的。不过，那个凶狠的脑袋并没有被碾辊压着。她起了床，在屋里机械地走了几步，摸摸还有点热气的炉子，掀开一面窗帘。接着她回过身来。浴室门上那几块亮晶晶的玻璃后面，情人的身影来回晃动，哗哗的水声时有所闻，还传出别的响声……她对着大衣柜的发灰镜面瞥了一眼自己这副披头散发、提心吊胆的模样，然后回到床前，开始宽衣解带。

她什么也没想。她正在做的这些不同寻常的动作吸引了她的全部注意力，使她神思恍惚，如入梦境。她感触最深的是，此时她不在自己家中，而是待在这间屋子里。她脱下被撕破的连衣裙，放在床前的矮脚软椅上；脱下长筒袜，欣赏了一阵自己光裸的大腿；然后脱掉衬裙和短裤。她犹豫了一阵子。"内衣也要脱掉吗？"她想了想。是的，当然喽，要脱掉。她脱掉内衣，扔在那堆已经脱下的衣衫上。她赤身裸体地钻进了凉飕飕的被窝，沿靠墙那边缩成一团，一只手捂在两腿间，另一只手遮住胸脯。她觉得粗格条睡衣像一件囚衣，便把它扔到地上。她想，母亲穿这件睡衣可能挺合适。

渐渐地，她那热烘烘的躯体捂暖了被窝。她突然觉得，先前充斥心头的惧意和惊愕都被这种暖意融化了。她感到自己很孤单，很懦弱；自哀自怜的心情油然而生。她尽量蜷缩着身子，尽量抱紧膝盖，直到嘴唇碰上了圆滚滚的膝头。一股健康的、令人陶醉的气息从两个膝头溢出，拨动了她的心弦，她一遍又一遍地热切地吻着它们。"可怜虫……可怜的丫头……"她一面抚摸着自己，一面暗自重复着。她的眼睛充满泪水，她很想把脑袋枕在自己丰满的胸脯上，就像扑在母亲怀里似的，然后放声痛哭一阵。末了，她用专注的目光看着那面被灯光照得半明不暗的墙壁，倾听着。传进她耳中的各种声音都是熟悉的，都清楚地表明了她现在的处境：无休无止的沙沙的雨声，他在浴室中的走动声，以及她翻身时松软的床往下一陷发出的嘎吱声——这个声音似乎来自远方，大概是记忆的产物；但也许真的是过于柔软的羽绒床垫发出来的。这张床不像她家的床那样又硬又窄，也不像国外旅馆中的床那样：长途旅行后，人们进了客房，往床上一躺，但马上便觉得床不是太矮，便是太高，睡在上面一点也不舒服。不是。这张床十分舒适，十分柔软，考虑得十分细致，设计得十分周全。但她躺在这张床上却胆战心惊，她的身体缩成一团，瑟瑟发抖，她的手不时向外伸出，似乎想要摸索某样东西。这间卧室是一个巨大的冰冷的空间，它正在逐渐向后退缩，仿佛就要遁去；它与无人居住的、气候凛冽的西伯利亚相似，只不过周围不是冰天雪地，而是各种织物和帷帘。这种感觉很不愉快，当我们行走在一条黑魆魆的街道上，而知道身后有人尾随时，便会产生这种感觉。

她闭上疲乏的眼睛，差不多待了一分钟。但对躺在这张床上的她来说，这一分钟却像一个钟头那么漫长。"为什么莱奥还不来？"她突然想道。这个念头引出了其他一些念头。"他不先把灯关掉，我决不转过身去，"她不带怨恨地想道，"我不愿看见他……"

她打了个寒噤。"一切都完了。"她神思恍惚地想道，其实心里并不相信真是这样。毁掉自己的愿望让她躺在这张床上，这种愿望随之使她渴求黑暗，须臾后，她应该在黑暗中投入情人的怀抱。想着想着，她不由自主地感到了不安。她不知道自己这么做究竟是出于天然的享乐愿望呢，还是出自一种动物本能，一种有意彻底毁掉自己、在黑暗和夜色遮掩下肆意放纵的动物本能。虽然她并不知道其中的奥妙，但早就明白这种本能是存在的。不过，这些使她神魂颠倒的想象并未分散她的注意力，她在等待着。"莱奥为什么还不来？"她时不时这么问自己……正想到这儿，玻璃丁零当啷一阵响，浴室门打开了。

刚才，她的内心充满焦虑，此时则相反，她对这阵突然响起的亲切的开门声深为感激。对她来说，这阵开门声像是在一个举目无亲或恐怖的地方出现的一位朋友。世界上所有的玻璃门，包括她家和别处的门，都随着这阵响声以同样的方式敞开了。她忽然忘掉了自己的全部计划。她睁大眼睛，看见了那个映在墙上的硕大身影。她转过头：情人正朝她俯下身子。她发现他没穿睡衣，只披了一件薄薄的室内便服，但已仔细刮净脸，扑过粉，梳了头。稍后，他带着那副通常一本正经和心不在焉的神情，信手掀开毯子躺到她身边。

十

首先入睡的是莱奥。卡尔拉没经验的疯劲出乎他的预料，使他疲惫不堪。他们一动不动地躺了片刻，然后又拥抱了一次，汗津津的四肢互相交叠着。接着，他们的眼睛半睁半闭，脑袋贴着脑袋，精疲力竭地在枕头上陷入了半睡半醒状态。不久，姑娘突然觉得情人那只搂着她的腰部的手臂轻轻抽走了。莱奥翻了个身，面对着墙壁。"明天早晨怎么办？……"她听着已经进入梦乡的莱奥匀称的呼吸声，心烦意乱地想道，"明天早晨怎么办？"她也很累，屋里伸手不见五指，她觉得已在黑暗中待了一个世纪。她头疼，却不敢翻身。这个紧贴着她的身体，以及这条散发出一种她不熟悉的特殊热气的被单，不断强烈地刺激着她的感官。这儿的神秘气氛每时每刻都在提醒她，她是在莱奥家中，躺在莱奥的卧室里。突然间，所有这些不同寻常的感触不再使她惊愕了，她仿佛一下子对这一切已非常习惯了。她翻了个身，把毯子往自己这边拽了拽，进入了梦乡。

　　她马上做了个怪梦：仿佛看见了她刚才向莱奥绘声绘色地描述的那个臆想中的情人：高高的个子——也许是他站着，她躺着的缘故——安详的前额，眼睛中透出恬静的、任性的目光。他站得笔直，但衣衫不整，正用惊奇的眼神凝视着她。他好像刚进屋就发现了她的这副狼狈相：脱光了衣服躺在床上，曾经纯洁的身躯失去了贞操，胸脯、腹部和双臂的不少地方已被莱奥刚才的淫欲弄脏。的确如此。她看不见这些，因为她仰躺着。但她从那人的目光中可以得知，她身上布满了上帝才知道多少的斑渍和痕印。对他这个陌生人来讲，失身前的卡尔拉是一个人，失身后的她成了另一个人。他们保持着这种姿势待了一会儿，互相打量着对方，谁也不动。最后，他那张平静、严肃和专注的脸，那双盯着她失去贞操的身体（更糟的是她看不见自己）的眼睛，对她来说，是一种不可忍受的折磨。她做出一个本能的动作，抬起一只胳膊遮住脸，打算痛哭一场。可是，又出现了一个使她大吃一惊的不愉快现象：她的眼睛干巴巴的，不管怎么努力也挤不出泪水来，她哭不出来了。而她的心正受着一种难以形容的巨大痛苦和一种摧残人的懊恼的折磨。她在呻吟，在叫喊——至少在这个乱糟糟的梦境中，她是这么觉得的。她还是仰躺着（另一个折磨：她觉得自己被钉在床上，无法起来，不能弓身……），扭动着胸脯和裸露的腰部，像一只钉在板上的蝴蝶一样痛苦挣扎着。但她不时能看见远方那颗安详的脑袋，那双不停地看着她的眼睛，那个匀称的前额。"哭吧……哭吧……"她暗自说了一遍又一遍，试图起码挤出一滴眼泪，以便濡湿干涩的眼睑，但她的各种尝试都毫无用处……她的痛苦沉重地压在她的心头，无法发泄，令人窒息。最后，她实在忍受不住了，只得朝远方的那颗脑袋伸出狂乱的手臂……她仿佛听见自己用最甜蜜的称呼，用她出自肺腑的一个新称呼，向那人发出呼唤。她保证爱他一辈子，终生不渝（这种永恒的感情，不知何故，使她极为痛苦）。但她的努力全都白费了，因为那人突然失去了形迹。她重新陷进了黑暗。这时突然传来一个洪钟般的声音，是一个越来越响的音节："桑……桑……桑……桑……"她顿时心乱如麻，惶悚不安。紧接着，响起了一个完整的名字："桑托罗。"她猛地醒了过来。

她睡着的时候，周围是一团漆黑，此刻依然如故。她浑身汗水淋淋，觉得左腰有一个部位湿润温暖。"我在哪儿？"她心惊胆战地问自己。她只迷惑了顷刻，因为她马上想起了刚才发生的所有事情，明白了左侧的热气乃是来自莱奥赤裸的腰部：他正贴着她躺着。她觉得喘不过气来了，于是便掀掉胸口的毯子，把自己的双臂从毯子下面，从那个使她讨厌的拥抱中抽了出来。她马上便感到了自由和清新，心情变得十分轻松。她睁开了眼睛，再也不想睡了，大概是因为害怕再做噩梦，或者是因为心情烦躁。她本能地开始从头回忆这一夜发生的所有事情。

她对事实的回忆是支离破碎的：她忽而仿佛看见自己坐在汽车里，沿着城里的各条街道冒雨奔驰；忽而看见自己待在客厅中，坐在情人的膝上。她的脑海中几乎同时出现了这样一个场面：莱奥正要上床，而她则在等着他。紧接着出现的一个场面更加奇怪，更加使她不安：他们一丝不挂，肩并肩地笔直站在浴室里，等着热水注满浴缸，准备洗澡。四壁砌着白瓷砖，耀眼的灯光使睡眼惺忪的他们不知所措。她回想起来的这些事情其实不久前刚发生，但她却觉得已经是久远的往事了，已经跟她本人没关系了。这些事她好像没干过，也不能做出解释；它们仿佛是完全不能接受的，是非现实的。然而，这些场面栩栩如生地再现在她的脑海中历历在目。其中的人物就在她的眼前活动。她只要伸手到被单下摸摸，就能碰到熟睡的情人没穿衣服的身体。她只要打开灯，就能深信自己确实是在莱奥的卧室里，而不是自己家。"我远离家人，"她怀着一种不同寻常的激动心情想道，"待在这儿……躺在情人的床上……"当夜发生的某些事情还可算是属于常理，但回忆起来已经使她十分吃惊，然而，另一些事情则完全出乎她的预料，此刻一想简直使她心惊肉跳。她反复分析着这些事情，多次回想当时的情景，似乎是在回味它们所带来的欢悦……譬如说，她瞬间清楚地记得在几个很短暂的头脑清醒的时刻发生的事：灯亮着，她和情人正在做某些不堪入目的兽性动作，这些动作在她的脑海中留下了不可磨灭的印记。

但是，或许由于周围一团漆黑，或许因为她确实感到了害怕和疑惧，这种对往事的回忆逐渐使她疲倦了。她再也不能忘掉当前的处境了。"现在，"她忽然想道，"我会发生什么事？"她觉得非常孤单，可她不愿承认这点……瞧……她心惊胆战、软弱无力地仰躺在这张床上，独自浮想联翩。圆睁着的眼睛前面是一片黑暗，莱奥没有抚摸她的前额，没有掠平她那蓬乱的头发，没有看着她在半醒半睡状态中焦躁地来回翻身，没有守护着她。好像他这个人并不存在……她的左侧只有平静的呼吸声，别的什么也没有，这个呼吸声既可能是莱奥发出的，也可能是别人发出的。只有它才使她不时想起她并非一个人躺着。

她猛地产生一种需要有人陪伴和有人爱抚的歇斯底里的愿望。"他为什么老在睡觉？"她暗自纳闷，"为什么不理我？"末了，身旁的这个冬眠般的呼吸声使她不知不觉地产生了惧意。她觉得这个呼吸声不是情人发出的，而是另一个人发出的。这个人不认识她，甚至有可能对她怀有敌意。一句话，这个呼吸声具有一种非常冷漠的节奏，一种跟她的焦虑和幻觉截然相反的规律性。她真不知道自己到底是应该感到害怕呢，还是应该发火。她试图忘掉这个呼吸声，尽量凝神倾听屋里的其他响声：这儿的响声很少——家具的吱吱咯咯声，窗帷的窸窸窣窣声。不久，她在黑暗中睁大眼睛，竭力想看清楚某样东西，以便把自己的全部注意力倾注进去……但她的所有努力都无济于事，那个匀称的呼吸声几乎不像是人发出的，继续执着地传进她的耳郭……"要是他现在醒来对我说他爱我，"她最后沮丧地想道，"那该多好啊。"她已在设想这一切就要发生，瞧……他把她拽了过去，脸贴着脸，在她的耳际喃喃诉说着娓娓动听的词句。一想到这儿，她浑身激动起来，似乎得到了莫大的安慰。然而，一个令人毛骨悚然的恐怖感忽地使她打了个寒战。

她蓦地觉得，床那头的那扇浴室门打开了。那儿不像屋里的其他地方这么黑，也许是因为玻璃门能反射一些光线，或者是因为浴室的百叶窗板已经掀开，亮光正从院子里透进来……反正……瞧，那边，若明若暗，毫无疑问，那扇门动了，慢慢打开了，仿佛是谁想要进来，正从外面轻手轻脚地推开门。

她吓得停止了呼吸，心脏开始在胸腔中猛烈地跳动。她痴痴地仰躺在床上一动不动，眼睛注视着浴室方向。"是妈妈来捉奸了……"这个疯狂的想法从她脑海中掠过；然而，她马上便不相信有这种可能。接着，浴室门又发出了轻微的叮咚声，卡尔拉实在无法忍受了：她闭上眼睛，使出全身力气，发出一声长长的、撕肝裂胆般的哀叫。

一阵混乱。灯光亮起，眼前还是这个平静的卧室，睡眼惺忪的莱奥从床上欠起身。

"喂！……出了什么事？"

"门，"脸色刷白、喘个不停的卡尔拉支支吾吾地说，

“浴室门。”

情人二话没说下了床，她见他拉开那扇门，消失在浴室中，然后又走了出来。

“我什么也没看见，”他声称，“大概是风……我忘了关上浴室的窗子……”他回到床边，掀开毯子，重新躺到床上。“别想它了，睡吧，”他对她说，“祝你睡得香甜。”他熄了灯。

这几个动作他是匆匆做完的。灯开亮后随即熄灭，她没来得及开口讲话，也没来得及用拥抱或目光，向他表达此时充斥在她心头的需要得到爱抚和安慰的强烈愿望。黑暗重新笼罩了一切，她犹豫片刻后哭了起来。

泪水沿着她的脸颊很快往下淌。当天夜晚积蓄的全部哀怨，此时都从她心灵的各个角落里涌了出来。“要是他真的爱我，”她反复想道，“他会安慰我的……可是他什么也不说，熄了灯背对着我。”刚才只是略有觉察的孤独感，现在似乎已经变成一个不可避免的事实。她伸出一只赤裸的臂膀遮住眼睛，因为她知道自己的脸上出现了一个苦涩的表情。“他不爱我……谁也不爱我。”她不断思索着。她的手指拽着头发，双颊上已是泪痕斑斑。最后，她被疲乏感战胜了，含着眼泪重新进入梦乡。

她醒时大概天已大亮：几丝亮光从窗格中透进室内，卧室里不太暗了——她是从这点上猜出来的。她的头脑很快就清醒了，她马上就明白她现在是在什么地方。当看见自己身上穿着这件头天晚上不愿穿的粗格条睡衣时，她并不惊奇，尽管不记得到底是在夜里的哪个时刻穿上的。她起了床，靠墙站着，等到尚未完全睁开的眼睛逐渐适应了屋内充满灰尘的半明半暗状态后，立刻看见了枕头上那个黑黝黝、乱蓬蓬的玩意儿——莱奥的脑袋。即使在这时，她也不惊奇。一句话，这一觉打消了她头天夜间所有的惊诧和疑惧。她仿佛几年前就已习惯用这种方式在情人的床上醒来。痛苦、惊讶、焦急，统统没有了。令人哀伤和险象四伏的非现实感结束了。她背靠着墙壁，在令人窒息的黑暗中圆睁双眼。她耐心地回忆一切，此时体验到的前所未有的满足感和恬静的心境，让她领悟到，她确实走进了新生活。"奇怪，"她忽然想道，自己也不知道此时是恐惧还是恼怒，"我好像一下子老了，比我的实际年龄老得多……"她一动不动地待了几秒钟，神思恍惚。过后，她俯下身子摇晃着那人的一侧肩膀。

"莱奥……"她用一种奇怪的声音轻轻喊道。

情人把被单一直拽到齐耳高，看样子睡得很熟，开始时没听见，或装作没听见。卡尔拉又俯身摇晃了他一阵，于是一个睡意尚浓的声音从蒙罩在阴影中的枕头上传来：

"你干吗叫醒我？"

"很晚了，"她说，用的还是那个前所未闻的低沉、亲切语调，"我该回家了……"

莱奥没有开口，也没有挪动身体的其他部分，只是从床头伸出一只手开灯。头天晚上那种宁静的灯光重新亮起，卡尔拉完全认出了这儿的家具、两扇门、一把软椅——上面放着一堆她的白色内衣——以及坐在床上的她自己……灯光照着茶几上的座钟，时针指着五点半。

"才五点半，"莱奥头也不回，带着恼火和激怒的口气又问一遍，"为什么叫醒我？可以知道吗？"

"很晚了。"她像刚才那样重复道。犹豫一阵后，她小心跨过情人的身体，坐到床沿上。

他看来没发现她的这个动作，也没回答。"很明显"，她想道，他又闭上眼睛睡着了。卡尔拉不再理会他，甚至也不回头看他一眼，径自开始穿衣服。

然而，她刚脱下那件叫人恶心的粗格条睡衣，准备穿上内衣的时候，突然觉得背后伸过来一条胳臂，勾住她的腰。她的第一个反应是害怕。内衣掉落在地，她忽地转过身，看见了情人那颗蓬乱的脑袋和那张睡眼惺忪、肤色红润的脸——它正紧紧贴在她的腰间。

"卡尔拉。"他喃喃喊了一声，从床上欠起身，朝姑娘投过一瞥激动和笨拙的目光，装出很困的样子——其实他一点睡意也没有了。他故意用有气无力的声音说："为什么这么快就走？到这儿来……回到你的莱奥身边来。"

她打量着这张具有诱惑力的、被柔和的灯光照亮的脸，胸中突然充满了一种无以名状的痛苦。

“放开我，”她力图掰开按在她腰际的那五个手指，执拗地说，“晚了……我该走了……”

她见莱奥眯起一双激动的小眼睛，挤出一个诡谲的笑容，像是说：“要干某些事，任何时候也不晚。”尽管她内心承认情人有权产生这样的欲念，但她还是突然间莫名其妙地勃然大怒起来。“放开我，听见没有？”她厉声重复一遍。作为回答，莱奥笨拙地伸出另一条胳膊，试图把她掀翻在床上，让她躺在他身边。她使劲挣脱了他，奔到床边那把软椅跟前，弯下腰，一声不响地穿长筒袜，再也不理他了。

袜子穿好后，她开始系吊袜带。只是过了一会儿后，她才重新抬起一双不安的眼睛，带着严峻的神色朝床上扫了一眼。莱奥已转身对着墙，好像又睡着了。“睡得可真香哪。”她心想。她的这个想法只延续了一刹那。尽管如此，她觉得这个短暂的想法可能会惹他发火；于是，她又恐惧和疑虑起来，心头感到一阵揪疼。“新生活”——这个熟悉的字眼被彻底忘却了好几个钟头以后，重新在她的脑际回响。“难道，”她紧紧捏着吊袜带，凝视着前方自问，“这就是新生活？”

她一面用这个问题不停地搅动自己如同一潭死水的心境，一面穿好衣服站起身来。

“起来，”她弯腰推了几下还在睡觉的莱奥的肩膀，对他大声说，“快点……该走了……”

“好吧。”这是回答。于是卡尔拉走进了浴室。她相信等她出浴后会发现他已穿好衣服了。

她用莱奥的梳子和头刷把头发梳理整齐，然后洗净双手，对着镜子端详着自己苍白的面孔。"回家后，"她琢磨道，"我要把全身洗一遍……洗得干干净净的……然后……然后应该马上去赴约，打网球。"然而，尽管此时她的脑子动着这些平淡无奇的具体念头，那个哀伤的问题却在她的意识深处不住回响："难道这就是新生活？"

回到卧室后，她惊奇地发现，莱奥并未穿好衣服，甚至还没起床，仍旧保持着她刚才进浴室时的姿势，看样子还在酣睡。

她走到床前摇晃着他："莱奥……晚了……我们该走了……起来……"

他转过脑袋，从枕头上微微抬起充满睡意的脸，看了她一眼："嗯？……你已经穿好衣服了？"

"很晚了……"

"很晚了？"莱奥重复一遍，仿佛没听明白，"那有什么？"

"怎么那有什么？……你应该送我回家……"

他打了个哈欠，搔搔头。"你要是知道我多困……"他说，"你一整夜没让我有一刻钟安宁……喊着我的名字……跟我讲话……用脚踹我……怎么回事……我困死了。"他拖着声调，慢吞吞地讲着，避免正眼看她。卡尔拉则相反，始终目不斜视地看着他。"很明显，"她突然想道，但不带怒意，心头很平静，"不单因为他一夜没睡好，而且更因为我刚才没答应他，所以他现在装出一副很困的样子……"她挺直身子。

"你要是想睡的话，莱奥，"她几乎用甜蜜的口吻说，"那就别顾忌……我可以一个人走……"

"你讲什么傻话，"他毫无顾忌地伸了一个长长的懒腰，"既然你已经把我叫醒，我就送你回家吧。"

"应该让他明白他错了，"她望着他琢磨道，"我……我不像他那样。""不必，"她坚持说，声调仍旧那么温顺，"不必……我不想麻烦你。你很困，所以应该……我还是自己一个人走吧。"

莱奥略带不安地看了她一眼。"什么自己走，无稽之谈，"他最后软中带硬地说，"你现在这么讲……往后便会没完没了地责怪我……你们女人的脾气我是了解的……我已经做出决定了：送你回家。"他住了口，猛地一甩头，但身子没动。他们相互看着对方。

"如果我命令你呢？"姑娘突然问。

"命令我什么？"

"别送我。"

莱奥惊愕地睁大眼睛。"在这种情况下，"他满腹狐疑地答道，"问题的性质就改变了。"

"那好，"卡尔拉一面说，一面镇定自若地整了整连衣裙的腰带，"我命令你别送我。"

一时寂然无声。"起先你要我送，"莱奥最后说，"现在又不让送……你在任性什么？”

“哦！到底是谁在任性？”她咬牙切齿地想道，然后挨着情人坐到床沿上。

“这不是任性，”她回答说，“而是我想到，你送我回家可能会坏事……要是他们看见我们在一起……再说米凯莱可能已经起了床……所以，你明白了吗？最好我一个人回家……我认识路，十分钟内就能到家……而你……可以睡一觉……”

两人都不讲话了，互相对视着，此时，那股突发的欲望已经平息，莱奥真的困倦到了极点。起床，跟卡尔拉上街，或许还得冒雨开车，再也没有比这更讨厌的事了，况且还得先把汽车从车库里开出来。他朝她淡淡一笑，伸手摸摸她的脸。

“归根结底，”他说，“虽然你有很多古怪的念头，但你倒真是一个很好的小姑娘……这么说，我真可以让你一人走喽？……”

“当然，”她站起来说，莱奥的腔调使她恼火，“你可以不送我……说得准确点，我请你别送我。”

“不管怎么说，”莱奥自言自语似的加上几句，“你自己知道，我坚持到了最后一分钟……我没送你走，并不是因为我想睡，而是因为你说这有可能坏事……所以，往后你可别来跟我唠叨……”但他住了口。卡尔拉已经不在房间里了：她出门拿帽子去了。“这更好，”莱奥想道，“我高兴，她也高兴……这么一来，我们两个人都能满意。”

片刻后，她回到屋里，头上戴着帽，雨衣、雨伞也都齐备。她只戴着一只手套，脸上露出焦虑的神情，因为翻遍了所有口袋也没找到另一只。"没办法，"她最后说，"大概丢了……嗯，顺便问一下，"她走到他跟前，无拘无束地补充一句，"能给我一点打出租车的钱吗……我没带。"

莱奥的上衣搭在离床不远的一把椅子上。他伸手从口袋里抓出一把银币。

"给你。"他把钱递给她说。

钱放进了口袋里。"我开始挣钱了。"卡尔拉情不自禁地想道。她走到床边，弯下腰。"那么，今天晚些时候再见，亲爱的。"她几乎怀着深情对他说，仿佛是为了抵消刚才的那个有可能惹他发火的想法。他们接了个吻。"把门关好。"莱奥朝她大声说。他看着她蹑手蹑脚地出了门，然后，他等着听见大门砰的一声关上，但过了很长时间也没有任何声响传进他的耳朵。于是他关掉灯，翻身对着墙，进入了梦乡。

十一

太阳明灿灿的，光线从四面八方透进这间乱糟糟的屋子，如同海水渗进一艘千疮百孔的轮船。早晨，莱奥做了几个梦，几个面容凄楚的人物在他的梦境中时进时出……卡尔拉，母亲，米凯莱，他们举止放浪，不堪入目，他们的形象十分苍白，仿佛外部的光亮使它们失去了颜色……睡梦中的莱奥力图留住这些形象。"我不应该苏醒，"他下意识地反复想道，"我不应该苏醒。"一个富有诗意又有嗔怪声调的嗓音从某个遥远和偏僻的地方喊着他："莱奥，莱奥，醒醒，是我。"他下意识地期望，这不过是个梦，于是便固执地闭上眼睛，在被窝中翻了几个身，希望等这阵混乱过去后，他能重新进入美妙、朦胧的梦境……然而，喊声却听得越来越清晰了。最后，一只手使劲晃动着他的肩膀。他睁开眼，看见了玛丽阿格拉齐娅。

起先他以为看错了，便又瞧了一眼。没错，毫无疑问，正是情人：她穿着灰衣服，头上戴着帽子，脖子上围了条皮领，正站在床前。夜色已经离开房间，外面准是艳阳天，积满尘埃、表面灰暗的家具上到处闪烁着太阳欢快的光斑。

"你在这儿？"他终于对她说。"怎么进来的？"

"本来想给你留个条子，"玛丽阿格拉齐娅答道，"见门开着就进来了。"

莱奥诧异地看着她。"门开着？"他想，"嗯，可能……大概是卡尔拉……"他打了个哈欠，毫不在乎地伸伸懒腰。

"你有什么事要告诉我？"

玛丽阿格拉齐娅坐到床上。光线透过百叶窗格，把黑暗划成一个个小块。

"原先打算给你打个电话，"她说，"但我们两个月没交话费，电话线被掐断了……昨晚你答应说我们明天见面……但我后来转而一想……今天下午你有空吗？"

莱奥双手抱住膝盖。"今天下午？"他重复一遍。这个建议对他来说正中下怀。他盘算道，如果当天就能摆脱她的纠缠，那他整个星期就自由了，就可以一直跟卡尔拉待在一起了。不过，他转而一想，这么一来也许会节外生枝，所以，他没有同意。

"你听着，"他说，"还是我在今天午饭后上你们家去吧……那时我可以告诉你几个消息……行吗？"

"可以。"

沉默了很久。玛丽阿格拉齐娅疑心重重，她不满地环顾四周，仔细审察着这些她非常熟悉的陈设，看着那张床，端详着情人的脸。她发现他面色苍白，非常憔悴，加上他还在睡觉，这一切足以使她确信自己的出于嫉妒的疑心是有根据的。"他和丽莎过了夜，"她心想，"毫无疑问……没准丽莎刚才还在这儿。"她顿时怒火中烧，恶狠狠地向情人射出责备的目光。

　　"我要是处在你的位置，"她用酸溜溜的口气说，"是不会干出这种事情的，只有二十出头的年轻人才会这么干。"

　　"这是什么意思？"莱奥困惑不解地问。

　　"意思是说，"玛丽阿格拉齐娅答道，"你老了，可自己却不知道……昨夜，你大概干了一件疯疯癫癫的事，你难道不觉得你不应该再干那种事了吗……自己照照镜子吧，"她抬高了嗓门儿，接着说，"看看你的眼神吧，看看你那张像是蒙上面具的脸吧！你的气色太好了……请你自己看看吧。"

　　"我老了？……什么疯疯癫癫的事？……"莱奥重复道，她直截了当地指出他的年纪已接近暮期，这使他特别恼火，"你讲的是什么疯疯癫癫的事？"

　　"哼，我心里有数，"母亲挥挥手说，"你知道我要对你说什么吗？……一年后，最多两年，就得用轮椅推你了……肯定的，你会连路都走不动的。"

　　莱奥气得直抬肩。"如果你上这儿来就是为了讲这些蠢话，那你最好还是走……"他看了看床边茶几上的钟，"十二点！……我十二点半有个约会，不想在这儿听你胡扯了……你走吧，快走。"他蹦下床，双脚伸进拖鞋，走到窗前，拉开百叶窗板。屋里立刻洒满了光。

"你没穿我给你的家居服？"母亲端坐在床上不动，只是问了一句，"大概送给哪个临时相好了吧？"

莱奥没有搭理她，走进了浴室。玛丽阿格拉齐娅站起身，一方面是出于好奇，另一方面是因为闲着无聊，开始在屋里转来转去。"我的另一件礼物，那个漂亮的慕兰诺[1]花瓶，也不见了……你也送人了吗？"她大声问道。仍旧听不见回答。浴室里传出哗哗的水声。莱奥在淋浴。

玛丽阿格拉齐娅虽然心情沮丧，但并未完全绝望，她继续观察。屋里的每样东西都能给她带来一个愉快的回忆。抚今思昔，眼前的凄凉情景跟当初的美好时光形成了鲜明的对比，她不时哀叹一声。突然，她看见自己的照片摆在小衣柜上，总算得到了一点安慰。"归根结底，他还是爱着我，"她心想，"身体不舒服时，或者有什么烦恼的事情时，他总是来找我……现在只不过暂时冷淡一阵而已……他还会回到我身边来的。"她胸前别着一枝紫罗兰，是刚才在街上买的。一来为了对他表示感激，二来是含蓄地向他讨好，她取下这枝紫罗兰，插进照片旁边的一个小花瓶。然后，她走进浴室。

1　威尼斯附近一小岛，以玻璃器皿著称于世。

莱奥穿着家居服，站在那儿刮胡子。"好，我先走了，"
她对他说，"嗯……附带提一句……你今天上我们家去的时
候，别说已经见过我了，就当作你只是收到了我留的一张纸
条……我们说定了，好吗？……"

"说定了。"他头也不回地重复一遍。

心满意足的玛丽阿格拉齐娅心满意足地离开他，匆匆下
楼出了大门，在街角跳上一辆开往市中心的有轨电车。丽莎大
概已经在那家帽店里等她二十分钟了：她和丽莎约好在那儿见
面，一块儿看看巴黎来的新款帽子……玛丽阿格拉齐娅坐在
一个靠窗的角落里，尽量背对着电车里的人。她的眼睛望着街
道，人行道上熙来攘往，摩肩接踵，全是赶回家吃饭的各类劳
动者。二月的阴冷阳光照着他们被寒风吹得通红的脸，他们头
上戴着帽檐破损、颜色褪尽、皱皱巴巴的帽子，身子裹在由于
年深月久而发绿的大衣中。惨淡苍白、毫无暖意的阳光，慷慨
地洒在这些衣衫褴褛的人身上，仿佛在给他们祝福。一家又一
家富丽堂皇的商店从眼前掠过，橱窗里绘着红色、白色或者蓝
色的广告。安在门楣上方的霓虹灯没有开，灰蒙蒙的，像是一
条条烤焦的蠕虫。有轨电车的车身漆得五颜六色、俗不可耐，
挤满了人，像游乐场的旋转木马一样缓慢，一边抖个不停，一
边发出叮叮当当的声音……母亲的眼帘中还会不时出现一辆
长方形的、闪闪发亮的汽车：疾驶而来，戛然停下，仿佛想用
车灯在车水马龙的街道中寻找一条通路，须臾，它又向前驰

去……她透过一辆汽车的车窗玻璃，看见司机身穿皮衣皮裤，双手戴着手套，扶着方向盘，一动不动地坐在驾驶座上；后座上是一位大腹便便的人物，踌躇满志地坐在真皮坐垫上，眼睛半睁半闭，睨视着过往行人；或者是一位容貌俏丽、涂脂抹粉的女郎，穿着一件宽大的裘皮大衣……玛丽阿格拉齐娅不由自主地叹了口气：她这一辈子永远也不会有福分坐进一辆大马力豪车，在衣衫不整的人群中穿行。她的年华已经消逝，她的青春消失在那辆她梦想得到而终未如愿的崭新锃亮的汽车中。渐渐地，那些使她羡慕的对象，那些坐在隆隆作响的小轿车中的人物，都像离弦之箭一般，飞快地离她的幻想和希望而去。她无奈地坐在这节由铁板和玻璃制成的、漆得花花绿绿的有轨电车里，怀着厌倦和矜持的心情，继续她的行程。

她看见丽莎坐在时尚帽店的后室里，这儿到处安着镜子，放着帽子。一位年轻的女郎正对着一面大镜子得意洋洋地前顾后盼，摆出各种雅致而做作的姿势。另一间厅室中传来讲话声和关上玻璃门的声音。地板散发出阵阵蜡味。这间屋子的墙壁是灰色的，墙上没有任何饰物。一个屋角码着一堆大大小小的白纸盒，像是一座金字塔，有的纸盒合着，有的已经打开。对面角落里摆着几个木制帽架，上面挂满了各种颜色艳丽、造型简洁、外观雅致的新式帽子，看上去活像一片茂密的树林。

丽莎一看见玛丽阿格拉齐娅就站起身来。

"我感到十分抱歉，"她说，"唉，真是抱歉！不能留下来陪你了……时间晚了，我得回家。"

玛丽阿格拉齐娅疑心重重地打量着丽莎。"瞧，多自私，"她想，"她自己选好后就不帮我选了。"

"那我就一个人留在这儿吧。"她说，脸上带着犹疑不决的神色。

"请便。"丽莎说着朝她伸出手。但玛丽阿格拉齐娅却改变了主意："不，我跟你一块儿走。买帽子的事，改天再说吧。"

她们一齐出了店门，走进人涌如潮的街道。"我一直把你送到公园，"玛丽阿格拉齐娅说，"这样我们就有时间聊聊了。"丽莎没有应声。她们走走停停，常常在橱窗前面伫留一阵，观看商品，比较价格。一家珠宝首饰店使玛丽阿格拉齐娅黯然伤神。"我以前有过一条项链，跟那条一模一样，"她叹口气，指着盒子里的一条珍珠项链说，"现在没了。"丽莎望着玛丽阿格拉齐娅一言不发，她自己的珠宝首饰也统统不见了，不知落在谁的手里。"不过，我的首饰，"她心想，"是我丈夫拿走的……我起码没把它们卖掉换钱糊口。"她们就这样慢慢走到这条街道的尽头。

玛丽阿格拉齐娅之所以决定跟朋友同行，是为了消除由于怀疑莱奥跟别的女人相好而产生的懊恼情绪。人群，商店，阳光明媚的上午，使她的心情好了些。进入广场后，她见莱奥站在人行道上，但他只是脱了一下头上的帽子，跟她打了个招呼，而没有多看她几眼，甚至也没中止他跟别人的谈话。于是，先前的猜疑又来折磨她，使她更痛苦了。

她觑了一眼丽莎。"昨天晚上，"她心想，"她准和他待在一起。"她觉得这个前提是不可反驳的，有事实为凭。即使不像她这么疑心的人也能明显看出，这两个人"肯定干了什么事"。她打量着丽莎，细细进行观察。她发现丽莎增加了一种新的诱惑力，有一种只能意会、难以言传的肉体幸福感。这种变化是一个迹象；她猜出这点后感到厌恶和不悦，因为这是爱情的迹象。在丽莎轮廓优美的胖脸蛋——金发女郎的脸蛋通常是这种模样——上，可以看出，她无疑在爱着别人，并被别人所爱。谁在爱着她呢？"是莱奥。"玛丽阿格拉齐娅猜想。她想象着一系列不堪入目的场面，妒火不断上升。"这些事就发生在昨天晚上。"她想。她看着朋友那双老是水汪汪的眼睛和那两个过于敏感的鼻孔，再次觉得丽莎令人厌恶。"怎么会有人爱上这么一个女人呢？"她问自己，产生了一种名副其实的、歇斯底里的恶心感。"她全身是热情，燃烧着欲火。我连碰也不会去碰她。她不是女人，而是母兽。"莱奥居然爱抚过、触摸过这个躯体，这颗脑袋，这一大团热乎乎的、不断抖动的肉；想到这儿，她由于厌恶，手指头抽起筋来。

一条漫长、宽阔、笔直的林荫路在她们眼前延展，消遁在灰蒙蒙的远处。两旁是一幢幢在林木中半隐半现的别墅。树木——参天的梧桐——已掉尽残叶；空气寒冷，滞止不动；行人稀少，只有她俩在散步。宽体汽车在光滑的柏油路上几乎悄然无声地驶过，传进耳郭的只是一种类似丝质衣服发出的窸窣声或昆虫发出的营营声。玛丽阿格拉齐娅做梦也想着有一辆这样的汽车。

她讲述怎样为当天晚上的舞会做准备：

"西班牙女郎式连衣裙配上我的肤色，真是妙不可言，"她说，"头上插一把大梳子，你知道吗？就是那种安达鲁西亚木梳……我们应邀和贝拉尔迪一家坐在一桌……你呢？……你去吗？"

"我，"丽莎垂下眼睛说，"我去参加舞会？……没人陪我去。"她住了口，怀着某种焦急心情等待朋友的答复，料想玛丽阿格拉齐娅会邀她一道去参加舞会的。她认识贝拉尔迪一家，她也可以随便化装一下，喝几杯酒，娱乐一番……舞会结束、宾客四散时，她将央求玛丽阿格拉齐娅让米凯莱暂时别回家，让他在夜阑人静时陪她回家（她喜欢把他当作孩子看待），跟他开玩笑，刺激他，挑逗他。她会让他陪着乘上汽车，车窗紧闭，内灯熄灭……路很远，沿途将经过一条条漆黑的街道。他们将有充分时间畅所欲言和保持沉默。一句话，他们将有充分时间协商一致。到了家门口后，她将请他上楼，喝一小杯烈酒，或者饮一大杯热茶，然后他再继续赶路：夜里很冷。

她很喜欢这个计划，因为它将不可避免地导致一些事情的发生：米凯莱不可能拒绝送她回家，不可能不上楼进她家门，不可能……

　　但这时玛丽阿格拉齐娅又开了口：她的答复已经考虑成熟。她像所有相信自己有本事出语伤人的人一样，只在话里稍稍加一点挖苦语气，而对方却毫无觉察。

　　"你并不缺少朋友，"她有意说，"让他们当中的某人陪你去舞会吧。"

　　"我的朋友就是你们，"丽莎答道，她千方百计想去参加舞会，"只有你们。"

　　"谢谢，你说得太动听了。"

　　"是谁邀请你们的？是贝拉尔迪一家吗？我认识他们……"丽莎接着说，"当然认识……我们在一块度过假。"

　　"嗯，是吗？"

　　"谁将陪着你们两个人？"丽莎天真地问。

　　"莱奥……"玛丽阿格拉齐娅一字一顿地回答，"坐在另一桌，给我们作陪的是贝拉尔迪一家。"

　　"莱奥关我什么事！"丽莎心想。"会有意思吗？"她带着疑惑的神色又问。

　　"会很有意思的。"

　　一刹那间，谁也没讲话。"我很想去……"丽莎看着前方，漫不经心地说，"跟贝拉尔迪一家叙叙旧……我们很久没见面了……大概有两年多了。"

　　"嗬！你真的想见贝拉尔迪一家吗？"玛丽阿格拉齐娅变

得烦躁不安起来，用伞尖敲打着人行道的石砌路面，"真的是想见他们吗？"

"是的，"丽莎说，她没有望着女友，仿佛是在记忆中探寻往事，"彼波、玛丽、范妮……他们都好吗？"

"很好……别担心，他们身体健康，平安无恙。"

又是一阵沉默。"现在呢？"丽莎看着女友那张涨得微红的脸想道，"现在怎么办？"她终于发现女友变得烦躁不安了。她认为这不利于她实现自己的愿望。"多自私，"她痛苦地思忖着，"她一开始就明白我想去参加舞会，可就是不邀请我，存心让我不高兴。"她很难受，决定最后做一次努力。

"我必须向你承认，玛丽阿格拉齐娅，"她用委婉的语气低声说，"我很想去参加舞会……但不想给你添麻烦……不过，你能把我带上吗？我想见见贝拉尔迪一家。"她等着对方回答，只见对方笑了起来。

"嗨！这可真妙！"玛丽阿格拉齐娅一边嗤嗤发笑，一边说，"我有这种义务吗？……十分感谢，亲爱的，谢谢你想到了我，真该感谢你。不过，我不想效这种劳。"

"效什么劳？"丽莎愤愤地说，她终于明白了这些冷言冷语的真正含义。但对方打断了她。

"嗯，真想让我告诉你吗？"玛丽阿格拉齐娅问。"我全明白：你要去参加舞会，不是为了我，也不是为了见贝拉尔迪一家，而是为了另一个人，一个你感兴趣的人。"

"这跟你又有什么关系呢？"

"嗯，可不是嘛，"玛丽阿格拉齐娅痛苦地摇摇头说，"可不是嘛……这一切跟我又有什么关系呢？毫无关系，毫无关系，确实毫无关系，归根结底，你说得有理。别人偷我的东西也好，把我杀掉也好，又有什么关系呢？毫无关系，毫无关系，向来毫无关系。"她停顿片刻，回味着这些词句的恶毒含义，然后又说："之所以会发生这种事，是因为我心地善良，过于善良了……要是我当初就把你踩在脚底下，"她做踩脚状，"就不会发生这种事了。"

"把我踩在脚底下？踩我？你疯了吧，玛丽阿格拉齐娅？你发疯了吗？"

这两个女人在空寂的人行道上边走边吵。玛丽阿格拉齐娅穿着灰色连衣裙，丽莎的连衣裙是褐色的，两人的脖子上都围着一条狐皮领子，丽莎那条是暗红色的，玛丽阿格拉齐娅那条则是银灰色的。她们一面走，一面吵。一辆辆豪华的汽车在林荫路上川流不息，几对衣着华丽的年轻夫妇擦肩而过。不是灰色，便是金色：灰色的是远方和近处行人的身影，深邃的庭院，铁栅门后边的空旷无人的幽径以及一株株梧桐树；金色的是冒出地平线不久的凄凉的太阳。冬日的严寒仍然凝聚在檐头，但闪闪发亮的冰柱已开始融化，滴下一颗颗水珠。二月的太阳，那个金色的太阳，露出惨淡的笑容，嵌在浅蓝色的天幕中，就像一个裹着棉大衣的病人久病初愈。

玛丽阿格拉齐娅还在低声独自嘀咕。"过于善良，"她重复着，"过于善良……你倒想想，我一直尽可能地对你好……可你却这样答谢我。"她看着天空激昂地补充道。然后叹了一口气："哎，真需要有承耐力……下次吸取教训吧。"

"你过于善良，"丽莎轻蔑地大笑一声说，"心地过于善良，你？"

玛丽阿格拉齐娅沉默片刻。"说实话，"她接着说，离开女友几步，看着前方，仿佛在跟第三者讲话，"我简直不明白男人们怎么可能爱上某些女人……简直不明白。"

"我也有同感。"

丽莎脸色煞白，嘴唇发抖。女友为什么表现得这样冷酷和不通人情？她没对朋友干过任何坏事。如果一个母亲关心自己的儿子的唯一目的是为了伤害过去的情敌，就太叫人伤心了。她想去参加舞会，和米凯莱见见面，这和玛丽阿格拉齐娅又有什么关系呢？……大概是因为生平第一次被人错怪，丽莎感到愤愤不平，与朋友那几句不公允的话相反，她觉得自己现在已经回到纯洁无邪的往昔，几乎是一个灵魂高尚、背插双翅的天使，或是一个有光晕的殉教者。她爱米凯莱，米凯莱爱她，怎么还会有人对一种这么纯洁的爱情横加指责，认为大逆不道呢？

"还有，昨晚，"玛丽阿格拉齐娅接着说，"昨晚的事进行得怎么样？很好吧，嗯？……他不想留在我们那儿，说是很困，溜了……这也难怪！你在等着他嘛。"她停了一会儿。

"你知道我想说什么吗？"她转过脸又发作了一番。"你应该感到可耻！"她噘起涂满口红的嘴唇，鄙夷不屑地打量着女友，"你又不是年轻姑娘。"

"你我的年纪差不多……你还比我大几岁。"丽莎头也不抬，轻声柔气地回敬一句。

"不对，太太，"玛丽阿格拉齐娅用权威性的口气反驳道，"情况不同……我是寡妇……而你却相反，是有夫之妇……你的丈夫还在……你真不要脸！你应该感到羞耻。"

此时，她们正从一幢窗户紧闭的小楼前经过，楼房四周是掉光叶子的大树，楼后大概正在打手鼓球[1]。嘣嘣的击球声打破静寂，在南面的天空中回响，仿佛有一样东西坠落在蓝天后面的宇宙中。风吹散了烟囱顶端的白色炊烟。若是风从街道方向刮来，这时玩球者欢快的叫嚷声也能听得很清楚。

丽莎滞留片刻，精神恍惚地听着这些声音，然后睨视着玛丽阿格拉齐娅。她很奇怪：这种怒气冲冲、充满妒意的表情……难道是母爱的反映吗？这是一种什么母爱，居然能使一个从来不怎么体贴子女的母亲发这么大的脾气？或者说，这只是妒意，是争风吃醋？……忽然间，她悟出所以然来了。她所产生的第一个感情是轻松，但看了一眼同伴后，却又疑惑起来。

"玛丽阿格拉齐娅，"她问，"告诉我，你指的是……是

1　当时流行的一种球类运动，两人或四人在草地或水泥地上玩，以手鼓当球拍，球与网球相似。

莱奥吧，对吗？"她见朋友点点头，脸上露出尴尬和痛苦的神色，仿佛在说："干什么还问我呢？……你知道……我心里只有他……"她们互相望了一眼。丽莎眼里射出轻松、得意和怜悯的目光。她说："我可怜的玛丽阿格拉齐娅。"她想分辩几句，做一番解释，消除朋友心中的疑窦，舒开朋友紧蹙的眉头。"我可怜的玛丽阿格拉齐娅。"她又说了一遍。此刻，她想起了几件事，重新看见了头天的那个场面：摇曳的烛焰，搂在一起的莱奥和卡尔拉。"她应该，"她想道，"她应该吃她女儿的醋。"女伴搞错了，她不禁产生了一丝同情心，但同时又感到欢欣和喜悦——朋友指责她的事她并没有干过。她不知道该怎样对朋友讲话，不知道该用蔑视还是用怜悯的口气。

"你可以放心，"她终于说，"你可以放心……我没跟莱奥幽会，昨天没有，而且……近来一直没有。我可以发誓，哎，可以用我最神圣的东西发誓。"

玛丽阿格拉齐娅一言不发，继续用询问和怀疑的目光打量着她。

"相信我，"丽莎加上一句，她被这种目光弄得很尴尬，"这是误会。"

玛丽阿格拉齐娅低下头。"我们该说再见了，"她竭力摆出一副冷淡、克制和高贵的模样说，"时间不早了。"她们又听见了手鼓球的碰击声和打球者的阵阵欢叫声……玛丽阿格拉齐娅朝前挪了几步。

"相信我，"丽莎犹豫不决地重复一遍，"这是误会。"她睨视四周，仿佛要找出一样物证来证实她的说法。此时的林荫路空空荡荡，没有一个人路过，太阳映照在空无一人、看不见尽头的人行道上方，增强了这种空寂感。丽莎环顾四周，留在原地不动，玛丽阿格拉齐娅则看着地面，露出沉思和茫然的神态，继续慢吞吞地、一步步地往前走。"相信我，"丽莎还想这么大声对她说，"莱奥是和卡尔拉，和你的女儿，一起背叛了你，我可怜的玛丽阿格拉齐娅。而不是和我……"然而，玛丽阿格拉齐娅微微弓起背，像是下定决心不转身面对事实似的。丽莎看着她的身形渐渐变小，她的衣裳在耀眼的阳光下渐渐褪了色。林荫路两旁是一座座带花园的私宅，高大的栅门投下的阴影在地上连成一片。玛丽阿格拉齐娅的身影跟栅门的影子混在一起，最后成了林荫路尽头的一块黑斑。

十二

开始时，丽莎几乎就要承认自己干了错事了，但后来为什么又分辩说她毫无过失呢？在这个问题面前，别人也许会困惑莫解，但玛丽阿格拉齐娅不会。对她来说，一切都像水晶那样清清楚楚，一切都可以解释。她深信丽莎言不由衷，谎话连篇……她并不知道自己为什么会得出这个结论，她是从丽莎的表情、言语、动作中看出来的……这个信念由来已久，大概起源于某件业已忘却的往事。她认为，若要描述丽莎的道德品质，"言不由衷""谎话连篇"这两个短语是不可缺少的，不指出这一点，就等于她的脑子里根本没有丽莎这个友人的形象。

既然丽莎是个谎话连篇、言不由衷的女人，那么一切便昭然若揭了。丽莎为什么要用一种几乎是怜悯的口气称她为"我可怜的玛丽阿格拉齐娅"呢？很明显，是为了讥笑她，嘲弄她，起码是想奚落她一番，认为她盲目，幼稚，上了大当。丽莎为什么这么想跟她及贝拉尔迪一家去参加舞会呢？很清楚，是为了用马基雅维利式[1]的办法蒙骗她，让她相信丽莎当晚并不是在等着莱奥。总而言之，丽莎像往常一样诡计多端，想出千百种诡计欺骗她。成功了吗？哼！没有，不能这么说。要想欺骗她——玛丽阿格拉齐娅，可没这么容易，没这么便当。"别痴心妄想，亲爱的，"她想愤愤地对丽莎说，"我很傻……但没傻到这种地步……我曾经认为所有人都善良、可爱、热情、和蔼，但那样的日子已经过去了……我现在眼睛睁得大大的，决不会让别人牵着我的鼻子走了……嗯！不，我亲爱的……我只能上一次当……所以，你别痴心妄想了，亲爱的，我全明白……别想糊弄我，我很精明，非常精明，极为精明。"她一面这么思索，一面十分厌恶地摇摇头。她的眼角浮现出一丝笑容，脸上露出一种苦涩、嘲弄和傲慢的表情。丽莎大概认为她很单纯，很幼稚，想到这儿，她非常恼火。愤怒使她走路时把眼睛眯得小小的，把牙齿咬得咯咯直响。她觉得自己比任何时候都冷酷：宁可让丽莎渴死，也不给她喝一口水；宁可让丽莎饿死，也不给她吃一口饭。如果丽莎忽然一贫如洗，跪在地上吻她的手，向她苦苦乞讨，她决不施舍一分钱，什么东西也不给；如果丽莎病入膏肓，生命垂危，把她请到病

1　马基雅维利（Machiavelli，1469—1527）是意大利政治家和历史学家，以主张为达目的可以不择手段而著称于世，马基雅维利主义（Machiavellianism）也因之成为权术和谋略的代名词。

榻前，她肯定会让丽莎像狗一样孤零零地死去，让丽莎独自在那间空荡荡的屋子里与四壁为伴，躺在污秽不堪的床上一命呜呼。另外，玛丽阿格拉齐娅觉得自己还能干出这样一些事来：用针戳她，用鞭子抽她，用手拽她的头发，用鞋跟踹她的肚子、胸脯、脑袋、脸颊……什么她都干得出来。这一辈子中，玛丽阿格拉齐娅从未想到自己会变得这么狠毒，这么凶残。

然而……然而最好的报复方式难道不是原谅吗？是的。不过，是哪种形式的原谅呢？是那种热情、亲切、面带笑容的原谅吗？还是那种轻蔑、冷淡、像扔给乞丐一样东西似的原谅呢？

是第二种。她想象着丽莎破产了，债台高筑，身无分文，穿着破烂的衣服上街要饭，遭到所有人的唾弃；或者患了一场重病，面黄肌瘦，形容枯槁。谁知道呢，这些事都有可能发生。或者身罹糖尿病，发了疯，双目失明……一张瘦削的脸，一双有目无珠的眼睛，一个充满忧虑的前额；走路时踉踉跄跄，不是碰了家具，便是撞在别人身上……上帝的惩罚，老天的报应。这些事都有可能发生……到那时她就会原谅丽莎……且慢，等一等：不错，可以原谅她，但只能原谅一半，而且要带着蔑视和鄙夷不屑的表情，不时向她提几句往事，使她无地自容。另外，不许她过于靠近自己，仿佛要让她明白，她甚至不值得被人恨……可是，怎么向她表示原谅呢？喏……这么办……一天晚上，宾客盈门……乐队高奏舞曲……一对对舞伴在玛丽阿格拉齐娅家金碧辉煌的客厅中翩翩起舞……各界名流聚集在她家的每个角落……明亮的枝形吊灯下，摆满冷餐、饮料的长桌前，光线暗淡的屋角里，门厅中，甚至在凭栏赏月的阳台上，都挤满了来宾。气氛逐渐接近高潮，话声和音乐交织在一起，各种热情慢慢上升，朵朵鲜花渐渐萎谢，一句句甜言蜜语轻轻送进女士们的耳郭……正在这时，一个家佣走到她身边，低声说："丽莎太太来了。"她马上站起身……不，得让丽莎等一阵子，然后她向众人道个歉，走出客厅，走进更衣廊，这儿满是大衣和帽子，连一把空椅子也没有了。她发现丽莎起码老了十岁，身穿寒酸的衣服，站在这些华丽的衣帽中间。丽莎一看见她，便伸出双臂朝她走来……别忙，别忙，亲爱的……她应该和丽莎保持一段距离，落落大方地听着丽莎回顾她们的友情，言不由衷地表示道歉……她将很冷淡、很高傲地回答道："是的，我原谅你，好了……但你得将就点，在这儿等着我，或者到前厅里去等……要知道我正在接待许多宾客，不能把你介绍给他们……上流人物，明白吗？贵族……一些不愿接触外人的人物，一些十分内向、只在自己的圈子里交游的人物……好吧，一言为定，你上去等着我……"她让丽莎等了整整一个晚上……深夜，她带着最迷人的微笑，穿着最华丽的衣服，终于来到丽莎身边，来到这个蜷缩在黑影中的不幸女人身边。

"请你多加原谅，丽莎，"她对丽莎说，"今晚我实在不能跟你待在一起了……你明天来吧，明天我或许有空。"她笑着走出别墅……谁在门口等着她？是莱奥，他站在一辆宽敞的汽车旁边，八个汽缸，镀镍车体，两名司机，车内垫着锦缎……她和莱奥消失在夜色中。丽莎回来，他们两人都感到开心。

这些场面在她灵魂的银幕上一一映过，给她带来了慰藉。她不时抬起眼睛。但她一抬眼，风景和阳光便会打乱她的思绪。这时她发现自己还是原先的那个玛丽阿格拉齐娅，孤零零地在郊外空旷无人的马路上疾步而行，她离这些臆想的场面比离西印度群岛还远。她终于来到别墅门前，推开虚掩的栅门走了进去。

她匆匆穿过花园中的幽径。她觉得周身乏力，不知是因为跟丽莎吵了一架呢，还是因为她感到万事皆空。每次纵思遐想之余，她总会产生这种万事皆空的感觉。她走进前厅，发现米凯莱坐在一张软椅中抽烟。

"我累死了……"她有气无力地脱下帽子说，"卡尔拉在哪儿？"

"在外面。"米凯莱回答，玛丽阿格拉齐娅没有再说话，默默走了出去。

米凯莱心情很坏：头晚那几件事使他闷闷不乐。他明白，应该下决心战胜自己的冷漠，采取切实行动了。毫无疑问，之所以会产生采取行动的想法，是他进行了一番逻辑推理的结果，而并非出自真挚的激情。对母亲的爱，对她的情夫的恨，对家庭的关心，所有这些激情是他所不熟悉的……不过，这又有什么关系呢？没有真挚的激情，那就装腔作势。装着装着，自己就会信以为真的：每种信念都是这样开始的。

这么说，应该装模作样？

没错，只要装模作样就行。"拿丽莎来说吧，"米凯莱心想，"我不爱她……甚至对她不感兴趣……可是昨晚我还是吻了她的手……今天还要上她家去，起先我会很冷淡，过后我会激动起来，装装样子……真可笑……但我相信这么下去准能成为她的情人。"

对他而言，信念、真挚的感情、激烈的冲突均不存在，他的烦闷使这一切都显得可悲、可笑、虚伪。他明白自己的处境是困难和危险的。他必须产生激情，采取行动，忍受痛苦，战胜软弱、怜悯和虚伪，克服可笑感。必须成为有激烈冲突的人，有真挚感情的人。

"想当初，世界该有多么美好啊，"他怀着思旧和讥讽心情想道，"想当初，如果妻子出轨，丈夫可以这么对她嚷嚷："该杀的贱货，你干的丑事要付出生命的代价。"然后就发生了更厉害的事：丈夫认真斟酌过这些词句的轻重后，猛地扑上去，把妻子、情夫、亲戚等所有人统统杀死，而不会受到惩罚，也不会感到内疚。想当初，我们的行动能够紧随思想，刚说完：我恨你，便抽出匕首，嚓的一声刺去，使敌人或朋友瘫倒在地，躺在血泊中；想当初，我们可以不必瞻前顾后，可以按第一个出现的冲动行事；想当初，生活不像现在这么可笑，人们激情满怀，死得爽快，爱得认真，互相杀戮，互相憎恨，由于真正的不幸而洒下真正的眼泪；想当初，所有的人都有血有肉，都像树木扎根在土壤里那样与现实紧密相连。"渐渐地，讥讽的心情消失了，剩下的只有惋惜。他想生活在那种具有激烈的冲突和真挚的感情的年代，想产生那种令人咬牙切齿的深仇大恨，想使自己的感情上升到没有限制的境界……但他却留在自己的时代和自己的生活中，留在这个尘世上。

他一边想，一边抽烟。桌上那包十支一盒的香烟只剩下一支了。他在这间被上午的阳光照得雪亮的前厅里已坐了将近两个小时。他很晚才起床，精心打扮过一番，领带、外衣、衬衫，一样不缺。他用尽心思按英国人的清醒美学观念装饰自己，以使自己不显得那么寒酸而聊以自慰。他喜欢那些站在自己的敞篷车前不动的绅士，那些宽宽大大的外套，那些深陷在暖烘烘的羊毛围巾中的光滑脸膛，那些绿荫丛中的华丽别墅，那些枝叶茂盛、像云朵一样柔软的树木。绅士们的举止、领带、衣褶、水晶器皿、羊毛织物深深吸引着他。

他坐在软椅中，摆出一个高贵潇洒的姿势：左腿架在右腿上，裤脚恰如其分地翘起一角，使羊毛袜子露了出来；头发抹了发蜡，梳得服服帖帖；脑袋稍稍偏向一边；两个手指软绵绵地夹着一支香烟；肌肤柔软、胡子刮得一干二净的鹅蛋形脸膛上，讥讽的闪光时时与突然出现的郁闷表情交替，仿佛阴影与光线在一尊雕像的面部交替出现。他一边抽烟，一边思索。

卡尔拉打完网球回来了，慢慢登着楼梯。她穿着五颜六色的毛衣和白百褶裙，胳膊上搭着一件披风，手拿一张球拍和一袋子网球，唇边挂着微笑。

"妈妈在哪儿？"上楼后，她在米凯莱面前站定，大声问。"我碰见了彼波·贝拉尔迪，"她说，"我们，我和妈妈，都受到邀请，上他们家吃晚饭，然后他们带我们去跳舞。你要是愿意的话，可以到舞厅中去找我们。"她住了口。米凯莱只顾抽烟，一言不发。

"你怎么啦？"她发现他在打量她，便问道，"为什么这么看着我？"她神经质的声音在空荡荡的前厅中回响，像是发出一个不寻常的既抑郁又充满希望的挑战。新生活开始了，大家都应该知道这一点。然而，她的亢奋历时甚短，一种无法忍受的不适感随之而起，消除了她的热情，令她产生了闭上眼睛、交臂祈祷、沉入漆黑一团的梦乡的愿望。

母亲走了进来。"你知道吗，妈妈，"卡尔拉愣愣地重复一遍，声音不像刚才那么欢快了，"贝拉尔迪一家请我们吃晚饭……然后……然后带我们去跳舞。"

"知道了。"母亲没精打采地说。她的鼻子冻得通红；脸上未施脂粉，皮肤却很光滑；伤感的眼睛中射出一道非常冷淡的目光。"既然这样，"她接着说道，"我们就得赶快装扮一下。"

她坐下。"我有几件事，"她看着米凯莱说，"要跟你谈谈。"

卡尔拉离开了。"跟我谈？"米凯莱假装大吃一惊，重复一遍，"跟我谈？什么事？"

母亲摇摇头。"你比我更清楚……昨晚你朝莱奥扔烟灰
缸……幸好打中的是我……现在还有伤痕呢……"她抬起一只
手，打算把衣服从肩上褪下，但儿子止住了她。"别这样，"
他厌恶地说，"别这样，行个好吧……别小题大做，没必
要……我又不是莱奥。"沉默片刻。母亲板起脸孔，她的眼神
黯淡了。她将那只手按在胸口，保持一种雍容华贵的姿势，像
是圣母指着自己那颗破碎的心。这个姿势初看起来很可笑，但
后来仔细想想，却似乎具有深刻的含义：母亲想以此显示另一
个伤痕，一个并非由烟灰缸造成的伤痕。什么伤痕？不等米凯
莱考虑，母亲已经不摆那个姿势了。她开始张嘴说话。

"我想关心你，"她用异样的声音说，"你怎么啦，米凯
莱，怎么啦？"

"没什么。"小伙子的不适感渐渐增强。"她应该知道我
怎么了。"他激动、气愤地想道。母亲哭哭啼啼的声音使他浑
身打冷战。"要是她继续用这种腔调讲话，"他想道，"她会
变得既可悲又可笑，既可笑又可悲……必须尽一切努力不让她
无病呻吟，小题大做……我不想看见她哭泣、叫喊、哀求……
无论如何不能让她这样做。"

"米凯莱，"母亲继续说，"你做一件事，让母亲高兴高
兴吧。"

"可以做一千件事。"小伙子笑容可掬地打断她。

"那好，"她没听出其中讥讽的语调，甚为欣慰地说，

"那你就做件事证明一下吧……譬如说，对莱奥客气点，装作对他很友好……这样我就能满意了。"

他们沉默了一阵，互相望望。"可是他，"米凯莱忽然板起脸问，"他对我友好吗？"

"他？"母亲说，露出一个只有年轻人才有的稚气和充满幻想的笑容，"他像父亲般爱你。"

"哦，真是这样吗？"小伙子惊奇地问。母亲的轻信和不谙事理使他很扫兴。"毫无办法……"他想，"这样下去的话，生活将属于她，而不属于我。"竟连这个虚伪得使人倒牙、既可悲又可笑的畸形世界也属于母亲。而他，眼光敏锐的他，在这个世界上却找不到一个立足之地。

"他，"母亲坦然而得意地笑着说，"是地球上最好的人。"嗯，好哇，太好啦！没什么可说的了。地球受了侮辱，不再旋转了。无可奈何的米凯莱默不作声。

"他，"母亲接着说，"常常对我谈起你，谈到他的忧虑，他的希望……"

"我感谢他。"小伙子打断她。

"你不信吗？"母亲问。"你要知道……前天他还向我讲述了他为你们两人——你和卡尔拉安排的计划……你应该听听他当时讲的话，这样才能明白他的心地有多么善良。"我明白。"他对我说……"讲到这儿，母亲露出凄苦的神色，仿佛是在祈祷，"'米凯莱不怎么喜欢我，不过，这没关系……我照样关心他……过不了多久，等卡尔拉结婚后，他也得开始工作。到那时，'"你听着，"'到那时，我一定给他出力，帮助他，鼓励他。'"

"他真是这么讲的吗？"米凯莱兴致勃勃地问。他的猜疑让位于这几句娓娓动听的语句，如同一个轻佻的女人腰间和胸脯被人一胳肢，便顺从地露出一个欢快的笑容，"假如真是这样，"他想，"假如莱奥真愿意帮我忙，让我有出息，成为……一个富翁的话……"这种希望让他激动得忘乎所以。他想象着自己的愿望和希冀——得到实现：一笑值千金的贵妇，经常外出旅行，在饭店里下榻，被商务和各种娱乐弄得十分紧张的生活……像是在电影院中那样，在大家睁得大大的眼睛前，繁华、富庶的城市，远方的景色，各种奇遇，最美丽的女郎和最幸运的男人随着欢快、哀伤、有节奏的乐声匆匆掠过。他那颗被幻想所刺激的心以更快的频率跳动，他所盼望的场面像放电影似的以越来越快的速度在眼前一幕幕出现……在他幻想的银幕上，各种形象蜂拥出现，你追我赶，相互混在一起……这是各种希望之间举行的赛跑，令人叹为观止，灵魂为之颤动。但到了最后，刚被激发出的幻想却消失了，眼前只留下一个平庸的现实。跟电影院中的情形完全一样：灯亮了，观众们面面相觑，脸上全是失望和苦涩的表情。

"如果真是这样呢？"他反复想道，"如果真是这样呢？"

"他真是这么讲的，"母亲继续说，"他还讲了其他许多话。"

停顿了一会儿。"他心眼好，"她接着说，眼睛望着前方，仿佛看见莱奥的身体和他那颗善良的心并排站在前厅中央，"他的心眼确实很好……当然，他也有缺点，可是，谁没有过错呢？谁敢扔第一块石头呢[1]？不能用表面现象来判断他：他言语不多，举止粗鲁，不是想什么就说什么，不肯暴露自己的思想感情。不过，应该了解他的内心……"

"你准了解喽。"米凯莱又好气又好笑地想道。

"要知道，他有时也很坦率，爱说爱笑，感情充沛……我还记得，"母亲嫣然一笑，补充几句，"当年他把你们——你和卡尔拉——抱在膝上。你们还小，他给你们吃巧克力，把你们的嘴巴和手心塞得满满的……米凯莱，我还看见他跟你们一块玩，像孩子似的跟你们一块玩……"

小伙子怜悯地笑笑。"告诉我，"他问道，因为他不想听她用伤感和亲昵的声调回忆这些往事了，"他确实说过他要帮我的忙吗？"

"当然，"母亲略带犹豫地说，"他肯定会帮助你的……你大学一毕业……他认识很多人，上边有许多朋友……"母亲

1　见《圣经·新约全书·约翰福音》第八章："文书和法利赛人带着一个通奸时被抓的女人来，叫她站在当中，对耶稣说：'师傅，这女人是在通奸时被抓的，摩西在法典里告诫我们，这样的女人应该用石头砸死，你说该把她怎么办呢？'……耶稣直起腰对他们说：'你们中间谁没有犯过错，谁就可以先拿石头砸她。'……他们听见这话，就从最长者开始，一个个全都溜走了……"

举手向上一指，仿佛情人的那些熟人就在半空中威风凛凛、踌躇满志地坐着，"他肯定会帮助你的……"

"噢！他会帮助我！"一个得意的微笑在他唇边露出。莱奥真好，人品难得！母亲讲得对，尽管那人有些势利，举止粗鲁，但有一颗纯金般的心……总有一天他将去找莱奥，将对莱奥这么说："听着，莱奥……你给我写张条子，写给某某人……喏，就是那个当大官的……"或者："劳驾，莱奥，能借我十万里拉吗？"而莱奥将答道："马上照办，米凯莱……请坐……这是条子……这是钱……你要现钞还是支票？……以后用得着我的时候，"莱奥会一直把他送到门口，一边亲切地拍着他的肩膀，一边热情地补充道，"尽管来找我，知道吗？……因为我已答应你妈妈，在生活中帮助你……无论何时何地。"嗬！莱奥，莱奥，一个强者，一个充满自信、心地善良的人！……此时，米凯莱心中洋溢着友情和温暖……他想起了千百件往事，千百个轶闻。他此时回忆起的莱奥，谦虚，讲究实际，信心十足，落落大方，讲话风趣，为人通情达理，心地十分善良；有时严肃，有时欢快，但从来不会落为他人的笑柄；狡黠，机敏，慈祥，足堪为人师表。

"是的，"母亲接着说，她很愉快，很得意，"是的，他会帮助你，但有个条件：你得对他有礼貌点……不然的话，最后他会生气的……瞧，拿卡尔拉来做个例子吧，她从来不多说一句话，从来不做一个不合适的举动……所以他……他对她很好。"

"啊，他对她很好吗？……"米凯莱惊恐地微笑了一下，打断了她的话。

"不错，他对她很好，一向把她当女儿对待……例如，他知道该让她成家了……现在不成家，以后就永远没机会了……他很操心……你要是知道他为此耗费了多少心血！……昨天跳舞时还对我提起这件事呐……他说，彼波·贝拉尔迪没准是个合适的对象……"

"那人太难看！"米凯莱嚷了起来。

"长相是不好看，但性格讨人喜欢……所以，你该明白，"母亲做出结论，"应该跟我们的莱奥保持密切关系。"

"我们的莱奥。"小伙子乐滋滋地在心里重复了一遍。

"不能对他无礼，否则他会离开我们的。更不能朝他扔烟灰缸。"她已经完全平静了，握住米凯莱的一只手。"那么，你能向我保证，"她问，"今后对莱奥好点吗？能作这个保证吗？"一时间，她真的十分激动，声音也抖动了起来。她的心像一个装满感情的大箱子，热情和冲动掀开了它的盖子，里面装着的全部柔情蜜意一齐涌了出来，倾泻在所有人身上，倾泻在莱奥、卡尔拉、米凯莱、彼波·贝拉尔迪身上……"你能向他保证吗，米凯里诺[1]？"她又问了一遍。这个爱称让她重新看见了儿子的童年时代和他那稚气的清澈的目光，也让她重新看

---

1 米凯里诺是米凯莱的爱称。

见了过去的年岁和自己的青春时代。她的儿子是米凯里诺，不是米凯莱。

"当然可以，"小伙子被她那双激动得闪闪发光的眼睛弄得坐立不安，只好答应，"我当然可以向你保证。"然而他立即明白——但已为时过晚：尽管他头脑清醒，这个承诺却意味着他在母亲的热情中迷失了方向，如同走进了一个不见天日的密林。

卡尔拉进来了。"你们在干什么？"她问，"我还以为你们已经去吃饭了呢。"

"没什么，"米凯莱说，他已对自己的承诺感到后悔了，"在闲聊。"

"嗯，"母亲口若悬河地解释道，"我在对他说，应该对莱奥有礼貌点……你认为我说得有道理吗，卡尔拉？……莱奥给了我们许多好处，是我们家的老朋友，可以说是看着你们长大的……不能把他跟其他人同样看待。"

卡尔拉一动不动，直挺挺地站在前厅中央，瞟了一眼母亲。她看见母亲这么盲目，这么昏钝，第一次明白自己做错了事。"你要是知道了事实真相，"卡尔拉心想，"会说什么呢？"

"我认为，"她眯起眼睛，用低沉的声音答道，"对所有人都应该有礼貌。"

"瞧，"母亲高兴地嚷道，"卡尔拉和我想的一样……到这儿来，卡尔拉，"她骤然涌起一股柔情，加上一句，"到这儿来，让我看看你。"母亲把她拉到身边，让她坐在软椅扶手上，伸出一只手摩挲着她的脸颊。"孩子，"母亲说，"你显得有点苍白……睡好了吗？"

"很好。"

"我没睡好，"母亲娇嗔地说，"做了一个可怕的梦……好像一个很胖的先生坐在屋角……我来回走着，想着许多事情，最后奔到他跟前，问他几点钟了……他没回答……我想他准是聋子，刚要走开时，忽然看见他的眼睛深陷在肉里，几乎看不见……眼皮浮肿，脑门几乎跟颧骨连在一起，只能隐约看见某种亮晶晶的东西在两片厚肉之间移动和向外窥视……总之很可怕……我愣住了，问他是怎么回事，他回答我说，照这么胖下去，会什么也看不见的……'得少吃点。'我对他说了这么一句，或者是一句内容相似的话。但他又像先前那样一声不吭了……于是我觉得应该想尽一切办法让他睁开眼睛。'让他能看见东西。'不知怎么的，我有了这么一个想法。我伸出手去拨开那两片遮挡他视线的厚肉。这时开始下雪了……密密麻麻的雪花不断往下飘落，不一会儿，我就什么也看不见了，眼睛、耳朵和头发里全是雪。我跌跌撞撞地走着，摔倒了又爬起来，冷得牙齿捉对儿打架……最后我从梦中惊醒了，发现风吹开了窗户……有意思吧？据说梦都是可以解释的……我真想知道这个梦是什么意思。"

"冬天的梦，"米凯莱指出，"……是不是该去吃饭了？"

他们全站了起来。"卡尔拉，"母亲又说了一遍，"你的脸色确很苍白……大概打网球累着了吧？"

"不是，妈妈。"

他们默默地下了楼。

在寒气袭人的餐厅中，三人坐在那张大得异乎寻常的桌子周围吃饭，谁也不看别人一眼。他们的进餐动作拘谨，像三个正在主持宗教仪式的司祭。他们默不作声，四周一片寂静，只有勺子碰到汤碗发出的轻微响声。他们身上的白色衣服被光线照得发出炫目的反光。餐具发出的叮当声，使人想起动手术时外科器械放进瓷盆时发出的令人毛骨悚然的声音。沉默，冷冰冰的、没有任何感情的沉默，喜欢交谈、惯于嚼舌的母亲感到很烦恼。

"真静啊，"她忽然笑着大声说，"像是一位天使刚从这儿经过……你们说实话，莱奥不在场，就欠缺了点什么，对不对？"

"可不是嘛，"米凯莱轻声说，他陷入了沉思，"莱奥不在场……"

卡尔拉仰起头。"你现在就想念莱奥了，"她想这么问，"往后呢？当你再也见不到他的时候，该怎么办？"她觉得轻松、激动，像是即将远行的游子最后一次与家人围坐在桌旁，一面匆匆吃饭，一面想着就要开始的行程……似乎母亲坐在那儿纹丝不动，保持着泥塑木雕般的姿势，凄苦地念叨着那句话："莱奥不在场，就欠缺了点什么。"十年后，二十年后，她也会这么说，她将每天坐在桌边抑郁地怀念着那个已经失去的情人。

"这是事实，"母亲说，好像有谁怀疑她的话似的，"莱奥一来，我们就似乎变得高兴了……譬如说昨天……他讲了那么多话……做了那么多事……永远没完没了似的。"

"要是你真这么想他，"米凯莱冷笑着说，"要是你真缺了他不行，那就每天请他来吧……或者干脆让他搬到这儿来住。"

"尽说傻话，"母亲听出他话中带刺，愤愤地指出："我没说缺了他不行，没说……""但实际情况正是这样。"米凯莱真想这么打断她。

"……不过，我喜欢他在一旁作陪，因为他乐观、亲切、风趣……没别的意思。"她不说话了，吃了几口。"讲点别的吧，"她末了又说，"卡尔拉，是谁向你发出邀请的？彼波还是别人？"

"彼波。"

"嗯！是在网球场上的时候……他跟你在一起待了很久吗？"

"半个钟头。"

"只有半个钟头？"母亲颇感失望地说，"那……你们谈了些什么？"

"没什么特别的。"卡尔拉放下叉子答道，"我们当时在看别人打球。"

沉默。女佣拿走脏盘子，换上干净的。

"那……你觉得怎样？"母亲刨根究底地问道。

"嗯……没什么。"卡尔拉做出一个含糊其词的回答。

"那你认为他如何？"母亲问米凯莱。

"长相不好看，但性格讨人喜欢，"他的回答用的是她几分钟前所用的词句。母亲不满意地环视着四周，仿佛还想听听其他人的意见。

"他是一个聪明和有教养的年轻人，见过很多世面，认识很多人……我认为，"她用不加掩饰的诡谲声调指出，"他对你有好感，卡尔拉。"

"噢！是吗？"

"他们家一定很有钱，"母亲顺着自己的思维逻辑继续说，"很有钱……"

"因此，"米凯莱打算用嘲讽的口气做出结论，"这将是一门好亲事。"但他没开口，只是心平气和地、饶有兴趣地看着母亲，仿佛她的这些错误念头与他无关似的；仿佛他是一个站得远远的、毫不相干的旁观者。

"他们有五辆汽车，"母亲用显然是夸张的口吻说。

"十辆，"米凯莱头也不抬，平静地宣称，"有十辆汽车。"

"不对，"卡尔拉冷静地纠正道，"只有三辆：彼波一辆，他父亲一辆，姑娘们还有一辆小的。"

女佣端着第二道菜进来，把母亲从十分狼狈的局面中拯救了出来。

"贝拉尔迪太太告诉我说，"她边吃边讲，"光是为玛丽和范妮买衣服，她每年就要花掉八万里拉。"

这句话显然也有些夸大。但米凯莱没有反驳，何况反驳又有什么用呢？有些事情是无法改变的。

"她们的衣服很好看。"卡尔拉承认，但并不嫉妒。不过，话里像是包含着这么一层忧郁的含义：自己的衣服实在太寒酸了。她感到浑身难受，一团白色物出现在眼前：是薄雾还是轻纱？这个白色的幽灵，这个白色的不祥物，透过遮着帷帘的窗户漫进室内，张开一只棉花团似的、肿胀的大手，不断捏着她那颗颤抖的心脏。每捏一次，这个松软的棉花团便发出一声尖叫。她的眼前迷雾一片，周围的一切成了白色。在这片白蒙蒙的、令人目眩的浓雾中，母亲和米凯莱孤零零的声音解体了，伸延成一个个长元音，像是转速太慢的留声机在放唱片。此时，头天夜间的某些动作自然而然地再现了：莱奥的手从这片吞噬她的脸庞和身体的浓雾中伸出，抚摸着她那高耸、敏感的胸部和扁平的下腹。她纹丝不动地待着，觉得自己全身上下都在发抖。末了，浓雾消散。经过这个使她心荡神驰的时刻后，现实变得更加严峻和更加冷冰冰了。母亲、米凯莱、给她上菜的女佣又重新出现在眼前。

她有气无力地推开菜盘。

"怎么啦，卡尔拉，为什么不吃？"母亲问。

"没什么……"她一点也不饿了，但她在生活中却渴求着许多东西。她应该在这间餐厅中吃喝，但她却成了被餐厅吞噬的食物：这儿一切没有生命的东西日复一日地吮吸着她的元气，它们十分固执，挫败了她企图逃脱的所有尝试。如今，她最宝贝的血液已流进那几口大食柜的深色木料中，她的体液已在永远那么纯净的空气中消逸，她年轻的身影已被禁锢在对面那面旧镜子里。

""没什么"，这不是解释。"母亲并不罢休。她狼吞虎咽地吃着，但在把食物送进口腔之前先要看它们一眼。"他父亲，"她滔滔不绝地继续介绍彼波家的情况，"收入很高。"

"工业家，"米凯莱给自己斟了酒，煞有介事地说，"粗棉、皮棉、印花布。"

"啊！工业家！是一个有头脑、有魄力的人，白手起家，全靠自己。"母亲呷了一口酒，拭干嘴唇，最后带着好奇、淡泊和满足的神情注视着米凯莱。

"他是勋爵[1]。"她指出。

"嗯，真的吗？"米凯莱诧异地问。"贝拉尔迪是勋爵？为什么？"

---

1 意大利政府授给工商界、文艺界头面人物的荣誉称号。

"我哪儿知道，"母亲莫名其妙地说，"大概曾经为国家出过力吧……"

"发生了什么事？在什么地方？用什么方式？"米凯莱一本正经地追问。

"咳！我不知道。"母亲说。她低头吃饭，过了一会儿才抬起她那双迷惑不解的眼睛。

"是的，"她用高傲、超然和心不在焉的语调重复道，"是勋爵……卡尔拉。"她忽然加上几句："那天你跟彼波跳舞时，我观察着你……我觉得你冷淡、呆板……跳舞时像个机器人似的……所以后来几场舞他就没再请你跳。"

"不是我冷淡，"卡尔拉反驳道，她的语气有点激烈，"是他太热乎了……向我讲了一些不堪入耳的话……于是我就让他住嘴，我们跳舞时便再也没讲话……"

母亲不相信地摇摇头。"算了，"她笑着说，她的目光咄咄逼人，"算了……会讲出什么不堪入耳的话呢？……无非是小伙子们常向姑娘们讲的那些傻话呗……看来，卡尔拉，"她补充道，"我觉得你对他有成见。"

女佣端着水果进来了。卡尔拉等她走后，拿起一个苹果看了一眼。

"起先，"卡尔拉头也没抬，用平静的声音说，"他向我称赞你的美丽。"

"称赞我的美丽！……"母亲喜出望外地打断她。

"是的……后来问我能不能到他的画室里去……我问他在研究什么，他回答我说主要致力于研究女人的裸体。"

"嗯，这有什么不好的？"母亲插了嘴，"既然他是画家……"

"还有哪……于是我便天真地问道，他画的是油画还是素描……他笑了起来，并且，你知道吗，还用他那种装腔作势的声调告诉我：'小姐，我甚至不知道怎么握铅笔。'……'噢，那让我去干什么？'我问。他又笑了笑。'去吧，'他对我说，'照样去吧……等您脱光以后，准会有事可干的，放心好了。'……同时他，怎么说好呢？他对我眨巴了一下眼睛……"此时，卡尔拉中断自己的叙述，用严肃得近乎可笑的目光凝视着大吃一惊的母亲，并朝她怪模怪样地挤了挤眼睛。

"……就这样……接着他问我愿不愿意去……我斩钉截铁地回答了一声'不'……而他……他像是吃了一惊似的大声说：'你不至于对我说，这是第一回吧……'明白了吗？他以为我已习惯于……进画室当模特儿。当然，我一句话也没有回答他，事情就那么完了……"

一阵令人难堪的沉默。母亲摆出一副庄重但未免显得有些可笑的样子。仿佛彼波本人此时就在这儿，得罪了她，对她出言不逊，或者更坏，故意撞了她一下，使她无法保持这种庄重的姿势，使她成了愤怒和惊诧的化身。而米凯莱则神思恍惚地看着卡尔拉：这件事让心若死灰、麻木冷漠的他感到意外。他想使自己相信彼波确实卑鄙无耻，姐姐确实受到了侮辱；但他做不到。这一切跟他毫不相干，远离他的视线，他看不见……这等于要他为露克雷齐娅[1]的命运感到愤慨。不错，年轻、漂亮、善良的露克雷齐娅受到了荒淫无耻的塔尔奎尼奥的蹂躏，但她离现代实在太遥远了。"真不像话。"他想，可同时又发现自己并不知道到底什么事情不像话。

母亲看来终于恢复了说话能力，厌恶地努努嘴，恶狠狠地脱口骂了一句：

"无赖！"

"事实是，妈妈，"卡尔拉头也不抬地说，"很多人讲我的坏话。"

她十分平静。她想：那些恶毒的舌头很快就会得意起来；她将和莱奥私奔，她的隐私会被别人发现，她将大失面子。事情总是这么发生的。她无可奈何地想着这些丑闻，对一种新的生活的信念仿佛已经消失殆尽了。

"如果不是这样的话，妈妈，"她哀伤地接着说，"彼波哪敢这么放肆呢？"

米凯莱的眼睛一直紧盯着姐姐，他觉得她很可怜，很软弱……但除了怜悯外，他产生不出别的感情来。"看来，"他想，"看来……我应该发一通脾气吧？"他很明白这个问题的

1　传说中的古罗马贵妇，被王子塞斯托·塔尔奎尼奥凌辱后含恨自尽；时在公元前501年。

可笑性。他感到自己既冷静又沉着。他打量着卡尔拉，发现她充满诱惑力，彼波的歹念仿佛比卡尔拉的愤懑更容易理解。"她是个标致姑娘，"他轻佻地想道，"彼波的眼光不错……看得很准……再说，谁知道呢，没准她确实不是第一次，没准彼波讲得有道理……"他十分冷静、津津有味地任幻想驰骋，设想着姐姐倚伏在某人的双臂间：像这种样子……衣衫零乱，头发披散，蜷着腿，弓着背，半裸着身子伏在那人怀里；或者随随便便地坐在他的膝盖上……很有这种可能……她也是个女人嘛……她也应该有自己的情欲……有自己喜欢的男人……她的体态丰满，为什么就不会有丰富的感情呢？……他记得有一天误入盥洗室，看见了她刚出浴的样子：一个颀长、白皙、曲线优美的背部，一颗湿漉漉的、神情自若的大脑袋，一双沉甸甸的白色腺状物——她那对由于身子向前弓曲而垂挂在褐色的腋下的乳房。米凯莱的感触很深。"苏珊娜[1]出浴。"他想道，同时知趣地退了出去，现在，彼波……嘿，嘿，这个彼波……他的眼光不错嘛。

他没开口讲话，脑子里却动着这些冷嘲热讽式的念头。突然，他认为自己该开口说几句了。他明白这些情况是令人不愉快的，它们以某种不容反驳的方式要求他必须恰当地、真正地表现出自己的愤慨。否则，他就会跟往常一样，重新陷进死

---

1 《圣经》中提到的美女。

气沉沉的冷漠状态，就不能像其他所有人那样行动和生活。他想入非非得够久了，现在应当努力产生一些真挚的、强烈的感情。"现在不这样，以后就永远不会有机会了。"他想。

他瞅了母亲一眼。"的确是个无赖。"他重复着母亲的话，声调是平淡的，冷冰冰的，好像他说的是"你好"或"现在是几点钟"，他为自己的声调感到不寒而栗。接着，他攥起拳头往桌上一擂。"上他家去，"他尖着嗓门儿怒气冲冲地嚷道，"刮他几个耳光。我能做得出来。"他抬起头，朝挂在对面墙上的那块威尼斯镜子看了看自己，镜中的那个人正用伪善的目光自下而上打量着他，似乎在对他说："不……你做不出这种事。"镜中人是他自己还是别人？

母亲似乎没听见他这句出于姐弟之情而愤愤说出的话。

"人人都知道他们那一家子是些什么玩意儿，"他接着指出，"暴发户……只是暴发户而已。"

但卡尔拉听见了他刚才说的那句话。她回过头来。

"谢谢你，"她说，"不过我已经把他治得服服帖帖的了……这事最好还是让我自己处理吧。"

她无所谓的态度让米凯莱觉得更有必要发作一番。"让你自己处理！"他嚷道。他发现自己的愤怒表现得更真挚了，心头为之一松："我去训他两句，让他明白他大错特错了，你不觉得这样更好吗？"

"求求你，"卡尔拉直勾勾地注视着他，重复道，"让我自己处理吧！"她第一次看见米凯莱替姐姐报复时的奇异面貌，觉得他是在小题大做，可笑得像个蹩脚的外省演员。"他要是得知我主动向莱奥献出了身子，"她不安地思索着，"那会干出什么事情来呢？"她看了他一眼。此时米凯莱闭着嘴，那颗油光发亮、梳理得整整齐齐的脑袋低垂在盘子上方。他一言不发，仿佛陷入了沉思；他用指头揉着面包，一点也不像要干出一些什么过激行为的模样。"他会干出什么事情来呢？"她反复想道。一种淡淡的郁闷感提醒她：弟弟摆出的这种姿态，他擂在桌上的这一拳，他讲的这些话都含有虚假成分；她不知道原因何在……米凯莱抬起了眼睛，她仿佛在他的目光中发现了一个使人忧伤和羞愧的秘密。她打了一个寒战。这时，那个白色的幽灵又攫住了她那颗不住震颤的心脏。周围的一切重新变成雪白一片。母亲在迷雾中讲着话。

午饭已吃完。"妈妈，"卡尔拉点燃一支烟问道，"今天你要干什么？"她等待着回答，稍稍有些焦虑。"但愿，"她想，"她不至于提出要我陪着她。"她想在情人家中度过一个下午。这时她已明白，她不这样做是不行的：对新生活的渴望已取代了习惯，她迫不及待地、痛苦又贪婪地盼着回到那间屋子，重新跟那个男人待在一起。

"我？"母亲用冷淡、疏远的声调说，"不知道……或许去买点东西。"她沉默了一会儿，低头看着点燃的烟头。

"你呢？"母亲问。她那颗成熟的、充满幻想的心在激烈跳动。这一天将归她所有，情人将回到她身旁；瞬息即逝的错事干过之后，他会重新燃起对她的由来已久的、可靠的爱情，这样的事以前已经发生过多次了（这种经验使她充满希望，得到了莫大安慰）。

"我？"卡尔拉用跟母亲相同的冷淡声调答道，"克拉莱塔请我去喝茶。"她们都不讲话了，在同一个瞬间低下眼睛，像是要把自己的得意和欢快的目光隐藏起来。两张脸孔——母亲成熟的面孔上和女儿稚气的脸庞上——洋溢着同一种轻松和恬适的表情。她们的心中珍藏着同一个情人的形象。此时，每人抑制住满心的喜悦，温情地眷念着他，似乎在告诉他说："噢……你看……这个计策成功了……亲爱的，谁也不会……谁也不会来打扰我们了。"

他们起身离开餐厅。母亲首先走进客厅，她打了个冷战，搓着冻得发僵的双手。突然，她用惊异的声音高声说："啊！梅卢迈奇在这儿。"她朝他走去，握握他的手。

"您等了我们很久啦？"她问。卡尔拉也走了进来。她也带着惊喜的神情，用惊喜的语调高声说："啊！莱奥在这儿。"最后一个来的是米凯莱：他挥挥手打了个招呼，停住脚步燃起一根香烟，随即又走出客厅。

"嗯，"玛丽阿格拉齐娅说着坐了下来，更使劲地搓着双手，仿佛以此表示她满意的心情，"嗯……是哪阵好风把您吹到这儿来的？"

"实际上，把我带来的可不是风，而是我的汽车。"莱奥用这句不合时宜的俏皮话作答，母女二人都露出一个由衷的、神经质的微笑。酒足饭饱后，人人都爱在舒适、凉爽、亲切的客厅中听别人讲几句愚蠢的俏皮话。

"我收到了您那张约我谈买卖的纸条，"他看着母亲，一本正经地接着说，"本想给您打电话的……但我知道您家的电话出了毛病……"

"所以您就自己上这儿来了。"母亲接过话头。她转身对着卡尔拉。"你听着，"她说，"让楼下准备四杯咖啡，而不是三杯。"

卡尔拉站起身，低垂着眼睛走了出去。

"现在嘛，"玛丽阿格拉齐娅妩媚地笑笑，用比较亲昵的腔调对他说，"你告诉我……已经考虑好应当怎么回答我了吗？"

"是的。"莱奥答道。他盯着点燃的雪茄烟头发愣。

"怎么啦？"玛丽阿格拉齐娅见状后立刻站了起来，忧心忡忡地、献媚地问道，"你怎么啦，卢卢？"她露出焦急、温柔和激动的表情，像是要逼他讲出心里话，同时又想对他亲热点似的。她伸出双臂勾住他的脖子，低下头，使自己的脸颊轻轻触到情人的脸颊。"你怎么啦？"她又问了一遍。

莱奥厌烦地把脸扭到一边。"没什么。"他答道，眼睛仍旧盯着雪茄。玛丽阿格拉齐娅拉过他的一只手，用它擦着自己的脸，同时像一条忠实的狗，让自己冰冷的鼻子和柔软的嘴唇在那只手上摩挲着。"你爱我吗？"他的话音未落，她就轻声问道。接着，她马上改变语调，突然变得无所谓起来，仿佛意识到了这种卿卿我我之情的危险性。

"我今天将去你家，"她加上一句，"但你到时候应该理智一些，应该很理智。"她不由自主地重复着莱奥第一次借故请她上他家去时她讲的话。"应该很理智。"当初，当她春风满面地踏进情人住宅的门厅时，她也说过这句话。十五年过去了，当初她言不由衷地要求他表现出的理智终于来到了——莱奥此刻正试图十分理智地挣脱她罪孽的拥抱。

"我们老老实实地待着，"她热吻着那只毫无反应的手，接着说，"像两个乖孩子。"她有意识地咬了一下大拇指，伸出舌头舔了舔嘴唇。"像两个乖孩子。"她带着贪婪的声调和表情重复了一遍，因为已经预见到这个条件句将会带来的例行欢悦。她说出这句话时高兴得乐不自禁，伸出一个手指举到唇边，脸上装出一种天真无邪的表情：先前，每当她那具白白胖胖的躯体躺到床上那条黄色毛毯上时，她都要以这种方式把情人吸引到身边来。他每次都高高兴兴地回答一句："我们一定像两个乖孩子。"而且会同样迫不及待举起手指凑到唇边。接下来，他们就开始纵情恣欲，做出一系列复杂的你恩我爱的动作。

但这回莱奥却摇摇头。"我不得不告诉你，玛丽阿格拉齐娅，"他从容不迫地低声说，"今天我们没法见面……我有一件公事，很紧迫……我们不可能见面。"他歪着头看着雪茄。

失望、惊愕和痛苦的表情扭曲了玛丽阿格拉齐娅的脸，仿佛有谁用手在她脸上拧了一把；但她仍旧保持着刚才那种柔情十足的姿态。

"这么说，"她吞吞吐吐地说，"今天我不能跟你见面了。"

"一点也不错。"

他们不再拥抱了。玛丽阿格拉齐娅的一双手从下往上摸着他，经过胸部后停留在肩膀上。母亲的脸色变得严峻起来。

"我不能跟你见面，"她低声说，她的声音压得低低的，但语气特别郑重，"但像丽莎那样的浪荡女人却可以跟你见面……对那些女人来讲，"她加上几句，"一切都是允许的……你甚至可以把最紧迫的正事撇在一边……打扮得漂漂亮亮……心情激荡……热血沸腾……沸腾吧，卢卢，尽管沸腾吧。"她挨得他更近了些，咬着牙用手指在他的胳膊上捏了一下。

莱奥恼火地耸耸肩，揉揉被捏疼的地方。他一言不发，只是时而用左眼、时而用右眼交替欣赏着自己的不断晃动的鞋尖：看来他正全神贯注于做这件事。

"你知道我要对你说什么吗？"她注视着他问。"我要说的是，你有理……一百个有理……一千个有理……我是个笨蛋，是个傻瓜，我不懂得如何生活……可是，你，"她挺起胸，板下脸，做了一个高瞻远瞩的手势，傲慢地说，"让我自己来处理吧……到时候一切就会明白了……明天你就会明白的。"她离他远了些，想观察她的威胁的效果：什么效果也没有。卡尔拉端着咖啡托盘进来了。

"米凯莱就要出去了，"卡尔拉说，"让莱奥喝米凯莱的那杯咖啡吧。"她倒好咖啡递给他们，然后坐了下来。三人默默呷着咖啡。

"有个消息肯定会使您高兴，"母亲放下空杯子说，"今天上午我碰见了您的丽莎……"

"我的丽莎？"莱奥笑着打断她，"我的？为什么？从什么时候起她成了我的？"

"明白人用不着多讲，"母亲带着诡秘和笨拙的表情说。"她还托我……"她补充一句，居然没发现自己是在胡编，"向您转达她最亲切、最热情、最衷心的问候。"

"十分感谢，"莱奥回答道，他的脸上没有笑容，"但我不明白，亲爱的太太，这一切到底是什么意思。"

"别害怕……你完全理解我的意思，"母亲说，她的语调越来越诡秘，仿佛要把卡尔拉排除在这种"理解"之外，"非常理解……我希望您别误了约会……那就太可惜了。"她的声音和嘴唇都在颤抖，莱奥抬抬肩膀，不予搭理。

"这是怎么回事？"卡尔拉僵硬地向前挺出上身问道。一种异乎寻常的骚动加快了她的心跳，她喘不过气了，真想起身离开这两个人，走出这个客厅，摆脱这种气氛。

"是一件关于买卖的事，"母亲竭力装出无所谓的样子，一面神经质地抚弄着她那串人造珍珠项链，一面做出解释。
"我们的莱奥，"她看着天花板补充道，她的声音提高了，抚弄项链的动作也快了些，"是个买卖人……忙得不可开交……他从事的这种买卖很罕见……大家心里明白……嗬！嗬！……"她笑得前仰后合。遽然间，她的珍珠项链扯断了，只听地板上叮叮咚咚乱响一阵，都是往下掉的珠子发出的声音。玛丽阿格拉齐娅挺着胸，手按着软椅扶手，呆呆地坐着。她任凭项链断线，任凭散落的珍珠顺着她的胸部往下滚，掉在腹部的凹处。她摆出一副凛然不可侵犯的样子，像是在扮演一个什么角色，显得可悲、可笑。不一会儿，她忽然哭了起来，两滴不怎么干净的泪水像是断了线的珍珠，从描画过的眼睑中间涌出，沿着搽了厚厚一层粉的脸颊往下滚动，留下两道湿漉漉的痕迹。紧接着又有两滴泪水从眼眶中挤了出来……珍珠和泪水同时往下掉，珍珠从颈项上掉下，落进上下起伏的腹部。玛丽阿格拉齐娅保持着僵直的坐姿，衣褶像刀镂般明显，这使她看上去活像是一尊石雕。她的面部线条跟坐的姿势一样僵硬，不住抽搐战栗的脸上和身上都有一些东西在滚动，很难说清哪是泪水，哪是珍珠。

"犯神经病了，让这种女人全见鬼去吧。"莱奥看着扯断的项链想。他讨厌情妇的哭哭啼啼，但又怅然感到无可奈何。"又哭了，见鬼。"他一边想，一边试图像刚才那样凝神注视着自己那只不断晃动的鞋尖。这时卡尔拉站起身来。

"为什么哭？"她问，"出了什么事？"她的声音是冷冰冰的，脸上出现了厌烦的表情。莱奥的感觉是，姑娘也被这些哭声弄得心烦意乱。"让眼泪见鬼去吧。"他再次想道。与此同时，玛丽阿格拉齐娅挥了挥手，摆了摆头，让女儿走开，似乎不想让自己的僵直、痛苦的戏剧性姿势遭到破坏。

这时米凯莱走了进来。他已做好出门的准备：帽子、手套、大衣，一样不缺。"有个女的找你，"他对母亲说，"拿着一个盒子……大概是缝纫师……"他看见母亲在哭，立刻住了嘴。

"怎么啦？"他问。

"没什么……没什么，"母亲答道，她匆匆站了起来，任凭珠子撒落在地，然后出声擤了一下鼻子。"我马上就来。"她加上一句，随即涨红着脸，佝偻着身子，像要瞒着什么似的走了出去。

"出了什么事？"米凯莱好奇地打量着莱奥，执拗地问道，后者耸耸肩。

"没什么，"他答道，"她扯断了项链……后来哭了。"

沉默。卡尔拉站在母亲刚坐过的那张软椅旁边，一句话也不说；莱奥的眼睛看着地面；米凯莱一动不动地站在客厅中央，用犹豫和困惑的目光瞧着莱奥。他并不怜悯母亲，也不憎恨莱奥，他觉得自己是一个毫无用处的多余的人。曾经有过那么一瞬间，他有强烈的愿望，要作出反应，严词诘问莱奥，找个借口吵一架，提出抗议……后来却想道，说到底，这一切与他毫无关系。当然，这种想法使他很烦恼，很伤心。

"你们爱怎么办就怎么办吧，"他粗鲁地说，"我走了。"他走出了大门。

"到这儿来，卡尔拉，"没等门重新关上，莱奥就这么招呼道。他很激动，却可笑地做出镇静自若的样子。"这儿……到我身边来。"

"你睡得好吗？"姑娘走到他跟前问。

"很好。"

他伸出双臂，勾住她的腰，把她拽了过来，用浑厚的嗓音接着说："过一会儿你上我家去……你可以随便找个借口，一个朋友或是一次邀约……上我家去吧。"他紧紧地抱着她，双手顺着她的身体往下摸，一直摸到发达的大腿和浑圆的臀部的连接处。那儿有一条明显的凹线，在满是皱褶的连衣裙下也能看得很清楚。

"今天早晨呢？"他没话找话地问了一句，"一切正常吗？"

"一切正常。"她答道。她俯视着莱奥的脑袋，内心不知是厌恶还是恐惧。莱奥坐着跟她讲话，并不抬起低垂的脑袋，也不把目光从她的下腹部移开，仿佛这场交谈是在他和她的下腹部之间进行的，仿佛她身上只有这个不很高贵的部分才使他感兴趣。"谁也没发现一点破绽。"

"当时还早……"他说。他没有改变姿势,似乎在自言自语。最后,他终于脱离无所作为的状态,抬起眼睛,让姑娘坐在他的膝盖上。

"你不再害怕会有人来了?"他带着呆钝和傻里傻气的表情看着她问。

卡尔拉耸耸肩。"事到如今,"她含着口水,用清晰的嗓音说,"我还在乎什么呢?"

"可是,我们假设,"莱奥兴冲冲地坚持说,"这时……就在这时,你母亲突然闯了进来,你将怎么办?"

"我就把所有事实都讲出来。"

"以后呢?"

"以后我跟你走……和你生活在一起……"她用没把握的声音说。她抚弄着他的领结,忧戚地感到自己在面对着一个确凿的事实撒谎。卡尔拉十分严肃地讲出的这些话,使莱奥喜出望外;但他并没有真正理解她的意思。莱奥笑了笑,搂着她说:"你真是一个讨人喜欢的丫头。"

他们接了个吻,然后两具身体分开了。

"三点到七点我们都可以待在一起,时间多得很。"莱奥又说道。他并不因此而感到兴奋。刚才他拥抱着这位妙龄少女丰腴的身躯时,尽管心情很激动,却隐隐约约地觉得,眼下他的精力已经越来越不足以满足她的炽烈和贪婪欲望了。这是一种颇不愉快的感觉,他确切地明白了自己的无能为力。怎么说好呢？这是一种力不从心的感觉。这就好比有人为了使他心满意足，而向他提供了一桶桶盛得满满的葡萄酒，一桌桌摆满了山珍海味的筵席，一间间住满了世界上最美丽的女郎的卧室；这些美女一个叠一个平躺在床上，像是一头头牲畜。"从三点一直待到七点，"他撇撇嘴想道，"我能干些什么呢？"他的目光越过卡尔拉的肩膀，看着镜中自己的模样：鬈发已秃的额头，粗糙发红的脸膛，胖得臃肿的面颊。胡子没有刮净，腮帮上泛着一层金属似的蓝色反光，"老了。"他清醒地正视现实，冷静地思忖着。"不过，这没什么。等到我实在精力不济时，再跟她明说。"他一面这么考虑，一面心不在焉地伸出一只手搭在卡尔拉的脖子上。"你身上真热。"他大声说。

她默默凝睇着情人那张红通通的、轮廓粗糙的脸盘。

"刚才妈妈为什么哭？"她终于问道。

"因为我对她说，今天我不能接待她。"

"将来有一天，"姑娘轻声柔气地问，"你也会这样对我的，对不对，莱奥？"

"为什么提这种问题？"这时他最感兴趣、最觉得有趣的是，他的爱抚和卡尔拉的冷漠之间的对比：卡尔拉任凭他抚摸，从她驯服的躯体的各个部位都在轻轻颤抖这一点来判断，她也感到高兴，但她的外表却是冷漠的，说得确切些，她的面部表情和言谈举止是忧郁的，矜持的。"仿佛她的躯体与她无关似的。"他兴冲冲地想道。

沉默片刻后，莱奥抬头看着姑娘的眼睛，"你在想什么？"他问。

"我在想，"她答道，自己也知道有点言不由衷，"有一天你也会对我说，你不能接待我。"

"尽说傻话，"莱奥反驳道，他重新低下头，轻轻摩挲着她，"你跟你母亲有什么相干呢？"

"现在嘛，"卡尔拉坚持自己的看法，"你可以这么讲……可是往后呢？"她不知道为什么要这么说。她根本不愿去猜测情人是否会抛弃她，也不愿相信自己的命运会跟母亲一样。这个问题的含义其实是："我能过上一种跟妈妈不同的生活吗？"

莱奥没有回答，只是专心致志地揉着她的裙子。"这儿是什么？"他伸出一个指头顶着她的腿部问。

"吊袜带。"她低下头，直到她的额头碰到了情人那个硬邦邦的额头。"你……你爱我吗？"她问。

莱奥诧异地瞥了她一眼。"我的意思是，"她匆忙补充一句，"你从来没爱过我妈妈，但对我是爱的，对不对？"

一个念头跃入莱奥的脑海。"她妒忌玛丽阿格拉齐娅……我明白了……她吃醋……吃她母亲的醋。"他为自己的聪明感到骄傲，为母女二人的这种争风吃醋感到得意，于是，他的嘴角浮现出了一个微笑："可是，你不必担心……用不着这么想……我跟你母亲一刀两断了，明白吗？一——刀——两——断——了！"

"我不是这个意思……"卡尔拉正想竭力解释自己模模糊糊的直觉时，客厅门忽然开了。

"放开我，"她挣扎着低声说，"妈妈来了。"她使劲挣脱他的拥抱，蹲在地上。

母亲进了屋，她很忙，手里拿着一包东西，情绪已经平静下来了。

"你在干什么？"她问。

"捡珠子。"姑娘回答。她低着脑袋，披散着头发，趴在地毯上，敏捷地把散落的珠子聚拢在一块。莱奥坐着不动，乐滋滋地看着卡尔拉那个高耸过凹陷的背部和几乎看不见的头颅，以及不断扭动的浑圆臀部。

"不是缝纫师，"母亲说，"而是一个卖布料和坐垫的女人……我买了一个。"

"一个什么？"卡尔拉问，同时试着去捡一粒滚进沙发底下的珠子。

"一个坐垫。"母亲解释道，"看，"她指着某处继续说，"还有一粒……在那儿……在那个角落里。"她故意不理莱奥。她的脸上显然重新施过脂粉了。

"我看见了。"卡尔拉说。她弯下腰去捡。可是，她为什么觉得有必要低着头趴在地上，不让别人看见她的脸呢？她不知道。她手里全是珠子，她的目光茫然、呆滞、抑郁。她面孔绯红地站了起来，把珠子放进烟灰缸。

"让我看看。"她说。

母亲打开包袱，出示她买来的东西：一个蓝色的方形丝织品，上面照例用色彩鲜艳的红、绿、金线绣着一条嘴里喷火、尾巴高耸的中国龙。

"真美。"莱奥说。

"你认为怎样？"母亲装着没听见情人的评价，向女儿问道。

"我觉得至少没有什么用，"卡尔拉鲁莽地说，"家里摆满了这种东西……真不知道你还有什么地方可放。"

"放在门厅里。"母亲提了个谦虚的建议。

"话又说回来，"卡尔拉缓和了语调，匆忙表示赞许，"这个垫子不难看。"

"你这么认为？"母亲问，露出一个满意的笑容。

卡尔拉朝门口迈了几步。"我去穿衣服，"她说，"莱奥，等等我……我们一块儿出去。"

"还早呢。"母亲一边匆匆跟着女儿往外走，一边看着表大声说。

"没关系。"女儿答道，她已走到客厅那头了。

"不，"母亲反驳道，"不……"她们说着，嚷着，挥动着手臂，好比两只受惊的大鸟。门哐啷一声关上：她们出去了。

只剩下莱奥一人在屋里。他扔掉已经熄灭的雪茄，伸伸胳膊和腿，打了个哈欠，最后从口袋里掏出一把指甲刀，开始修指甲。十分钟后，卡尔拉看见他时，他还在忙着修指甲哩。

　　"喂，莱奥，"她戴上手套说，"我们该走了吧？"

　　"好的。"莱奥回答道。他站起身跟着姑娘出去。走进更衣廊时，他别出心裁地开起了一个笨拙的玩笑："小姐，"他鞠了一躬问道，"我可以拥有陪伴您的愉快和荣幸吗？"

　　"可以。"卡尔拉说。她红着脸赐给他一个微笑。他们笑着，推搡着出了门，用野兽般灵巧和轻盈的步子走下由于不久前下过几场雨而发黄的大理石台阶，来到前面的空地上。莱奥那辆大轮子、矮车身的汽车正停在空地中央，被阳光照耀着。

　　他们不住发出笑声，不住开着玩笑，走到熠熠发光的汽车跟前，敏捷地钻了进去。莱奥先上车，卡尔拉后上车。他们在车内坐定。

　　"什么也没忘吧？"莱奥小心启动车子，问了一句。

　　"什么也没忘。"姑娘回答。她的抑郁和惧意已在凉爽澄净的空气中消失得无影无踪。她坐在莱奥身边，观赏蔚蓝的天宇，被雨水冲刷得干干净净的大自然，以及这辆闪闪发亮的汽车。

　　汽车开动了，在林荫路两旁光秃秃的树干之间疾驶着。阳光，清风，垂挂着的树枝，迎着这两颗一动不动的脑袋而来。他们的脸上洋溢着同一种稚气的惊喜，散发出同一种绚丽多彩和容光焕发的青春气息。他们好像并非在驱车驰骋，而是在凝视着眼前的这块挡风玻璃——上面映现着由树木和天空构成的瞬息万变的景观，映现着他们身上的某些部位：眼睛、嘴巴、卡尔拉的少女般的面颊、莱奥的毡布似的脸膛。一切都像是一个叫人捉摸不透的海市蜃楼，悬在虚幻的天际。

十三

米凯莱出门的目的是去看丽莎。整个上午，不管他想什么，最后总会冒出跟丽莎见面的念头，这使他很烦躁。这个念头不能明说，就像众目睽睽下发生了一件事，大家都心中有数，但谁也不敢第一个提起。整个上午，他都在回想头一天怎么在暗处亲吻丽莎的手，这个回忆一直萦绕在意识深处，形成了一种沮丧的气氛，包围着他的所有意念。他隐隐约约地知道，问题不在于这几个小时应该干这件事还是那件事，而在于要搞清楚到底要不要上丽莎家去。看书、写字、讲话，以某种方式凑合着活下去，这些事情都无关紧要。设法和丽莎谈情说爱才是当务之急。因此，他吃完饭后以散步为借口，出门了。

他刚走出家门，抬头望了望天空，就完全明白了这次出门的真正推动力。几分钟前万里无云的天空现在渐渐布满了白云。"当然喽，"他不慌不忙地关上花园的边门，想道，"我出来不是为了散步，也不是去喝咖啡……不是……应该使自己相信，我是为了看丽莎而出门的。"他认为，放任自己去干一些免不了要干的卑鄙行径，勇敢接受不以人们意志为转移的条件，这是有力量的表现。头一天，虚伪的固执和幼稚的傲慢驱使他一度相信丽莎已跟昔日的情人重归于好，因而他感到闷闷不乐。他沿着错误的道路步步向前。那种固执和那种傲慢其实是毫无必要的。这时他才明白，头天促使他在门口对衣衫零乱、气喘吁吁的丽莎鞠了一躬、嘲弄一番的并不是一种真挚的激情。他当时也完全有可能用同样无所谓的态度走进她的卧室，坐在沙发上跟她亲亲热热地聊一阵。同样地，他也可能十分冷静地默认既成事实；或者相反，把丽莎从莱奥手中夺过来。但他却像进行即兴表演的喜剧演员似的，作出了过于敏感的反应，采取了嘲弄的做法，并认为在类似场合中这是最合适的做法，说得准确些，是最自然、最符合传统的做法。因此他朝她鞠了一躬，挖苦了她几句，然后扭头就走。到了街上后，他发现自己一点也不妒忌，没有感到丝毫痛苦，心里只有一种无法抑制的厌恶感。他厌恶自己的绝对冷漠，这种冷漠使他可以每天改变自己的想法和做法，就像有的人每天更换衣服一样。

这次拜访的重要性对他来说是明显的、异乎寻常的：这是最后一次试验他的情感的真挚性。这次试验一旦失败，他要么继续处于暂时的怀疑和寻觅状态，要么就去走一条相反的路：一条人人都走的路。在这条路上，所有行为都没有以信念或真挚的激情作为基础，它们的价值全都相等，它们码放得整整齐齐，堆成一堆，压在被遗忘的精神上，直至使精神窒息。然而，倘若这次试验得以成功，那么一切都将改变：他将重新找到他的具体现实，如同艺术家重新获得创造力鼎盛年代的灵感；一种新的生活——唯一可能的真正的生活——就会开始。

他拐进一条较为宽广的街道，来到一块站牌跟前。驶往丽莎住的那个街区的有轨电车在这儿停。等车吗？他看了看表，还早，最好步行去。他继续往前走，接着往下想：嗯，总结一下，有两种假设：要么达到产生真挚的激情的目的，要么跟所有人一样，使自己适应生活。

第一个假设是清清楚楚的：把自己局限在为数很少的几个想法、几种真正体会到的感情和几个真正喜爱的人——如果这样的人确实存在的话——的圈子中，并在这个狭隘而坚实的基础上重新开始一种忠于自己原则的生活。他的生活原则便是具有真挚的激情。第二个假设嘛，是这样的：除了精神受折磨外，别的一成不变；他将草草收拾一下局面，如同因为缺钱而不能另造新居，而只好将一所东倒西歪的陋屋这儿修修那儿补补一样。他将听凭自己的家庭破产，接受莱奥的接济，而他则横下一条心和丽莎保持肮脏的关系（虽然在这种关系中寻找安慰使他觉得耻辱）。生活恰似一幢空荡荡的大房子，人们在它的各个角落里堆满污秽、庸俗和虚伪之物。谁不这样做呢？别了，纯洁的生活，无邪的生活：他将成为丽莎的情人。

别墅呢？典当呢？在这件事上，他可以跟莱奥达成协议。"你给我钱，用来养活我自己和我的一家。作为交换，我给你……"其实，还剩下什么莱奥还没拿走的东西呢？……我们想想，等一等……还剩下丽莎……莱奥打算……莱奥打算跟她重归于好，但却枉费心机……丽莎，当然，这是肯定的……所以应该这么说："你给我钱……作为交换，我去说服丽莎……"

他似乎已经把这件事情的前后经过全都看到底了。

一天傍晚，犹豫再三后，他将对丽莎提起这件事。她将提出抗议。"看在我的面上，你就这样做吧，"他将这么恳求道，"你要是爱我，就应该这么办。"最后她也许会同意的，谁知道呢？归根结底，或许她对恢复旧情并非十分反感。"好吧，"她将这么回答，当然会同时向他投过来一瞥轻蔑的目光，"让他来吧……但你别以为我这么做是为了你的家人……只是为了你。"他将拥抱她，将对她表示衷心感谢，然后将走到那边，走到前厅中叫莱奥。"去吧。"他将对莱奥说，"丽莎等着你呢。"他将牵着莱奥的手向前走，把莱奥送进她的怀抱。莱奥将在什么地方把钱交给他？是在那儿，在丽莎家，当着她的面，还是在别的地方？将在别的地方。然后他将悄悄离开他们，道声晚安，随手带上房门。他将回到前厅中去等待。那两人躺在隔壁房间里的床上，而他则坐在前厅中，听着隔壁发出的响声，度过一个无边无际的茫茫长夜。他时而入睡，时而惊醒，每回醒来都能看见挂在面前衣帽架上的莱奥的大衣，这表明莱奥正和他的情妇厮守在一起。多么漫长的夜啊！临近拂晓时，莱奥离开那儿，既不向他道谢，也不正面看他一眼，只让他帮忙穿上大衣，然后把那个弄得乱七八糟、污秽不堪的床上的位置让给他。丽莎已经着实享受了一番，此时身子半裸躺在床上。屋里光线昏暗，她酩酊大醉似的酣睡着。这将不是第一次，也不是最后一次。莱奥将经常到那儿去，每当他需要钱的时候莱奥就去……"这也是一种解决办法。"他神思恍惚地做出结论。他觉得极为疲乏，这些设想中的事仿佛都已发生。可是，倘若莱奥不想跟丽莎再打交道呢？或者相反，如果丽莎不愿见莱奥呢？那……那……那就只有卡尔拉能挽回局面了……对极啦……卡尔拉也是一个可供使用的筹码……既然必须以这种方式生活，那就最好把事情干到底。因此，还有卡尔拉……可以让她结婚，把她嫁给莱奥……将是一桩买卖婚姻，金钱婚姻。这样的婚姻司空见惯，结果也最美满；爱情将随后而至……即使婚后萌发不出爱情，也不会是一件多大的坏事……卡尔拉可以用许多方式使自己得到安慰，世界上又并非只有莱奥一个男人……太对啦……不过……不过……要是莱奥只有在成为她的情人的条件下才肯拿出钱来呢？

　　"他是能干出这种事情来的，"米凯莱心想，"完全干得出。"他站住停留了一会儿，似乎有点头晕。疲乏、无望的厌倦给他造成了精神压力，他的心在战栗；但他却执拗地重新迈步，边走边继续思考问题。"向前，向前……"他想道。他暗暗惊奇自己居然有这种不断想出新的卑劣行径的能力。什么时候才能告一段落呢？"应该把事情干到底。"他露出一个苍白的微笑……嗯，要是莱奥不愿结婚……这个假设也是可能的……在这种情况下，缔约双方可以达成另一个协议……莱奥只同意出同样数目的钱，但他要求莱奥拿出比情场老手、腐化堕落的丽莎的身价高两三倍的款项，因为卡尔拉年轻、美貌，是个童贞之身……看货论价嘛……而他……而他作为交换，将承担义务，这是肯定的。在这种场合中，既然到了斜坡顶上，那就应该往下滑。他将尽力而为，促成跟姐姐有关的这件事。很难办。或许卡尔拉有自己的原则。或许——谁晓得呢？——她在爱着某人。非常难办……对姐姐可以考虑采取两种策略：要么一下子全部摊牌，提出各种虚伪的借口——家庭声誉啦，经济拮据啦什么的——接着猛然施加强大的压力，一举赢得战斗；要么一点点开导她，规劝她，使她慢慢做好思想准备，今天说一句，明天说一句，不断地、持续地进行暗示，使她猜出到底要求她干什么……这两种策略哪种更好？……第二种，这是毫无疑问的……有些事情让她自己去心领神会吧，比向她直言要好得多……再说，经过处心积虑的准备，通过各种暗示和启发，加上不断进行诱惑，会形成一种令人压抑的气氛；孤独和软弱的卡尔拉最后会屈服的……"许多姑娘身上发生了这种事，"他想，"为什么她不会这样呢？"他一步步向前走，眼睛望着地面，脑海中出现了一个清晰的幻觉，仿佛看见了这种诱惑的进行过程……一个像今天这样阴霾的日子，一个死气沉沉、没有阳光、万籁俱静、不冷不热的日子……莱奥像今天一样来到他们家，对他们发出邀请，请他和姐姐乘车去溜一圈……话音未落，邀请就被接受……兜完风后，上哪儿喝茶呢？……上莱奥家，对，上莱奥家。有弟弟在场做保镖，卡尔拉将很乐意上那儿去……他们三人在莱奥家门口下车，一起慢慢上楼。姑娘在前，两个男的随后……到了门口，卡尔拉将对着更衣廊中的镜子脱去帽子；他们两人将握握手，表示已达成默契……参观欣赏完莱奥的住房后，他们三人将走进莱奥的小客厅。下午，光线充足，他们一动不动，绷着脸各想各的事。然后，卡尔拉将站起来给他们倒茶。最后一杯茶。他们坐在那儿，从她手中接过茶杯、饼干、方糖、牛奶。她那可爱的唇边将绽开一个天真无邪的微笑，眼睛中将射出明亮的目光……他们三人将坐到窗前去：天色变得更为阴沉了，客厅的另一端已陷入阴影中。他们三人将又吃又喝……也将说话，打破这所房子里午后的寂静。两个男的互使眼色；不知情的姑娘笑着，高声讲着笑话……吃完茶点后，在这个四周寂静无声、人人吃饱喝足、每种欲望都得到了满足的理想时刻，他将朝莱奥投去一瞥会意的目光，莱奥将回视他一眼……接着，莱奥的视线将迅速一转，在卡尔拉那颗温顺、略略偏向一边的脑袋上停留片刻后，射向客厅门……他明白了，慢慢地站了起来。"我去买包烟。"他将这么说，然后迈着坚定得出奇的步子，昂首阔步走出去，让他们两人——姐姐和莱奥，让那两个纹丝不动的黑色身影，留在那扇朝着灰蒙蒙的天空敞开的窗前。

他将走进更衣廊，穿上大衣，轻手轻脚关上门，离开那儿……那个漫长的下午的几个小时，他将在没有卡尔拉、没有莱奥、没有任何人的情况下度过。他将在街上，或者在一片小咖啡馆中，在一家电影院里消磨时光。傍晚时分，他将回到别墅，将在他家的餐桌边重新看见卡尔拉，或许还有莱奥。他将细细观察这两张面孔。但是，他在他们的目光中却看不出任何迹象，足以使他猜出他走后在那所房子里，在那四堵墙壁之间，到底发生了什么事……他们走进光线暗淡的卧室，把门打开又关上的时候，是否碰翻椅子发出了响声？在那间黑魆魆的小客厅中，在那扇笼罩在阴影中的窗前，是否有过一场短暂的搏斗？她是否早已预见到堕落是不可避免的，因而心如死灰，委曲求全，采取了忍受的态度？

他永远也不可能知道。尽管那天下午发生了那种事，尽管在往后的日子里那种行之有效的、因他之故而发生的事将多次重复，但他们的生活将因需遵循成规习俗而一如既往……或许会有一场误会，或许会再一次逢场作戏，就这么下去……或许有朝一日这些瞒人的丑事会像一具庞大的腐尸上繁殖的蛆虫一样被人发现，引起利己主义的爆发，导致最终的崩溃……他们的真面貌将在彼此面前毫无遮掩，暴露无遗……于是末日便将来临，真正的末日……

他觉得喘不过气来了，便又停下脚步，朝前方一家商店的橱窗看了一眼，却什么也看不见。他觉得自己的确已经山穷水尽：没有任何东西可供出卖，拿不出任何东西换莱奥的钱。卡尔拉的纯洁，他对丽莎的爱情，他的勇气，统统没有了。他的生存顺着现实的险坡往下滑。渴意使他口燥舌干，心田坼裂。而上述想象却比现实还要险峻，比渴意还要摧人。他想大叫一声，大哭一场。他觉得极为疲乏，极为不适，仿佛几分钟前他当真把卡尔拉留在莱奥家里了，仿佛此刻丑事正在那个紧锁着的卧室中进行：猥亵，搏斗，逃跑，搂抱。各种色泽，各种姿势，伸直的手臂，袒露的胸脯，在一个黢黑、扭曲的躯体下缩成一团的另一个躯体，一双紧闭的、被亵渎的眼睛，时时在他的狂热臆想中闪现。他感到十分厌恶，十分疲倦，本能地觉得有必要洗个澡。不知为什么，他痛感对清水有需求，似乎应该让一泓凉爽的清水流进他那迷宫似的心灵中……在草丛中潺潺流动的小溪，从万仞巉岩顶端喧嚣着直泻而下的充满生机的白色飞瀑，在布满砾石的河床上掀起浪花的冰冷的激流，以及解冻时节从积雪的山巅上沿着幽径蜿蜒而下、汇集在谷底的涧水——所有这些最新鲜的流水，对苦苦索求的他来说，都嫌不够。

　　他继续向前走。他明白，下面这个句子——"幸好这些只是凭空想象而已"——并不能使他变得纯洁起来。他的心境已被扰乱，他的嘴巴苦涩。他知道这些想象已渗入他的生活。他再也不能用同胞姐弟的眼光去看卡尔拉了，再也不能忘记自己曾把她想象为一个荡妇了——这个形象一般只加诸那些不可救药的贱坯子身上。如今要想重新看到那些可以使人宽慰的场景，已经为时过晚了：想象已成了生活。

他已经预见到和体会到，他要是不能战胜自己的冷漠，将会变成什么人：一个没有信念、没有爱的孤家寡人。如要自救，要么就是真心诚意地因循守旧，接受目前这种令人不能容忍的状况；要么就是彻底摆脱这种状况：恨莱奥，爱丽莎，厌恶和怜悯母亲，同情卡尔拉——然而，所有这些感情都是他所不具备的；要么远走高飞，到别处去寻找他的同伴，他的环境，他的天国——在那儿，言谈、举止、感情，一切都可以立即和产生它们的现实取得一致。

两年前，他仿佛在一个卖笑女郎的泪花中隐约看见了这个真实的、可以捉摸的天国。他在街上喊住她，把她带进旅馆中的一间客房。她是个矮个子，举止轻佻，体形很特殊：胸部和臀部隆起得叫人看了忍不住发笑，背脊瘦得像是缺了一块，两者很不成比例。她走路时向前倾着身子，像孔雀开屏似的骄傲地显示自己身上的那些浑圆和发达的部位，像是没穿衣服。她身上的另一个不协调处是，那具用来引诱男人的、饱经风霜的粉红色肉体，裹在几层廉价的黑披纱和临时缝制成的破烂裙衫中。她把黑披纱当作狂欢节的饰物似的披在身上。她登上旅馆的楼梯时，推心置腹地告诉他说，一个星期前，她母亲死了。讲这句话时，她连一点悲哀的影子也没有；语调冷漠，无动于哀，仿佛在叙述一个普通的自然现象。这件丧事，用她的话来说，使她在世界上孑然一身，但并不妨碍她每天晚上找一个男伴，消除自己的孤独感。总该活下去嘛。进了客房后，她扭扭捏捏了一阵，装出一副害臊的样子。她很高兴，心情愉快，动作自然。房间很小，陈设简单。她像一个急于逃命的逃兵匆匆扔掉盔甲似的，脱下一件件衣衫——黑披纱、裙子、衬裙、内衣，把它们扔得遍地皆是。最后，她身上只剩了一双长筒袜。她跑到那个最暖和、最黑暗的屋角，藏在炉子旁边。过了一会儿，她忸怩作态地从那儿走了出来，可笑地扭动身体，这不禁使人想到，她每走一步都是在鞠躬。她走出来了，喃喃地不住地发牢骚，同时尽量用双手遮住自己的身体。她蹑手蹑脚地上了床，眼角露出一个神秘而可爱的微笑，仿佛想让他相信她会使他非常快乐……可是，后来米凯莱命令她单纯施展她的职业技能时，她却拒绝了。在他的一再坚持下，她最后居然流出了眼泪。这不是那种肃穆的呜咽，也不是那种痛苦、悲剧性的啜泣，更不是那种伴随着大叫大嚷和手脚抽搐的歇斯底里大发作……不是。这是一种稚童般的哭泣。大滴大滴的泪珠，悲恸的哭泣。她的全身在颤抖，那对柔软轻盈的乳房抖动得尤其厉害，它们像是骑在一匹劣马背上的两个无辜旅人，只得忍受着没完没了的、令人疲惫不堪的颠簸。他目瞪口呆地看着她，不明白她为什么会一下子从高兴变为悲哀……提了许多问题后，他终于认为自己弄清了所以然：原来，当他要求她施展她的全部职业技能时，她那颗离他既近又远的脑袋突然思念起了故去的母亲。她的思念十分强烈，使她忍不住哭了起来。她用哀怨和混浊的嗓音，前言不搭后语地做出这些解释。尚未从惊愕状态中挣脱出来的小伙子默默无言地俯身看着她。末了，她匆匆擤了一下鼻子，撩起床单的一角拭干眼泪，重新变得平静、欢快甚至热情起来了。她仿佛想用这种方式恳求他原谅她刚才那种不合时宜的痛苦表现。往后的事情一切顺利。一小时后，他们在旅馆门口分手，各走各的路，从此再也没有见过面。

这时，他想起了她的哭泣，觉得她的生活内容丰富，充满真挚的感情，可供效法。她当时流出的眼泪，那些在涂满脂粉的脸颊上留下痕迹的眼泪，是从她的心坎深处涌出来的；它们像憋足劲才会在皮肤下凸现的肌肉一样，只有哀痛难忍时才会夺眶而出。她的内心世界是完整无缺的，既有各种恶癖，也有众多的美德，具备一切坚固、真实的事物的所有秉性，能在任何时刻揭示出貌似简单实则深刻的真理。而他，米凯莱，却完全不是这样。他的内心世界是冷漠的，痛苦和欢乐都不能在他心中留下任何痕迹，如同在一块扁平的白色银幕上映过的影像。所有感触瞬息即逝。这种易逝性似乎已扩散到他的躯体以外的世界：周围的一切轻浮缥缈，毫无价值可言；它们的寿命像蜉蝣般短暂，它们的形体像互相追逐的光线和阴影一样虚幻。按照传统习惯，姐姐和母亲是他的家庭成员，而丽莎则是他所爱的女人；凭借一种可以重复进行、直至永远的解体作用，他能在不同场合依据想象使这些魔幻般的形象一分为二：卡尔拉在他眼里成了一个恬不知耻的姑娘，母亲成了愚蠢可笑的太太，而丽莎则成了放浪形骸的贱坯。更别说莱奥了。米凯莱根据别人的议论和自己极为客观的印象得知，莱奥能在顷刻间变得判若两人，开始时能使他恨之入骨，不久又能使他由衷地敬爱。

为了消除混乱状态，使所有价值因素恢复正常，他应该在真挚的激情和笃诚的信念的基础上，做一件有意义的事情。这样的事情只要做一件就够了。他认为去找丽莎便是一件有意义的事情。倘若他能真挚地爱上她，那么往后的一切——例如恨莱奥，等等——便都能成为现实了。

他抬起眼睛，猛地发现自己已经走过了丽莎住的那条街道，于是便扭头往回走。这时，一个刁钻的幽灵开始折磨他。"即使你真能使所有事物各得其所，"这个幽灵诘问他，"你难道认为能从中得到好处吗？你难道认为，当你成为名副其实的弟弟、名副其实的儿子和名副其实的情人以后，当你变得跟芸芸众生一样，真正成为一个自私、精明的凡夫俗子以后，就能意味着你比眼下的状况进了一步吗？你真是这么认为的吗？你真的相信这点吗？"这些问题全都无法回答。"你难道不觉得，"那个充满怀疑的声音继续问，"你现在走上的这条充满疑问和陷阱的道路会把你带得很远吗？还有，你难道不觉得，使自己变成芸芸众生中的一员，是懦弱的表现吗？""不过，真挚的激情产生后，"他却怀着嘲弄和绝望的心情想道，"又能导致什么结果呢？"他用呆滞的目光望着前方：橱窗玻璃上映出的自身形象使他深感迷惑。突然间，他似乎明白真挚的激情会导致什么结果了。这是一家化妆品商店，在橱窗中部，在许多亮晶晶的、金黄色的廉价瓶装香水中间，在一堆粉红和浅绿的香皂上方，摆着一个打广告的假人，它吸引着行人的注意。这个假人是按照现实中、而不是神话中的人的模样，用纸板剪出来的，身上涂着艳丽的颜色。它的表情固定不变，老是乐呵呵的，一副蠢相；一双栗色的大眼睛中充满了纯洁的、不可动摇的信念。它穿着一件豪华的室内上装，大概刚刚起床。它从来不会感到疲乏，脸上永远保持着笑容，手里拿着一把剃刀，在一条皮带上来回刮着：它在示范性地磨刀。在它所做的这个简单动作和它那粉红色面孔上露出的欢悦表情之间，不可能有任何联系，但广告的全部效果恰恰就寓于这种荒谬性之中。这种不协调的欢悦并非用来强调假人的痴呆，而是用来表明剃刀的优点；它所要证明的，并非智力有限有多大好处，而是用一把好剃刀刮脸能使人多么舒适。然而，对陷入沉思的米凯莱来说，它却产生了一种完全不同的效果。

他仿佛看见了自己和他的真挚的激情。他仿佛从这个乐呵呵的假人身上得到了他那个问题的答案。"真挚的激情又有什么用呢？""能使你得到一把剃刀，"假人似乎这么回答道，"会使你像我一样愉快，得到那种其他人都已体会到的欢乐，尽管那种欢乐的起因是微不足道和荒唐可笑的，却能使人欢快……何况，主要的是，剃刀能刮脸就行了呗。"那些为数众多的养尊处优的人中的某一位也会给他一个相同的回答："像我这样干吧……你会变得跟我一样的。"变成蠢材、庸人、笑柄，这就是他的榜样，这就是他应该追求的目标，这就是他想攀登的那座由他的各种想法和自暴自弃的意念构成的山脉的顶峰。"用处就在这儿，"那个刁钻的幽灵接着说，"可以使你变成一个脸色粉红、傻里傻气的假人，跟眼前的这个假人一模一样。"米凯莱怔怔地看着这个假人：它轻轻晃动着身子，不断磨着剃刀：一下，两下，三下……米凯莱真想对准它的脸狠狠来一拳，把那个欢乐的微笑击得粉碎。

"你应该哭，"他想，"应该号啕大哭。"但那个假人却仍然在微笑，在磨刀。

他好不容易才使自己离开这个吸引人的场面（在假人的永无止息的动作中，确实有某种疯狂和痴妄的东西），转身拐进丽莎居住的街道。几个愚蠢的、荒谬的句子在他的脑子里跳跃。"唉，丽莎，"他一再自言自语道，"我——你的这个可怜的手拿剃刀的假人——来了。"

十四

　　黑洞洞的走廊里弥漫着烧菜的味道，他似乎在另一些类似的家庭中多次闻到过这种味道。是丽莎本人来开的门。她显然刚从餐桌边站起来，嘴上衔了支香烟，脸部露出一种介乎亢奋和激动之间的神情，大概是多喝了几杯酒的缘故。"从这儿走……从这儿走。"她反复说道，但对他的问候置若罔闻。她带他朝小客厅走去，打开一扇扇门后又随手重新关上。他相继看见一间床单凌乱、光线暗淡的卧室，一个摆满炊具的厨房，一个他所熟悉的积满尘埃、不见阳光的小客厅。"这儿可以待得舒服点。"她走进小客厅时说。白得耀眼的光线透过挂着帷帘的两扇窗户，射进这个房间；刚才乌云密布的天空，此时大概稍稍明亮了一些，窗玻璃外面，有一片令人不能忍受的炫目反光。

　　他们一齐坐到长沙发上。"嗯，怎么样？"丽莎一面问，一面递给他满满一罐香烟。他眼也不抬，抽出一支烟，脸上保持着心事重重的神色。"最好马上开始。"他斜睨着丽莎，心里想。丽莎抹了许多粉，上穿一件旧得已经发黄的白衬衫，下套一条穿得走了样的灰裙子，脖子下方松松垮垮地系着一条五颜六色的、半新不旧的领带，衬衫袖口缀饰着几枚带有狗头图案的搪瓷纽扣……但她那高耸的胸脯把衬衫撑得鼓鼓的，介乎粉红色和金黄色之间的肩部肌肉透过薄薄的衣衫，在胸褡的两条俗不可耐的白肩带之间显露出来——这和她的男式打扮[1]很不相称。

"不好。"他终于回答道。

"不好？"一种不知是由喝进肚中的葡萄酒还是其他原因引起的不安情绪加剧了丽莎的心跳，时时中断她的呼吸，使血液涌上她那张严峻激动的脸。"为什么？"她打量着米凯莱，盼着他能回想起头一天在黑暗的客厅中吻手的场面。

"不知道。"他放下香烟，凝视了丽莎一阵子，"我想起了好几件事……需要告诉你吗？"他见丽莎做了一个极为明显的同意手势："你讲吧。"她的面部表情和身体姿势表明她准备洗耳恭听，甚至可以说是准备怀着爱情听他讲话。"谁知道她以为我要对她讲什么呢，"他怀着嘲讽的心情想道，"也许以为我会说我爱她呢……嗯！没错，她盼的正是这个……"他又

1　在当时，女性穿衬衫、系领带属于一种男式打扮。

拿起香烟。

"我必须告诉你，"他开了个头，"在你们大家面前，我处于一个很奇妙的位置。"

"你们指的是谁？"

"你们这群人……你、莱奥、我母亲、我姐姐……"

她用咄咄逼人的目光审视着他。"也在我面前吗？"她问，同时十分自然地、仿佛是无意地握住他的一只手。他们彼此望了一眼。

"也在你面前。"他答道，机械地捏紧她的手指，"我应该对你们每一个人都产生某种激情，"他鼓足勇气，继续说，"我说的是应该，因为我常常发现环境要求我产生某种激情……好比要去参加葬礼或婚礼，在这两个场合中，必须表现出悲伤或快乐的态度，就像必须穿上合适的衣服一样……跟在灵柩后面时你不能笑，新郎新娘交换戒指时你不能哭……否则就会出丑，或者说得更严重些，会被认为是没有人性的……即使由于冷漠而无法产生任何激情，也应该装装样子……我跟你们待在一起时就是这样……装作恨莱奥……装作爱我的母亲……"

"还有呢？"丽莎见他犹豫不决地住了口，便迫不及待地问道。

"没了。"他回答说。他觉得厌烦，哀伤。"如果你是在盼着我提起你！……"他看着丽莎的脸，心里想道。"问题恰

313

恰在于我不会装模作样，"他接着说，声音开始颤抖，仿佛一个抱怨性的抗议即将脱口而出，"所以，你明白吗？由于这些装出来的感情和姿态，这些言不由衷的话语，这些虚伪的念头，我的生活成了一出失败的喜剧……我不会装模作样……明白了吗？"他停顿了一会儿。丽莎注视着他，看样子她失望了。"不过，"最后，他语无伦次、灰心丧气地说，"你对这一切是不会感兴趣的，你也不能理解……我即使向你唠叨一整天，你也不会理解我的……"突然，他发现这间起居室中寂然无声，只有他的声音在独自回响。他低下了头。不久，他终于听见丽莎用装腔作势的亲昵声调对着他低垂的脑袋说：

"我会理解你的，我可怜的米凯莱……会理解你的，我相信。"假如此刻他想向丽莎表白爱情，他也会用这种声调讲话的；他觉得他听到的正是这种示爱的声调。"听，听，"他痛苦、嘲讽地想道，"我们两个人的情况相同。"他觉得一只手按在他的头发上，一种讨厌的怜悯感袭上他的心头：他为自己，也为这个女人感到怜悯。"哎！可怜的女人，"他心里想，"你难道真想教我怎么演戏吗？"他抬起眼睛，看见了她那感情色彩过浓的目光和表情，着实吓了一跳。"嗯，难道时候到了？"他思索着。他的思绪紊乱，仿佛一个病人原以为手术前还要进行长时间的准备，但刚躺到手术台上便看见外科手术刀在眼前闪闪发亮。他睨视着丽莎的脸：半开半合的、像是在苦苦哀求的嘴唇，惊恐的眼睛，绯红的面颊。渐渐地，他在她的恳求面前屈服了。他明白，生活再次强迫他掩饰自己的冷漠，做出一种虚假的姿态。稍后，他感到丽莎的手指轻轻按在他的手指上，像是在吁请他快下决心。于是他探出身子，吻了一下她的嘴。

他们久久拥抱在一起。临时涌上天空的几朵白云使一分钟前照得小客厅雪亮的光线暗了下去，四壁立刻失去颜色，变得凉意袭人……他们一动不动地、僵直地坐在两扇窗户之间的长沙发上，嘴贴在一起，上身为了便于接吻而略微扭曲。若不是他们的嘴唇贪婪地、胡乱地凑在一起，那么这种无可指责的姿势会使人们想到他们是在交谈，而不是在接吻。米凯莱的双臂紧夹在腰部，眼睛睁得大大的，目光在对面的墙壁上懒洋洋地移动。丽莎的双手被他握住，脑袋时时晃动几下；她的动作像是一个持杯稍停后又兴致勃勃地宽怀畅饮的酒徒。最后他们的身体分开了，互相注视着对方。

"现在，"米凯莱失魂落魄地看着丽莎那张惘然、激动和忧伤的脸，心里自问，"现在怎么办？"他看见丽莎的绯红的脸颊上露出感激的表情，她那湿润、娇美的双唇微微开启，像是对他发出祈求。这几乎是一种宗教式的祈求，当然免不了要摊开手掌，合上眼睛，做出一副凄切哀恸的模样。接着，她伸出一只手，抚摸着他的头发，同时用哆嗦的、装腔作势的声音轻唤了一声："亲爱的……"

他垂下眼睛；丽莎盘腿坐在那儿，很难保持平衡。她不停地抚摸着他的脑袋，同时悄悄地、笨拙地在沙发上挪动着身躯，越来越往他的身上凑去。这个动作使她的裙子渐渐撩起，一条肥胖的大腿露了出来，腿上穿着一只袜口卷起的宽松的长筒袜。他觉得很不愉快，顿时感到恼火起来，不知是由于自己听凭她抱着而愤怒呢，还是因为这些虚情假意的爱抚以及这个亲热的唤声与她有意挪动身体而露出的这条淫荡的大腿之间太不协调。"她把我当成什么人了？"他厌恶地想道。被她的搂抱激起的那一丁点儿欲念在他心中消失了；他凝视着丽莎，身子向后一缩，笨手笨脚地站了起来。

"不，"他摇着头说，"不，不行……"

丽莎大吃一惊，几乎觉得受了侮辱。但她没有拉下裙子遮住露出的大腿，也没有设法使自己激动的情绪平静下来，只是怔怔地望着他。

"什么不行？"她问，她已准备献身，她的脸涨得通红；但米凯莱却这么冷淡，这是对她的莫大侮辱。"这孩子真不懂事，"她愤愤地想道，"我们开始得很好……可现在，瞧……瞧，他站起来了。"她见他又晃了一下脑袋，又说了一句"不行"，于是她便向前探出身子，用没把握的动作抓住他的一只手。

"到这儿来，"她说，试图把他拽到身边，"这儿……坐在这儿……告诉我什么不行。"

犹豫片刻后，他坐了下来。"我已经跟你讲过什么不行了。"他用厌倦的声音解释道，同时定睛望着丽莎脑袋后方的某件东西。他装作没有觉察到她那双手神经质的爱抚，也没有看见她那双激动的眼睛。"我已经跟你讲过，我在你面前就像在其他人面前一样……"

"这是什么意思？"

"嗯……就像我对莱奥恨不起来一样……"

"我对你讲了那番话以后，你现在还对他恨不起来吗？……"

米凯莱瞥了她一眼。"只好跟你实说了，"他难堪地说，"你把我妈的事告诉了我，我装作不知道……其实我早就知道……"

"你早就知道？"

"起码十年前就知道了。"他弯腰捡起那把从茶几上掉落在地的裁纸刀。当他把刀放回原处时，突然感到一种难以克制的讲实话的需求。"莱奥跟我妈的关系，我可以原原本本地向你从头讲到尾。但我对他恨不起来……就像我对你爱不起来一样：原因是同一个……冷漠，永远的冷漠……因此，"他愤愤地做出结论，"我不愿装模作样地投入你的怀抱，不愿装作爱你爱得要命，不愿假惺惺地向你示爱……我做不出来……这些事情我一件也不想干……"他不再说话，看着丽莎，发现她烦躁不安，不由得对她产生了怜悯心。

"请你尽量理解我，"他抑郁地补充道，"内心不愿做的事情我怎么能做得出来呢？"

"你可以试试……"

他摇摇头。"没用……这就等于让我到莱奥那儿去对他说："听着，亲爱的，我不恨你；相反，我对你很有好感，我是你的好朋友。不过，很抱歉，我得打你一个耳光，我不这样做不行。"然后立刻动手打他……"

"爱情总是慢慢产生的……"她很固执，轻声地说了句，她脸皮厚得米凯莱无法相信，"等相互加深了解以后……"

"我们现在已经彼此了解得很透彻了。"

丽莎脸色刷白，在此之前，谁也没有这么严酷地拒绝过她。她担心会永远失去她的这位"少年"。一刹那间，她产生了投在他脚下，把他当作神祇来祈求的疯狂念头。但她只是反唇相讥道："你讲的不是心里话。"

"我是诚心诚意地讲这些话的。"

她凑近他，握住他的一只手。她的心在激烈地跳动，一种非理性的焦虑烧红了她的双颊。"别这样冷酷，"她抚摸着他的手，犹豫不决地说，"哦……你对你的丽莎确实毫无感情吗？……确实一点不动心吗？……告诉我，难道你真不愿意让我高兴吗？"她伸出一条胳膊勾住小伙子的脖子，又问了一句，"米凯莱……你以后会对我产生一丁点儿感情的，是吗？"红通通的脸色和极为激动的表情使她的面容变了样。她的声音带着曲意奉承的味儿，又很感伤……她的整个身子倾向米凯莱，膝盖碰到了他的腿。他摇摇头。"请你理解我。"

他又说了一遍。此刻，一种强烈的愤懑充斥着他的内心，他抵制住了她那固执的欲念。"要是我不怎么尊重我的感情，像对待那帮浪荡女人似的……跟你……跟你胡来……一不做二不休，把你掀翻在这张沙发上……这种爱情会把我们导向哪儿呢？……请你理解我……"

"可是，我们还没有到达那种……你要把我掀翻在这张沙发上的地步……"她一面说，一面露出一个妩媚的傻笑。犹豫一阵子后，她徐缓而执拗地伸出双臂勾住他的颈项，仰身往沙发上一躺。她马到成功，猝不及防的米凯莱未能保持住平衡，跟她一起倒了下去。他看见了丽莎那张激动得通红的脸庞，那双惶惑的眼睛，那两道弓起的、像是在发号施令的眉毛，那个向前伸出的脖子。他觉得她的全身重量都集中在他的后颈上。他顿时怒火填膺，厌恶到了极点，头往后一仰，张开手掌顶住那张咄咄逼人和苦苦哀求的脸使劲一推，挣脱了她的拥抱，站了起来。

"要是你的欲望真有这么强烈……"他机械地把弄歪的领带整理直，紧皱着眉头说，"那就回到……回到莱奥身边去好了……"

丽莎仰躺在沙发上，双手捂住脸，胸部不停地起伏，装出一副十分痛苦和因受辱而羞涩的样子；其实，这两种感觉在她心中并不存在。他发现她听到昔日的情人的名字后，睁大了眼睛，做出一个归咎他人的手势，猛地坐直了身子。

"莱奥……你说的是莱奥……我应该回到莱奥身边去？"她嚷道，根本不想去掠掠乱蓬蓬的头发，也不想去抚平皱巴巴的衣衫，"如果我没记错的话，你还讲过你对莱奥恨不起来，是不是？其实你早就知道那件事，对吗？"

"对，"他看着她支吾了一句，她的突然发作使他惘然失措，"对……可是，这两件事情之间有什么关系呢？"

"我心里有数……"她露出一个短暂的、神经质的微笑，"我心里有数……"她不作声了，咽着唾沫，克制住自己迫不及待的心情，"你知道我要对你说什么吗？"她的怒火又烧旺了，她挺着身子，用一双惶惑的眼睛注视着他，"有一个充足的理由，可以使你憎恨莱奥。由于同一个理由，我再也不该去找他……"

"我母亲。"米凯莱唐突地说了一句。她那个归咎他人的手势使他很不自在。他听见丽莎爆发出一阵轻蔑的笑声。

"你母亲……跟你母亲毫无关系！……"她一边痛苦地咯咯大笑，一边重复道，"哦，我可怜的米凯莱，你母亲早就不中用了……很久以前就跟他没这种关系了……"

他看着她，觉得自己比这个报复心极强的女人要高尚得多。他觉得自豪，倒不是因为觉得自己比她纯洁，而是由于他厌恶和怜悯这个比他卑微、低贱和盲目的女人。他很想弯下腰去抚平她那头乱发，劝她别做出那种归咎他人的姿态，但他没找到机会。

"不对……"她接着说，她的眼睛虽然只是盯着他，但她的视线却仿佛跃出小客厅，飞往室外，使她看见了记忆中的所有人，"不对，亲爱的……不是你母亲，而是别人……你猜猜……猜猜。"她神经质地扑哧一笑，理理头发和衣服，摆出个较舒服的姿势坐着。

"是你。"他脱口而出。

"我？"

她做了一个迷惑不解的手势："我？……可是，我可怜的米凯莱，我已经跟你讲过了，我有充足的理由不回到莱奥身边去……你知道是因为谁的缘故吗？……知道是谁吗？"那个名字已经冒到嘴边，但她又咽了回去。"不，"她摇摇头说，"不……还是什么也不讲为妙。"开始时那种出自真情的激动已经过去，此时丽莎又像往常那样矫揉造作了。她像是在兴致勃勃地玩着一个复杂的游戏，从中得到了极大安慰，内心不再像刚才那样痛苦了。"我不希望由于我的过错而发生什么严重的事件……"她燃起一支烟，低下眼睛看着地毯，仿佛决心不再讲话了。

"听着，丽莎，"米凯莱最后说，"你想说什么就说吧……因为看得出来，今天你再也憋不住了……讲出来吧……"

他走到她身边，伸出一只手摸着她的头发，把她的脑袋轻轻向后推去……他看着她的眼睛，似乎在她那冷酷、愚蠢、专注的目光中发现了一个业已酿就、无法补救的错误。跟刚才相同的厌恶和怜悯感重新涌上他的心头。"如果我能爱上她，"他把自己的脑袋往旁边一扭，寻思道，"她就不至于这样了……"他重新坐下。"这是什么话，"丽莎心绪很乱，她用固执的声音慢吞吞地重复道，"这是什么话。"米凯莱打量着她。"不是别人的过错，"他心想，"是我的过错……别人需要我的感情……而我却没有。"

"这么说，你真的想知道一切？"她问。

"是的……快讲吧……"

短暂的沉默。"你刚才说，"丽莎犹豫片刻后开了口，"你想恨莱奥，但恨不起来，是吧？"

"是的，"他答道，"我还讲过，"他结结巴巴地加上一句，"我想爱你，但爱不起来……"

她猛地一挥手。"别把我扯进去。"她冷冰冰地说。她沉思了一会儿，仿佛在讲话之前要把零散的回忆拾掇在一起。"这件事三言两语就能讲完，"她低头看着自己的双手，终于把那件事说了出来，"昨天……你记得吗？莱奥、你母亲和你姐姐去跳舞……灯灭了，大家找蜡烛……然后你母亲把我拽进她屋里，让我去看那件从巴黎订购的连衣裙……是一件漂亮的连衣裙，但腰带部位有个缺陷……不久，我不记得是什么缘故了，我想出去……我打开一扇门，向前跨了一步……你猜，我在前厅里看见谁了？"

米凯莱瞟了她一眼：她是用一种冷静的、有节制的语调讲述这一切的。她一边讲，一边不住地凝视自己的双手。他心不在焉地、毫无兴趣地听着，仿佛她讲的是一件味同嚼蜡、没有任何特色的事情。然而，这时他猛地明白了，所有这些开场白只和莱奥有关，像是一个个围绕着莱奥的名字逐渐缩紧的同心圆。他隐约觉得受到了威胁，焦虑不安得连气也透不过来了。

"莱奥……"他好不容易才喘了一口气说。

"是的，莱奥，"丽莎重复了一遍这个名字，同时故作镇静地弹弹烟灰，"莱奥和卡尔拉……搂抱在一块。"

他们面面相觑。米凯莱一动不动，并不感到惊讶；但他的目光呆滞、迷乱，任何东西看上去都像是有两三个叠影，像是一面凹凸不平的玻璃镜面中的映像。丽莎的眼神中含有好奇、畏惧和可笑的自豪成分。她觉得自己刚才像是说出了一句妙趣横生的话，或是在谁身上狠狠地打了一下。

"怎么搂抱在一块儿？"他最后问道。

"搂抱在一块儿，"她又冷酷地说了一遍；米凯莱的无知使她愤怒，像是野兽受到致命的一击后并未死去，而在不住挣扎，"怎么搂抱在一块？跟所有人搂抱的方式一样呗……她坐在他膝间，两人嘴贴着嘴……总之，就是搂抱在一块呗。"

沉默。米凯莱纹丝不动地望着地毯：它像小客厅的其他部分一样，也是粉红色的；边缘的绒毛已经掉尽。丽莎的双脚并拢，踏在地毯上。地毯那边是长沙发。"搂抱在一块，"他反复想道，"搂抱在一块……这可真稀奇。"他想大叫道："这可真妙。"这件完全出乎他的意料的事使他觉得好笑和好奇；但他并不愤怒，也不感到厌恶。强烈的好奇心驱使他还想穷根究底，多了解一些情况。

这种心情持续了几秒钟后，他准备发问了。正在这时，他突然发现自己仍然缺乏任何激情。按理说，这件可悲的事情是应该使他产生某些激情的。他几乎感到了害怕。莱奥和卡尔拉搂抱在一起，而他的内心却只有一种好奇心，可以说是一种平平常常的好奇心。这件新的丑闻未能拨动他的心弦，这次无以复加的突然考验未能使他产生真挚的激情。他觉得搂抱在一块的那两个人，跟他熟悉的和不熟悉的无数别的男男女女并无两样，和他毫不相干，没有任何关系。"嗯，"他想，"这事出在卡尔拉——我姐姐——身上……丽莎看见她搂着那个男人，我母亲的情夫……不可怕吗？不恶心吗？……嗯……这差不多是乱伦吧？"但搂抱在一块的、乱伦的卡尔拉和莱奥离他很远；即使他做出愤怒和厌恶的动作，也丝毫触及不到他们。

他望了一眼丽莎，从她的目光和整个神态中明白，她正怀着欣喜和好奇的心情，盼着他暴跳如雷，以此显示他的愤慨，表明他对亲人的感情。"愤慨……恼怒……仇恨，"他烦躁地想道，"我宁愿舍弃世界上的所有财富，换取一点出自内心的仇恨。"但他的内心像是一潭死水，连一丝涟漪也没有；既无愤慨，也无恼怒，更无仇恨。眼泪汪汪、赤身裸体、失去贞操的卡尔拉，荒淫无耻、贪得无厌的莱奥，耻辱、不适——任何东西也无法使他有所触动。

于是，他产生了一个绝望的念头：既然最后这次考验已经失败，既然连这个最强烈的刺激也未能拨动他那没有生命力的心弦，那就痛下决心，干脆假装到底吧。佯装自己能产生爱情，能产生仇恨，能勃然大怒吧。做出一切努力，想出一切办法，尽量装腔作势吧，就像那些虚伪透顶的人一样……这么做是否更好？疯狂的念头。"全完了。"他想。他仿佛当真自暴自弃了，不再希求达到那个自然、洁净、凉爽、缕缕不绝的生命之泉的近旁了。它是可望而不可即的。"全完了……但应该有所表示……一定要有所表示。"

他站了起来。"不，"他边说边在起居室中来回走着，就像一个怒气冲冲、心事重重的人应该做的一样，"这太过分了……不，不能这么继续下去……这事做得太绝了……"但他感到自己是冷漠的、可笑的。他觉得自己的声音不够坚决，他决定换一种语调。沉默。

"莱奥认为他可以为所欲为，"他接着说，丽莎弓着腰一动不动，也不讲话，"可他错了……""不，这样说太软弱无能了，"他又想道，同时不停地蹀着步，"应该讲几句厉害些的话……我被母亲的情夫侮辱了，为了维护姐姐的名誉，我作为弟弟（但他觉得这些洋溢着激情的熟悉字眼是陈词滥调，甚为可笑）……应该找出几句更厉害的话……哪怕言过其实也行……"然而，他的可悲的厌倦感逐渐增长了，以至把这些可笑的装腔作势的表现愿望统统压了下去。他想停止演戏了。他想跪倒在丽莎面前，如同跪倒在钟爱的女子脚旁一样，向她说出事实真相："丽莎，我产生不出真挚的激情，我毫不在乎姐姐的事，毫不在乎任何人的事……丽莎，我应该怎么办？"但丽莎不是他钟爱的女子，她不会理解他的。她像对待所有男人一样，只要求他采取一种在这种场合中应该采取的自然态度。

"你将怎么办？……"那个女人问。

他停止踱步，看了她一眼，尽量使他那冷淡的目光带上一点惶惑的神色。"我将怎么办？我将怎么办？……我将怎么办？"他迅速重复了几遍，"我应该做的事情很明显……去找那个坏蛋，揪住他的脖子。"他觉得丽莎听他讲出这么激烈的话以后，着实吃了一惊。

"什么时候去？"她问。她唇间叼着的烟卷冒出阵阵烟雾，她透过烟雾逼视着他。

"什么时候去？……明天……不，今天……马上就去。"他从桌上拿起一支烟，点燃起来。他看见丽莎用困惑不解的目光，自上而下飞快地扫了他一眼。

"你想对他说什么？"她问。

"哼！我要用冷冰冰的、叫他心寒的语调跟他讲话。"他挥挥手回答道。他紧紧皱起眉头，眼睛望着前方，仿佛看见了自己的命运。这时他觉得这出戏比较容易演了。"只要三言两语……他马上就会明白，这不是闹着玩……"丽莎又朝他瞥了一眼。"我真是个白痴。"他暗自想道。

"我感到最恶心的，"他接着说，很想发一通火，使自己和丽莎都相信他的这番话是肺腑之言，"是莱奥的虚伪……和他的无耻……要是他真的爱我姐姐倒也罢了……这固然不能开脱他的罪责，但至少可以对这件事做出部分解释……可是，情况并不是这样……我相信他并不爱她。他的本性如此。他看上了她的姿色，觉得她挺漂亮，想跟她玩玩……这就是一切……不管在什么情况下，利用一个姑娘经验的缺乏而玩弄她，都是卑鄙的。况且他跟卡尔拉以及我们大家都有特殊关系，居然还是蓄意干出了这种事，这就更卑鄙了！……没有人会比他更……"他想找一个最有表现力的字眼来形容莱奥的行径，"更像猪猡了……当然，我刚才讲过，要是他这样做是出于爱情倒也罢了……是爱情驱使的嘛……可是他并没有爱情。没有热情，没有感情……什么也没有，只有兽欲，以及虚伪，那种扼杀了所有高尚纯洁的感情的最可恨、最恶心的虚伪……这是不可饶恕的，也是无法理解的……只能受到谴责。"开始时米凯莱只有一点信心，后来他的信心越来越大。最后这几个词，他是用一种奇怪和深沉的力量讲出来的，连他自己也感到震惊。"至于卡尔拉，"略停片刻后他做出结论，"她是没有过错的……是被他迷惑了……"

沉默。丽莎坐在沙发上不动，双手托着头看着他。最后，她用一种似是而非的肯定语气说："虚伪是一个很大的缺点，这是毫无疑问的。"

"是最大的缺点。"他移步走到窗前。太阳已经消失，灰色的浓云低低地压在城市上空。丽莎住在一楼，但整幢房子屹立在一个土岗子上，在这儿凭窗远眺，可以看到鳞次栉比的屋脊。灰色的天宇下，所有东西——烟囱、屋顶、晒台、阁楼、阳台——都呈黄褐色，看上去湿漉漉的，令人黯然神伤。这是一幅褪色的拙劣风景画，透过凹凸不平的窗玻璃一看，这幅风景画像是沾满了斑渍，有的部分甚至连事物的形状也变了。远处，家家户户的炊烟与云霭混在一起，形成了一种雾状物。轮廓不规则的屋顶和无数林立的烟囱在雾中变成密密麻麻的一片，互相掺和在一起，看上去混沌一片。

窗下的那个屋顶是暗红色的，上面长着几茎细草。米凯莱观赏着眼前的景象。他第一次发现了这儿的特殊景观，目不斜视地赏看着。这些屋顶给他留下了深刻的印象。"掀掉屋顶，"他想，"看看人们在屋子里面干什么……"稍后，一只黑猫飞快地从一个天窗跳到另一个天窗。他的视线追随着它。"要下雨啦。"他看着灰蒙蒙的天空和远处湿漉漉的空地，心里想道。他打了一个寒战，倏地回过头来：面前是一间毫无特色的小客厅，那边是一张破旧的长沙发，丽莎一动不动地坐在沙发上沉思。他走到她跟前。"装装样子吧，"他心想，竭力使自己进入这个虚伪的现实。"我想……想睡觉……但应该装装样子……""装样子"和"睡觉"之间没有任何联系，但后面这个词是自然而然地涌入他的脑海的。他仿佛用这种方式表明，此时此刻他困倦得要命。

"几点啦？"他忽地问道，"我该去找莱奥了吧？"

丽莎无精打采地慢慢摆脱一动不动的状态，瞟了一眼戴在手腕上的表。

"四点，"她说，同时定睛看着小伙子。沉默。"不过，最好先打个电话，"她补充道，"看看他是不是在家。"她站起身朝门口走去。

走廊里漆黑一团。丽莎拧动开关，令人昏昏欲睡的淡黄色灯光从低矮的天花板上洒下，照着黑暗的墙壁。电话安在客厅门旁与人齐高的地方。机子下面是号码本。丽莎敏捷地翻着，同时摇了几下手摇电话。

"可是，你真要去找他吗？"她朝米凯莱转过身，怀疑地问。

"你难道还怀疑吗？"他斩钉截铁地反问道。他觉得这个女人的目光中充满了怀疑、恶意和诡谲。

"不……恰恰相反。"她说。她回过身，又摇起电话来。

电话铃响了。丽莎踮起足尖，用喉音大声说："喂……喂……"她默默地、全神贯注地等了片刻，然后重新摇电话。他打量着走廊：两个大衣柜，一个空书架，几把椅子……丽莎背对着他。透过被淡黄色的灯光照亮的衬衫，他能看清她那肥胖的、介于粉红色和金黄色之间的背脊，以及她的紧身胸褡的两条暗白色的肩带。比在小客厅里看得更清楚。没被灯光照亮的腰部显得不那么臃肿了，大腿也显得不那么扭曲了……他用如醉如痴的目光观察着这一切……"瞧，我在丽莎家……在走廊里……"他反复想道，"应该装装样子……一分钟也不停歇……从头装到尾。"他自己也不知道是怎么回事，他昏昏然地走到丽莎身后，把她拦腰一把抱住。他噘起嘴唇，贴在她的后颈上，用虚伪做作的声音问："喂，你还在生我的气吗？"

有人在电话里讲话了，丽莎报了一个号码，然后掉转头来。

"你别管我，"她说，又像刚才一样向他投去一瞥询问的目光，"还是考虑考虑你姐姐和莱奥的事吧……"

"我已经考虑过了。"他闷闷不乐地答道。他放开她，身子往墙上一靠。"装装样子吧，"他心里失望地想道，"可是，我要装到什么时候为止呢？"她第二次投来的目光使他无法忍受。显然，丽莎怀疑他的愤怒不是发自内心的。怎么才能使她信服呢？

这时，他听见她对着听筒讲话。"您是谁？"她反复问道，"您是谁？……梅卢……梅卢迈奇先生？……哦！对不起，拨错号了。"她放下听筒转过身来。

"他在家，"她冷冰冰地说，"要是你现在去，那就很可能找到他。"他们相互望着对方。"她不相信我会去。"米凯莱满腹狐疑地打量着她，心里想道。

"好了，去吧。"她最后说了这么一句。小伙子做了一个幼稚和谨慎的手势，意思好像是"慢点……别忙"，他的双腿开始挪动了。"我去……对……我去。"他说了一遍又一遍。

"你也可以不去，"那个女人用生硬的声调说，"装作什么也不知道……就我个人来说，你去还是不去，我都无所谓。"

在更衣廊里，她帮他穿上大衣，把帽子递给他。

"好吧，"他说，"明天我回来向你报告事情的经过。"

"好的……明天见。"

米凯莱是怀着抑郁的心情离开的。他意识到，他讲的话，丽莎连一个字也不相信。他本想指天发誓，做几个激烈的手势，说几句深刻的话，目的只有一个：让她相信。他犹豫了……"我知道，"他握着丽莎向他伸出的手，快快地说，"你不相信我真的憎恨和厌恶莱奥。"

沉默。"是的，我确实不相信。"她简单地回答道。

"为什么？"

"不为什么。"

又是沉默。"可是，如果我，"米凯莱问，"用事实向你证明呢？"

"什么事实？"

他又犹豫起来。此时丽莎的眼睛里射出一道并非十分自信的威严目光。"到底用什么事实呢？"他自己也觉得蹊跷。一丝惧意涌上他的心头，因为他不知道用什么事实让这个女人相信他的愤怒是出自内心的。他从丽莎想到他的敌人。突然，他得出一个十分自然的结论：杀死莱奥。他好像忽地找到了一样很久以前就在寻找的东西。这个结论使他十分高兴。他的高兴并非因为这件事即将被付诸实践，而在于他预见到这件事会在丽莎心中产生什么影响。

"譬如，"他平心静气地说，"如果我说要把莱奥杀死，你会相信吗？"

"你去杀死他？……"丽莎的第一个反应是害怕。米凯莱淡淡一笑：这句话给她留下的印象使他很满意。

"真的……我要去杀死他……"

但这时丽莎已经恢复镇静了，因为她发现他的表情很平静，目光中连一点怒意也没有。"那我就能信服了……"她诡谲地笑笑，"但你讲这句话的方式表明，你是不会这么做的……"

沉默。"讲话方式，"米凯莱想道。这句话的效果居然被破坏了，他感到很恼火，"什么方式？…难道要杀人还得用某种特定方式来表达吗？"幕已落下，戏已演完，该走了。

"这么说，你不相信我会去杀莱奥？"他又问了一遍。他见丽莎哈哈大笑起来。她的笑声中信心不足，但肯定不包含任何惧意。

"我……不……我可怜的米凯莱，"她最后用欢快和怜悯的声调说，"这种事说起来挺容易……但说与做之间……再说我已经讲过，只要看看你的神色就能明白，你没有任何这么做的意图……何况，"她补充一句，仿佛要打消自己的最后一个怀疑，"要是你的话当真，我是不会让你这样离开我家的……"她打开门，向他伸出手。"快去吧，"她说，"否则你就见不着莱奥了。"

"可是，如果我真的把他杀死呢？"他走到楼道口时，脸上露出一个苦笑，把老调又重弹了一遍。

"那就没问题了……我也许就会相信了。"她带着充满怀疑的微笑回答道。门关上了。

十五

　　门，关上了。四下寂然。天棚的玻璃窗上洒下一道白光，投射在楼梯上。"谁都不相信我，"他边走边想，"什么时候都不相信我。"他踏着梯级，慢吞吞地往下走。心，很烦；脑子，很乱。郁结在胸中的万般愁绪任凭他怎么努力，也无法排遣。

　　他的生活充满痛苦，各种往事在他眼前不时涌现，几个人的形象跃入他的脑海，他们是——被诱惑的卡尔拉，对他讲的话一句也不相信的丽莎，母亲和莱奥。这些形象在他的头脑中频频闪光，像是雷雨夜中被闪电照亮的同一景物的各个不同侧面。"谁也不相信我。"他又想道。接着，他的念头一转："卡尔拉向莱奥献了身。"他颇感屈辱地回忆着丽莎那张从门缝中探出的、令人啼笑皆非的脸，设想着披头散发、半裸着身子、被情人搂在怀中的卡尔拉。他的脸拉得长长的。

　　他试图把这些想象中的情景汇聚在一起，试图把所有往事归并起来加以控制，就像木偶戏班老板牵线操纵他的所有木制演员那样，并试图冷静地、不带任何感情色彩地分析自己陷入的困境。他刚试图这么做，就觉得心头闷塞，很难喘过气来；因为他的思维能力无法掌控全部棘手的现实，他的视力也无法洞察生活的各个方面。

他想动一番脑筋，理出几个头绪来。"现在我们来分析一下，"他这么思考着，"事情是这样的……问题有两面……内在的和外在的……内在的是我的冷漠：缺乏信念，缺乏真挚的激情……外在的是这些我无力抵御的事件……这两面都是不能容忍的。"他抬起头，像是要看一眼这个问题的两个方面。"嗯，"他悻悻地想道，"全是我的过错……因为我无法对生活产生激情。"他继续踏着楼梯往下走。卡尔拉也有错，"卡尔拉，"他想这么质问姐姐，"你为什么干出这种事？"母亲也有错。大家都有错。但是，错误的根源在哪里？初始原因是什么？他却一无所知。人人有错……他仿佛看见大家都背靠着墙站在那儿，站在楼道口……"你们是一批可怜虫，"他在心里对他们说，"我怜悯你们……怜悯你们所有人……包括你，母亲，你妒忌得要命……还有你，莱奥，尽管你摆出一副盛气凌人的样子……"他仿佛看见了莱奥，还去捏了捏那人的手，"我尤其怜悯你……真的……就是你……而你却觉得自己比谁都强……哈！哈！可怜的莱奥。"他想规劝那人——他的宿敌——几句，心平气和地，就像这样……他觉得脑子里很乱，不由自主地往后甩了一下头，"你们真可怜……你们是一帮可怜虫……没错……你们真可怜……眼下你们悠闲自在……可往后会发生什么事，你们会明白的……"快到门口时，他才发现帽子一直被他捏在手里。这种百无聊赖的神态和失魂落魄的样子使他的傲慢心理崩溃了。他感到一种莫可名状的愤懑和焦躁。"我尽胡扯些什么呀！可怜虫——我才是可怜虫。"他想。下楼了，双脚重新踩到泥土了。他把帽子往头上一扣，走出门外。

没有一幢住宅有生命的迹象，没有一棵梧桐树发出声响，每家的花园里都是静悄悄的。天空像块石板，压在鳞次栉比的屋脊上。漫长的马路上既未铺满阴影，也没洒着阳光。周围弥漫着一种盼着暴风雨来临的气氛。"现在就去找莱奥。"他想。一想到这点，他就很激动。"哼！你不相信我会把莱奥杀死，"他在心里对丽莎说，"你不信……可是，假如我真把他杀死呢？"他迈着有力的步子匆匆向前走，浑身充斥着坚定的决心和自信。几个荒诞不经的语句在他的空洞的脑壳中翻腾着："走，丽莎，我们一道去把莱奥杀掉……然后把他煮熟……用文火煮。"或者："莱奥，莱乌乔，莱乌齐诺[1]，我们要把你杀掉，像宰条小狗似的。"他望着前方，唇边浮出一丝绝望的冷笑。"你的一切也完了，莱奥，飞黄腾达的事业……光

1　莱乌乔、莱乌齐诺皆为莱奥的蔑称。

辉灿烂的前途……真可惜……不错,我比你先完蛋……可你的情况又好得到哪儿去呢?你的一切也完了。"他真想放声歌唱:"完结了,完结了,美好的生活。"他要谱上一首脍炙人口的哀歌的曲调。他迈着急速有力的步伐,像战士奔赴疆场一样勇往直前。

这是一条毫无特色的小马路,偶尔能看见几家橱窗摆设寒酸的小店。他看见了一家门口放着几个殡仪用花圈的花店,一个陈列着各式各样名片的印刷公司,一爿木材行和一间理发店。"哎,莱奥,"他心里这么对莱奥说,"我可以为你效劳了:先为你定做一口上等棺材,然后给你买一个漂亮花圈,上面别上我的名片……至于理发店……入殓前可以请理发师替你整整容……"木材行那边是一座外观肃穆得像是修道院的大楼,门厅很深。他从前方经过时不由自主地朝空无一人的门厅瞥了一眼,看见门厅里有一家店铺,橱窗沿街,入口在内侧。起先他不知道这是一家什么店铺,因为玻璃橱窗斜对着他,反光耀眼,里面的陈列物根本看不见。他朝着橱窗走了一步,组成"枪支"这个词的几个白色字母立即映入他的眼帘。他还看见橱窗中垫着一块棕褐色的布,上面交叉摆着几杆猎枪。"我在这儿买支手枪吧。"他盘算着,但没有马上进店;在门口徘徊了一阵,在周围兜了个圈子后,他才进去。

"我想买支手枪。"他斜倚在柜台上,不紧不慢地大声说,最困难的一步已经迈出。但他担心老板猜出他的意图,于是装出冷淡的和毫不着急的样子，低着头垂着手，一动不动地待着。穿着黑色上衣的老板慢条斯理地晃着身子，指着柜台和货架做了几个本行业特有的手势。米凯莱发现玻璃台面下边有几把锃锃发亮的钢刀，它们摆在暗红色的垫布上，有的是造型简单的单刃刀，有的是结构复杂的多刃刀，有的呈扇面形打开，有的合着。他抬起眼睛：店堂又小又暗，全是玻璃架，有的上面放着枪支，有的上面摆着狗颈圈。他看见稍远处的一个货架上有一个木墩，上面按大小顺序嵌着一些铅弹，像是太阳及其行星。枪店老板头发花白，皮包骨头，一副懒洋洋的样子。他睁着毫无表情的眼睛，用迟钝的动作拿出几支不同型号的手枪，一一摆在柜台上，每放下一支便用千篇一律的声调报出售价：一百里拉，七十，二百五十，九十五。从枪管上看，有的扁平乌黑，有的粗短发亮；前者是自动手枪，后者是转轮手枪。"对付莱奥，其实应该用那边那一把。"米凯莱望着挂在墙上的那把枪托可折叠的大手枪，乐滋滋地想道。那是一把自动手枪。他觉得自己的情绪是镇定的，举止是自然的。他垂下眼睛，下决心挑了一把最便宜的。"要这把，"他用清晰的嗓音说，"还要一梭子弹。"他掏出钱包。"钱刚好够。"他把钱放在柜台上的时候想道。柜台上随即发出一种金属物的响声。他拿起包好的手枪塞进口袋，走出了店门。

"去找莱奥。"他对自己重复了一遍。这时，沉滞和灰色的天空仿佛伤心得皱起了眉头，时时洒下几滴稀疏的泪水。街角有一爿机械修理铺，一个身穿脏工作服的男人正在门口卸自行车的一个轮子。天气炎热。寂然无声。天空洒下的泪水落在一幢幢六层住宅楼上，仿佛使它们变了样子：瞧，他发现这些楼房扭曲了，窗框也变得七歪八斜的。但石砌人行道上却没有雨水留下的任何痕迹：这儿那儿倒是可以看见几口黄色的痰液，然而天空洒下的泪水却无迹可觅。是看花眼了吧？

他拐了个弯，拐进一条较繁华的街道。沿着这条街道走到底，穿过一个广场，就能到达莱奥住的那条马路了。不用着急。他像所有无所事事的人那样，慢悠悠地踱着方步，观看过往行人、电影广告、商店橱窗。口袋里的手枪沉甸甸的。他在一家商店门前停住脚步，慢慢揭开包装纸，握住枪柄。奇怪的、冰凉的接触。扳机。只需轻轻一扣，大功便可告成。对准莱奥，一枪，两枪，三枪。然后……喏，这就是枪管；喏，这就是来复线……他咬紧牙关，握紧枪柄……喏……喏，他似乎已看见事情的前后经过：他将登上那道楼梯，走进那个客厅，持枪等着。莱奥终于来了。"什么事，米凯莱？"那人问。"就是这么回事。"他将一边回答，一边立刻开枪。第一发子弹只需击中莱奥的身体就行，不管哪个部位都可以。靶子很大嘛。莱奥倒在地上，他把枪口对准莱奥的脑袋。他弯下腰。莱奥在那儿躺着呢，躺在地板上，双手抓着地毯，脸扭向一边，不住地呻吟着。他把枪口顶在莱奥的太阳穴上。一种奇怪的感觉。那颗脑瓜子动了一下，那双惶恐的眼睛朝他望了望。于是他又开了一枪。"砰"的一声。硝烟弥漫。应该离开那儿了。别回头看。走出那间小屋。白色的光线透过窗户照进室内，死者平摊着双臂躺在地板上。应该在住户们赶来之前下楼，溜进街道。熙熙攘攘的人群。川流不息的车辆。死者躺在楼上，躺在那间小屋的四堵墙壁之间。而他则去找警察报案（应该到哪儿去自首呢？）。十字路口站着一个警察。他轻轻碰了碰警察的肩膀。警察转过身来，以为是某个行人想问路。"劳驾，"他从容不迫地说，"把我抓起来吧……我杀了人。"警察莫名其妙地看着他。"我杀了人，"他将重复一遍，"把我抓起来吧。"人们闻讯后将从四面八方拥来。车辆不断开过……最后，警察将怀着不相信和不理解的心情把他带走；不揪他的脖子，也不给他戴手铐。他被带进最近的警察局。到处是尘埃的屋子；案情记录本；几名警察；雪茄烟的凉飕飕的陈腐臭味；一张桌子；头发花白、俗里俗气的大块头警官；审问。有一次他丢了东西，到警察局报过案；那儿的情况差不离应该是这个样子。

他离开那个商店橱窗，继续往前走……接下来他将被审判。所有报纸都会谈到他的这桩罪行。大字标题。长篇报道。他的照片，死者的照片，那个把他逮捕起来的"精干"的治安警官的照片，以及发案现场的照片。当然，最后那张照片上免不了有个"×"，标明尸体所在的位置。病态的关注。审判那天，法庭里挤满了听众。衣饰华丽的女士们坐在前排。许多熟人。跟在剧场里一样。等待。法官进来了。他仿佛看见了这个不紧不慢、心不在焉的老头儿。法官将坐在布满灰尘的高椅子上，像小学老师训斥学生似的对他讲话。老法官朝他扭过脑袋，白眉毛下方的那双眼睛凝视着他，但目光一点也不威严。他好像听见了法官的问话：

"被告，您有什么要说的吗？"

听到这话后，他将站起来。所有人的目光都盯着他。他将叙述自己的罪行。旁听席中的女士们安安逸逸地坐在那儿，聚精会神地听着他的每一个句子。她们偶尔做出一个优雅的动作，例如抚平一根不听话的头发，跷起两条疲倦的腿，等等。静得连苍蝇扇翅的声音也能听见。他将在这一片寂静中陈述自己犯下的罪行。真心诚意地招供。每个单词都包含着哀伤的真理。他渐渐沉浸在一种特殊气氛中。乌贼遭到攻击后会射出乌黑的墨汁保护自己；他却供认自己缺乏真挚的激情，缺乏信念，玩世不恭。渐渐地，他发现老法官以某种方式朝他的方向弯下腰，直到和他的脑袋位于同一高度。听众们静悄悄地离开这个灰色的大厅，让他俩待在一起。法官和他。积满尘土的审判台。惨淡的四壁和空无一人的座椅。他将继续往下说。"就这样，"他最后做出结论，"我头脑冷静地杀死了莱奥。心中没有仇恨……没有真正的激情……我也可以怀着同样冷漠的心情对他这么说：祝贺你，我姐姐是个漂亮姑娘……这才是我的真正罪行……我犯的是冷漠罪……"

沉默。法官将好奇地看着他，像是在看一个怪物。最后将传来一阵震耳欲聋的挪动椅子的声音，像是在教堂中回荡的管风琴声。法官离开自己的座椅，径直走到他面前，站在积满尘土的审判台上：矮小的个子，肥大的双脚，黑法袍一直拖到脚后跟，像是要遮住他的一双罗圈腿。或许是由于常年坐在椅子上司法的缘故，他的两腿弯曲了。矮小的个子，一颗善良的大脑袋。

　　"哦，法官……法官……"他将扑倒在老头脚下。

　　"你杀人无罪，予以开释，"沉默片刻后，他将听到这句话，"但因你缺乏激情和信念，而判处……终身监禁。"铁面无私的判决。当他重新抬起头时，会突然发现法庭里又挤满了人。他站在那儿，面对着心不在焉的法官，夹在两个武装警察中间。梦中的梦。一个接一个幻影。

　　不，实际情形将是另一种样子。他们将给他派一位著名律师，将突出他作为受辱的弟弟和儿子的形象：起因是受尽侮辱深感痛苦，结局是决定报复。审判过程中可能有人会向他鼓掌。将传证人出庭。衣衫不整、蓬首垢面的丽莎来了，她用虚伪的语调讲述如何发现了莱奥和卡尔拉的私情，给人们留下了强烈印象。她还说他曾告诉她说，他要去杀死莱奥，但她不信。

　　为什么不信？因为他讲话的语调不对。

　　他是怎么讲的？心平气和，几乎是在说着玩。

　　米凯莱知道他母亲的事吗？是的，知道。

死者在情妇家以什么姿态出现？主人的姿态。

死者和他母亲的关系持续了多久？十五年。

和姑娘呢？据她所知只有几天。

女儿知道母亲和死者的关系吗？是的，知道。

被告与死者关系如何？良好。

商务关系呢？同样。

什么类型的商务？记不确切了，大概是典当别墅。

被告认为死者使他一家破产了，对吗？对。

是什么原因驱使她向米凯莱透露他姐姐的隐私的？对小伙子的好感，对他一家的友谊。

到那时为止，死者如何对待卡尔拉？像父亲一般。他见过她小时候的模样：辫子奓拉在肩后，大腿露在外面。

卡尔拉的名誉好吗？是不是一个诚实、严肃的姑娘？不是……人们对她的评价一般很差。

她认为莱奥对卡尔拉有感情吗？没感情。

卡尔拉方面呢？也没有。

她认为死者有意和卡尔拉结婚吗？据她所知没有。

死者并不在姐弟二人面前隐瞒他和他们的母亲的关系，对不对？对。

两个情人之间常闹矛盾，是吗？是的。

为什么？母亲爱吃醋。

吃谁的醋？所有人。

母亲怀疑女儿吗？不怀疑；相反，还常告诉她说，情人对姑娘怀有的感情纯粹是慈父式的。

最后一个问题：她是否相信小伙子能干出这种事来？不相信。

为什么？因为他太懦弱了。

母亲来了，她穿着黑色衣衫，着实打扮了一番，华贵，但缺乏自信。她越过证人席的栏杆，径直朝法官走去，仿佛要去找一个熟人。问到她时，她将讲个不停，一直回溯到最遥远的过去。感伤的语调，戏剧性的手势。她身上裹着黑色的轻纱，仿佛是来参加化装舞会。这些黑色的轻纱不断飘动。辩护律师们像长着尖牙利齿的鲨鱼扑向一条肉质柔软的抹香鲸似的朝她拥来，争先恐后地向她提问。母亲将再次确认她对死者的依恋。死者是否褫夺了她的家产？她对这个问题回答道：不对。

对卡尔拉被诱惑一事，她有什么看法？这是发疯。但是，谁没干过这种事，那就扔出第一块石头吧。

"嗯，我们就称它为发疯吧。"米凯莱的律师语带讥讽地强调说。双方发生了争执。庭长高声要求遵守秩序。

她是否认为莱奥会和卡尔拉结婚，避免这种发疯举动导致不良后果呢？她犹豫不决起来……不……不这么认为。

一个使听众哗然的问题：她能适应这种情况，让那人同时作为她和她女儿的情人留在家里吗？张口结舌……不能，但……莱奥已考虑过这个问题，已决定给卡尔拉找个丈夫。

哄堂大笑。冷嘲热讽的评论。

死者将给姑娘置办一份妆奁，对吗？对。

"作为回报，"辩护律师指出，"他预先享受了初夜权。"又是一场辩论。旁听席中传出嘘声。旁听者站在他那一边。庭长扬言要把所有人撵出去。法庭中的情况总是这样。

最近一段时间，死者和米凯莱大吵过几次，是不是？是的。

一天晚上，米凯莱曾向莱奥扔去一个烟灰缸，对吗？对，但打中的是她，打在她肩上。

原因何在？米凯莱错误地认为，死者想利用典当这件事褫夺他们的家产。

死者在那个场合是怎么表现的？非常宽厚，有长者之风。

她和死者之间经常发生争执，对吗？不对，他们相处得很融洽，很和睦。

可是，为什么证人丽莎的看法不同呢？这很好理解，她有许多理由诋毁死者。

什么理由？噢！只讲一个就足够了：她以前是他的情妇。

听众哗然。"我觉得，"米凯莱的律师指出，"谁也不干净！"

什么时候？在她之前。

预审时，她曾指控丽莎是这桩罪行的唆使者，现在呢？现在她仍旧做出这样的指控。

丽莎为什么要这样做？出于吃醋，嫉妒。

她仍旧控告丽莎试图诱惑米凯莱吗？当然……丽莎是一个无耻的女人，一个不要脸的骚货。

听众哗然。庭长要求她用比较温和的语言讲话。母亲坚决不同意。

"没错，丽莎就是一个骚货，"她将大叫道，"一个骚货，一个杀人犯。"

庭长再次摇铃。

面对情夫的冷淡，她不怀疑女儿，而是怀疑丽莎，对吗？对，因为她早就觉察到丽莎在重新追求莱奥。

总而言之，按照她的看法，丽莎是主犯，是不是？当然，是丽莎在怂恿、唆使米凯莱犯罪，全是丽莎一手造成的。

那么，依她看来，死者诱惑她的女儿这件事做得对喽？不是这样；但是，人人都知道，每人都有弱点，况且这件事并非全是死者的过错。

米凯莱呢？米凯莱是一个不能为自己的行为负责的可怜孩子，是丽莎的工具：他太懦弱，光他自己下不了决心干这种事。

跟他的生活有关的三个女人中，卡尔拉最后一个来到。她瘦了点，脸色苍白，俨然是个成年女子。旁听者极为好奇。她不亢不卑地走上前来。这是上午，她身穿一件淡颜色的连衣短裙，脚上是一双淡颜色的长袜，头戴一顶淡颜色的小帽；肩上搭着轻裘外套。也许涂了脂粉，反正看上去很标致。年迈的法官看着她时，目光一点也不严峻，就像刚才看他一样。她走到前面，倚在栏杆上，慢吞吞地讲着话。听众十分好奇和激动，他们贪婪地等着听肉麻的细节。然而，略做商议后，庭长吩咐公众退席，审判转为秘密进行。人们大失所望。现场一片嘟哝声，嘘声。听众逐渐离开大厅。现在只剩下卡尔拉一个人了，她像是一块绚丽的色斑夹在一堆灰黑色的司法工具中。审问将继续进行。

最近，她和死者之间有了感情瓜葛，对吗？是的，符合事实。

她知道母亲的事吗？当然，从小就知道。

怎么从小就知道？嗯，小时候有一天看见他们在一面镜子前紧紧搂抱着。

她晓得死者不可能也不愿意娶她吗？是的，晓得。

她知道死者侵占了他们的家产吗？这也知道。

尽管这些情况全知道，她还是把身子献给了他，是不是？是这样。

为什么？就这样。

死者在她面前表现如何？像坠入情网的人还是像浪荡子？像浪荡子。

这么说，他并不爱她喽？是的，不爱她。

他以什么方式向她表示自己的欲念？一天，她独自一人待在家里看书，正看得心烦意乱时，他来了。他们聊了一会儿，然后他们慢慢地激动了起来。最后，他吻了她，并请她上他家去。

她去了吗？是的，第二天就去了。

在他家发生了什么事？一切都发生了。

后来又去过吗？去过，每天都去。

开舞会的那个晚上，丽莎在前厅中发现她坐在情人膝盖上搂着他，有这么回事吗？嗯，有可能。

她当时不怕母亲发现吗？不怕。

她不觉得跟了那人等于毁掉自己吗？不。

为什么？就这样。

母亲向她隐瞒了自己跟死者的关系吗？不，相反，什么都对她说。

死者向她谈起过对她母亲的看法吗？谈过。

他的看法如何？不佳。

他说了些什么？说她又老又蠢，他不再爱她了。

照她母亲说，死者虽然跟她私通，但还是主动提出给她一份妆奁，为她找个丈夫，这是事实吗？不，不是事实。

她怎么知道呢？因为死者建议她离家出走，搬到一个小单元房里去住，只要他高兴，什么时候都可以去看她。

她会同意吗？大概会的。

死者不认为米凯莱会反对这个计划吗？不。

为什么？因为他说，只要破费一点钱，米凯莱就会变得乖乖的。

母亲呢？母亲会嚷嚷一阵子，但过后也会平静下来的。

她知道以前死者和米凯莱发生过口角吗？是的，一天晚上他扬言要揪米凯莱的耳朵。

米凯莱呢？米凯莱对准他的脑袋扔去一只烟灰缸，却砸在了母亲身上。

弟弟是否向她透露过他想去杀莱奥的想法？从来没有。

米凯莱对家产的事抱什么态度？冷漠，无能为力。

卡尔拉也走了；但临走前跟他打了个招呼。他仿佛看见她绷着脸，表情非常严肃，眼神中含着恳求和同情。她问他怎么样，握握他的手。随后，穿着高跟鞋和短连衣裙的她便踏着轻盈的步子走了。米凯莱看着姐姐谨慎、谦虚、不甚自信的步态，轻轻扭动的腰身，以及整个身躯的所有细节，与穿着难看的丧服、失去雍容风貌的母亲一对比，他便在姐姐身上窥见了一种新生活的迹象。

他生活中的这三个女人——姐姐、母亲、丽莎——走出审判庭后消失了，各走各的路。审判继续进行。几天后，公诉人发言，这是一篇危言耸听的演说。他绘声绘色地描述罪行发生的社会环境，它多么严重地被腐蚀了，又多么具有腐蚀性。公诉人完全赞同这是一桩谋杀案的说法，不过他提议为米凯莱减刑。

"是的，陪审员先生们，"他讲到这儿，朝桌上擂了一拳，大声说，"这是一桩预谋杀人案。米凯莱从丽莎口中得知姐姐被诱惑后，根据证人的证词，曾经开玩笑地暗示，他有可能把诱惑者杀死……因此，一切都已事先决定，莱奥已被他判处死刑。不管丽莎讲的话是否属实，米凯莱去找莱奥，目的并非要求后者做出解释，而是要把后者杀死。从米凯莱说出那句话到案发之间共有两个钟头，他在这段时间中干了些什么？走出丽莎家门后，他像疯子一样走进她家所在的那条街道上的一家枪支店，花七十里拉买了一把手枪。之后，他在城里漫无目的地游逛，像是暴风雨中的一条小船，他动着各种念头，听凭自己被血腥的报复企图所驾驭。你们可以设想他兜里揣着那把手枪，在每家店门口停下，看看橱窗，然后又向前走。他在莱奥居住的那条马路上来回走了好几趟。最后，瞧，他在莱奥门口徘徊了一阵……进门，上楼……瞧，他走进了敌人的客厅；后者乐呵呵地、亲切友好地迎上前来，朝他微笑……这个微笑……陪审员先生们，这是一个不知自己正走向死亡的人露出的微笑！……莱奥向他伸出手……这时米凯莱开了枪；莱奥倒下；米凯莱弯下腰，冷静地、残酷地对准莱奥的太阳穴又射出一发子弹，结果了那人。然后，他像一个怙恶不悛的罪犯那样镇静地随手关上门，出去自首……”演说者分析道，米凯莱有一种要把莱奥杀死的固执的、不可抑制的意愿，尽管他知道，“卡尔拉——如同证人所说——并不像人们可能想象的那样，是一位守身如玉、白璧无瑕的处女，恰恰相反，她完全是另外一种人。因此，这儿谈不上名副其实的诱惑。”听众哗然。“卡尔拉，”演说者做出结论，“是那些从来也不把贞节当一码事的姑娘之一。今天找一个朋友，明天又换一个。她是我们这个堕落时代的可恶形象。”他坚持认为，很可能不是莱奥去追这个姑娘，而是恰好相反。原因在于她和母亲争风吃醋。一种不健康的、病态的妒忌。“陪审员先生们，”他最后说，“任何人也无权代替司法机关司法，更无权代替天神司法。米凯莱却胆大包天地这么做了。米凯莱擅自把私敌判处死刑，并且自己执行了这个判决。这种冷酷的杀人愿望是他真正的罪行。不是激情的爆发，陪审员先生们，不是义愤的爆发，而是一个蓄谋已久的血腥计划的准备和执行。请诸位记住这点。请诸位记住，对米凯莱来说，莱奥是注定要死的，尽管他还在活人中间，尽管他的墓穴还没有掘成。""而你，米凯莱，"他转向被告大声说，"把今天对你的判决作为赎罪和涤净灵魂的方式来接受吧。一旦服完刑，你就能回家，回到常人中间来了。"

"谁知道是为什么，"小伙子这时琢磨道，"律师们在辩论时认为应该用"你"[1]来称呼被告。"他摇摇头。"你错了，公诉人，"他嘲弄似的心想，"你错了……不是涤净灵魂，不是赎罪，也和家庭无关……冷漠，冷漠，只有冷漠。"他出神地笑笑。公诉人以后，谁发言？他的律师。这位德高望重的人物，这位再生的德谟斯泰尼斯[2]，也把他的家庭环境和家里人说得一无是处：母亲是个不知羞耻的荡妇，莱奥是个巧取豪夺的淫棍，丽莎是个惯于拨弄是非和作风轻浮的女人，而他们两人——他和卡尔拉——则是牺牲品，是一个醉鬼的子女（"父亲总是喝得醉醺醺的。"他想），是在没有父母之爱、没有宗教信仰、没有伦理概念的环境中长大成人的。

1　米凯莱觉得在这种正式场合应该用尊称"您"。
2　古希腊雄辩家和政治家。

"莱奥起先是丽莎的情人，后来是他们母亲的情人，"雄辩家大声说，"接着又成了女儿的情人。陪审员先生们，莱奥成了女儿的情人……"他用伤感和激动的声音强调说，"他初次见到她时，她还是一个天真无邪的小丫头，肩上搭着两条小辫，腿肚子露在外面。他曾把她抱在膝上逗弄。可以说，他是为了自己、为了有朝一日满足自己卑鄙的欲望而把她抚养大的……那个家是他的后宫……但他对此还不满足，又把手伸向了他们的家产……"雄辩家列举出莱奥的一桩桩秽行劣迹，像是要把这些秽行劣迹当作一块块石块，用来砌成一幢罪孽的楼房。因此，他慷慨激昂地强调指出，米凯莱的罪行是情有可原的。米凯莱仿佛看见了这位面孔涨得通红、头发被风吹乱的雄辩家，看见了这位西塞罗[1]；他仿佛听见律师用拳头擂着讲坛说："难道诸位要给米凯莱判刑，就因为他要替蒙受欺辱的家庭成员报仇吗？……"想到这儿，米凯莱猛地抬起眼睛，发现已经走进莱奥家所在的街道。

一种冰凉的、死一般的不适感使他的血液凝结了。"嗯，行了。"他想。正是他要找的那条街道。一尘不染的新宅邸，尚未栽上树木的花园，这儿那儿有几幢还搭着脚手架的建筑物，路面还没砌好的人行道。田野大概离这儿不远了。行人稀少。谁也不回头看他，谁也不注意他。"而我却是去杀人。"

1　古罗马雄辩家。

他心想。荒唐的句子。他把手插进口袋，摸了摸手枪。莱奥，真的把他杀死，使他离开人世，让他鲜血直流。"必须杀死他，"米凯莱狂乱地想道，"杀死他……像这种样子……别发出太大声响……这样……对了：瞄准他的胸膛……他倒下……倒在地上……我弯下腰，不发出声音，从容不迫地收拾他。"整个过程应该像闪电一样迅速，但他却觉得需要很长时间。各种悄然无声的动作把这个过程分割成一个又一个阶段。一种死一般的不适感把他压倒了。"应该神不知鬼不觉地杀死他，"他心想，"对，这样才能一切顺利。"

　　天空是灰色的，路上的行人屈指可数。一辆汽车，几幢别墅，几个花园。口袋深处的手枪，扳机，枪托。他在一幢别墅前伫立片刻，看了一眼门牌。他为自己的冷漠感到不寒而栗。"要是我继续这么冷漠，"他恐怖地想道，"那就会干不成这件事……应该激怒起来，暴跳如雷……"他继续向前走。前面是八十三号。"应该把火气鼓得足足的，"他焦躁地思考着，"先看看……先看看我有哪些理由对莱奥恨之入骨……我母亲……我姐姐……她几天前还是个纯洁的少女……现在却躺在他床上……赤身露体……失去了贞操……莱奥搂着她……占有了她……我姐姐……被他占有了……我姐姐……被他占有了……我姐姐……我姐姐……被他当作荡妇对待……伸手伸脚躺在那张龌龊的床上……可怕，可怕……赤裸裸的，被他搂在怀中……一想起这点我的灵魂就颤抖……她屈从了那人，满足了他的淫欲……我姐姐……可怕。"他伸手摸摸脖子，觉得喉咙里火辣辣的。然而没过多久，他却绝望地心想："让我姐姐见鬼去吧。"他又像刚才那么冷漠了。所有这些想象中的画面不能使他有所触动。他对着一扇大门看了一眼："已经走到六十五号了。"痛苦和忧虑袭上他的心头，他担心自己没有能力采取行动。他把手伸进口袋，神经质地捏紧手枪。"让所有人都见鬼去吧……摆那些理由干什么……既然我已决定把他杀死，那就动手干吧。"他加快了步伐。一幢幢住宅相继从他眼前掠过。快点，再快点……杀死莱奥，他一定能做到……很简单嘛。七十五号，七十六号。一条横马路。七十七号，七十八号。他蓦地跑了起来。手枪拍击着他的大腿。他看见人行道上有一个约莫十岁的小女孩，牵着一个更小的男孩的手朝他走来。他以为会和他们擦肩而过的，却在和他们相遇之前到达了莱奥家的大门口。他走了进去，并为没能与他们擦肩而过感到遗憾。"现在，"他登楼时心想，"如果发现他不在家，那才真有意思哩。"他奔跑着上了两道楼梯，在第二个楼道口的右侧找到了他的敌人的房门。一块铜牌上写着：莱奥·梅卢迈奇骑士。

他没揿铃，想等呼吸均匀后再进门：此刻他喘得厉害。他笔直地、一动不动地站在紧闭的门前，等着气喘和心悸平静下来。但他怎么也做不到这点。心在胸膛里乱跳。发出扑通、扑通的响声：肺部每呼吸一次，就痛得使他无法忍受。"唉，心啊，唉，肺啊，"他苦恼、忧伤、焦躁地想道，"难道你们也跟我作对？”他用手按住腰部，试图控制住自己。他的精神已经做好准备了，但需要多少时间他的身躯也能同样做好准备呢？面对着这扇默不作声的门，他一动不动地站着，傻乎乎地开始数数，从一数到六十；再来一遍……最后他数腻了，数到一半停了下来，伸手按响门铃。

他听见铃声在空荡荡的单元房中回响。悄然无声。毫无动静。“他不在家，”他怀着深深的喜悦和轻松感心想，“为了慎重起见，我再按一遍铃……然后就走。”正当他想要再次按铃时，正当他想象着自己已经下楼、走上街道、悠闲自在地在城里溜达时，正当他已经忘了自己的复仇念头时，门后的地板上响起沉重的脚步声，门随即开启，莱奥出现在门口。

他穿着一件室内服，头发乱蓬蓬的，胸膛袒露着；他从上到下打量了一下年轻人。

“你在这儿？！”莱奥带着睡意尚浓的神色和声音大声说，“什么事？”他没请米凯莱进门。

他们面面相觑。“什么事？”米凯莱想这么嚷道，“你很清楚我有什么事，不要脸的家伙。”但他忍住了。

“没什么，”他轻轻地说，因为这时他又喘不过气来了，“只想跟你谈谈。”

莱奥抬起眼睛，一丝傲慢无礼和诧异的表情掠过他的脸膛。“哟，真妙，谈谈？跟我谈谈？在这个时候？”他一直站在门槛上，用一种过分惊奇的语调说，“想跟我谈什么呢？……

听着，听着，亲爱的，"他补充说，与此同时开始关门，"改天再谈不是更好吗？我正在睡觉哪，脑子还不大清醒……譬如说明天吧。"

门慢慢关拢。"不对，你没在睡。"米凯莱心想。他突然冒出这个念头："卡尔拉在里边……在他卧室里。"他仿佛看见她赤条条地坐在床沿上，焦虑万分地听着情人和这个不速之客的交谈。他推了一下门，打算进屋。

"不，"他用坚毅和激动的声音说，"不，今天就得跟你谈……现在就谈。"

一阵犹豫。"好吧。"莱奥说，他仿佛已经忍无可忍了。米凯莱走进屋里。"卡尔拉在里面。"他想，一种奇特的激动心情攫住了他。

"你讲实话吧，"莱奥关门的时候，米凯莱伸出一只手按在他肩上，费力地说，"你讲实话吧，我打扰了一场甜甜蜜蜜的交谈……屋里有人，对吧？……嘿！嘿！……准是个漂亮的姑娘……"他见莱奥转过身，叫人讨厌地狞笑了一下，微笑中露出一种不加掩饰的得意神色："绝对没人……我在睡觉。"米凯莱听了这话后反倒明白自己猜对了。他把手伸进口袋，握住手枪。

"确实在睡，"莱奥头也不回地重复了一遍，带他走进前厅，"睡得很熟，做了几个极妙的梦。"

"嗬！真的？"

"真的……而你把我叫醒了。"

"不，不能从背后向他开枪。"米凯莱想道。他把手枪从兜里掏出，手贴在腰际，枪口对着莱奥……只要后者一转身，他就开枪。

莱奥第一个进入客厅，走到桌边，点燃一支香烟。他身裹室内服，像摔跤运动员似的叉开双腿，朝着一根米凯莱看不见的火柴，低下头发蓬乱的脑袋。他给人的印象是：他对自己和生活都满怀信心。接着，他转过身来；于是，米凯莱便愤愤地抬起枪口，扣动扳机。

既没冒出硝烟，也没发出枪声。莱奥看见手枪后大吃一惊，嘟哝了一句后避到椅子后面。扳机咔嚓一声。"卡壳了。"小伙子心想。他见莱奥一边嚷着"你疯了！"一边把椅子举到半空，露出自己的整个身体。于是他探身再开一枪。扳机又是咔嚓一声。"没装子弹。"他终于明白了，不禁毛骨悚然。"子弹在我兜里呢。"他闪到一边，避开莱奥的椅子，跑到对面屋角。他头晕脑涨，喉咙发干，心在怦怦乱跳。"一粒子弹，"他绝望地想道，"只要一粒子弹。"他瞎摸了一阵，狂乱地抓出几粒子弹。他仰起头，弯下腰；一双发疯的手试图拉开枪栓，压进子弹。但莱奥发现了他的行动，斜对着他的双手和双膝扔过椅子，把他的枪打落在地。他痛得闭上眼睛，心里充溢着不可名状的愤怒。米凯莱扑向前去，打算掐住莱奥的脖子。但莱奥却把他牢牢揪住了，左右摇晃了他几次后，使劲把他推开。他跌跌撞撞地碰翻了一把椅子，摔倒在长沙发上……莱奥立即扑到他身上，抓住他的手腕。

沉默。相对而视。满面通红、气喘吁吁的米凯莱被扼在沙发上，他竭力想挣脱。莱奥马上做出反应，拧了一下他的手腕。又挣扎一次，又被拧了一下。最后，气呼呼的小伙子终于被疼痛制服了。他隐约觉得生活从来不像此刻这样痛苦。他被人粗暴地压在身下，真希望能像遥远的往昔那样，受到母亲的爱抚。他的心情抑郁，眼里充满泪水；他放松了阵阵疼痛的肌肉，不再反抗了。莱奥瞪着米凯莱，睡衣的前襟敞开了，毛茸茸的胸膛露在外面，一起一伏地在喘气。他时时翕动一下鼻翼，喷出一股气，像是猫在打呼噜。他恶狠狠地瞪着米凯莱，很难抑制得住自己的满腔怒火。

最后莱奥使劲嚷了句："你疯了！"然后松开了手。

米凯莱抚摸着疼痛的手腕，站了起来。他看见莱奥直挺挺地站在屋子中间一动不动，看见了那张四脚朝天的椅子，还看见那边的屋角里有一样黑色的东西——手枪……真的，一切都已结束……一切都完了……但他不明白……他不知道自己应该表现得怒气冲冲呢，还是装出胆怯的样子……他望着莱奥，不住地机械地揉着手腕。

"现在，"最后，莱奥扭头对着大门说，"现在劳你的大驾，请走吧。"他想讲几句措辞激烈的话，但克制住了自己。"我要找你母亲谈谈你干的这件傻事。"他加上一句。

但米凯莱站着不动。"他不责备我，不暴跳如雷，而是急着让我走，"他想，"因为怕我发现卡尔拉……卡尔拉准是藏在里面……在隔壁房间里。"他看着第二扇门，发现它外观普通，跟其他几扇门一模一样。他几乎感到了惊讶：既然姐姐藏在这里，那她就应该在门上留下一点迹象，譬如说，门匆匆关上时应该夹住她的一片衣角。

"卡尔拉在哪儿？"最后他用清晰的声音问道。那人厚颜无耻的脸膛上掠过一种略带惊愕的表情，但这种表情顷刻间便消失了。

"卡尔拉？"莱奥用最自然的声调重复了一遍，"我哪知道？大概在家里吧，或者上街了。"莱奥走到米凯莱跟前，抓住他的一条胳臂，"你到底走不走？"

"嘘，"小伙子脸色苍白地看着他，但并不挣脱他的手，"你别以为这样就能把我吓唬住……我什么时候想走才走。"

"你到底想走不想走？"莱奥抬高嗓门儿又问了一遍，同时把米凯莱朝门口推去。后者反抗着。

"我相信，"他用脚尖顶住地板，匆匆嚷道，"卡尔拉在里面，在你屋里。"他被推了一下。"放开我。"他挣扎着厉声吆喝道。但莱奥没有松手。

"你走吧，"莱奥几乎乐滋滋地重复道，"我在家里爱干什么，愿干什么，就干什么……你呢，行个好，给我走吧。"米凯莱被他从背后推着，不能转身。

"哼！恶棍！"米凯莱嚷道。他感到脚下晃晃悠悠的。"恶棍……"

　　"不错，我是恶棍……你爱怎么骂都行，"莱奥推着他反复说，"可你得走。"

　　正在这时，门突然开了，卡尔拉走了进来。

　　她没穿外衣，身上只有一条短裙和一件栗褐色的毛衣，大概是刚刚匆匆忙忙穿上的。她头发蓬乱，脸色苍白，神情倦怠，未经化妆，外表与那些没能力或不愿意打扮自己的女人一样。她随手带上门，挺直身子，睁大眼睛，走到客厅中部。

　　"我听见这儿有响声，"她说，"所以就来了。"

　　"哎，怎么回事？"诧异片刻后，莱奥放开米凯莱，奔到她跟前，抓住她的一条胳膊摇晃着，"哎，怎么回事？我不是让你待在那儿别动吗？可你还是来了……哎，怎么回事？……你把我当成什么人啦？……你们全疯了……哎，怎么回事？"

　　他气得连话也说不成句了。过了一会儿，他似乎控制住了自己。"好吧，既然你出来了，"他接着说，"好吧，喏，这是你弟弟米凯莱，他开枪杀人……你跟他谈谈吧，爱怎么办就怎么办吧……我不管了……"他放开她的胳膊，摆出一副不想被人打扰的样子，走到窗前坐下。

　　米凯莱打量着卡尔拉。他曾经猜想过，在这种时刻，他的内心会被怒火填满的。可是，此刻这片怒火在什么地方呢？在别的地方。如果莱奥没这样粗鲁地一把抓住姑娘的胳膊，如果她的仪容不整并不意味着她的衣裳是匆匆忙忙穿上的，那么，他甚至不会想到她被诱惑了。"上帝才知道，我进门时她是什么样子？"他一边想，一边痛苦而贪婪地在她身上寻找她犯下的过失的痕迹。苍白的脸色，眼睛周围的黑圈，惊悸的目光，被吻得没有血色的嘴唇，蹑足和慌乱的表情，一切都证实他的怀疑是有根据的。可是她的躯体，这个被莱奥占有过、被欲火焚烧过、被淫念百般蹂躏过的躯体，却跟平日一模一样，没有留下任何肉眼能察觉的痕迹。只是那个略微露在外面的胸脯给他留下一种奇特的印象，使他猜出这个部位不再是纯洁无邪的了，不再有别于身体的其他隐秘部位了：她的胸脯已被玷污，就像整个赤裸的躯体已被玷污一样。

"向你表示衷心祝贺，"他终于费劲地说，"可是，你不必要费神换衣服嘛……可以像莱奥这样……穿着室内服出来。"他指了指那个男人，后者做了个激怒的手势，遮住自己的胸部。

沉默。"米凯莱，别这么说话，"她用恳切的声调焦虑地说，"让我向你解释一下……"

"没什么可解释的。"米凯莱走近桌子，靠在桌子旁。"我不知道你是否爱他，"他接着说，仿佛窗旁的那人并不在场，"但可以肯定的是，你犯了一个大错误……你知道他是妈妈的什么人，他是什么货色，可你还是把身子给了他……尤其是我相信，你并不爱他……"

"我不爱他，"她眼也不抬地承认道，"但有另一个理由……"

"嗬！有另一个理由！"莱奥心想。他带着一种自鸣得意的蔑视感看着他们姐弟二人。此时他胸中的怒火已经熄灭。他静观着事态的发展。"我可以告诉你，这个理由是什么，"他想道，不到十分钟前他目睹的卡尔拉那副放荡模样重新出现在他的眼前，"是情欲，我亲爱的，是你的肉体需要……"

"你自己也不知道为什么要这样做。"米凯莱接下去说。他渐渐激动起来，似乎已把姐姐的过失看得一清二楚，"你自己也说不上来。"

"我知道。"她抬起眼睛反驳道。

"那你就说说吧。"

卡尔拉惴惴不安地看了米凯莱一眼，然后把视线移向莱奥。"为了过一种新的生活。"她想这样回答，但没有勇气。她觉得这个理由是可笑的，根本不值一提，因为她已看到，除了她的肉体被人占有了以外，其他方面毫无变化。她感到羞愧，怕别人不信，担心被人嘲笑，这一切使她不敢把这个理由讲出来。她垂着脑袋一声不响。

"我来告诉你是什么原因吧，"米凯莱得意扬扬地接着说，尽管因为自己要扮演的角色而暗自恼怒，（"我是什么人？"他想道，"是一家之长吗？"），"你一时软弱，感到烦闷，除了莱奥外，根本没想去找别人。你马上答应了他。换个人来追求你，你也会同意的……你把身子给了他，并不知道是为什么，大概只为了干出点事。"

"是的……只为了干出点事。"她重复了一遍。

"她把自己的行为说成了是为了干出点事。"莱奥讽刺地想道。他对这两人，尤其是对米凯莱，一点也不同情。他觉得这孩子荒唐可笑，一副傻相：想开枪打死他，可又忘了装子弹。卡尔拉嘛，是个贱货，几分钟前还躺在他床上，被他搂在怀里，听凭他为所欲为。而现在，这两个家伙居然端坐在审判官的宝座上，给自己插上天使的翅膀，绘上圣徒的光环，把自己洗刷得干干净净，而把他推在地上，让他掉进泥淖。"喂，你们行行好吧，"他想这么嚷道，"别装出一副愁眉苦脸的样子，别把事情讲得这么严重……实事求是，有一说一、有二说二吧……自己是什么样就是什么样，别瞎吹。"但他忍住了，好奇地观察着这场姐怜弟爱的戏如何收场。

"末了你发现自己一事无成，"米凯莱接着说，"你离开了一个无法忍受的环境，找到的却是一个同样让人悲伤和烦恼的环境……这就是事情的经过……"他默默待了一阵，打量着卡尔拉，看见她笔直地站在他面前，执拗地闭着嘴。她不像是干了错事，倒像是在毕恭毕敬地听他讲话。不知她是否怀着听天由命的心情，但她肯定非常冷漠。他觉得心里一阵绞痛。与此同时，他觉得自己远离现实，心灰意懒。他已陷入谎言的重重包围中，一种黑色的忧虑和一种受辱的痛苦已渗进他的心坎。"一片黑暗，"他想，"一片黑暗，没有别的……"他垂下眼睛。"如今一切都得从头开始，"他用深沉的、缺乏自信的声音接着说，"我们的各种错误都来自烦闷和对生活的渴望……你不爱这个人，我不恨他……我们干出了截然相反的两件事，他是这两件事的对象……"他的心在颤抖，不适感和无能为力感使他很想大叫一声。"一切都得从头开始，"他痛苦地重复道，"新的生活或许会到来的。"

"新的生活？"心灰意懒的卡尔拉走近窗口。开始下雨了，头几滴雨点在蒙着一层灰尘的窗玻璃上划出了几条道道。她神思恍惚地看了一阵子。新的生活？这么说来，确实什么也没改变？她这个丢人行动，只是一个丢人行动而已？她觉得窒息。

"不，"她清清楚楚地说，并未把身子扭过来，"我不认为新的生活有可能到来。"

"我依了他，"她做了一个可笑的手势，指着坐在那儿木然不动的情人，"我干了这事，你明白吗？是为了得到这个新的生活……可我现在发现什么也没改变……因此最好别再尝试……就这样待着吧。"

"不对，不对。"米凯莱用冷漠的声音说。此时，他抑制住自己内心的激动，转而关心姐姐的事情。他惊恐地发现，仅有的一点信念正在离他而去。"不对……现在一切未变，那是因为你不爱莱奥……你犯了一个毫无意义的错误……不过，为了好好生活，使生活发生变化，一举一动就得真心实意……"他突然发现所有人的事情都集中在他身上，仿佛有的病人认为所有人都害着和他相同的病似的。他觉得奇怪，吃了一惊。他担心自己成了自我中心者，只能看见自己，不能理解卡尔拉。"至少我认为是这样，"他无精打采地补充道，"我觉得你应该离开这个你并不爱的人……我们卖掉别墅，还清欠他的债。假如还能剩下一点钱，那就更好……我们抛弃所有这些聚会、这些人、这个环境，抛弃所有这些使我们厌烦的东西……搬到一个只有很少几间屋子的单元房里去住……到那时，新的生活一定会到来的。"但他明白，他缺乏热情，他的语调不坚定，他的声音不刚毅，缺乏诚挚，没有自信。他觉得自己冷漠、慵懒。

卡尔拉的视线从他那双没有信念和理想的眼睛上移开，投向窗户。"这不可能。"最后，她似乎自言自语地说。

寂然无声。小伙子的这番话使正在用冷嘲热讽的神情注视着他们的莱奥浑身冰凉。"卖别墅……他疯了。"他想。可不是嘛，倘使他们把别墅卖掉，这件事就算吹了。他们决定出售时，会让人来估价；于是这幢位于本市最豪华的住宅区中心、四周是一个大花园的宽敞宅邸的真正价值将会被他们知道。连周围的地皮也可以用很可观的价格化整为零出售，用来建造新房……那时他的如意算盘就彻底告吹了。他打量着卡尔拉和米凯莱。"将是一场灾难，"他想，"哪里是什么新的生活。"一个念头倏地进入他的脑海，仿佛是一种起死回生药，其疗效毋庸置疑；他马上决定服用这种药。

"等一等，"他大声说，"等一等……还得听听我的。"他站起身，挥手让米凯莱闪开，然后抓住卡尔拉的一条胳膊，硬要她坐下："坐在这儿。"姑娘用一种使米凯莱觉得可怕的温顺态度服从了。"她永远也干不成什么事。"米凯莱失望地想道。莱奥在卡尔拉对面坐定。

"当然。"莱奥用坚定、确切的口气开起腔来。谈起正事，他一贯如此。"当然，我们做得不对……干了错事……你们讲话时我想到了这点。卡尔拉，我想到了这点……现在嘛，要是我提出一个建议作为弥补……要是我提议我们结婚，你会同意吗？"他那肥厚的唇边露出了一个得意扬扬的、很有说服力的微笑。他深信能说服她。"你会同意吗？"他又问了一次，同时握住她搁在桌上的那只手。

卡尔拉试图把自己的手抽回来，但没有成功。"我们结婚？"她带着失望的微笑重复一遍，"我们两人结婚？"

"是的，"莱奥确认，"我们两人结婚……这有什么奇怪的呢？"

姑娘摇摇头。一想起这桩婚事，一想起醋意十足的母亲的情人将成为她的丈夫，她就觉得恶心。再说，现在结婚已经为时过晚；她也不知是为什么，反正觉得已经太晚了。他们如今已经相互了解得过于透彻，无法成为夫妻了……最好各奔东西……分道扬镳……或者，谁知道呢？……或者就维持原状……做一对情人……这个简单而遥远的结婚想法在她心目中引起的第一个感触是厌恶，她的本能反应就是自卫。她觉得任何再屈辱、再痛苦的境况也比结婚好。她是这么考虑的，却不知道怎样以语言表述自己的想法；她仿佛被情人的微笑和目光镇住了。没过多久，她觉得有两只手按在自己的肩上。是米凯莱的双手。"不，"他喃喃地对她说，"对他说不。"但他的嗓门儿压得不够低，他的话被莱奥听见了。

莱奥放开卡尔拉的手，站起身来。"行个好，别干涉你姐姐的事，可以吗？……"他愤怒地嚷道，"要结婚的是她，不是你……让她去考虑吧……让她按自己的利害关系做出回答……或者，你最好出去一会儿，让我和卡尔拉单独在一起……谈完后再来叫你。"

"你冷静点……我要待在这儿。"米凯莱用挑衅性的口吻说。莱奥做了个不耐烦的手势，没有回答他。

"嗯，"莱奥重新坐下，对卡尔拉说，"你考虑一下吧。"他又握住她的手，"好好想想……我不是一个无足轻重的对象……我有钱，地位牢靠，有名气，受人尊敬……想想吧……"他打住话头，停了片刻，"再说，"他加上一句，"像你现在这种状况，怎么能另找到丈夫呢？"

"'像你现在这种状况'……这是什么意思？"她盯着他重复道。

"没什么意思，"莱奥噘了噘嘴，"你身无分文……另外，还用得着跟你说吗？你名声相当坏。"

"什么叫名声相当坏？"她又一次打断他，但这回她的声音很轻。

"名声相当坏，"莱奥又说了一遍，"你的所有男朋友都认为你不是一个正派姑娘……我解释一下……他们会利用你，但不跟你结婚……只是跟你一块玩玩，这谁都愿意……"

沉默。互相看着对方。"我之所以成了这个样，那是你们的过错，要怪你和妈妈。"她想这么嚷道，但忍住了。她低下头。

"而我，"莱奥接下去说，"可以把一切安排得井然有序……不但把你，而且还要把你全家安排好……把你母亲接到家里来……米凯莱将去工作……或许我会亲自为他费神，给他找个差使。"每做出一个新承诺，他就定睛看她一眼，像是樵夫每砍一斧子就观察一遍树干，看看这棵树是否马上就能砍倒。然而卡尔拉却注视着窗子，一言不发。雨，静悄悄地朝窗子抛来大滴大滴的泪珠。

客厅像山洞般的阴暗潮湿，笼罩在一片阴影中。米凯莱在阴影中来回踱步。"找个差使……工作。"他烦躁不安地反复想道。毫无疑问，莱奥讲这番话时的态度是严肃的……会履行诺言……会给他找到一个收入丰厚的差使……那家伙尽管人品不好，但讲话是算数的……如何做出抉择呢？……这个诱惑是强烈的……金钱、声望、女人，或许还能外出旅行，或许还能变成富翁。总而言之，他能过上心满意足、无忧无虑的生活。道路坦直，前途光明。有工作，能经常赴宴，听到温柔的话语……卡尔拉的亲事能给他带来这一切……这并不等于出卖他姐姐。他不相信这种危言耸听的吓人话，不相信荣誉和责任……他觉得自己是冷漠的，跟往常一样，思想丰富，但感情冷漠。"我不对她表示任何意见，"他终于暗自做出了决定，但这几乎是违反他的心愿的，"让她自己拿主意吧……同意很好……不同意也很好。"然而，一种淡淡的不适感提醒他，这些念头是可耻的。他抬起眼睛，朝窗子方向看了一眼。光线昏暗，两个黑色的脑袋衬映在灰色的窗玻璃上，轮廓格外分明。外面大概还在下雨。他又开始踱步，不时驻足张望：以前在什么地方曾经见过这两个身影站在窗前？每当他的目光落在他们身上时，他的心就会掠过一丝神经质的愁绪。

"瞧，"他心想，"瞧……我在这片黑暗中踱来踱去……他们坐在那儿，坐在窗旁……我在踱步……他们在交谈……我们被隔开了……离得很远……我们为什么会这样？仿佛我们被隔绝了，仿佛我们彼此看不见对方。"他的眼睛里充满眼泪。从前在什么地方见过他们呢？

莱奥在讲话："要是你因为你母亲的缘故而拿不定主意，那尽管放心好了……我向你保证，我和她的关系早就结束了。"

沉默。卡尔拉晃晃脑袋。"不，不是因为我母亲，"她答道，"不是因为这个。"

"也许是因为丽莎吧。"莱奥又猜道。

"嗯！不是。"

"哎！那是为什么？"他大声说，"你为什么不同意？……我不明白你为什么拒不答应……肯定不会因为……"他淡淡一笑，捏了一下姑娘的手，加上一句，"感情上的原因。"

她瞟了他一眼。驱使她做出拒绝回答的初始动力已被一种清醒的哀愁所取代："真的，既然整个身子都已给了他，为什么还不答应他的求婚呢？"但她的心又马上变得铁硬了；她不能相信莱奥的诺言。噢，不能。"我们彼此不相爱，"她思索着，"这将是一场不幸的婚姻。"然而，她觉得米凯莱的预言更加幼稚。"生活是不会改变的，"她心想，"永远不会改变……莱奥说得有道理……还是结婚为妙。"正当她要屈服，正当她要含着屈辱和羞涩的微笑表示同意，正当她想象着未婚夫将搂着她的腰、亲吻她的额头，想象着将看见一个美好动人的场面的时候，米凯莱的声音从客厅那端传来："看在上帝面上，卡尔拉，看在上帝面上，别答应他。"

他们转过身。米凯莱站在客厅中，看样子已经为自己动情的苦苦哀求而感到十分惭愧。莱奥站了起来，朝桌上猛擂一拳。

"别多管闲事，"他嚷道，"这事跟你无关，你别插嘴行不行？"

米凯莱向前跨了一步。"她是我姐姐。"他说。

"她是你姐姐又怎么样？"莱奥重复一遍，"难道她不能选择她喜欢的人做丈夫吗？"他重新又坐下，"听我的话，卡尔拉，"他坚持说，"别听你弟弟的劝告……他不知道自己讲的是什么。"

但姑娘做了个让他住口的手势。"为什么？"她转身面向小伙子，"我为什么应该拒绝他？"

她见弟弟犹豫不决。"因为你不爱他……"他开了口。

"爱得不够……不过，没有爱情也可以凑合着过日子嘛。"

"还有我们的母亲……"

"喔！她，"卡尔拉耸耸肩，"她不碍事。"

沉默。"卡尔拉，"米凯莱过了片刻又执拗地说，"你必须拒绝他，因为我要求你这样做……要是你嫁给莱奥，那……那就会彻底毁了你自己……"他的声音在发抖。

"当然，"她看着小伙子心想，"不会很好。"对新生活的陶醉已经过去，她只感到一种痛苦、平庸的需求——对现实的需求。

"不跟他结婚的话，"她尖着嗓门问，"我会得到什么呢？"

"你会得到什么？"米凯莱看着她。卡尔拉的目光镇静、空虚；她的脸色发黑，因为面孔四周被一头不听话的乱发包围着。"你会得到什么？……你会得到自由……你将自由自在地给自己营造一种新的生活。"沉默，"别以为我讲的是空话，"他补充道，但连他自己也为这句话缺乏实际内容而感到吃惊，"我的情况在某种程度上跟你相同……我知道会有许多困难……但我们最后一定能达到目的……过上我们的新生活。"他见卡尔拉摇摇头，眼睛一直盯着窗子。"你应该对此充满信心。"他想这么朝她大声说。莱奥自信地微笑着。

"胡说八道，"莱奥说，"生活没有什么新不新、旧不旧的，生活就是生活。"

她猛地转身对着情人。"这么说，莱奥，"她故作娇嗔地问，"你希望我们结婚喽？"

"当然。"他热切地回答道。

"你不怕结果会很糟吗？"她又问，"譬如说我吧，"她平静地加上一句，"我相信你一定会背叛我。"

"是你会背叛我，我的小娼妇。"莱奥心想。他注视着那颗笼罩在黑影中的大脑袋，很想轻轻打她一下，对准她那丰满的胸部打一下，嘲弄式地、开玩笑似的、愉快地打她一下。他仿佛又看见了她几分钟前的模样，由于缺乏经验而像野兽一样笨拙可笑地扭动着她那一丝不挂的白嫩的躯体。"我将娶一个小娼妇。"他一边这么反复想道，一边朝她伸出手。

"我对你发誓，"他庄重地说，"我将永远忠于你。"

"卡尔拉，"米凯莱再次坚持，"别答应他。"他走到她跟前，伸出一只手搭在她肩上，"别答应他……原因嘛……你以后会晓得的。"

卡尔拉看着窗户，一言不发。她那颗圆圆的大脑袋似乎和瘦削的肩膀不成比例。夜色已经降临。透过被雨水打湿的窗玻璃可以隐约瞥见一抹残存的余晖,像磷火似的。外面还在下雨。他们的身体笼罩在室内的黑暗中。人们只能看见几张布满黑影、凹凸不平的脸孔和几双放在桌面上的手。

"该走了。"她最后说了一句,随即站起身来。

"答复呢?"莱奥问完后也站了起来,摸索着走到墙边开亮灯。明晃晃的灯光令人头晕目眩,一刹那间他们似乎都吃了一惊,呆呆地互相望着。卡尔拉和米凯莱肩并肩待在窗旁,莱奥站在门边。这时他第一次发现姐弟二人有某种相似之处:同样的犹豫不决的表情,同样的战战兢兢的动作。卡尔拉的脸上充满倦意,瞧,她正伸出一只手揉着那双被凌辱的眼睛。而在米凯莱的脸上却能看出一种神经质的、充满幻想的忧愁。他们并肩站在窗前,似乎很怕他。

"答复?"片刻后姑娘重复一遍,"明天,莱奥……明天……我得跟妈妈谈谈。"她朝弟弟转过身,伸出一只手按住他的胸口。"米凯莱,在这儿等着我,"她定睛看着他说,"我去戴上帽子就来。"她从小伙子和桌子间穿过,迈着轻盈、自如、灵巧的步子经过情人面前,打开右侧的门。她进门后没把门关上,片刻后,那间屋子里的灯亮了,米凯莱看见了里面的镶着镜子的衣柜、地毯和椅子。一件男衬衫扔在椅子上,一条袖管耷拉着。卡尔拉在镜子前面来回走动,摆出一副对这儿很熟悉的样子,先把衣柜上的灯开亮,仔细梳好头后就通过另一扇门走了出去。不久,她手拿上衣和小帽回到那间屋里，矫揉造作地穿上衣服戴好帽子后又消失了。片刻后，她带着一个小手提包回屋，开始往脸上抹粉……她在做出门准备时，两个男人待在客厅里不动，也不讲话。莱奥留在门边，身上穿着那件满是皱褶的束腰短家居服；他叉开腿站着，袒露着胸膛，低着头，耷拉着眼皮，像是深深沉浸在思索中。他的脑门上垂着一缕蓬乱的细发，形状好像一小簇乌云；双手反剪在背后，脚尖时时踮起，然后又沉重地落下。他的脑袋始终低垂着。米凯莱一直待在窗前，用迷离的目光观察着姐姐对着镜子做的那些熟悉和轻盈的动作。他觉得隔壁那间屋里弥漫着一阵沉滞的和堕落的气氛；那儿大概又脏又乱，床单揉成一团，衣服扔在椅子上，枕头掉落在地。香水味、烟味、睡觉的痕迹……在这种气氛中，在这个乱糟糟的地方，卡尔拉迈着她那双灵巧的腿，自如地，几乎是愉快地走动着……她刚才还是一副蓬首垢面的样子，懒洋洋的神情，苍白的脸色……而现在，瞧，她已经做好出门准备了：那顶小帽端端正正地扣在眼睛上方；唇上涂了口红；脸上抹了香粉，双颊呈粉红色，发出一股清新的气息；两缕末端呈尖形的头发贴在面孔的左右两边。瞧，她离开了那面模糊的镜子，那片污浊的空气，那堵墙壁，那把椅子，朝他走来了。

"我们走吧，"她平静地说，同时朝莱奥伸出手，"再见，莱奥。"

"那么，你同意了，对吗？"他吻着她的指尖低声说。他很满意，信心十足。卡尔拉瞟了他一眼，没有回答。他们三人一齐离开客厅走进更衣廊；姑娘在前，两个男人随后。踌躇满志、几乎是心花怒放的莱奥紧紧跟着卡尔拉。"我们一定结婚……我们一定结婚。"他乘米凯莱在屋角穿大衣时，轻声对卡尔拉说。他希望看见她对他微笑，或者至少朝他看一眼，暗示她有可能表示同意。但卡尔拉却仿佛耳无所闻、目无所见，像刚才一样执拗和心不在焉。"再见，莱奥。"出门时她又说了一遍。他在半开着的门口滞留了一会儿，透过门缝望着姐弟二人下楼：他们相互不讲话，也不回头看他一眼。他们的身体经光线一照，向墙上投去两个斜长和虚幻的身影。最后，他关上门，回到客厅中，看见米凯莱的手枪扔在地上。他捡起手枪在手中掂量着，同时失神地望着半空。他想起他已决定应邀参加格兰德大酒店的舞会，想起玛丽阿格拉齐娅也会到那儿去。"这将是一个好机会，可以坚定卡尔拉的结婚决心。"他心里想道。他十分满意地走到卧室的镜子前，看了一眼自己。"嗯，你会成功的，"他大声对自己说，真想在自己的肚子上拍一下，"你即使结了婚，也还是往常那个莱奥。"然后他走进浴室，开始洗澡。

十六

　　姐弟二人走出大门后，才发现外面雨下得很大。雨势倒并不太猛，但雨量很大，像是从一个漏孔脸盆中流下的水柱；只听得急流般的哗哗的雨声在夜色中响个不停。石砌路面上冒起一层青绿色的水汽。这场大雨在云际积蓄了两星期之久，现在总算倾泻下来了。污浊的雨水积满檐头、明沟、下水道。黑魆魆的屋宇在倾盆大雨中巍然屹立。路灯被大雨无情地浇淋着，漫着积水的人行道，像是海港中一半浸在海水里的水陆两用栈桥。

　　他们伛偻着身子，在瓢泼大雨中贴墙匆匆行走，小心地撑着仅有的一把雨伞挡雨。在一个拐弯处，一辆未载客的出租汽车亮着车灯，径直照向他们。他们上了出租车，朝家里驶去。

　　他们并排坐在黑暗中，既不看对方，也不交谈。路上的颠簸使他们像两个无生命的木偶一般来回晃动，互相碰撞。他们的四肢也像是木头做的。他们的眼睛圆睁着，露出惊愕的神色。米凯莱背靠后座，身子几乎平躺着。他好像在思考问题。卡尔拉在座位上微微向前探出身子，试图看清路上的一切；但她什么也看不见。车窗玻璃被雨水浇得湿透，上面蒙了一层寒冷的水汽，变得模糊不清。什么也看不见。她觉得自己已被隔离在世界之外，只有弟弟跟她做伴；他们一起待在这个黑漆漆的铁皮盒子里，被高速带往一个陌生的地方。向何处去？这一天，以及她以往的生活，就在这样一个无法回答的问题中结束了。天亮后向何处去？入夜后向何处去？黑暗中向何处去？下雨时向何处去？阳光炙烤下向何处去？没人知道。她有点害怕了！她想降低自己的理想标准，缩小自己的活动范围，让自己的生存空间局限在一间屋子里。"嫁给莱奥吧。"她想。她用倦怠的目光注视着前方的车窗玻璃，仿佛看见几个亮晶晶的形象已在这个光滑而黑暗的平面上形成和显现。她仿佛是透过家里的窗玻璃，或是透过单调轰响着的火车的窗玻璃看着雨夜中的景色。神秘的闪光，朝着梦境里的黑色原野敞开的窗口。瞧……瞧……黑暗中出现了一所教堂，门前的台阶上洒满阳光。她身披雪白的婚纱，稍稍把脸偏向一边，挽着她的终身伴侣的手臂走出教堂。这一天阳光明媚，人们参加完婚礼后，从黑暗的教堂中走出，鱼贯跟在他们后面。母亲手拿一束五彩缤纷的鲜花，待在离这儿很远的地方；她肯定在啜泣，但这儿看不见。米凯莱垂着脑袋，仿佛留神看着脚下的路。丽莎穿一身非常华丽的丧服。还有许多面容辨认不清的来宾。女士们一身白，男士们一身黑；他们三五成群、熙熙攘攘地跟着新郎新娘走出教堂。有几个人的一半身子仍旧浸在阴影中，其他人的全身都已走进阳光照射着的地方。大家都穿得很阔气。她看见男人们的裤线烫得笔直，每人手拿一把亮锃锃、光闪闪的铜号；女士们手里拿着五颜六色的圆形花束，其中的每朵花都清晰可辨……大家从那个看不见的教堂大门中走出，跟在新婚夫妇身后，踏下洒满阳光的台阶。不久，一首缓慢的宗教乐曲蓦地奏起，似乎在为参加结婚仪式的人们规定行进的节奏。是管风琴，还是编钟？她仿佛听见了这支凯旋式的、为她的脚步伴奏的曲调。旋律固然庄严肃穆，但充满令人五内俱摧的痛苦和哀愁，仿佛她这么打扮着，这么挽着新郎的手臂，并非走向欢乐，而是去做出一种别人并不感恩的牺牲，一步步朝着一种充满疑团和不可克服的困难的生活接近……

她猛地一惊。一只手，米凯莱的手，握住了她的手。车窗玻璃上的阴影立即扩散开来，遮掩了婚礼行列中那些明亮的身形，好比一张底片在阳光下曝了光。汽车降低速度，停了下来；前方是一条交通繁忙的街道，司机在等绿灯。大雨哗哗声、铃声、号声、人声、灯光、面孔。最后，汽车猛地一颠又开动了。

"嗯，"她扭过头问，"什么事？"

她看见弟弟做出可笑、慌乱的姿态。"如果我没记错，"他费劲地说，"如果我没记错，我还没告诉你为什么应该拒绝莱奥。"

她扫了他一眼："是这样。"

"喏，"小伙子低下头，立刻用很快的语速讲出了原因，
"喏，原因在这儿……今天，我去找丽莎之前……顺便说一
句，是她把一切告诉我的，关于你和莱奥的事……"

"哦! 是她。"

"对，昨天，她好像在前厅中发现了你们……不过，我
们还是往下讲吧……今天，我去找丽莎之前，不记得是怎么
搞的，想起了我们家的事，想到了我们家的情况。说实在的，
我们情况很糟……渐渐地，我钻进了牛角尖，失去了，怎么说
呢? 失去了理智。我惊讶地发现，一个主意涌进了我的脑海，
我大致是这样考虑的: '瞧，我们破产了，无法挽救了。一年
后，要是这么继续下去，我们将成为穷光蛋……为了避免这场
灾难，难道不应该做出某种牺牲，或者达成一项妥协吗? '要
达到这个目的，只有依靠莱奥……因此，举例来说，可以……
我几乎不知不觉地想到，由于莱奥生性好色，愿意为他所看中
的女子舍弃一切，我可以跟他讲明白，为了换取他的钱，我保
证，你明白了吗? 保证把我的姐姐，也就是你，卡尔拉，送到
他家去。这样难道不好吗? "

"你居然想出了这样的主意? "她猛地扭过头看着他问。
这时，一盏路灯的光线在一瞬间照亮了米凯莱的面孔; 她看见
他把眼睛睁得大大的，苍白的脸孔上露出一种恶心、可笑、卑

俗的表情，这表明他确实想出了这样的主意。她把脑袋往后一仰，心头充满了焦虑和忧伤。她的心在颤抖。汽车向前疾驶，米凯莱还在喋喋不休地讲话。

"我想出了这个主意……我仿佛看见它已实现，你知道吗？"他做了一个像是要抓住某件东西的手势，"我仿佛看见，我们三人——我、你、莱奥——待在莱奥家里……我心神不定的时候，似乎能看见我心里想的东西……我们在莱奥的客厅中饮茶。最后，我像原先讲定的那样悄悄走了，让你一个人跟莱奥待在一块……"

"可怕。"她吓得低声说了一句，但米凯莱没听见。

"就这样……明白了吗？刚才我看见你们面对面坐在客厅的窗前，听见莱奥劝你跟他结婚的时候……我便觉得眼前出现了想象中的场面……大家都会碰到这种事……你出门去找某人，心想他准是在干着某件事。结果真是如此……但我却还有另一种考虑——莱奥的钱。"瞧，"我心想，"一切都像我想象的那样发生了，我根本就不必这么想象。"仿佛我真的对莱奥说过这样的话："听着，莱奥……卡尔拉，我姐姐……是一个漂亮、丰满的姑娘……"希望你没感到冒犯……我在想象中是这么对他讲的……"

"我没感到冒犯，"她轻声说，没有转过身子，"讲下去吧。"

"一个漂亮、丰满的姑娘，"米凯莱重复一遍，"你给我钱，许许多多钱，你负责养活我们一家。作为交换……作为交换，我把卡尔拉给你，让你可以随心所欲……爱干什么就干什么……"

"可是，你想到哪儿去了？"她哀怨、激愤地咆哮起来，"你把我当成什么了？一样东西？一头牲畜？"

"不是。但我知道，"米凯莱含着胜利的微笑回答，"你很烦恼……怎么说呢？要是条件合适，你很容易做出让步……"

"你怎么知道？"她低声问。

"尽管我没那样做，"米凯莱没有回答她的问题，而是顺着自己的思路往下说，"事到如今已经无关紧要了……我同样感到内疚……如果你们结了婚，如果我开始用那笔钱生活，我会觉得难受的，跟真的干了错事一样……你明白吗？……你明白吗？……"他突然激动起来，抓住她的一条胳臂，反复问道，"你明白吗？……这等于我原先想干一件坏事，一件丑事，但缺乏勇气……后来这件我想干而没干的事却发生了。当然，它还没有完全发生，只进行到一定程度，有可能中途停止……我应该怎么办？应该制止它，不让这件可怕的事情继续进行下去……我不这样做的话，就等于自始至终当了同谋，就等于我真的为了得到莱奥的钱而把你交到了他手中，真的把你送进他的家门……你现在明白了吧？要是你为了我而嫁给他，实际上就等于是我撮合了你们，促成你们干了错事。就等于我一只手把你推进莱奥怀抱，另一只手从他那儿拿钱……你明白吗？……你现在明白了吧？……"车子猛然一颠，他们互相撞了一下，两人心里都觉得不是滋味。沉默。汽车继续奔驰。

"你能原谅我吗？"最后，小伙子朝姐姐倾过身子，用激动和卑微的口气问道，"你能原谅我吗，卡尔拉？……"

她默不作声地望着前方，勉强地干笑一声。

"没什么可原谅的，"她回答说，"你没对我干任何事……没干任何坏事……我需要原谅你什么呢？"沉默，"我不需要因为任何事原谅任何人，"她用哭泣般的声音激动地重复一遍，眼睛一直盯着挡风玻璃，"不需要原谅任何人……我只希望安安静静地待着。"泪水充满她的眼眶。谁都有罪，谁都没罪。她已倦于分析自己和别人了。她不想原谅任何人，也不想谴责任何人。生活就是这个样子，最好是不加评论地接受它。她不想无事生非了。

米凯莱却仿佛在她的话里听到了对他的最终审判。"我没干任何事。"他诧异地想道。他觉得自己这一天老了很多，懂得了许多道理。"正是这样……我没干任何事……只是空想……"他的心战栗了一下，掠过一丝惧意。"我没跟丽莎做爱……没把莱奥打死……只是空想了一阵……这正是我的错误。"他挪动了一下身体，握住姐姐的一只手。

"不管怎么说，你不会答应他的，对吗？"他急切地问，"告诉我，你不会答应他的……"

沉默。"不，我要嫁给他。"她终于说道。又是沉默。"若是不跟他结婚，那会出现什么情况呢？"她用忧伤和严峻的声音接着说，"我会成为什么人呢？……你想一下吧……在这种状况下……"她做了个手势形容自己的现状：失去了贞操，失去了一切，一分钱也没有。"疯子才会拒绝他，我只能跟他结婚……"她住了口，像刚才那样呆呆地望着前方。

这种不容反驳的语调比任何理由都更能使米凯莱信服。"一切都完了，"他看着卡尔拉那个被车灯照亮的稚气的脸蛋，心里想道，"她到底是个女人。"他觉得无能为力了。"这么说，卡尔拉，"他像一个还有异议的孩子一样问，"你真的要嫁给他？"

"是的，我要嫁给他。"她头也不回地重复一遍。

汽车快要开到他们的家了。马路逐渐变宽，行人愈来愈少。公寓式的楼房看不见了，两旁是淡色墙面的别墅和被雨浇湿的深色花园。路灯稀少，宽阔的人行道上杳无人迹。卡尔拉注意地看着马路两侧，她的思绪用跟汽车相同的速度在她那激动和疲惫的脑海中翻腾。她的生活就像是这辆汽车，这辆在黑暗中盲目奔驰的汽车。她将嫁给莱奥……一起生活，一起睡觉，一起吃饭，一起出去……旅行，痛苦，欢乐……他们将在本市的豪华住宅区中拥有一幢漂亮的房子，一套漂亮的住宅……瞧，她和莱奥正坐在新居中那间布置得既讲究又高雅的客厅里。忽然进来了一个人，是一位女士，她的朋友。她迎上前去……她们吃了茶点后一同上街，她的汽车在门口等着。她们上车离开这儿……人们将叫她太太，梅卢迈奇太太。奇怪，梅卢迈奇太太……她仿佛看见自己身材高了些，体格壮了些。腿变粗了，腰围变宽了。婚后生活会使人发福的。颈项、手指、腕部佩戴着珠宝饰物。她比以前更呆滞、更冷淡了。雍容而冷淡。她那双严峻的眼睛后面仿佛藏着一个秘密，为了保住这个秘密，她扼杀了心中的所有感情。瞧，她摆出贵妇人的派头，穿着华丽的衣衫，昂首阔步地走进一家酒店的大厅。这里人群熙熙攘攘。她丈夫跟在后面。莱奥的头发比以前少了点，身体比以前胖了点，但总的来说变化并不明显。他们坐下喝茶。不久，他们搂在一起跳舞。很多人看着他们，心想："她很漂亮，是个外貌漂亮但心眼很坏的女人……从来不笑……目光严峻……看上去像一尊雕像……谁知道脑子里动着什么念头。"另一些人站着，站在大厅那端的圆柱旁交头接耳："她嫁给了她母亲的男朋友……一个比她老得多的男人……她不爱他，肯定有外遇。"大家窃窃私语，胡思乱想，目光集中在她身上。她坐在丈夫身边，交叠着双腿，抽着烟……她的双腿给人留下了深刻印象。连衣裙很短，袒胸露肩……所有的人都贪婪地注视着她，仿佛想咬她一口；她用十分冷漠的目光回敬……一间卧室……瞧，梅卢迈奇太太由于刚才不得不去探望一个人而迟到了，她急匆匆地奔来与情夫相见。她脸上雕像般的严峻表情在情夫的双臂中消失殆尽——外表冷若冰霜的女子，内心的感情最为炽烈，历来如此。她重新成了痴情少女，又哭又笑，喃喃低语，好像刚刚获释的囚徒终于重新见到了天日……她由衷地感到欢乐。整个房间是白色的。她觉得自己在情人的怀抱中也是洁白无瑕的……纯洁的爱情失而复得。完事了，时间不早了；她慵倦而愉快地回到自己的新居，脸上又出现了往常的冷漠表情……年复一年，日复一日，她的生活就这样继续下去……许多人羡慕她……她富有，快活，常常外出旅行，有一个情夫。还希求什么呢？一个女人能有的一切，她都有了……

汽车停了下来，卡尔拉和米凯莱下了车。雨，不再下了；寒气料峭，雾霭重重，湿冷的风不停地吹打着花园里乌黑一片的树叶。卡尔拉敏捷地跨过马路和人行道之间的一个大水洼，笔直地站在路灯柱旁等着弟弟付车钱。这时，她发现路边停着一辆车体又长又宽的黑轿车，像是一个被洪水冲上岸的甲壳动物。车身闪闪发亮。开车的人用帽子遮住眼睛，仰靠在驾驶座上睡觉。"是贝拉尔迪家的汽车。"她惊愕地想道，这才记起当晚要应邀去参加化装舞会。

"米凯莱，"她对正在小心举步避开一个又一个水洼、朝她走来的弟弟说，"贝拉尔迪家的汽车。"

"可不是嘛，"他立即瞥了一眼那辆汽车，简单说了句，"大概是来接我们的。"

他们走进栅门，小心地看着脚下的路，默默穿过花园。脚踩砾石发出的响声。潮湿的空气。雾霭弥漫的天空下的奇形怪状的黑影。大树发出的惊涛拍岸般的哗哗声。但有一种偃旗息鼓的感觉。雨停了。

米凯莱在温暖明亮的更衣廊中脱掉大衣和帽子。

"卡尔拉,"他终于对站在门口等他的姐姐说,"你打算什么时候把这桩婚事告诉妈妈?"

她看了他一眼,平静地答道:"明天。"

他们进了走廊。客厅中传来言谈笑语声。姑娘朝遮着客厅门的帷幔走去,小心地掀开一条缝,窥视了片刻。

"他们全在这儿,"她转过头说,"三个人都在……彼波、玛丽和范妮。"

他们登梯上楼。待在前厅里的母亲和丽莎迎面走来。母亲装扮成西班牙女郎模样,柔软和伤感的脸蛋上涂满了高级胭脂,红通通的面颊上点了几颗黑痣,嘴唇抹成了猩红色,眼圈描得乌黑。但她的目光却哀怨忧戚。西班牙女郎式的长裙上下皆黑,打着许多柔软的皱褶。她的腰稍一扭动,长裙就来回摇摆。一条当天绣好的豪华披纱从头顶上巨大的玳瑁梳子上垂下,搭在丰满的肩膀和浑圆的胳臂上。她的臂膀裸露在外,肌肉不住地抖动。她手擎一把驼毛扇,眼角露出愚蠢的微笑。她挺着胸,凸起肚子,四平八稳地踱着方步,仿佛害怕某个动作失当,会弄乱她精心梳理的发型。丽莎走在她的身旁,就像白昼伴着黑夜:母亲一身黑,丽莎一身白,白得像面粉一样的皮肤,白色的衣裳,连她的那头金发也好像是白的。

母亲一见卡尔拉和米凯莱就迎面走了过来。"晚了,"没等他们上完梯级，她就大声说道，"贝拉尔迪一家已经等了一刻钟。"

她满意，高兴；丽莎跟她在一起消磨了整个下午，这意味着情夫对她讲了实话，没有背叛她。由于心里愉快，她对女友很热情，讲了许多知心话，一时间甚至产生了邀请丽莎去参加当晚的舞会的念头。但她放弃了这个想法，一则由于心胸狭窄、自私自利；二则因为贝拉尔迪一家可能会怪她自作主张，因为他们跟丽莎并不很熟。"快点……快点，"她一遍又一遍地催着呆呆地站在一旁欣赏她的卡尔拉，"快点，快去化装一下……"

"我也需要化装吗？"姑娘用疑问的语调低声问，眼睛依旧看着地板。

母亲扑哧一笑。"你糊涂了吧，卡尔拉？"她一面问，一面掀动着那条波翻浪卷的西班牙披纱，"你在想什么呢？……难道想不化装就去参加舞会吗？"她拽过女儿的一条手臂，"走吧，"她接着说，"化装去……要不就该晚了。"

卡尔拉机械地把帽子从头上摘下，摇晃着那颗隐隐作痛、头发蓬乱的大脑袋，跟在母亲身后。西班牙披纱在母亲那个裹着丝绸连衣裙、高高隆起的臀部周围轻轻翻动。卡尔拉看着她，发现她跟往常一模一样，什么变化也没有，不禁认为当天下午并未发生什么要紧的事。"嗯，"卡尔拉心想，"我还得把这桩婚事告诉她。"就这样，她俩一个紧随一个走出前厅。

丽莎和米凯莱留在这里。刚才，丽莎怀着一种贪婪、烦躁和好奇的心情，从自己的角度观察着一起回家的姐弟二人。这时，她盼着小伙子先开口，结果没有如愿。她只好朝他走去。

"喂，"她不掩饰对那件事的强烈兴趣，劈头就问，"告诉我……经过怎样？"

他扭头看了她一眼。"经过怎样？"他慢慢地重复着，"经过怎样？……经过很坏……我倒是朝他开了枪。"

"老天爷！"丽莎紧盯着他，带着过分惊恐的神色嚷道，"把他打伤了吗？"

"连皮毛都没碰到。"

"到这儿来，"她很激动，把他拽到长沙发上，挨着他坐下，"坐在这儿……跟我讲讲……"

但米凯莱做了一个疲倦和不耐烦的手势。"现在不行……晚些时候吧。"他打量着她那介于粉红和金黄之间的肌肤，那个高耸的胸部……他的心头浮起一个无法满足的希望，希望能忘掉自己的卑微境遇，哪怕就忘掉一秒钟……"你去跳舞吗？"最后，他不再打量她了，脱口问道。

"不去。"

"那么，"他犹豫起来，"我上你家吃晚饭吧，因为我也不去……这样的话……我就可以把一切都详详细细地讲给你听了。"

他见她兴致勃勃地表示同意。"好，那太好啦……我们一块儿吃晚饭吧。"她苦涩地笑了一下，"这一回，"米凯莱既恼怒又满意地想道，"你别担心，也别发愁，我不会拒绝你的。"

一种抑郁的厌恶感压抑着他。他的心田干涸了，成了一片荒漠。可以为心田遮阴的信念之树和希望之树无迹可觅，他无法在这两棵大树下休息纳凉。他的灵魂虚伪、卑鄙，他发现别人的灵魂也一样。他的眼睛在审察生活和自身时，射出的总是一种灰心失望和不纯洁的目光。只要有一点真挚的激情——他坚持当初的想法，反复想道——"只要有一点信念……我就能杀死莱奥……现在就能变得像一滴清水那样纯洁了。"

他觉得胸口闷得很，连气也喘不过来。他看了一眼丽莎。她仿佛挺高兴。"你生活得怎样？"他想这么对她喊叫，"你有真挚的感情吗？有信念吗？告诉我，你怎么能够这么生活下去呢？"他的思绪既混乱，又矛盾。突然，他回到了现实，绝望地想道："不过，这也许只是我的神经受了刺激的缘故……也许这只是一个与金钱、时机或境遇有关的问题。"然而，他愈是试图简化自己的问题，减轻它的重要性，就觉得这个问题越棘手，越可怕。"不能这么继续下去了。"他想哭。生活像一个盘根错节的密林，枝叶蔽天，浓荫铺地，从四面八方包围着他。远方也没有任何亮光在闪烁。"不能。"

母亲和卡尔拉进来了。卡尔拉化装成皮埃罗[1]的模样，脸上戴着一张黑缎子做的面具，脖颈上挂着一串不住晃动的大项

1　法国哑剧中的男角，通常为傻乎乎的仆人，或以泪洗面的痴情种。

链。上衣、长裤、白缎面布鞋、黑色的大纽扣。她踮起脚尖走路，歪戴着三角帽，诡秘地微笑着。

"你们觉得我们化装得怎么样？"母亲问。

"很好……很好，"丽莎反复说道，"你们去痛痛快快地玩一阵吧。"

"我们肯定会玩得很痛快的。"姑娘说完后咯咯地笑出声来。这么一打扮，她就觉得自己变成了另一个人，心里觉得更轻松、更愉快……她走到弟弟面前，用扇子在他肩上轻轻拍了一下。"我们明天再谈。"她低声说。米凯莱在出租汽车里讲的那番话给她留下了痛苦的印象，她觉得弟弟正在毁灭自己。"其实一切都很简单，"她刚才在镜子面前套上皮埃罗式的长裤时，曾经这么想道，"尽管发生了那件事，可我还像没事一样打扮自己，准备去跳舞；这本身就是证明。"她真想大声告诉米凯莱说："一切都很简单。"她已经在盘算帮他找个工作，找一份差使，随便找个职业。一结婚就让莱奥想办法……母亲却一直在催她走。

"我们走吧，"母亲唠叨个不停，"我们走吧……贝拉尔迪一家在等着哪。"

母女二人——白色的皮埃罗和黑色的西班牙女郎——并排下楼。在楼梯拐弯处，母亲止住女儿。

"你要记住，"她对女儿耳语道，"应该……怎么说呢？……对彼波热情点……我又考虑了一下……他或许很爱你……是个很好的对象。"

"你别担心。"卡尔拉一本正经地回答。

她们下了第二道楼梯。母亲唇边浮出一个满意的微笑：她想起情人也要去参加舞会，想必这将是一个愉快的夜晚。

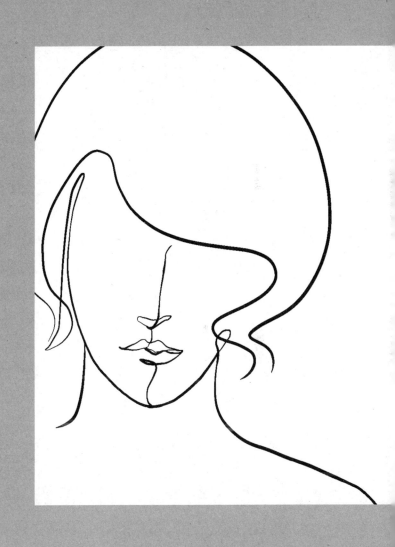